郭勇 著

叶圣陶文艺美学思想研究

三峡大学学科建设项目资助

Supported by the Project of Discipline Construction in CTGU

中国社会科学出版社

图书在版编目（CIP）数据

叶圣陶文艺美学思想研究/郭勇著. —北京：中国社会科学出版社，
2015.6
ISBN 978 - 7 - 5161 - 6378 - 8

Ⅰ.①叶…　Ⅱ.①郭…　Ⅲ.①叶圣陶（1894～1988）—文艺美学—
美学思想—研究　Ⅳ.①I01

中国版本图书馆 CIP 数据核字（2015）第 146880 号

出 版 人　赵剑英
责任编辑　陈肖静
责任校对　刘　娟
责任印制　戴　宽

出　　　版　中国社会科学出版社
社　　　址　北京鼓楼西大街甲 158 号
邮　　　编　100720
网　　　址　http://www.csspw.cn
发 行 部　010 - 84083685
门 市 部　010 - 84029450
经　　　销　新华书店及其他书店

印　　　刷　北京君升印刷有限公司
装　　　订　廊坊市广阳区广增装订厂
版　　　次　2015 年 6 月第 1 版
印　　　次　2015 年 6 月第 1 次印刷

开　　　本　710×1000　1/16
印　　　张　16
插　　　页　2
字　　　数　255 千字
定　　　价　58.00 元

凡购买中国社会科学出版社图书，如有质量问题请与本社联系调换
电话：010 - 84083683

目　录

导　言

一　研究对象的提出

在中国现代思想文化史上，叶圣陶先生（1894—1988）是一位占有重要地位的人物，他是我国现代卓越的文学家、教育家、编辑出版家和社会活动家。1894年，叶圣陶生于苏州市悬桥巷一个平民家庭，名绍钧，字秉臣，后改字圣陶。[①] 自晚清时代中国社会与思想文化发生前所未有的根本变革以来，他时时关注时代的风云变幻，以深切的现实情怀，对中国的实际问题进行深入探索。在漫长的一生中，他兴趣广泛，涉猎极广，著述丰富，对中国现代思想文化的发展作出了巨大贡献：在晚清时代，他抨击专制，倡言革命，以文学为"革心"的武器；在民国时代，他投身民主斗争与新文化运动，献身于新文学、教育事业和编辑出版事业；新中国建设时期，他参与主持教育界的领导工作，即使在晚年，仍心系社会主义建设事业。

就具体成就而论，叶圣陶是著名的文学家、编辑出版家和教育家，这已经得到公认。作为一位文学家，他的创作紧扣时代脉搏，自成一格，涵盖了小说、散文、诗、词、戏剧等领域，他还是中国儿童文学的先驱；作为一位编辑出版家，叶圣陶在数十年的编辑、出版生涯中主编或参编、出版了大量文学期刊与书籍，帮助众多年轻作者走上文学道路。他主编的

---

① 商金林：《叶圣陶年谱长编》（第一卷），人民教育出版社2004年版，第2页。

《小说月报》使不少文学新人崭露头角；《中学生》《中学生文艺》等刊物与中小学教材，对青少年的成长起到了重要作用，为教育事业作出了贡献；作为一位教育家，叶圣陶的教育生涯在各项事业中历时最为长久，他在教育领域取得的成就也是各个领域中最为卓著的。他的教育活动涉及中小学和大学各个层次，他对中国旧式教育进行了猛烈抨击，形成了以造就现代社会的合格公民为核心的教育思想。叶圣陶是作为语文教育界一代宗师而闻名于世的。

　　叶圣陶的美学思想与文学思想丰富而复杂，是中国现代文艺美学思想的组成部分，同时他的文艺美学思想与他的编辑思想、教育思想是相通的：他的编辑思想与实践贯穿着他对文学与教育的理解；他的文学教育观念、文学的教育功能论，又是文学思想与教育思想相融相通的产物。

　　叶圣陶的文艺美学思想是其思想整体的一部分，他还注重把思想观念化为具体的实践，促进思想文化建设。早在晚清时代，叶圣陶就树立了文学"革心"的信念，希望以文学改良社会。创作文言小说之时，他就在自己的日记、致顾颉刚的书信中批评了时下流行的旧小说，阐述了"有益于世"、"必要有其本事"的创作原则，追求"真"与"美"的文艺。他对《红楼梦》《孽海花》《断零鸿雁记》《玉梨魂》的评论，是其文学批评的早期收获，这些成果在1914年所作的《正小说》中得到了总结。参加新文化运动之后，自1921年3月起，叶圣陶在《晨报副刊》发表了40则《文艺谈》，这是叶圣陶首次公开地系统论述自己的文艺美学思想，《文艺谈》也是新文学理论建设最初的成果之一。叶圣陶还参与创办了中国第一个新诗刊物——《诗》月刊，发表了一系列诗评，捍卫新诗。40年代以后，叶圣陶受到心理语言学影响，强调文艺是以语言为依托，同时转向人民立场，强调文艺为人民服务，他的现实主义文艺观发展到了新的阶段。他在编辑出版方面注意结合自己的文艺观念，在主编《小说月报》《中学生》《中学生文艺》等刊物以及国文教材时，融入了自己对文学的深切体悟；在教育事业上，他非常重视文艺对人的熏陶与感染作用，他编写的阅读指导与写作指导，有不少就是精彩的文学批评文章。叶圣陶还号召教师创作儿童文学作品，他自己身体力行，创作了大量优秀的童话，对新文学与教育事业都产生了重要影响。

　　叶圣陶有着深切的现实情怀，他的思想与实践贯穿了中国文学、教育、编辑出版、政治的百年历程。"五四"一代知识分子的世纪历程可谓丰富多彩，叶圣陶的经历也是这幅世纪图景中的一部分。他的文艺美学思想与现实有着密切的关联，既是立足现实，也是有感而发，如"为人生"与"为艺术"之争、民众文学的讨论、文言与白话之争、革命文学论争、中西文化论争、文学商业化、中学生国文程度的讨论、旧式教育的弊端等问题，他不仅关注并参与探讨这些重大问题，而且他所提出的不少观点时至今日还有现实意义，如生活是文艺的泉源、文艺家"自我"的重要性、文学是语言的艺术、文学商业化的弊端、应试教育的危害、文学与教育的联系，等等。整理与分析这些观念，不仅可以了解叶圣陶的见解，更可以作为我们今天应对种种实际问题的借鉴。

二　研究现状

　　学界对叶圣陶的研究主要是着眼于他的文学创作、编辑出版思想、教育思想，形成了三足鼎立的格局。此外，对叶圣陶生平及资料的整理与研究、多维视角的研究也在不断推进。

　　对学术研究而言，资料的搜集与整理是基础，但也是极为重要的环节。叶圣陶的著作有文学作品，但更多的是散篇论文、谈话、演说、序跋等，另外有大量日记和书信，这些资料成为研究叶圣陶的重要依据。叶圣陶没有着意去建构一个系统的理论思想体系，他的观念都是从这些作品、文章中闪现出来的。1985—1994 年，江苏教育出版社推出了 25 卷本《叶圣陶集》，成为当时收集叶圣陶作品最为详备的资料。2004 年，为纪念叶圣陶诞辰 110 周年，经过修订、加上叶至善撰写的《父亲长长的一生》和索引，26 卷本《叶圣陶集》仍由江苏教育出版社出版。

　　著作整理之外，对叶圣陶生平的研究、叶圣陶研究成果的梳理总结同样重要。叶圣陶传记、年谱、研究成果的梳理总结也相继问世，陈辽和商金林的成果具有代表性。陈辽是从文化史入手来研究叶圣陶，主要著作有《叶圣陶评传》《叶圣陶传记》等。商金林则以翔实的史料为根基，以一系列重要成果如《叶圣陶年谱》《叶圣陶传论》《叶圣陶年谱长编》以及与人合编的《叶圣陶研究资料索引（1911—2008）》等，把这一领域的研究推向了新的高度。

从文学角度研究叶圣陶在 20 世纪早期即已开始，一直是一个热点。研究者侧重于叶圣陶的文学创作，在他的作品中重点关注的又是小说，主要是从四个角度切入的。

第一，文学史定位。1935 年，鲁迅在总结新文学初期的成就时指出，《新潮》作家中"叶绍钧却有更远大的发展"①；对于叶圣陶在中国童话创作上的开创性贡献，鲁迅也给予了高度的评价："十来年前，叶绍钧先生的《稻草人》是给中国的童话开了一条自己创作的路的。"② 鲁迅的评价更带有文学史家的气息，早已成为经典之论。而据叶至善的说法，早在 1919 年，叶圣陶在《新潮》上发表了《这也是一个人》，鲁迅在 4 月 16 日就写信给傅斯年，加以评论："《新潮》里的《雪夜》《这也是一个人》《是爱情还是痛苦》（起首有点儿小毛病），都是好的。上海的小说界梦里也没有想到过。这样下去，创作很有点希望。"③

茅盾的意见在这一点上与鲁迅相似，他认为："冷静地谛视人生，客观的地，写实的地，描写着灰色的卑琐人生的，是叶绍钧。他的初期的作品（小说集《隔膜》）大都有点'问题小说'的倾向……可是当他的技巧更加圆熟了时，他那客观的写实的色彩便更加浓厚"，"要是有人问道：第一个'十年'中反映着小市民智识分子的灰色生活的，是那一位作家的作品呢？我的回答是叶绍钧！"④ 叶圣陶的《倪焕之》更是被他誉为"扛鼎"之作。⑤"为人生"、"写实"、"现实主义"成为日后文学史家评定叶圣陶文学成就的依据。

第二，创作宗旨。在走上文学道路之初，叶圣陶就评论过自己的小

---

① 鲁迅：《中国新文学大系·小说二集·导言》，载鲁迅编选《中国新文学大系·小说二集》（影印本），上海文艺出版社 2003 年版，第 2 页。

② 鲁迅：《〈表〉译者的话》，载《鲁迅全集》（第十卷），人民文学出版社 2005 年版，第 437 页。

③ 叶至善：《父亲长长的一生》，载叶至善等编《叶圣陶集》（第 26 卷），江苏教育出版社 2004 年版，第 44 页。

④ 茅盾：《中国新文学大系·小说一集·导言》，载茅盾编选《中国新文学大系·小说一集》（影印本），上海文艺出版社 2003 年版，第 22 页。

⑤ 茅盾：《读〈倪焕之〉》，载《茅盾全集》（第 19 卷），人民文学出版社 1991 年版，第 211 页。

说，并谈到自己的创作原则，可以概括为两点："有其本事"①、"有益于世"②。在新文化运动时代，叶圣陶投入"为人生"的文学潮流之中。40年代以后，他强调文艺要为人民服务。现在的中国现代文学史教材一般都是从文学研究会的"为人生"宗旨来分析叶圣陶的早期创作。

　　第三，艺术特色。叶圣陶对于各种文学体裁的创作都有所尝试，包括小说、散文、剧本等，也有童话的创作。在小说方面，叶圣陶"想象的丰富，描写的精细"、对结构的重视得到了肯定。③ 童话方面，郑振铎与胡风都肯定其成就，胡风强调《稻草人》"是一部有意义的作品"，关键在于用"生动的想象和细腻的描写来解释自然现象甚至劳动生活"。④

　　散文成就的评论以阿英为代表，他认为叶圣陶的小品文"宁静淡泊"，"给予小品文运动的影响是巨大的，而每一篇，都可以说是非常精妙的佳构"。⑤ 在剧本方面，洪深被叶圣陶的剧本《展览会》所感动，因为他发现其中的"几个教员，写得真是太热忱了太真实了"。⑥

　　在当代学者中，陈平原高度评价了叶圣陶的贡献，认为中国小说叙事模式的转变是由晚清与"五四"两代作家共同完成的，叶圣陶即为"五四"作家中的重要一员。⑦

　　第四，纵向梳理与比较研究。阿英在《〈现代十六家小品〉序》中以叶圣陶《五月卅一日急雨中》、郑振铎以"五卅"为题材的诗文为例指出，这一时期的小品文"是从反封建的重心移到反对帝国主义的重心，从激昂的反抗到相对的肉搏，从对现状的不满到愤怒的抨击，从个人主义的

---

① 叶圣陶1914年11月12日致顾颉刚书信，载叶至善等编《叶圣陶集》（第24卷），江苏教育出版社2004年版，第79页。

② 叶圣陶1914年11月23日致顾颉刚书信，载叶至善等编《叶圣陶集》（第24卷），江苏教育出版社2004年版，第90页。

③ 顾颉刚：《〈隔膜〉序》，载叶至善等编《叶圣陶集》（第1卷），江苏教育出版社2004年版，第201页；朱自清：《叶圣陶的短篇小说》，载朱乔森编《朱自清全集》（第一卷），江苏教育出版社1996年版，第262页。

④ 胡风：《关于儿童文学》，《胡风全集》（第二卷），湖北人民出版社1999年版，第81页。

⑤ 阿英：《小品文谈·叶绍钧》，载《阿英全集》（第二卷），安徽教育出版社2003年版，第617—618页。

⑥ 洪深：《中国新文学大系·戏剧集·导言》，载洪深编选《中国新文学大系·戏剧集》（影印本），上海文艺出版社2003年版，第52页。

⑦ 陈平原：《中国小说叙事模式的转变》，北京大学出版社2003年版，第6页。

观点到反个人主义的立场"。① 这既是当时中国散文创作发生的变化，也是叶圣陶个人创作呈现出的新面貌。不少研究者也注意到叶圣陶的创作历程是有明确的阶段性的，如早年的文言小说创作时期、"五四"时代走向现实主义、新中国成立前后的创作等。

在比较研究方面，有将叶圣陶与鲁迅进行比较研究②，也有探讨叶圣陶所受的西方文学的影响③。捷克学者普实克则对叶圣陶与契诃夫进行了比较研究，特意点出两位作家最相似之处是都有"辛辣的幽默"。④ 叶圣陶作为中国儿童文学的先驱之一，他的作品与安徒生童话的比较研究也受到研究者的重视。

相比较而言，海外学者如王德威、安敏成、夏志清更注重在文学史的大背景下、在文学流派与思潮的视野中揭示叶圣陶的独特性，指出其旨趣在教育和童年生活，"现实主义"在当时可能具有的多种意味，而叶圣陶对现实主义的理解恰恰就是比较灵活的。⑤

叶圣陶是一位杰出的编辑出版家，在中学时代他就组织过文学社团《放社》、编过课余小报《课余丽泽》。他把编辑出版工作作为传播文化、教育大众的事业，他的编辑思想与实践得到了一定的重视与研究，但明显处于初创阶段。目前的著作主要有三部：《现代杰出的编辑出版家——叶圣陶》《编辑出版家叶圣陶》《叶圣陶编辑思想研究》。⑥ 叶圣陶的编辑思

---

① 阿英：《〈现代十六家小品〉序》，载《阿英全集》（第四卷），安徽教育出版社 2003 年版，第 298—299 页。

② 王铁坤：《"为人生"与"改良社会"——浅议鲁迅与叶圣陶的小说创作》，《殷都学刊》1994 年第 4 期。

③ 刘启先、郝亦民：《叶圣陶与外国文学》，《中国现代文学研究丛刊》1994 年第 3 期；陈光宇：《善于借鉴，意在创新——叶圣陶与西方近现代文学》，《西安教育学院学报》1997 年第 4 期。

④ ［捷克］雅罗斯拉夫·普实克：《叶绍钧和契诃夫》，尹慧珉译，载刘增人、冯光廉编《叶圣陶研究资料》（下），知识产权出版社 2010 年版，第 666 页。

⑤ 参见 ［美］孙康宜、宇文所安主编《剑桥中国文学史》（下卷），刘倩等译，生活·读书·新知三联书店 2013 年版，第 526 页；［美］安敏成：《现实主义的限制——革命时代的中国小说》，姜涛译，江苏人民出版社 2001 年版，第 122 页；夏志清：《中国现代小说史》，刘绍铭等译，复旦大学出版社 2005 年版，第 43 页。

⑥ 任天石、卢文一：《现代杰出的编辑出版家——叶圣陶》，南京出版社 1993 年版；徐登明：《编辑出版家叶圣陶》，中国书籍出版社 1994 年版；中国出版工作者协会学术工作委员会、叶圣陶思想研究会编：《叶圣陶编辑思想研究》，开明出版社 1999 年版。

想被归纳为鲜明的目的、教育功能、有所为有所不为、为青年作贡献、处处为读者着想、严谨认真的工作作风等几个方面。

在叶圣陶具体的编辑出版思想与实践研究方面，叶圣陶主编的语文教材、《小说月报》、《中学生》成为研究的重点。[①] 从总体上看，研究者对叶圣陶编辑思想的研究主要是着眼于其中体现的精神与态度；对其编辑实践的研究则重在对其促进文化传播与教育事业的功绩的肯定。

叶圣陶是语文教育界的一代大家，与吕叔湘、张志公并称"三老"。作为一位杰出的教育家，他在这一领域的成就与影响超过了其他领域，而且他把各项工作都归结为教育，这也是叶圣陶文艺美学思想的特色之一。吕叔湘首次提出"圣陶先生的语文教育思想"这一命题[②]，时至今日，学界对叶圣陶语文教育思想的研究已取得了很大的成果：有对叶圣陶语文教育思想的总体把握，对他的教育思想发展历程的梳理、语文教育思想体系的总结、语文美育思想的研究等。[③]

叶圣陶不仅在总体上对教育的本质有明确的认识，而且对具体的问题也进行了细致的阐述。他的不少观念如今已被教育界广泛接受，如教育是为造就合格的公民与人才、教是为了达到不需要教、教法应灵活多样、因材施教、反对应试教育、要加强对语文教育的科学研究、听说读写全面训练、读书与实践相结合、课内与课外相结合、预习—讨论—复习的教学程序、教师主导学生主体、"习惯"说，等等。这些方面已经得到比较充分的研究，学界基本上是持肯定的态度，意见也较为一致。但是，叶圣陶的教育思想中也存在引起争议的地方，其中争议最大的就是他的工具论。1997 年《北京文学》发起语文大讨论，其中就有文章抨击"工具论"，认为是高耗低效，必须把"人文性"作为语文课程的基本属性。语文教育界也发动了一场语文课程人文性的大讨论。其中一个重要议题

　　① 赵慧闪：《叶圣陶中学语文教材编辑思想研究》，河南大学硕士学位论文，2012 年；于春生：《叶圣陶主编〈小说月报〉的编辑实践研究》，北京印刷学院硕士学位论文，2004 年；周秋利：《叶圣陶主编〈中学生〉（前期）编辑实践研究》，北京印刷学院硕士学位论文，2004 年。

　　② 吕叔湘：《〈叶圣陶语文教育论集〉序》，载中央教育科学研究所编《叶圣陶语文教育论集》，教育科学出版社 1980 年版，第 1 页。

　　③ 刘国正、毕养赛主编：《叶圣陶语文教育思想研究》，江苏教育出版社 1990 年版；董菊初：《叶圣陶语文教育思想概论》，开明出版社 1998 年版。

就是对语文学科"工具论"的批判，叶圣陶的"工具论"也就不可避免地牵涉其中。对于这一观念，学术界也有不同看法，形成了三种基本的态度：有的学者认为"工具论"本身没什么错，叶圣陶的主张是值得肯定的[①]；有的学者认为叶圣陶的"工具论"已经内在地把语文学科的工具性与人文性融合到了一起，基本上持肯定态度[②]；还有的学者旗帜鲜明地反对工具论，激烈地批判叶圣陶的"工具论"。[③] 应该说，这些态度从根本上都取决于研究者本人对于语文学科性质的认识，但是在这一点上不少研究者仍纠缠于"工具"与"人文"的二元对立式思维，没有获得一种超越的眼光。随着论争的深入，学界逐渐认识到单纯从工具/人文二分的角度探讨语文教育问题缺乏实际意义，由此牵引出对于"语文"的内涵以及"文学教育"问题的深层思考。时至今日，论争仍然没有结束，即使面对课程大纲，教育界也有不同的声音存在。因此，对于这个问题的思考，不仅涉及对叶圣陶教育思想的评价，其实也涉及对语文学科根本性质的看法，从根本上讲也就是教育理念的问题。

　　从不同领域切入作专题研究，固然可以使叶圣陶研究在各个方面达到比较深入的地步，但是这种三分研究格局毕竟是将叶圣陶的思想整体分割了开来，不利于系统把握。而且叶圣陶的各种思想观念又是相互贯通、相互影响的，只限于一个领域最终会限制研究的深入。注意到叶圣陶思想的整体性，这是叶圣陶研究能否取得突破性进展的关键。学术界已经达成了这样的共识：叶圣陶的文学思想、编辑思想、教育思想是一致的，因此，学界开始尝试综合性研究，或是结合叶圣陶的文学家和文学理论者身份、教育家身份来谈论作为编辑家的叶圣陶[④]，或是研究叶

---

① 顾德希：《语文教学的病根》，《中国青年报》1999 年 6 月 7 日；何小书：《对"工具论"的三种理解偏差》，《湖南教育》1999 年第 18 期。

② 参见董菊初《叶圣陶语文教育思想概论》，开明出版社 1998 年版；顾黄初：《顾黄初语文教育文集》，人民教育出版社 2002 年版；倪渝根：《假如叶老健在》，《小学语文教学》2000 年第 7—8 期。

③ 李寰英：《论"工具"说的偏颇及其对语文教育的误导》，《中学语文教学参考》1996 年第 7 期；梁国祥：《语文工具论的现实局限性》，《湖南教育》1999 年第 19 期。

④ 周振甫：《编辑出版家叶圣陶先生》，载《叶圣陶编辑思想研究》，开明出版社 1999 年版。

圣陶教育家身份和文学创作之间的关系及相互影响①，或是探讨叶圣陶的语文美育思想②等。

在叶圣陶文艺美学思想研究方面，陈辽、商金林、陈光宇的研究代表了三种不同的路径与视角。

在《叶圣陶和现代文化》一文中，陈辽考察了叶圣陶对中国现代文化的贡献，认为叶圣陶是我国现代美学家之一，是现代美学这门学科的创立者之一，他的美学思想有丰富的内容。③　这种研究具有开阔的文化视野，值得重视。

商金林是从史料与文学角度入手来研究叶圣陶，由于新史料的发现以及从整体上把握叶圣陶的思想，商金林的研究取得了重大的突破④。通过研读叶圣陶早年的文言小说及书信、日记，他认为叶圣陶早年曾受到佛学、无政府主义的影响，他还分析了叶圣陶"写实"文艺观的萌生，指出叶圣陶"关于生活与创作的关系的论述最为丰富，最为深刻"。⑤　在《新文学先驱者的足迹》中，商金林依据大量史料指出，叶圣陶被誉为传统文化的代表，这其实是一种误会。叶圣陶创作欲望的萌生，他的文学观和审美情趣，均源于"异域文化"的引发。⑥

陈光宇是从美学、美育入手来研究叶圣陶，揭示出叶圣陶美学思想的起点及核心是生活，在此基础上完成的《叶圣陶的美学奉献》一书是第一部系统研究叶圣陶美学美育思想的专著，作者既从根本上把握了叶圣陶美学思想的基点，又对具体问题展开了多角度、多层次的分析，涉及叶圣陶

---

① 欧阳芬：《叶圣陶：在文学与教育之间》，苏州大学博士学位论文，2010 年；卢斯飞：《教育家和文学家的完美结合——论叶圣陶的教育小说》，载叶圣陶研究会编《叶圣陶研究论文集》，开明出版社 1991 年版。

② 刘国正、毕养赛主编：《叶圣陶语文教育思想研究》，江苏教育出版社 1990 年版。

③ 陈辽：《叶圣陶和现代文化》，载叶圣陶研究会编《叶圣陶研究论文集》，开明出版社 1991 年版，第 176 页。

④ 商金林：《为新文学理论奠基——叶圣陶早年版的 40 则〈文艺谈〉》，《文艺理论与批评》1994 年第 5 期。另参见商金林：《叶圣陶年谱》，江苏教育出版社 1986 年版；商金林：《叶圣陶传论》，安徽教育出版社 1995 年版；商金林编：《叶圣陶年版谱长编》（四卷本），人民教育出版社 2004—2005 年版；商金林：《求真集》，安徽教育出版社 2004 年版。

⑤ 商金林：《叶圣陶传论》，安徽教育出版社 1995 年版，第 635 页。

⑥ 商金林：《新文学先驱者的足迹——略述叶圣陶早年版的文学视野和文学观》，载《叶圣陶研究论文集》，开明出版社 1991 年版，第 268 页。

的美学思想与审美创造实践、美育思想、语文美育实践等。① 顺此思路，陈光宇还主编了《语文美育学》一书，实现研究的拓展，把叶圣陶的美育思想应用于语文教学研究。②

三　本书的研究对象与方法

时至今日，叶圣陶研究目前已经取得了很大的成果，但也存在深入研究的空间。吴泰昌就曾呼吁："作为文艺评论家的叶圣陶，也应该引起我们研究者的重视。"③ 叶圣陶的文学思想还有进一步研究的必要，他的文艺美学思想与他的文学创作实践、编辑出版思想、教育思想之间的关联还需要再深入清理。这也就意味着，在专题性研究（叶圣陶文学创作研究、教育思想研究、编辑出版研究等）已达到一定积累、综合性研究仍在推进之时，我们有必要把他的文学创作、文艺思想、美学思想、教育思想、编辑思想及实践等作为一个整体加以把握。

本书运用文化诗学的方法，以叶圣陶的文艺美学思想为中心，力图揭示其本来面貌并做出客观公正的评价。本书首先分析叶圣陶的美学思想，这是叶圣陶文艺思想的哲学基础，是总的出发点；进而分析其文学思想，既要涉及叶圣陶在文学问题上所持的根本立场，也要深入具体问题中去，同时还要结合他的文学创作、编辑思想及实践、教育思想及实践进行综合考察；在此基础上再探讨叶圣陶的文学教育思想，这是叶圣陶的文学思想与教育思想相结合的产物。为了求得更深入的了解，有必要将胡适、梁启超、朱自清等人的教育观念与之作比较。最后，从文化的视野对叶圣陶的文艺美学思想进行总体观照。本书把叶圣陶的文艺美学思想置于当时的历史文化语境中加以考察，将其作为一个整体来研究。

---

① 参见陈光宇《叶圣陶美学思想的逻辑起点》，《南京晓庄学院学报》1997 年第 3 期；陈光宇：《叶圣陶的美学奉献》，天津古籍出版社 1997 年版。

② 陈光宇：《语文美育学》，中国工人出版社 2004 年版。

③ 吴泰昌：《〈论叶圣陶的文学创作〉序》，载金梅《论叶圣陶的文学创作》，上海文艺出版社 1985 年版，第 8 页。

第一章

叶圣陶的美学思想

叶圣陶虽然没有研究美学问题的专著，甚至直接谈"美"的文字也不多，但他对于美的见解却是深刻而独到的，散见于众多文章著述之中。叶圣陶的美学思想是他思想整体的一部分，而在他的文艺美学思想的体系内又是具有基础性与决定性地位的，规定了他的文艺思想的发展路向。叶圣陶在谈到自己的世界观与人生观时，曾表示自己是坚持唯物主义原则的："我人大略有些历史唯物论之观念。"① 但是，叶圣陶更注重的是"人"，正如他在给俞平伯的信中所说的，他的立场是"人本位"②。认为生活是"人"的生活，要求从人出发，强调一切文化事业与社会活动都是依靠人、都是为了更好的生活，强调人的认识活动与实践活动的统一，这才是叶圣陶思想的核心。因此，在面对人生时，叶圣陶始终抱有一份浓郁的现实情怀，立足现实，回顾过去，展望未来。他重视对历史的继承，强调对未来应抱有美好信念，但这一切都是以现实为基点，把过去、现实、未来融为一体。为此他强调即知即行，注重对现实问题的研究与探讨，为创造理想的未来而努力奋斗。

叶圣陶被视为一位恂恂儒者，但这并不意味着他固守传统，而是意味着他的入世情怀与注重实际的精神。他正是从对传统的批判继承中培养了

---

① 叶圣陶 1952 年 3 月 6 日日记，载叶至善等编《叶圣陶集》（第 22 卷），江苏教育出版社 2004 年版，第 294 页。

② 1976 年 9 月 27 日，叶圣陶在致俞平伯的信中表示："弟心中常有'人本位'观点，既已为人，只得一切从人出发。从人出发，安得无是非善恶。"载叶至善等编《叶圣陶集》（第 25 卷），江苏教育出版社 2004 年版，第 176—177 页。

高度的现实意识与责任感，他喜爱传统文化，但有鉴别、有创新、吸收西学，反对一味复古。他立足现实，也不曾放弃对未来的信心与向往，但这种信心与向往又摆脱了形而上学的终极追问与抽象思辨，也没有神秘主义的色彩，而是化为对现实的关注与实践的动力，强调在现实生活中建立起这种信心与向往。

叶圣陶是以唯物主义为出发点，以"人"为核心，立足现实，这些主要方面构成了他的思想的基本品格，贯穿于他的文艺美学思想之中。

第一节　充实的生活才美

叶圣陶晚年曾回忆说自己早在中学时代就是一个唯物主义者，当时他的唯物主义还比较浅薄，"其基本思想有两点，一是相信人总是要死的，二是相信世界上没有鬼"①。这样一种朴素的唯物主义，其实就是无神论。也正是这种信念，促成了叶圣陶反对迷信、打破偶像、立足现实人间的世界观与人生观，在"五四"时代他也就自然而然地接受了科学思想，投身新文学运动，从此走上了为人生的道路。

但是，叶圣陶对美的问题的思考并不是自"五四"时代才开始。早在创作文言小说时，他就通过批判旧小说阐述自己的文艺主张，传达了自己内心对"美"的追求与向往。他真正认可的是"摄人间之真影"的文艺："夫戏剧要有美之价值，美不必求其滑稽可喜，或华耀动目，惟有涉夫精神，观感者足以当之。故假优孟之衣冠，摄人间之真影，戏剧乃为有价。"这样的戏剧才有"美之真价"，可称为"新文学"②。值得注意的是，叶圣陶此论虽是针对戏剧而发，但也适用于对文学的评价，他由此感慨"提倡新文学之不可缓也"③。叶圣陶的论述，至少包含了三个层面的意思：一、"美"涉及精神层面；二、"真"的才"美"；三、"美"可以使人感动。这些方面奠定了叶圣陶美学思想的基调。他一开始就将"美"与"真"

①　商金林：《叶圣陶传论》，安徽教育出版社 1995 年版，第 7 页。

②　叶圣陶 1916 年 1 月 2 日日记，转引自商金林《叶圣陶传论》，安徽教育出版社 1995 年版，第 188—189 页。

③　同上书，第 189 页。

连接了起来，而"真"又是以"人间"为根基的，这就为他思考美与生活的关系问题奠定了基础。

"五四"时代叶圣陶走上了全新的人生道路，思想也发展到了新的阶段。"五四"是一个重估一切价值、打碎偶像、高扬科学与民主、倡导个性解放的时代，"五四"知识分子怀着重新认识世界与自我的热望，对宇宙与人生开始了全新的思索。叶圣陶也深受当时流行的宇宙论影响，他认为在宇宙之中，一切都变得渺小，人与万物的差异消失了，都不过是宇宙大化中的一粒微尘，也都处于进化历程之中。叶圣陶热切地探究人生问题，创作了一系列的问题小说。出于对自然与人的热爱与平等对待，他萌生了人道主义与泛神论的信念，在早期创作的问题小说中，这种倾向得到了明确的揭示："我也想，'土地真足赞颂呀，生生不息，取之无尽'。于此使我更信 pantheism（泛神论——引者注）了。……我化了，力就是我，我就是力。"① 如果说对自然的热爱意味着叶圣陶对"美"的追求，那么对人性的赞颂则意味着他对"爱"的向往。叶圣陶在《阿凤》中表露了他对人性的呼唤："世界的精魂若是'爱'，'生趣'，'愉快'，伊就是全世界。"② 对"美"与"爱"的向往，就是对自然与人性的热切歌颂，叶圣陶的"美"与"爱"的哲学逐步形成。

在《文艺谈》中，叶圣陶提出了文艺的国民性问题。在他看来，俄国文艺体现了以"爱"为精魂的人道主义，日本的近代文艺则包含着深浓的"爱"和清丽的"美"。叶圣陶更进而从社会经济、地域环境的角度剖析了这种特色的成因，在他看来，"文艺上所谓各国民众之特性……此种特性源于自然，内基于各民族之天禀，外化于天时地势人事之种种环境，遂融结为种种性质"。③ 茅盾在指出叶圣陶早期小说的特点时，将"美"解释为"自然"，将"爱"解释为"心和心相印的了解"，他认为叶圣陶是以"美"和"爱"为"人生的最大的意义，而且是'灰色'的人生转化

① 叶圣陶：《隔膜·苦菜》，载叶至善等编《叶圣陶集》（第1卷），江苏教育出版社2004年版，第151—152页。

② 叶圣陶：《隔膜·阿凤》，载叶至善等编《叶圣陶集》（第1卷），江苏教育出版社2004年版，第170页。

③ 叶圣陶：《文艺谈》，载叶至善等编《叶圣陶集》（第9卷），江苏教育出版社2004年版，第45页。

为'光明'的必要条件。'美'和'爱'就是他的对于生活的理想",应该说这是符合叶圣陶原意的①。在叶圣陶看来,"农业国里的人因为亲近自然,事必互助,所以爱它的观念很发达,而且喜欢和平"②,俄国农民最多,日本也是农业国,所以国民性都有人道主义的倾向。而日本景物清丽,胜游无算,更养成了日本人尚美的特性。热爱自然,追求和谐与自由,应是这一时期叶圣陶所谈论的"美"的主要内容。正如他在《文艺谈》中指出的:"艺术家以自然为最美,艺术之能事即在表现自然。"③

亲近自然、热爱自然在中西文化史上都有悠久的传统。中国古人有"天人合一"的追求,孔子言"仁者乐山,智者乐水",道家强调纯任自然,佛家更是能够在山水中见出禅趣。在西方,卢梭发出了"返归自然"的号召。中国现代知识分子在这一问题上有他们自身的特殊性:就现实处境而言,他们面对内忧外患,身处动荡的时局,在他们眼中,都市与乡村往往成为对立的两极;就思想传承而言,他们受到的是中国传统文化与西方思想的双重浸润,中国现代知识分子对于自然依然怀有"天人合一"的信念。

那么叶圣陶向往的"美"与"爱"的具体内涵又是什么呢?叶圣陶对自然怀有深厚的感情,在《文艺谈》中,他强调宇宙人生的一切都可以成为文艺家选材的对象,但是文艺家要在"外面的观察之外,从事于深入一切的内在的生命的观察",所以"真的文艺家一定抱与造物同游的襟怀,他的心就是宇宙的心"。④ 同时,深入一切的生命,这也是打破机械、功利的观念,恢复人性的途径。因此,叶圣陶对于自然,既抱有传统的"天人合一"观,也体现出西方生命哲学的色彩。这一点在叶圣陶创作的童话中也可以看出来:他大力歌唱儿童的纯真,向往着"美"与"爱"。在都市里,只有冷酷而悲惨的现实,但田野是美丽而多趣的。在小说中也是如此,《潜隐的爱》《阿凤》对自然人性的歌唱,《春游》中大自然对"伊"

① 茅盾:《中国新文学大系·小说一集·导言》,载茅盾编选《中国新文学大系·小说一集》(影印本),上海文艺出版社 2003 年版,第 23 页。
② 叶圣陶:《文艺谈》,载叶至善等编《叶圣陶集》(第 9 卷),江苏教育出版社 2004 年版,第 46 页。
③ 同上书,第 34 页。
④ 同上书,第 19—20 页。

的心灵的陶冶，都体现出了自然的魅力以及叶圣陶对自然的赞美。

"美"是依托自然而展现出来的，但是在西方文化语境中，"自然"包括了外在的自然和人的自然本性两方面，"自然"被看做与社会文化相对立的。叶圣陶在评价近代日本文学时虽然是着重从大自然的一面来谈美，但是从他的创作中却不难发现他力图"唤起世界的精魂，鼓吹全人类对于人的本性都有眷恋的感情，寻觅的愿望"。① 因而在叶圣陶的艺术世界中，"自然"应该是包含了自然界与自然人性两层含义。

叶圣陶所宣扬的"爱"，如茅盾所言，是心和心相印的了解。由于叶圣陶作品中展现的人道主义情怀，他所推崇的"爱"在一定程度上也带有博爱的色彩，但是叶圣陶不信教，他所说的"爱"并不带有基督教的背景，更多地是来自于中国传统文化，特别是孔子的仁爱思想：仁者爱人。叶圣陶从小受过严格的传统教育，深受儒家思想的影响，父亲的孝道与仁心深深影响了他，在为人处世上，叶圣陶也是期盼人与人之间的相亲相爱，他自己也颇有儒家君子的风范，也认为儒家思想中"那说仁说忠恕的部分总是好的"②。因此，叶圣陶向往的"爱"带有大同的理想，但又不像儒家那样强调等级的差别。

"五四"时代，"美"与"爱"的哲学十分流行。事实上，同为文学研究会的作家，王统照就高唱着"美"与"爱"的赞歌，许地山小说中宣扬的"爱"则带有浓厚的宗教色彩，冰心、陈衡哲、庐隐、苏雪林等女作家更是把"美"与"爱"作为自己早期作品的重要主题。冰心宣布："我和万物，完全是用爱濡浸调和起来的，用爱贯穿连结起来的"，"真理就是一个字：'爱'。"③ 从形成背景来说，叶圣陶的"爱"与"美"的哲学与其他作家一样，也在一定程度上受到西方人道主义思潮的影响，都是基于对社会现实的强烈不满。从内容来说，他们讴歌母爱、爱情及人与人之间的一切真情，赞美大自然与淳朴人性，这都是一致的。

---

① 顾颉刚：《〈火灾〉序》，载叶至善等编《叶圣陶集》（第1卷），江苏教育出版社2004年版，第353页。

② 叶圣陶：《深入》，载叶至善等编《叶圣陶集》（第6卷），江苏教育出版社2004年版，第289页。

③ 冰心：《自由—真理—服务》，载《冰心全集》（第一册），海峡文艺出版社2012年版，第203—204页。

　　但是，叶圣陶的"美"与"爱"的哲学与其他作家存在很大的不同。从背景来说，冰心等作家的"爱"的哲学是在基督教思想的基础上形成的，有着浓厚的宗教意味。冰心出身优裕，受过新式教育，受基督教教义的影响，形成了她的"爱"的哲学。庐隐是在教会学校学习期间接受基督教信念，信奉上帝。陈衡哲在留学美国期间研究过基督教，苏雪林则是在法国时成为教徒的。基督教的博爱巧妙地与人道主义相结合，正如朱光潜指出的，广义的博爱，"来自基督教的一条教义：凡人都是上帝的子女，在上帝面前，彼此都是兄弟姐妹。事实上在 19 世纪西方文艺作品中的'博爱'都是按照这条基督教义来理解的。因此，'人道主义'这一词获得了它本来所没有的而且本来应该和它区别开来的一个新的含义，'人道主义'转化成了'慈善性的博爱主义'"。① 叶圣陶并不信教，他的思想不具备宗教色彩，这与他自己的生活环境与成长经历有关。作为平民出身的知识分子，叶圣陶没有受过现代高等教育，他受熏染最深的还是中国传统文化尤其是儒学，这是他的"爱"的哲学的主要背景。从内容来说，如瞿世英所指出的，王统照是以两性之爱为最美，提出"此类烦闷混扰之状态，亘遍于地球之上，果以何道而使人皆乐其生得正当之归宿欤？斯则美之为力已"，"两性也，美也，最高精神之爱也，交相融而交相成，于以开灿烂美妙之爱的花，以达于超越现实世界真美之境地，将于是乎求之"②。冰心等女作家则大力赞颂母爱，追求个性解放，赞美童心和自然。在她们看来，真善美是合一的。但是，在叶圣陶的早期作品中，表现母爱、爱情的作品并不多，他也"有意识地，而且可以说是成功地迴避了当时文坛上多数作家趋之若鹜的个性解放的主题"③。而且，正如阿英指出的，叶圣陶、茅盾、王统照、落花生这样的作家，在描写自然方面，"在田园诗人的意味上，他们是不如谢冰心对于自然那样倾爱的"④。叶圣陶是把目光

① 朱光潜：《朱光潜美学文集》（第 3 卷），上海文艺出版社 1983 年版，第 137 页。
② 瞿世英：《〈春雨之夜〉序》，载冯光廉、刘增人编《中国现代作家选集·王统照》，人民文学出版社 1990 年版，第 248 页。
③ 彭晓丰：《创造性背离——叶圣陶小说风格的形成及对外来影响的同化》，《中国现代文学研究丛刊》1986 年第 1 期。
④ 阿英：《小品文谈·苏绿漪》，载《阿英全集》（第二卷），安徽教育出版社 2003 年版，第 615 页。

积聚在下层民众身上，对社会现实进行揭露与批判，诚如有学者分析的，"叶绍钧人道主义思想的最突出的特征在于：通过对黑暗社会的实际批判过程，他揭示了下层人民群众还不曾'给生物纠缠住'这样一个虽嫌模糊但却很深刻的道理，以至于使他放心地把自己'美'与'爱'的理想实现的希望寄托在他们身上"。①

叶圣陶的"美"与"爱"的哲学之所以具有这样的特点，显然与他自己的人生观和价值取向有关。他早年即抱定写实宗旨，在"五四"时代他的立足根基仍是现实，因此，他的关注点主要是下层民众，他虽然在理论上显示出"美"与"爱"的倾向，但是真正描写自然的作品倒是很少，他的注目点其实是人性。同时，叶圣陶在讴歌"美"与"爱"的同时，也发现对"美"的追寻在现实中会遇到无法避开的尴尬。"五四"时代的知识分子在批判现实的同时，也把眼光对准了下层民众，同情他们的苦难，赞扬劳工神圣，涌现出大量描写劳动人民生活的作品，人力车夫即是知识分子关注的一个群体。叶圣陶于 1920 年创作了一首诗——《人力车夫》，他发出了这样的感慨：人力车夫是在生活的重压下为生计奔波劳累，"只有努力的，盲目的，向命运指挥的路奔去，便历尽永劫，怎么会'艺术化'呢？"② 在严酷的现实面前，"美"的颂歌显得异常窘迫。叶圣陶还写过一篇名为《苦菜》的小说，主人公"我"热烈地信奉泛神论，将种菜作为贴近自然、感受"美"的一种方式，但菜农福堂的冷淡与倦怠却引起了"我"的困惑，从福堂的悲惨遭遇中，"我"开始了对自己的深刻反省：这种满怀热情的诗意在现实中有什么意义？③ "五四"知识分子的自我拷问在这里得到了深刻的展现。叶圣陶在深情地讴歌自然，呼唤着实际生活与艺术生活合二为一之时，却发现这些美好的理想在民众面前只不过是天真的幻想。

茅盾曾经指出，叶圣陶的小说中，"美"和"爱"就是"他的对于生

---

① 任广田：《从〈隔膜〉到〈倪焕之〉——论叶绍钧 20 年代的创作思想》，《中国现代文学研究丛刊》1980 年第 4 期。

② 叶圣陶：《人力车夫》，载叶至善等编《叶圣陶集》（第 8 卷），江苏教育出版社 2004 年版，第 54—55 页。

③ 叶圣陶：《苦菜》，载叶至善等编《叶圣陶集》（第 1 卷），江苏教育出版社 2004 年版，第 151—156 页。

活的理想。这是唯心地去看人生时必然会达到的结论"①。茅盾的批评不无道理，应该说对"美"和"爱"的追求是没有错的，但如果视之为解决实际问题、改变社会现实的途径，那显然是行不通的。

　　1921年叶圣陶发表《文艺谈》时，认为文艺家取材的对象可以是宇宙，但他关注的重心是人生。在他看来，文艺是人生的表现与批评，叶圣陶曾经对"人生"作过解释："'人生'，包括人类的物质生活和精神生活而言。"② 从叶圣陶的解释及理论背景来看，"人生"显然是主客观合一的。后来，叶圣陶以"生活"这一术语取代了"人生"，明确提出生活是一切的泉源。在《受教育跟处理生活》一文中，叶圣陶认为"所谓生活，无非每天碰到的一桩桩一件件的事情。……许许多多的事情积聚起来，其总和就是人类的生活"③。他提出"生活"概念，首先是着眼于客观与实际，立足于唯物主义的基础上。叶圣陶认为"生活是一切的泉源，也就是诗的泉源"④，文艺"和'大自然'同其呼吸，合'真''美''心血'为结晶"⑤，因而可以从生活中寻找美，他在评论悄吟女士的随笔时，就认为她的文章"全从生活中出来，不带书本中的传统意味：这里头就有一种特殊的美"⑥。

　　这种立足生活的根基，从生活中去追寻美的信念，成为叶圣陶文艺美学思想的起点。但是，叶圣陶强调，生活是人的生活，因而生活有"空虚"和"充实"之分，他充满激情地宣称："充实的生活就是诗。"生活是空虚还是充实，是从"内观"的角度来判定的："一切不"的生活是空虚的，"不事工作，也不涉烦闷，不欣外物，也不动内情，一切止是淡漠

---

① 茅盾：《中国新文学大系·小说一集·导言》，载茅盾编选《中国新文学大系·小说一集》（影印本），上海文艺出版社2003年版，第23页。

② 叶圣陶：《教育与人生》，载叶至善等编《叶圣陶集》（第11卷），江苏教育出版社1991年版，第65页。

③ 叶圣陶：《受教育跟处理生活》，载叶至善等编《叶圣陶集》（第12卷），江苏教育出版社2004年版，第81页。

④ 叶圣陶：《诗的泉源》，载叶至善等编《叶圣陶集》（第9卷），江苏教育出版社2004年版，第91页。

⑤ 叶圣陶：《人力车夫》，载叶至善等编《叶圣陶集》（第8卷），江苏教育出版社2004年版，第54页。

⑥ 叶至善等编：《叶圣陶集》（第18卷），江苏教育出版社2004年版，第99页。

和疏远"；充实的生活则是"不一切不"的："有工作则不绝地工作，倦于工作则深切地烦闷，强烈地颓废；对美善则热跃地欣赏赞美，对丑恶则悲悯地咒诅怀念；情感有所倾注，思虑有所系属；总之，一切都深浓和亲密。"内观的时候，"总觉得这生活的丰富和繁茂。明白地说，就是觉得里面包含着许多东西，好像一个饱满的袋子。这就是所谓充实的生活"①。

在 1924 年出版的《作文论》中，叶圣陶在两个方面将自己的研究推向深入：首先，他指出文章的源头是生活。由于他是从作文的角度来探讨，从而将文学作品与普通文都归入文章，认为它们的泉源都是生活。不仅如此，叶圣陶还认为，"作文原是生活的一部分"，这就为他思考文学与非文学的联系与区别即文学本质问题奠定了基础。事实上，文学的本质问题也一直是晚清以来知识分子所面对的难题之一。

其次，叶圣陶强调的是充实的生活："生活充实的涵义，应是阅历得广，明白得多，有发现的能力，有推断的方法，情性丰厚，兴趣饶富，内外合一，即知即行，等等。""在求充实的时候，也正就是生活着的时候。"② 可见，叶圣陶提出的生活充实，包括了阅历、能力、思想、情感等方面的历练。叶圣陶尤其突出了思想与情感两大因素，他认为，要想生活充实，就要训练思想与培养情感。首先是训练思想，在这个问题上叶圣陶借鉴了杜威、胡适的观点。在他看来，杜威一派认为"思想的起点是实际上的困难，因为要解决这种困难，所以要思想；思想的结果，疑难解决了，实际上的活动照常进行；有了这一番思想作用，经验更丰富一些，以后应付疑难境地的本领就更增长一些。思想起于应用，终于应用；思想是运用从前的经验来帮助现在的生活，更预备将来的生活"，训练思想的含义，"是要使人有真切的经验来作假设的来源；使人有批评、判断种种假设的能力，使人能造出方法来证明假设的是非真假"。③

其实，叶圣陶所引述的基本上是胡适的观念。胡适是杜威的追随

　　① 叶圣陶：《诗的泉源》，载叶至善等编《叶圣陶集》（第 9 卷），江苏教育出版社 2004 年版，第 91—92 页。
　　② 叶圣陶：《作文论》，载叶至善等编《叶圣陶集》（第 15 卷），江苏教育出版社 2004 年版，第 20 页。
　　③ 同上书，第 21—22 页。

者，但他对杜威的思想也加以一定的改造与发挥。实用主义哲学在西方有着自身的渊源与传统，而在杜威的实用主义哲学思想中，"经验"是一个非常关键的词。杜威认为，"经验既在自然之内，也是关于自然的"。经验"既包括人们所做的、所遭遇的事情……也包括了人们怎样活动和接受活动……总之，包括各种经验的过程"[1]。显然，杜威把经验的主体、过程和对象都整合到了"经验"之中，并且认为主体的经验是客观世界存在的前提，没有主体，也就没有客体的存在，因而存在就是被经验。

实用主义哲学对中国思想界产生了很大的影响，特别是其中的科学精神与方法。对于追求科学方法的胡适来说，实用主义为他提供了最好的武器。但是对于实用主义的历史背景和思想渊源，胡适却没有兴趣去探究，而是以历史的方法和实验的方法去把握。在他看来，科学方法是最重要的，他提出五步程序，自己又总结为"大胆的假设，小心的求证"[2]，发展出一种怀疑和求证的精神。胡适引述杜威"经验就是生活"的主张，强调"生活就是应付环境"[3]。在胡适眼中，经验即生活。

叶圣陶引述胡适的观点，他此时的理论也带上了鲜明的经验主义与实用主义色彩。他认为要多观察，具备经验，拥有切实的思想能力，"有了真切的经验、思想，必将引起真切的情感"，这样才能接近生活的核心，才能拥有真实而丰富的情感，生活变得充实。这样写成的文章就有真情实感。不过，叶圣陶在这个问题上还有自己的体会。在他看来，"所谓经验，不只是零零碎碎地承受种种见闻接触的外物，而是认清楚它们，看出它们之间的关系，使成为我们所有的东西"。与杜威及胡适相比，叶圣陶所注重的是主客体的合一，但他并没有把主体强调到决定一切的地步，也没有把经验等同于生活，而是强调还有一个内化的过程。在培养情感这一方面，也要从经验与思想上着手，经验、思想可以促进人的情感的涵养：

---

① 赵祥麟、王承绪编译：《杜威教育论著选》，华东师范大学出版社 1981 年版，第 267—272 页。

② 葛懋春、李兴芝编：《胡适哲学思想资料选》（下），华东师范大学出版社 1981 年版，第 110 页。

③ 胡适：《杜威哲学》，载欧阳哲生编《胡适文集》（12），北京大学出版社 1998 年版，第 370 页。

"人是生来就怀着情感的核的……生活永远涵濡于情感之中，就觉这生活永远是充实的。"① 对于情感的重视，这与他在《文艺谈》中的观念是一致的。生活充实才美，意味着叶圣陶没有将美抽象化、神秘化，而是切切实实将它置于现实生活的基础上，同时也隐含了对人的主体作用的关注。

　　生活与美的关系，是美学史上一个重要命题。中国古代有"感物"说，《礼记·乐记》就提到"凡音之起，由人心生也。人心之动，物使之然也。感于物而动，故形于声；声相应，故生变；变成方，谓之音；比音而乐之，及干戚羽旄，谓之乐。乐者，音之所由生也，其本在人心之感于物也"。由人心感物，《乐记》指出了音乐与时代的关系："凡音者，生人心者也。情动于中，故形于声，声成文，谓之音。是故治世之音安以乐，其政和；乱世之音怨以怒，其政乖；亡国之音哀以思，其民困。声音之道，与政通矣。"② 茅盾正是由这段话提出"真的文学也只是反映时代的文学"，"表现社会生活的文学是真文学，是于人类有关系的文学"③。可以说，中国古人并非没有意识到文艺和美同时代、社会现实的关系，刘勰在《文心雕龙》中也提出了"文变染乎世情，兴废系乎时序"。自晚清以来，现代知识分子都提出了"真"的文艺的要求。王国维在《人间词话》中就已经提出要写"真景物、真感情"，因而"诗人对宇宙人生，须入乎其内，又须出乎其外"④。王国维的主张，已经含有从宇宙人生中寻求美的思想的萌芽，这是中国古代美学思想与西方生命哲学相结合的结果。到"五四"时代，中国知识分子更是大力标举"真"的文学。茅盾大力提倡"真的文学"，也就是"为人生的文学"，这是新旧文学根本不同的地方。⑤

　　① 叶圣陶：《作文论》，载叶至善等编《叶圣陶集》（第15卷），江苏教育出版社2004年版，第22—24页。

　　② 《礼记·乐记》，载郭绍虞主编《中国历代文论选》（第一册），上海古籍出版社2001年版，第61页。

　　③ 茅盾：《社会背景与创作》，《茅盾全集》（第18卷），人民文学出版社1989年版，第116—117页。另见第260页。

　　④ 王国维：《人间词话》，载姚淦铭、王燕编《王国维文集》（第一卷），中国文史出版社1997年版，第142—155页。

　　⑤ 茅盾：《中国文学不发达的原因》，载《茅盾全集》（第18卷），人民文学出版社1989年版，第100页。

郑振铎也在《〈俄罗斯名家短篇小说第一集〉序》中指出，中国的文学，最乏于"真"的精神，它们拘于形式，精于雕饰，只知道向文字方面用功夫，却忘了文学是思想、情感的表现，所以它们没有什么价值。认为"真"的文艺才是美的，正是当时的普遍看法。

就叶圣陶本人来说，他从事文学创作，最初却是迫于生计，卖文为生，写作文言小说。1914 年，他的第一篇文言小说《玻璃窗内之画像》发表于《小说丛报》，大部分作品则刊登在《礼拜六》上。叶圣陶虽深以为耻，却也无可奈何。但他仍然抱定这样的宗旨："虽不免装点附会，而要有其本事"①，作品要有益于世道人心。他还发明了"侦探法"："于广座之中，默聆各人之言论，即可以侦其隶何党籍。小试侦探术，亦一消遣法已。""吾从旁静观，皆具妙相。"② 中国古典小说也追求真实，这是从史传传统而来的，讲究于史有征③。此外，中国古典小说注重情节、布局，故事性很强。叶圣陶早期创作的文言小说就具有这样的特点，他一再强调自己的小说"有其本事"，是从真实性立场出发；同时，立足于生活原型，在此基础上捏合点染，创作出曲折离奇的故事，这种"讲故事"的手法与中国古典小说创作存在着很大的一致性。而且"文非有益于世不作"④ 的宗旨与中国古代小说家宣扬的教化功用也都是在强调文学的功效。在这个问题上，以往的研究者往往强调叶圣陶与旧小说家的区别，却忽略了传统的延续性。叶圣陶从小受的是严格的旧式教育，读的是经书与中国古典小说，这些都深深影响到了他的文学创作。他虽然是在欧文《见闻杂记》及林译小说的影响下才走上小说创作的道路，但这并非意味着他的小说观念就已经迈进了现代的门槛。直到民国时代，叶圣陶强调美"涉夫精神"，"摄人间之真影"的文艺才有美的价值⑤，从强调故事的真实到着力揭示

---

① 叶圣陶 1914 年 11 月 12 日致顾颉刚书信，载叶至善等编《叶圣陶集》（第 24 卷），江苏教育出版社 2004 年版，第 79 页。

② 叶圣陶 1913 年 5 月 10 日、8 月 27 日致顾颉刚书信，载叶至善等编《叶圣陶集》（第 24 卷），江苏教育出版社 2004 年版，第 39、47 页。

③ 关于"史传"传统对中国小说的影响，可参见陈平原《中国小说叙事模式的转变》第七章，北京大学出版社 2003 年版。

④ 叶圣陶 1914 年 11 月 23 日致顾颉刚书信，载叶至善等编《叶圣陶集》（第 24 卷），江苏教育出版社 2004 年版，第 90 页。

⑤ 叶圣陶 1916 年 1 月 2 日日记，转引自商金林《叶圣陶传论》，第 188—189 页。

人生、人性的真实状况，他的观念终于具备了现代色彩。"五四"时代，叶圣陶成为新潮社作家，又加入了文学研究会，"立人"、"为人生"成为文学研究会作家共同的追求，叶圣陶的美学思想得到了发展。在《文艺谈》中他认为，仅仅做到客观的描写还是不够的，还达不到"真"的要求。真切地观察一切事物，表现出浓厚的感情，这才是真的文艺品。因此，文艺是表现人生而并非只是摹写现实的。在他看来，只有"真"才能"美"。美与善也是合一的，"美的事物往往同时是合乎道德的，而不道德的事物决不美，一定丑"。①

如果说叶圣陶早期对真文艺的美质的强调重在内容与精神层面的话，到"五四"时期他已经开始注意多角度的考察。在谈到文学作品时，叶圣陶指出："文学是作者感情和思想的，也就是人格的表现，又具有美的质素。"文学作品要达到有机整体之美，各个部分就要"完美"，整体要达到"浑凝"的效果，这就涉及了作品的形式层面②。出于对语言的感悟力，叶圣陶同样要求文学作品的语言要有节奏韵味，这也是一种美③。从他对美的论述来看，除了和谐、自由之外，美也意味着"自然"。这里说的"自然"，主要是指自然天成的艺术境界，与"人工"相对，像"美术画要求自然之趣，是不讲究对称的"④。

可见叶圣陶心目中的美，是与真、善合为一体的，意味着和谐、自然、自由，既体现在内的精神层面，也体现于外的形式。

叶圣陶、茅盾、郑振铎都追求"真的文学"，提出文学是人生的表现，把他们的文艺观建立在现实的基础上，但是他们的观念也存在差异。叶圣陶在《文艺谈》中把情感作为文学的生命，认为文学可以体现

---

① 叶圣陶：《体育·品德·美》，载叶至善等编《叶圣陶集》（第11卷），江苏教育出版社2004年版，第301页。

② 叶圣陶：《文艺谈》，载叶至善等编《叶圣陶集》（第9卷），江苏教育出版社2004年版，第39、63页。

③ 例如叶圣陶在《读〈石榴树〉》一文中指出，"值得翻译的东西必然有它的美质，美质之一必然在那种语言的节奏韵味上头"。在《读〈虹〉》中，叶圣陶也强调，"凡说及事物或情思，在本质上同时在形式上具有一种内在的韵律，比较一般散文性的东西更为深美，都可以说是诗，广义的诗"。载叶至善等编《叶圣陶集》（第10卷），江苏教育出版社2004年版，第95、107页。

④ 叶圣陶：《〈苏州园林〉序》，载叶至善等编《叶圣陶集》（第7卷），江苏教育出版社2004年版，第221页。

出国民性；茅盾强调文学是人生的反映，文学表现人生，但是"文学家所欲表现的人生，决不是一人一家的人生，乃是一社会一民族的人生"①；郑振铎强调文学的使命是"表现个人对于环境的情绪感觉"，也就是"扩大或深邃人们的同情与慰藉，并提高人们的精神"②，将情感置于核心地位。到《诗的泉源》一文中，叶圣陶正式提出生活是一切的泉源，到《作文论》中他提出"充实的生活"，这才真正凸显出了他的特色。与强调文学的阶级性、民族性的茅盾不同，叶圣陶的观点更注重了个人的实际体验。从根本上讲，叶圣陶认为美的根基与泉源在生活，具体说来可以从两方面理解：一方面是生活中本来就有美的质素，需要发现生活中的美，如自然之美、人性之美；另一方面是要创造出美，这就要靠文艺来实现。

显然，叶圣陶早年在强调摄人间之真影的文艺以及追求"美"与"爱"的理想时，他的侧重点是在前一方面；当他从自然转向生活，强调生活是诗的泉源时，他就侧重于后一方面，探讨审美创造与欣赏问题。但事实上这两个方面是紧密关联的，无论是在生活中发现美还是在生活中创造美，首要原则就是坚持以生活为泉源、求生活的充实的信念，立足现实。而且二者都要求发挥人的主体作用，因为无论是发现美还是创造美，都离不开人。这就表明叶圣陶美学思想的核心不是美的泉源的问题（尽管这是他的美学思想的起点与基础），而是美的创造与欣赏的问题，因为离开"人"来谈论"美"没有任何意义。

叶圣陶认为充实的生活才美，这一观念经历了一个发展历程。他早年的主张都只是片断的论述，多为感受而没有自觉地上升到理论的高度。到发表《文艺谈》时，叶圣陶开始了自觉的理论建构。但是他使用的术语主要是"人生"，这个术语其实带有强烈的主观色彩，而且他的兴趣点也主要是文学创作问题。到1923年《诗的泉源》一文中，他才明确提出生活是一切的泉源。1924年，叶圣陶在《作文论》中指出普

① 茅盾：《现在文学家的责任是什么？》，载《茅盾全集》（第18卷），人民文学出版社1989年版，第9页。

② 郑振铎：《文学的使命》，载《郑振铎全集》（第三卷），花山文艺出版社1998年版，第402页。

通文与文学的界限不易划分，"泉源只是一个"，根据他的论述，"就是我们的充实的生活"①。但也就是在《诗的泉源》中，叶圣陶又用"充实的生活"来对生活加以限定，反对空虚的生活。"充实"这一标准太过宽泛与模糊，也难以准确把握，但其中却透露出对人的重视。因为在叶圣陶看来，充实的生活与空虚的生活同好生活与坏生活是不同的。生活是充实还是空虚，关键在于人：生活空虚是因为人的态度是感到"一切止是淡漠和疏远"，生活充实是因为人的态度是感到"一切都深浓和亲密"②。叶圣陶认为，要想生活充实，就要在生活中多所历练，训练思想，培养情感，实现内得。生活就不再仅仅是现实层面的，也包含了对理想的追求。因此，充实的生活才美，既强调了美的本源是生活，也包含了评判的标准在内。到了40年代，叶圣陶仍然是以生活为泉源。在他看来，青年可以试作文艺，但是首先必须能够写作，这是最起码的修养，"一个人若不能运用文字把自己所知所想的东西写得明白而有条理，他就算不得一个合格的公民"。写作是生活的需要，在此基础上，"有些人生活既充实，又能从生活中间发觉些什么，领悟些什么，并且运用文字把它们具体的叙写出来，那才是文艺家。生活充实的时候，发觉和领悟的机会自然常有；要写文艺，便有了个取之不竭的泉源"。要使生活充实，就要多做、多想、多观察、多体会，这是"开源的办法"③。生活充实，人的思想得到训练，情感得到陶冶，这样才能创造真的文艺品，这才是文艺的真精神，而不是徒具文艺的形。正是在这一意义上，叶圣陶认为"像个滚圆的皮球的人生，其人必然是诗人，广义的诗人。写不写诗没关系，生活本身就是诗"④。

充实的生活才美，这一评判很容易让人联想到孟子讲过的"充实之谓

---

① 叶圣陶：《作文论》，载叶至善等编《叶圣陶集》（第15卷），江苏教育出版社2004年版，第16、20页。

② 叶圣陶：《诗的泉源》，载叶至善等编《叶圣陶集》（第9卷），江苏教育出版社2004年版，第91—92页。

③ 叶圣陶：《爱好和修养》，载叶至善等编《叶圣陶集》（第9卷），江苏教育出版社2004年版，第128—129页。

④ 叶圣陶：《答复朋友们》，载叶至善等编《叶圣陶集》（第6卷），江苏教育出版社2004年版，第40页。

美"。事实上，叶圣陶本人在《读〈蔡孑民先生传略〉》中也曾引述了孟子的这一论断。他认为，交朋友的乐趣在于彼此人格的交流，人格的美质相互影响，"第一是觉得生命并不孤单，第二，越来越感到'充实之谓美'"①。在他看来，蔡元培就是达到了这一目标的典范人物。孟子曾提出"可欲之谓善，有诸己之谓信，充实之谓美，充实而有光辉之谓大，大而化之之谓圣，圣而不可知之之谓神"（《孟子·尽心下》）。孟子提出了人格修养的不同层次与境界，"美"是在充实这一层次达到的。但是，孟子所论侧重在人格修养，且集中于道德层面，他所说的"美"也是指人格的魅力。叶圣陶所论侧重于生活，并且是谈论艺术，二者之间仍有区别。只是要达到"充实"的地步，人格修养仍是必不可少甚至是最重要的环节，因而叶圣陶赞同孟子的观点。在他看来，美不仅存在于生活中，而且当人格修养达到一定境界时，也会产生一种美质，美也可以体现于人的精神气度之中。

叶圣陶提出美在生活，充实的生活才美，对于这一问题，已有学者作过详细的论述，此处不赘述②。需要强调的是，叶圣陶提出求生活的充实，不仅是理论上的命题，他自己也身体力行。在他看来，求生活的充实本是人生中应有的事项，即使不从事文艺创作，也当求生活的充实，这是做一个健全的公民的必备条件。生活充实是生活的基本要求，是一切事业的根基。因此，我们对叶圣陶美学思想的理解就应该注意他立论的角度。对他而言，他强调的重点是生活，认为以此为前提与根基，才有可能创作出好的文艺作品，才能达到美的境界。但不应为文学创作或追求美而去求生活的充实，那就本末倒置了。

沿着叶圣陶的思路来看，求得生活的充实，人的素养与能力才会切实提高，也才能从事各种实践活动，包括文艺创作，这样才能发现美、创造美。从"充实的生活"到"美"，其中有"人"在起作用。由此也就不难理解叶圣陶为什么会提出"美出自心灵，出自作者的高尚的情操。……高尚的情操包括对人生的理解，对未来的向往，对社会的责任感；再说得具

---

① 叶圣陶：《读〈蔡孑民先生传略〉》，载叶至善等编《叶圣陶集》（第 6 卷），江苏教育出版社 2004 年版，第 32 页。

② 陈光宇：《叶圣陶美学思想的逻辑起点》，《南京晓庄学院学报》1997 年第 3 期。

体些，高尚的情操就是时时刻刻想到自己在人民之中，是社会的一员，应该而且必须为人民为社会作有益的事"。① 叶圣陶本是强调美的源泉在生活，这里又认为美出自心灵，其实二者并不矛盾，而是统一于"充实的生活"这一命题之中。因为要求得充实的生活，需要人的努力，由此才能发现美、创造美，所以美离不开人的心灵，而且人的心灵本身也可以是美的。

反过来说，如果人不积极追求生活的充实，就无法深入生活，这也是叶圣陶一再强调的。在 20 世纪 40 年代，他甚至以自己作为反面例子来阐述这一道理。1943 年 11 月，成都文艺界为叶圣陶祝五十寿辰，叶圣陶作了一篇《答复朋友们》，指出为人是根基。他谦虚地表示自己"为人平庸"，这是指他在"所遭遇的生活之内，没有深入它的底里，只在浮面的部分立脚"。因此，要求得生活的充实，就要"深入生活的底里，懂得好恶，辨得是非，坚持有所为有所不为，实践如何尽职如何尽伦"②。两年之后，叶圣陶在谈到深入生活时，仍然认为"深入"是指"就眼前站定的地位，求其把握得着实一点，体认得精切一点"。他分析自己不能深入的原因，认为是受到儒、道思想中消极因素的熏染，最关键的是与生活分离，因而他认为"知"若不改向积极的"行"，反省也不起作用，"洗涤熏染得从践履开始"③，这就又回到知行合一的命题上去了。

"充实的生活"这一命题顾及了生活与人两方面，在当时可以说是比较准确地把握住了美的源泉的。充实的生活这一命题的提出是叶圣陶在长期的生活、美学思考与文艺实践过程中提出来的，经历了一个较长的发展历程。虽然自走上文学道路之时起他就被视为一个现实主义小说家，在加入文学研究会之后他又长期被置于"为人生"的群体之中，但叶圣陶本人对美学问题的思考是有个人特色的。"充实的生活"命题的提出，

---

① 叶圣陶：《给少年儿童写东西》，载叶至善等编《叶圣陶集》（第 9 卷），江苏教育出版社 2004 年版，第 394 页。

② 叶圣陶：《答复朋友们》，载叶至善等编《叶圣陶集》（第 6 卷），江苏教育出版社 2004 年版，第 39—40 页。

③ 叶圣陶：《深入》，载叶至善等编《叶圣陶集》（第 6 卷），江苏教育出版社 2004 年版，第 290 页。

坚持了美的现实根源，富于现实主义色彩，同时也高度重视人的作用的发挥。

叶圣陶提出"充实的生活"作为美的源泉，这一基本原则无疑是正确的。不过问题在于"充实"的标准显然过于模糊宽泛，更多地带有理想的色彩。而且他始终没有对美的本质问题作出正面解答，这不能不说是一个遗憾。这一命题固然立定了美的根基，但是同时也立定了为人处世的一切方面的根基，并不只限于美。因此，研究叶圣陶对于美的本质问题的看法，就不能停留于此，还必须进而考虑到他对于人的问题的看法、他对审美活动的看法，我们才能获得进一步的启示。

第二节　审美活动

叶圣陶对人十分重视，这与他的"人本位"立场有关。在 20 世纪 40 年代以前，这种人本位观念侧重于个体自我，早在 1911 年叶圣陶就在日记中写道，"何事不可为，只在我耳"①。这种观念与清代的反专制思潮一脉相承，也明显受到西方个性主义思想的影响，到"五四"时代，叶圣陶的这一观念得到了进一步的发展，其直接的动因显然是"五四"以来追求个性解放、追求人的独立与尊严的思想的影响。作为"五四"一代知识分子，叶圣陶也接受了个性主义、"人的文学"观念的影响，将人置于首要地位，这种"人本位"观念与古代的民本论存在根本差异，也不同于晚清时代的国民意识，因为它强调的是个体"自我"的解放，是真正现代意义上的"人"的觉醒。因此，叶圣陶对人极为关注，同时也将关注的目光扩大到整个宇宙。不过，在"五四"时代，对个体自我的高张是处于首位的。到 40 年代以后，知识分子普遍转向了人民本位的立场，对"人"的重视依然未变，只不过是从个体转到了大众。叶圣陶也是如此，他认为"人生不可解而可解，不可究诘而可究诘。离开了人的观点，或从天文学的观点，或从生物学的观点，人生只是宇宙大化中的一粒微尘而已。但是取了人的观点，就有了个范围，定了个趋向。既讲人，不能不求其进步，

---

① 叶圣陶 1911 年 2 月 28 日日记，载叶至善等编《叶圣陶集》（第 19 卷），第 14 页。

不能不求其好——物质方面跟精神方面都好，而且必须大家好……惟有实实在在的成绩足以贡献给大众，在大众的海洋里加增一点一滴的，才是生命的真意义"①。

叶圣陶对"人"的重视反映到其美学观念上，就是认为"没有艺术家之精神，自然虽至美，决不会有艺术"②。因此，审美活动也是非常关键的一个环节。

一　审美的必要性与可能性

叶圣陶在探讨审美活动的重要性时，确立了这样一个基本观点：审美是人生必不可缺的项目，缺乏对美的感受与体悟是人生的缺陷。审美活动之所以如此重要，是因为从"人"的角度来看，"美"是人生中不可或缺的。

叶圣陶在《文艺谈》中以儿童为例指出，儿童有"感美的天性，艺术的本能"，因而作为"将来的人，他们尤其需要诗"。而成人则因为现实的重压、功利的心态、机械的眼光，早已失去了对美的热爱与欣赏力。本来人人有文艺家的资格，终乃不能人人为文艺家。③ 叶圣陶大声疾呼，应该唤醒人们爱美的天性，促成他们精神上的觉醒，向美向善，使全民族的人生活动"进化，丰富，高尚，愉快"④。由此可见"美"不仅为人的天性所喜好，也可以成为变革人心、改造社会的武器，只是这种作用是精神的熏染，在潜移默化中完成。

叶圣陶还从审美创造的角度论证了美对人生的重要性，他认为，"与艺术接触是一种享受"，无论是创造还是欣赏，都是一种享受，"人人应该有这种享受。人人可能有这种享受"⑤。人人应该有这种享受，指出了审

---

① 叶圣陶：《佩弦的死讯》，载叶至善等编《叶圣陶集》（第6卷），江苏教育出版社2004年版，第305—306页。

② 叶圣陶：《文艺谈》，载叶至善等编《叶圣陶集》（第9卷），江苏教育出版社2004年版，第34页。

③ 同上书，第21—30页。

④ 同上书，第72页。

⑤ 叶圣陶：《享受艺术》，载叶至善等编《叶圣陶集》（第12卷），江苏教育出版社2004年版，第330页。

美活动的必要性。就创作而言，叶圣陶认为文艺创作主要是文艺家的事，需要天才与技巧，但他还是承认人人有发表自己心中所见的权利与自由，在《作文论》中他就指出"作文原是生活的一部分"①。就欣赏而言，人有爱美的天性，而"艺术原是社会的产品……该由社会中人共享，不该为某一些人所独有。……接触了艺术，可以饱精神方面的肚子，可以使生命进入一种较高的境界。这是一种权利"。人人可能有这种享受，道出了审美活动的可能性。就创作而言，"上好的艺术品固然要功夫深的人才能创造，但是功夫浅的人也可以创造他的艺术品"，二者是"同类的东西"。就欣赏而言，"人与人原相去不远的，彼此的思想和情绪虽有种种的差别，可是那差别只在于程度上，不在于质地上。因此之故，一件非常高妙的艺术品，普通人也能够欣赏"。②对文艺活动发生兴趣，萌生尝试的念头，从事文艺创作，这是值得鼓励的。因此，审美就不是某部分人的专利，而是人人可以为之的，只不过识见有浅深，层次有分别。

需要指出的是，叶圣陶虽认为审美创造与欣赏都是必要的、可能的，但是他对待二者的态度并不相同。在他看来，"一般人却不可不有领略文艺家精心结撰的作品的能力。……有好景不能玩赏，有好友不能结交，有好的文艺作品不能领略，都是人生的缺陷，对于自己莫大的辜负"。这是因为从根本上讲，"人不仅须有物质上的欲求。尤赖有精神上的欲求，才可以向上进取"。即使不当文艺家，为求生活的完善，也应该具有审美鉴赏力，因为这是精神层面的需求。相比之下，审美创造力就不要求人人皆备，主要是文艺家的责任。虽然人人都可能对生活产生美的印象与情感，但普通人缺乏表现美的能力，而艺术家的"制炼"也是一种创造，不是一般人可以做到的。③而且在叶圣陶看来，也没有必要要求人人从事文艺创作，创作不是生活中必需的事情："'诗人'这个名字和'农人''工人'

① 叶圣陶：《作文论》，载叶至善等编《叶圣陶集》（第15卷），江苏教育出版社2004年版，第20页。

② 叶圣陶：《享受艺术》，载叶至善等编《叶圣陶集》（第12卷），江苏教育出版社2004年版，第330页。

③ 叶圣陶：《文艺谈》，载叶至善等编《叶圣陶集》（第9卷），江苏教育出版社2004年版，第11—12页。

不一样，不配成立而用来指一种特异的人。世间没有除了'作诗''写诗'以外就无所事事的，仅仅名为一个'诗人'的人。'作诗'或'写诗'也和'吃饭''做工'不同，不是生活中不可或缺的事，不做就有感到缺少了什么的想念。换一句说，这算不得一回事。"① 显然，在叶圣陶看来，创造与欣赏是两码事，不能混为一谈。不过，审美创造与欣赏又是可以相互促进的：审美欣赏能力的提高有助于审美感受的深化，使人领悟艺术创作的奥秘，从审美体悟与艺术技巧方面都可以得到提高。审美欣赏能力的提高可以借助于批评家的指导帮助，因此，叶圣陶十分重视创作与批评之间的互动。

　　无论是审美创造还是欣赏，叶圣陶都强调必须立足于生活。最主要的原因显然是因为美的泉源是生活，立定了生活的根基，叶圣陶在论述审美活动时就带有明显的现实主义色彩与"为人生"的倾向。但是这种生活不只是物质的生活，还包括了精神的层面，不只是客观实在的生活，更是"人"的生活。正是因为人的存在，审美活动才不是对生活的被动记录与反映，而是映射出人对生活的感受与理解。审美创造与欣赏带有较为鲜明的主观色彩，这是叶圣陶美学思想的特色，闪耀着人道主义与辩证法的光辉。对个体的高扬，对自我的赞颂，这也是中国现代美学的特色。

　　如果说中国古典美学在其最高美学原则上讲求天人合一式的和谐，在现代，这种追求和谐的思想也并未断绝，叶圣陶即是如此。他要求文艺家深入一切的内心，实现物我交融，要求作品"质和形都是饱满的，和谐的，自由的"②。可见他受中国传统思想文化的影响很深。但是，天人合一的古典美学原则并没有把核心放在作为个体的"人"身上。儒家是把人置于伦理道德与秩序规范之中，道家则是绝圣弃智，追寻自然。即使是重心性的佛家，也认为人生会归于空无寂灭。在中国古典美学中找不到个体独立的地位与价值，但是随着中国思想文化的现代转型，个体的价值得到

---

① 叶圣陶：《诗的泉源》，载叶至善等编《叶圣陶集》（第 9 卷），江苏教育出版社 2004 年版，第 90 页。

② 叶圣陶：《文艺谈》，载叶至善等编《叶圣陶集》（第 9 卷），江苏教育出版社 2004 年版，第 77 页。

了肯定。作为对抗整个封建礼教与社会秩序的武器，"自我"的发现使得美学原则与理念也发生了根本性的变革。面对纷繁复杂的时代思潮，叶圣陶提出了自己的见解。

　　叶圣陶在提出审美创造与欣赏问题时，既注意坚持生活为一切的泉源，又一再强调"自我"的地位。这不是折中，而是一种辩证精神的体现。叶圣陶在论及审美活动时，注意到美对人的熏陶感染作用，从而发现美可以作为提升民众精神、促进社会进化的武器。因此，在论及民众文学时，叶圣陶特别强调应该引导民众，为民众创造真的文学，把他们从旧文学阵营争取过来，培育他们健康的审美情趣与爱好，导其入于向上之途。到那时，"凡是人们所看所读的东西都要是一种文学"①。这样一种功利意识，与"五四"时代的启蒙精神是一致的。但是叶圣陶的观念也没有流于直接的功利主义，在他看来，美感"隔离一切，无关利害，而其美即在痛苦流离和佳山佳水的本身"②。他强调审美欣赏应有超功利的心态，不应抱着"玩戏"与"求得"的心态，"应当绝无要求，读文艺就只是读文艺"③。他反对的是说教与教训，这会让文艺负担太多本不属于自己的社会使命，违背美的本质与规律。梁启超提出三界革命，特别是小说界革命，把小说提升到新民、改造社会的高度，赋予小说以前所未有的社会地位。梁启超固然也顾及了对小说美学特征的揭示，但他毕竟不是为了探寻文学的本质，而是从社会政治的需要出发，由此在一定程度上遮蔽了文艺自身的美学特质。

　　但是，叶圣陶也不同于王国维。王国维对审美抱着超功利的态度，力图构筑一个纯审美的世界。应该说他对美的本质与内在规律的认识确实要比梁启超深刻，但其生命美学的悲观主义倾向与唯心主义色彩也是异常浓厚的。叶圣陶提出既要"深入生活"，又要"超以象外"，与王国维所说的"入乎其内，出乎其外"的态度是一致的，叶圣陶将它作为处理文艺与

---

　　①　叶圣陶：《"民众文学"》，载叶至善等编《叶圣陶集》（第9卷），江苏教育出版社2004年版，第88页。

　　②　叶圣陶：《文艺谈》，载叶至善等编《叶圣陶集》（第9卷），江苏教育出版社2004年版，第25页。

　　③　叶圣陶：《第一口蜜》，载叶至善等编《叶圣陶集》（第10卷），江苏教育出版社2004年版，第4页。

生活关系的基本原则①，即既要切实地体悟人生，从生活中感受生命的意义，又要能够发挥自身的作用，对生活作整体的把握。他强调的"人"，也属于梁启超所说的"国民"，但首先是忠于生活、忠于自我的个体。这样的人对生活抱真诚的态度，才能体会出生活的真意。他还能够从创造与接受两方面来揭示这一问题，在他看来创造与欣赏不是一回事，但又是可以相互促进的。这一点，以前的学者关注得并不多。叶圣陶将关注的目光放到了下层民众身上，肯定他们对美的追求的合理性，也承认他们有创造美的权利与自由，这与梁启超所抱的精英主义态度显然有区别。

叶圣陶对审美创造与欣赏的问题所作的探讨有着重要的意义。在追求科学与民主的"五四"时代，如何凸显出新文学自身的意义与功能，是先驱者亟待解答的问题。在叶圣陶看来，审美创造与欣赏不仅是必要的，也是可能的。因此，新文学要想取得真正的成绩，就应该立足生活，创造真的文艺作品，促成人心的变革，切实提高民众的审美能力。在叶圣陶看来，"文艺可以养成美好的国民性，美好的国民性可以产出有世界的价值的文艺"②。就具体的审美创造与欣赏活动而言，美显然是超功利的；但就其社会意义而言，显然又是功利性的。叶圣陶在论及审美创造与欣赏的必要性与可能性时，始终都是从超功利与功利性相统一的角度着眼的。在他看来，审美创造与欣赏都可以看做是生活中的一部分，但是审美欣赏是必不可少的一部分，人人都必须在生活中拥有，而审美创造则不是必需事项，因为人人虽有文艺家的质素，但因现实原因并非人人可为文艺家，而且审美创造也不是生活中必需的内容。

二　"艺术化"与"人生化"

"艺术化"与"人生化"是一对很特别的术语，叶圣陶是在论述文艺创作问题时提出来的，从中可以见出叶圣陶对生活与艺术关系的看法。

---

① 叶圣陶：《迎接大变革的时代》，载叶至善等编《叶圣陶集》（第 8 卷），江苏教育出版社 2004 年版，第 129—130 页。

② 叶圣陶：《文艺谈》，载叶至善等编《叶圣陶集》（第 9 卷），江苏教育出版社 2004 年版，第 46 页。

　　1920 年，叶圣陶在《人力车夫》这首诗中使用了"艺术化"这一术语：作者感慨车夫拉车不比种田、制器、艺术，"只有努力的，盲目的，向命运指挥的路奔去，便历尽永劫，怎么会'艺术化'呢？"① 在 1921 年创作的小说《苦菜》中，"我"是一个新式知识分子，有感于人类劳动之美，认为劳动是人的心力的展现，体现了人的智慧与创造力，包含着美的质素，生活化为了艺术。显然叶圣陶是在用艺术的眼光审视生活，力图发现其中的情趣。在"五四"时代，"劳工神圣"的口号响彻神州，作为平民家庭出身的"五四"青年，叶圣陶对下层民众的苦难与艰辛十分了解，报以深切的同情。他希望生活可以具有艺术之美，如何实现这一点呢？关键就在于人能够以艺术的眼光与姿态来生活，发现人生与自然一样美好，充满情趣、生机与活力。然而这一梦想很快就破灭了，在现实的重压下，人力车夫与菜农福堂早已对劳动失去了兴趣，他们的劳作机械而沉闷，只是为了糊口。而"我"却在热切地颂扬"力"与生命。因此，在面对他们时，"我"不禁产生了深刻的怀疑：生活真的是那么美好吗？我有什么资格评判他们？这种怀疑折射出"五四"一代知识分子的精神困惑：他们虽然深情地讴歌劳工，同情平民大众，但他们并没有站在民众的立场上，因而也就不能真正体会民众的心态。这也是"五四"知识分子所面对的难题。

　　然而，叶圣陶并没有就此失去信心。他对生活始终没有绝望，深信人除了物质上的需要，也有精神上的欲求，而且后者更为重要：精神境界提高了，才能创造更好的生活。为此叶圣陶指出，以职业为生存的手段是无可厚非的，但生存并非生活的全部，因而不仅要从事职业活动，更应该热爱它，把它变成造福大群最终也是为个人谋福利的活动，促使人人不断进化。从这一原则出发就可以用审美的眼光看待职业，看待生活。在《手工艺对心理建设之贡献》一文中，叶圣陶明确地表述了这一看法："工作者要认为理想的目标就是工作，工作即所以满足其创造冲动，一方面获得生活，一方面得到愉快，这就是达到艺术的境界。……无论何种手工艺者，

---

　　① 　叶圣陶：《人力车夫》，载叶至善等编《叶圣陶集》（第 8 卷），江苏教育出版社 2004 年版，第 54—55 页。

都抱艺术家的心情，则其作品必可日趋精巧。"①

　　当然，职业艺术化还只是生活艺术化的一部分。正如顾颉刚所分析的，叶圣陶"酷望着一切的生活都成了艺术的生活，但实际上一切的生活都给它们的附生物纠缠住了，以致只有堕落而无愉快"。② 只有除去了附生物，人生才是充满美与爱的，人的本性才会复归。要实现这一目的，就要注重贴近时代与生活的民众文学，切实提高民众的审美能力，提升他们的精神境界。这也是一种教育，特别是对儿童、青少年，这一点尤其重要，因而叶圣陶非常关心儿童文学与青少年文艺，就是为了使他们立定良好的根基。可见，叶圣陶所向往的"艺术化"，是对人生境界的一种追求，是希望现实人生能够充实、富于情趣，人生中充满美与爱。人们不是为物质的欲求所束缚，而是实现物质与精神的合一，获得愉悦。

　　"人生化"的提出是在 1921 年的《文艺谈》中。此时文学研究会和创造社正展开激烈的"为人生"与"为艺术"之争，叶圣陶对此深不以为然，他认为"必具二者方得为艺术"③，文艺家创作之时，不应有任何先入之见，应该任感情之自然，不受主义与派别的束缚。由此，叶圣陶深入分析了文艺家的创作心理："一首诗，一篇小说，一本戏曲，所表现的或是一个境地，或是一桩事实，或是一秒间的感想，或是很普通的经历，文艺家对之决不认为片断的凑合，而必视为有机的全体，所以能起极深浓的情感。譬诸画家睹山水林木之美而欣赏，他决不会说美在此树此木，而必以浑然的全景为感情所属寄。这等材料所以能引起文艺家的情感，实因通过了文艺家的心情，已是人生化的了。……可见文艺品的内容，无论如何必然是人生的。"④ 从叶圣陶的这段论述来看，"人生化"应该主要包含了两个方面的意思：一、虽然每一部具体的文艺作品所表现的都只是人生的片段、具体的人或事，但是文艺家摄取的是整体的人生，是把对象世界

　　① 叶圣陶：《手工艺对心理建设之贡献》，载叶至善等编《叶圣陶集》（第 6 卷），江苏教育出版社 2004 年版，第 157—158 页。
　　② 顾颉刚：《〈火灾〉序》，载叶至善等编《叶圣陶集》（第 1 卷），江苏教育出版社 2004 年版，第 353 页。
　　③ 叶圣陶：《文艺谈》，载叶至善等编《叶圣陶集》（第 9 卷），江苏教育出版社 2004 年版，第 23 页。
　　④ 同上书，第 24—25 页。

作为有机整体加以把握。因而文艺家对人生的把握重在情感、直觉方面；二、在审美活动中，外物在成为审美对象时，已经经过了人的心灵的选择与加工，不是单纯外在的自然或人生事物，而是含有审美主体情感判断的客体了。而人也把自己的情感投射于外物，这样才能表现外物，也就是表现人生。可见，"人生化"的过程也是物我交融的过程，这正是文艺创作过程中一个至关重要的环节。

"艺术化"意味着以审美的眼光来审视生活，从广义上讲在中国古代就已经存在。陶渊明《饮酒》诗中写的"采菊东篱下，悠然见南山"，在如画的美景面前体悟到"此中有真意，欲辩已忘言"。这不就是人生艺术化的境界吗？"人生化"追求的人与自然的合一、物与我的交融，在庄子笔下更是得到了淋漓尽致的揭示。但是，需要指出的是，这对术语的提出是在 20 世纪，是在中国现代思想文化的背景下提出来的，饱含了中国现代知识分子对于人生与艺术的深切体认，从中体现的是一种现代意识。"艺术化"是中国现代知识分子以批判现实的眼光与人道主义的精神审视人生时提出的追求，"人生化"则是知识分子在面对"为人生"与"为艺术"之争时，提出的解决文艺创作根本问题的意见。"艺术化"与"人生化"之间有着密切的关联。"艺术化"针对人生而言，强调要以审美的眼光去观照生活，发现其中的情趣与活力，使生活成为一种享受，含有美的质素；而"人生化"则是针对艺术而言，强调的是对生活的整体把握，同时人要发挥自身的能动作用。这两个命题其实是相辅相成的：人生艺术化强调提高人的审美创造力与欣赏力，艺术人生化立足于生活的根基。在艺术与人生的交相辉映中，真、善、美才能得到真正的体现与发挥。

茅盾在 20 世纪 20 年代探讨过"艺术的人生观"问题。他是从三个方面展开论证的："（一）艺术与人生是不是有相像的地方；（二）适用于艺术的律，是否也适用于人生；（三）人生变幻的范围，是否比艺术的范围大些。"① 在茅盾看来，前两个问题都好解答，关键是第三个问题。茅盾

---

① 茅盾：《艺术的人生观》，载《茅盾全集》（第 18 卷），人民文学出版社 1989 年版，第 33 页。

认为，人生与艺术是相通的，因为生活与艺术所需的经验都是来自日常生活，两种经验的范围是一样大的。茅盾认为区别主要在于表现的方法。由此产生这样一个问题："什么是中间（medium）？""中间"是连接人生与艺术的媒介，茅盾解释说："假使我们严格的认人生犹是一件艺术品，那么，我们就得发见一排的条件，这些条件可以当做人生的艺术的'中间'。"这些条件其实就是环境，对个人而言即是职业①。茅盾的看法与叶圣陶在《手工艺对心理建设之贡献》一文中表述的观念是非常一致的。不过，茅盾更为看重的是环境的作用，强调改变现实，而叶圣陶则是呼唤人性的回归，向往着"美"与"爱"。

叶圣陶在著述中对"艺术化"与"人生化"都是一点而过，他并没有作具体的论说，此后也基本上再没有使用这样的术语。但是蕴涵其中的基本精神——注重人生与艺术的密切关联、意欲将二者融为一体的精神，却构成了叶圣陶对待审美活动的基本态度，他认为"实际生活能和艺术生活合而为一，自然是最合理想的事"②。这一理想首先是立足于生活的根基，但更重要的是深入生活的底里，以审美的眼光来看待生活，由生活提升到艺术，而艺术既源于生活，最终也要返归生活，促成生活的改善与提高，向着理想前进。对于叶圣陶美学观念的这一辩证原则，必须有清醒的认识。他没有流于简单的决定论与机械唯物主义，但也没有向"为艺术而艺术"的倾向靠拢，没有走上唯美主义。他力图在生活与艺术之间保持一种张力与平衡。因此，从叶圣陶的思想倾向来看，就立身处世而言，他显然更欣赏人生艺术化，故而一再强调真诚，强调个人修养，使生活充实；就文艺创作而言，他强调艺术的人生化，文艺家应立足人生，调动自己的人生经验与体悟感受，对人生既入乎其内又出乎其外。这种观照不同于科学的分析，也不同于实际的功利眼光。这种基本的原则成为叶圣陶在从事文艺创作、鉴赏以及论述文艺问题时的依据，同时也是对具体的创作与批评方法的指导。"艺术化"与"人生化"代表了叶圣陶对于人生的姿态，

① 茅盾：《艺术的人生观》，载《茅盾全集》（第 18 卷），人民文学出版社 1989 年版，第34 页。

② 叶圣陶：《文艺谈》，载叶至善等编《叶圣陶集》（第 9 卷），江苏教育出版社 2004 年版，第 23 页。

这种姿态是辩证的。

20世纪30年代，朱光潜也曾提出"艺术化"的问题。在他看来，人的活动可以分为实用的、科学的、美感的，分别以善、真、美为目标，人生就是这样一个多方面但又相互和谐的整体。朱光潜认为，"人生本来就是一种较广义的艺术"，"知道生活的人就是艺术家，他的生活就是艺术作品"。依照他的观点，艺术的核心是情趣，因而"艺术的生活也就是情趣丰富的生活。……情趣愈丰富，生活也愈美满，所谓人生的艺术化就是人生的情趣化"①。但他是从审美的角度谈论艺术与人生的关系问题，强调以审美的眼光观照现实人生。而叶圣陶则不仅从审美的角度要求人生艺术化，更注意到要从现实的角度探讨艺术的人生化。前者强调情趣的作用，后者强调情感的地位。而连接艺术化与人生化的桥梁是人，只有人才能做到这一点，立足人生与追求艺术在人的身上可以得到统一，这是叶圣陶美学观念的特色。不过，朱光潜将真善美区分得很明确："实用的态度以善为最高目的，科学的态度以真为最高目的，美感的态度以美为最高目的。"② 虽然朱光潜也主张真、善、美合一，但这种必要的区分却体现出他对美的独立地位的高度重视。

三　审美创造与欣赏

关于审美创造与欣赏的问题，叶圣陶主要是通过分析文艺创造与欣赏来谈论，第三章会作具体分析。这里只是想提出审美创造与欣赏中的几个关键性问题，以见出叶圣陶在审美问题上的基本原则。

在叶圣陶看来，审美活动是植根于生活的，因而审美活动也是在对生活的观察、感受、体验与理解的过程中发生的。叶圣陶在《文艺谈》中指出，当人不以机械分析的眼光或功利的目的看待事物时，就能获得对于事物整体的一种体悟与感知，这种体会是极为微妙的，外物经过了主体心灵的浸润，已经是"人生化"的了③。正如马克思所说，"人的感觉，感觉

---

① 朱光潜：《谈美·谈文学》，人民文学出版社1988年版，第110、116页。

② 同上书，第17页。

③ 叶圣陶：《文艺谈》，载叶至善等编《叶圣陶集》（第9卷），江苏教育出版社2004年版，第25页。

的人性，都是由于它的对象的存在，由于人化的自然界，才产生出来的"①。这也就意味着外部事物不再是自在之物，而是与观察者发生关联、形成主客体关系的审美对象了。审美活动由此发生。

不过叶圣陶对审美活动发生机制的解释更接近于中国古代的"感物"说，正如《礼记·乐记》所言："凡音之起，由人心生也。人心之动，物使之然也。"② 叶圣陶首先是把审美活动的根源归于生活，审美的对象是世间万物，宇宙中的一切。但对文艺家而言，并非所有的事物都能进入他的视野，只有那些能深切地使之感动、触发其情思的事物，才能成为文艺家的审美对象。这样的对象能够引发文艺家的深切体验，深入对象的内在生命，实现心与物游，物我为一。这一心理活动历程符合庄子所言之"物化"，也与刘勰《文心雕龙》的观点一致："物以貌求，心以理应"，"写气图貌，既随物以宛转；属采附声，亦与心而徘徊"。这种心物交融观承认物的客观存在，但是更重视人的审美观照与精神自由。

鉴赏从根本上说也是审美活动，鉴赏者必须是以审美的心态看待对象，真正视之为"艺术品"时，人与对象的审美关系才能确立。因此，叶圣陶在《第一口蜜》中指出，不能以"玩戏"和"求得"的心态对待文艺，而读文艺可以使人养成欣赏力，获得"一种难以言说的快适的心态"③。

叶圣陶非常重视审美活动中人的心理。在他看来，审美是讲究体验与感觉的，审美对象引发了人的情感，文艺家"将所感完全表现出来，绝不是复制和模仿，而恰是情感的本体"。以这样一种创作的冲动作为文艺的本质，可见叶圣陶对情感的高度重视。这种情感是发自内心的，但又是"艺术化"的，经过了过滤与沉淀，是超于功利、利害的审美情感，其中包含有潜在的深刻的理性思考。叶圣陶曾特别指出："文艺家的情绪想象或触动于外境，或自生于内心，都不会是支离破碎的……总当是一个融合

---

① 马克思：《1844 年经济学哲学手稿》，人民出版社 2000 年版，第 87 页。

② 《礼记·乐记》，载郭绍虞主编《中国历代文论选》（第一册），上海古籍出版社 2001 年版，第 61 页。

③ 叶圣陶：《第一口蜜》，载叶至善等编《叶圣陶集》（第 10 卷），江苏教育出版社 2004 年版，第 4—5 页。

致密有生机的球体。"① 对于审美欣赏中的情感问题，叶圣陶也认为，"好的文艺仿佛一支箭，一支深入心坎的箭，即使引起人剧烈的哀苦，但同时也感到无上的美"②。这种触动并非只是以惨痛与苦难来引发人的悲悯与同情，更重要的是以审美的形式使人在欣赏中超越实际利害，产生审美快感，与亚里士多德的"净化"论十分接近。

由此出发，叶圣陶既坚持文艺创作的功利性，重视其教育与宣传功能，但也不忘文艺自身的规律，反对牺牲文艺的审美特性，将文艺仅仅当作教育与宣传的工具。在《〈抗战八年木刻选集〉序》中，他回顾了中国现代木刻艺术的发展，肯定了木刻艺术家们能够将木刻艺术品用于教育和宣传，"是艺术品兼有工具和武器的作用，不是为了工具和武器牺牲了艺术"③。在这里，叶圣陶显然更倾向于文艺作品通过其艺术特性感染人心，自然而然地起到教育与宣传的作用。就此而论，叶圣陶的观念是正确的。特别是在现代中国内忧外患交困的时期，在文坛的派别论争以及一再强调文艺的政治功用、宣传功能的氛围中，叶圣陶的思考无疑是清醒的，他有意识地在审美与功利之间保持了一定的张力。因此，在"革命文学"论争中，叶圣陶被指责为"中华民国的一个最典型的厌世家"④，原因就在于他创作的作品不是像"革命文学家"所要求的那样高喊口号，将人物变成革命的传声筒，使创作流于公式化。他真实地揭示了当时的社会现实与知识分子的精神现实，表露了自我内心的真实感受。在论及儿童文学创作时，他也指出不可有教训和神怪的质素，到 20 世纪 40 年代他仍坚持文艺创作要有所见，直至晚年他还把鲁迅所说的"有真意"列为创作的首要条件。⑤

---

① 叶圣陶：《文艺谈》，载叶至善等编《叶圣陶集》（第 9 卷），江苏教育出版社 2004 年版，第 25—26 页。

② 叶圣陶：《谁耐》，载叶至善等编《叶圣陶集》（第 18 卷），江苏教育出版社 2004 年版，第 4 页。

③ 叶圣陶：《〈抗战八年木刻选集〉序》，载叶至善等编《叶圣陶集》（第 6 卷），江苏教育出版社 2004 年版，第 239 页。

④ 冯乃超：《艺术与社会生活》，载中国社会科学院文学研究所现代文学研究室编《"革命文学"论争资料选编》（上），人民文学出版社 1981 年版，第 116 页。

⑤ 叶圣陶：《重读鲁迅先生的〈作文秘诀〉》，载叶至善等编《叶圣陶集》（第 9 卷），江苏教育出版社 2004 年版，第 296 页。

　　叶圣陶十分重视想象力的发挥，而想象无论对于创作或是欣赏，都是一个十分重要的环节。叶圣陶认为，"世界之广大，人类之渺小，赖有想象得以勇往而无惧怯。儿童在幼年就陶醉于想象的世界，一事一物，都认为有内在的生命，与自己有紧密的关联，这就是一种宇宙观，对他们的将来大有益处"。在叶圣陶看来，儿童的宇宙观——童心——也是文艺家的宇宙观，因此，叶圣陶认为，文艺家是"以直觉、情感、想象为其生命的泉源"。① 在《文艺作品的鉴赏》中，叶圣陶论述了想象对作者和读者的重要性：作者创作时要"作想像的安排"，读者也要"驱遣着想像来看，这才接触到作者的意境"②。

　　在叶圣陶看来，审美活动还是合乎规范与自由创造的统一。叶圣陶批评了固守教条的做法，也批评了恪守"法式"的古人，认为他们本有自己的心得与体会，但创作时拘于一定的法度与程式，结果反而使自己的作品失去了生机，陷入公式化与俗套，在他看来，"那些诗的形式就是诗情诗思的桎梏"③。叶圣陶很羡慕天才，因为在他看来，天才在不知不觉之中就完成了努力营构的过程，把法度自然地融入创作之中，达到自然天成的境界。不仅如此，天才"固然舍弃法度，而同时也创造法度"④，这也就意味着天才不仅能打破旧有的规范，也能自成一格，这种风格体式为后人模仿，也就创造了新的法度。叶圣陶并不主张完全废弃法度，他只是反对先有抽象的观念，强调必须从自身的审美体会出发完成审美创造活动，在规范之中自能自由挥洒，达到随心所欲而不逾矩的境界。叶圣陶对审美活动一向推崇"自然"之美，这是在努力经营之后达到的自然天成的神化之境。

　　叶圣陶早年在强调内容决定形式时，对于形式的束缚十分不满，到三

---

　　① 叶圣陶：《文艺谈》，载叶至善等编《叶圣陶集》（第9卷），江苏教育出版社2004年版，第18—22页。

　　② 叶圣陶：《文艺作品的鉴赏》，载叶至善等编《叶圣陶集》（第10卷），江苏教育出版社2004年版，第28—31页。

　　③ 叶圣陶：《形式的桎梏》，载叶至善等编《叶圣陶集》（第9卷），江苏教育出版社2004年版，第165页。

　　④ 叶圣陶：《法度》，载叶至善等编《叶圣陶集》（第9卷），江苏教育出版社2004年版，第175页。

四十年代，为了扭转重内容、轻形式的偏向，他强调形式的重要性①。但无论何时，他都认为创作要讲求真切自然，不能以抽象的概念为出发点，而重视形式也并不意味着让写作技巧之类的规则限制了自己的创作。审美创造的根基是生活，文艺家可以直接从生活中汲取创作的灵感与养料，也可以模仿优秀作品，而且艺术创作一般都是由模仿起步的。但是他也强调，"有志试作文艺，对于名作加以研读和揣摩，固然重要；但努力于生活，多做，多想，多观察，多体会，比较起来尤其重要。因为前者只能给你一些帮助，而后者却是开源的办法"②。这也就是说，文艺的根源是生活，真正的属于自己的作品只能从生活中来。叶圣陶还曾以画为喻，指出了写生与临摹的区别。他主张"写生为主，临摹为辅"，因为临摹容易与"一个人的整个生活脱离"，而写生的好处在"直接跟物象打交道"，表达的是自己的所见所闻所感所思，这些都来自于生活，是"整个生活里的事"，是"写好文艺作品的真正根源"③。可见叶圣陶最终还是把审美活动立于生活的根基之上。

叶圣陶主张直接从生活中学习，这样可以达到更高的境界。在他看来，自身对生活有真切的体验是首要条件，对他人作品的模仿虽可以体会到作者的用心与技巧，终不如自己直接面对生活，难免隔了一层。在直接应对生活时，既可以产生深切的体会，又能通过锻炼自身的识力而提高艺术技巧。在《〈刘海粟艺术文集〉序》中，叶圣陶也认为"要'胸有成竹'必得跟真竹子直接打交道，看画上的竹子就隔膜一层"④。叶圣陶的这些观点，都是切中肯綮的，符合审美活动的规律。

叶圣陶以充实的生活为美的泉源，这是他的美学思想的出发点与立足

---

① 例如 20 世纪 30 年代叶圣陶与夏丏尊合编《国文百八课》时，就强调"这是一部侧重文章形式的书，所选取的文章虽也顾到内容的纯正和性质的变化，但文章的处置全从形式上着眼"。叶圣陶、夏丏尊：《关于〈国文百八课〉》，载叶至善等编《叶圣陶集》（第 16 卷），江苏教育出版社 2004 年版，第 31 页。

② 叶圣陶：《爱好和修养》，载叶至善等编《叶圣陶集》（第 9 卷），江苏教育出版社 2004 年版，第 113 页。

③ 叶圣陶：《临摹和写生》，载叶至善等编《叶圣陶集》（第 9 卷），江苏教育出版社 2004 年版，第 279—280 页。

④ 叶圣陶：《〈刘海粟艺术文集〉序》，载叶至善等编《叶圣陶集》（第 18 卷），江苏教育出版社 2004 年版，第 243 页。

点。同时他对审美活动进行了深入的探索，在他看来，人的审美活动不仅是必要的，也是可能的，都是出于生活的需要。他向往实际生活与艺术生活合而为一，提出了"艺术化"与"人生化"，对于审美创造与欣赏提出要立足生活，探寻人的心理。

第二章

叶圣陶的文艺思想(上)

叶圣陶的美学思想对于其文艺思想具有总纲的意义，但他真正关注的重点是文学，他的美学思想基本上都是通过他对文艺问题的分析而得到阐述的，他的文艺思想在其文艺美学思想中占有核心地位。

与美学上的探讨不同，叶圣陶对文艺问题的分析几乎是全方位的，而且他还打通了文学与艺术、文学与文章的界限，将文学置于一个宽广的视野中来研究，既有理论上的探讨，更有实践活动（如创作、评论）的验证。

第一节　充实的生活就是诗

"生活"是叶圣陶文艺思想的一个总枢纽，是他文艺思想的根基所在。1922 年，叶圣陶在《诗的泉源》中明确宣布："生活是一切的泉源，也就是诗的泉源。所以说到诗就要说到生活——并不为要达到作诗的目的才说到生活。"①

需要指出的是，这一观念是叶圣陶经过长时间的酝酿才提出来的。从踏上文学创作道路开始，叶圣陶就抱定了严肃的创作态度："不作言情体，不打诳语，虽不免装点附会，而要有其本事，庶合于街谈巷议之伦"，"文

---

① 叶圣陶：《诗的泉源》，载叶至善等编《叶圣陶集》（第 9 卷），江苏教育出版社 2004 年版，第 91 页。

非有益于世不作。"① 从强调真实性与文艺教化功能的角度倒是可以看出叶圣陶的小说观念与中国古代的小说观念存在着很大的一致性，而且他也没有把写小说当作什么了不得的大事，特别是靠卖文为生更是让他感到羞耻。将平日的生活经历、所见所闻点染成篇，是他文言小说的特色，体现出要有其本事的创作原则。不过这种编故事的手法并不是真正的现实主义，还只是一种初步的探索。直到 1919 年 2 月 14 日创作了白话小说《这也是一个人》②，加入了新文学阵营，叶圣陶才真正自觉地从生活中汲取素材，以文学为改造国民性、批判现实的利器，执着于自己熟悉的题材，逐步形成写实的风格。

　　1921 年 3 月到 6 月间，叶圣陶在《晨报副刊》上陆续发表了 40 则《文艺谈》，这是新文学开创时期理论建设初期的重要收获。据叶至善回忆，这一事件的契机是《晨报副刊》的主编孙伏园向叶圣陶约稿，意在"阐发'文学是人生的表现和批评'的主张，兼及作品的功能和创作的要素"③。叶圣陶对文艺问题发表了一系列重要见解，其中就提到"文艺的目的在表现人生，所以凡是对于人生有所触着而且深切地触着的，都可以为创作文艺品的材料"④。需要指出的是，叶圣陶又极力强调文艺家的"自我"，认为文艺家应以自我为中心来统摄一切，而文艺创作的动机只在于文艺家的情感冲动，甚至提出"文艺之事本来导源于心灵"⑤。但是他的本意是强调文艺家要表现出自己的个性与特色，既不做外界的记录者，也不陷入模仿他人的境地，而是要表达出自己的情感思想。因而他对文艺家自我的重视与他对人生的重视并不矛盾，文艺家情感迸发，直接的产品就是文艺作品。

　　1922 年，叶圣陶发表了《诗的泉源》一文。叶圣陶没有直接回答

---

　　①　叶圣陶致顾颉刚书信，1914 年 11 月 12 日、23 日，载叶至善等编《叶圣陶集》（第 24 卷），江苏教育出版社 2004 年版，第 79、90 页。

　　②　叶圣陶：《这也是一个人》，载叶至善等编《叶圣陶集》（第 1 卷），第 101—104 页。这篇收入作品集《隔膜》时改题《一生》，收入《叶圣陶集》时仍用原名。

　　③　叶至善：《父亲长长的一生》，载叶至善等编《叶圣陶集》（第 26 卷），江苏教育出版社 2004 年版，第 56 页。

　　④　叶圣陶：《文艺谈》，载叶至善等编《叶圣陶集》（第 9 卷），江苏教育出版社 2004 年版，第 9 页。

　　⑤　同上书，第 52 页。

"诗是什么"的问题，而是探索诗的泉源。在他看来，"生活是一切的泉源，也就是诗的泉源"。因为生活是人的生活，"假若没有所谓人类，没有人类这么生活着，就没有诗这种东西。……一切人事都是这个样子，都因为人类这么生活着所以才有"。叶圣陶进而指出，生活要求其充实，"唯有充实的生活是汩汩无尽的泉源。有了源，就有泉水了。所以充实的生活就是诗"，"因为生活充实，除非不写，写出来没有不真实不恳切的，决没有虚伪浮浅的弊病"。叶圣陶进而作了解释："这不只是写在纸面上的有字迹可见的诗啊。当然，写在纸面就是有字迹可见的诗。写出与不写出原没有什么紧要的关系，总之生活充实就是诗了。"[1] 在叶圣陶看来，生活充实意味着人的情感思虑能够真实恳切，而情感正是文艺的生命，他正是在这个意义上认为生活充实就是诗。

到了 1924 年，叶圣陶在《作文论》中谈论"作文"问题，他所论之"文"，包括普通文与文学作品。在他看来，二者的界限很模糊，"泉源只是一个"。这个泉源是什么？就是生活。叶圣陶指出，文字的原料是思想、情感，对于作文来说，"宣示思想、情感是目的，是全生活里的事情，但是，要有充实的生活，就要有合理与完好的思想、情感；而作文，就拿这些合理与完好的思想、情感来做原料"。有了合理与完好的思想、情感，才能写出诚实的、自己的话，追寻其源头，也就是"充实的生活"，在他看来，"生活充实，才会表白出、发抒出真实的深厚的情思来"。[2] 由此可见，叶圣陶其实是把充实的生活视为文学的泉源。

如果对比《诗的泉源》与《作文论》，可以发现叶圣陶的思想是一以贯之的，那就是以充实的生活作为文学的泉源。但是其中也存在一定的区别：首先，在《诗的泉源》中，叶圣陶认为生活是诗的泉源，生活充实就是诗，只是针对诗而言；在《作文论》中，他将研究的对象扩大到文学与普通文，认为二者的源头是充实的生活，也就是将充实的生活作为一切文章的源头；其次，在《诗的泉源》中，叶圣陶认为生活充实就是诗，这是

---

[1]　叶圣陶：《诗的泉源》，载叶至善等编《叶圣陶集》（第 9 卷），江苏教育出版社 2004 年版，第 91—93 页。

[2]　叶圣陶：《作文论》，载叶至善等编《叶圣陶集》（第 15 卷），江苏教育出版社 2004 年版，第 13—20 页。

从情感思虑真实恳切的角度而言；但在《作文论》中叶圣陶则分析、探讨了组织的问题，这是因为他认识到"思想、情感之自然未必即与文字的组织相同"①，虽然他谈的是写作问题，但其实也是对文学创作技巧的探究。至此，叶圣陶以生活为文艺泉源的思想已经初步形成。

叶圣陶在探讨文学的泉源问题时还能够以一种历史的、动态的眼光加以考察。1944 年，叶圣陶专门写过《关于谈文学修养》一文，发表在《文学修养》第 2 卷第 4 期。叶圣陶此文是有感而发：他一开始就表示，自己读了些谈文学修养的文章，其中谈到确立人生观与世界观、多观察体验、读书、学习语言，等等。但是他认为"这种种努力本是为人之当然，我们为人，就该留意这些项目，即使不弄文学，也不能荒疏"。在叶圣陶看来，只有认清这一点，才能明白文学与生活的关系："文学是生活的源头上流出来的江河溪沟，不是与生活离立的像人工凿成的池子似的东西。"这可以从两个方面来分析：一是生活作为一个动态的进程是文学的源泉；二是静态的人工造成的生活，不是文学的源泉。能够以动态的、历史的眼光看待文学与生活的关系，这是叶圣陶文艺泉源论的进一步发展。基于此，他提出"文学是个浑然的整体"，文艺家"只是在生活的大路上迈步前进，不断地求其充实"；谈论修养，就"都得从各人整个的生活出发。生活到某种地步，自然有某种的人生观与世界观，自然能作某种程度的观察与体验"，这就必须靠各自的实践了。②

这样的观念在叶圣陶谈论文学与人生的关系时就已经现出端倪了。叶圣陶加入了"为人生"的文学研究会。文学研究会声称"将文艺当作高兴时的游戏或失意时的消遣的时候，现在已经过去了。我们相信文学是一种工作，而且又是于人生很切要的一种工作"③，叶圣陶自然认可这种宗旨。1921 年，叶圣陶参与筹办新诗刊物《诗》月刊，学衡派在此时出版了《诗学研究号》，对白话诗词提出质疑。叶圣陶写了《骸骨之迷

---

① 叶圣陶：《作文论》，载叶至善等编《叶圣陶集》（第 15 卷），江苏教育出版社 2004 年版，第 26 页。

② 叶圣陶：《关于谈文学修养》，载叶至善等编《叶圣陶集》（第 9 卷），江苏教育出版社 2004 年版，第 120—121 页。

③ 文学研究会：《文学研究会宣言》，阿英编选：《中国新文学大系·史料索引》（影印本），上海文艺出版社 2003 年版，第 71—72 页。

恋》《对鹦鹉的箴言》等文章进行回击。叶圣陶首先假定"诗的作用是批评人生表现人生",进而发问:"人生是固定的,还是变动不息、创进不已的?……倘若是变动不息、创进不已的,那么诗也应当有变迁和创新。""就拿我们的日常生活来说,就有种种更换和扩展,所以可以断言人生不是固定的"①,这样他就为新诗的价值与地位作了有力的辩护。叶圣陶进而提出"我所希望于新诗家的,不是鹦鹉的叫声,而是发自心底的真切的呼声"②,这是对诗人自我的强调。在《作文论》中叶圣陶认为"生活的充实是没有止境的……可以无限地扩大,从不嫌其过大过充实的。若说要待充实到极度之后才得作文,则这个时期将永远不会来到。……在求充实的时候,也正就是生活着的时候,并不分一个先,一个后,一个是预备,一个是实施。……作文原是生活的一部分呵。我们的生活充实到某程度,自然要说某种的话,也自然能说某种的话"。叶圣陶还提出即知即行,而且作文本身就是生活的需要,是"生活的一部分"。无论是普通文还是文学,"它们的原料,都是思想、情感。在技术上,也都要把原料表达出来"。③ 可以看出,叶圣陶对于普通文和文学都是肯定其时代性的。

叶圣陶曾经就文学的"永久性"问题提出了自己的意见,这也可以说是文学的时代性问题。在他看来,"文学是在本质上具有永久性的",但没有"万古不磨"的文学,因为"文学不能不被作者的生活跟观念所范围,时代改变了,读者的生活跟观念离开作者的生活跟观念渐远,对于作者的作品的兴味也就渐淡,直到彼此完全不相同的时候,虽然是从前的名作,也不高兴去读它了"。④ 茅盾在 1922 年发表《文学与人生》的演讲时,也指出了"时代"的重要性:"时代精神支配着政治、哲学、文学、美术等

---

① 叶圣陶:《骸骨之迷恋》,载叶至善等编《叶圣陶集》(第 9 卷),江苏教育出版社 2004 年版,第 82 页。

② 叶圣陶:《对鹦鹉的箴言》,载叶至善等编《叶圣陶集》(第 9 卷),江苏教育出版社 2004 年版,第 85 页。

③ 叶圣陶:《作文论》,载叶至善等编《叶圣陶集》(第 15 卷),江苏教育出版社 2004 年版,第 15—20 页。

④ 叶圣陶:《所谓文学的"永久性"是什么?》,载叶至善等编《叶圣陶集》(第 9 卷),江苏教育出版社 2004 年版,第 107—108 页。

等，犹影之与形。各时代的作家所以各有不同的面目，是时代精神的缘故；同一时代的作家所以必有共同一致的倾向，也是时代精神的缘故。"因此，在茅盾看来，要研究文学，至少要了解"这种文学作品产生时代的时代精神"。①

20世纪40年代，叶圣陶的文艺观发生了很大的变化，这主要体现在他接受了当时的"人民的世纪"的提法，强调集体与民主，甚至是以全人类为本位，他是以"群"这一概念来表达自己的观念："我们人又必须合群，离开了群就无所谓人生。所以利害不能单就个人看，要就许多许多人合成的群看。……群的范围不限于一个民族，一个国家，全世界的人就是一个大群。"②在文艺观上，他接受这一信念："反映现实，喊出人民大众的要求，是文学的时代的使命。"③

叶圣陶认为，对文艺家来说，为文艺而生活是本末倒置的，为从事文艺当然要体验生活，培养观察力，训练阅读和写作的能力，但这些方面本来就是生活的要求，是现代人在生活中必须具备的能力，"一个人若不能运用文字把自己所知所想的东西写得明白而有条理，他就算不得一个合格的公民"④。因此，首先要做人，其次才是做文艺家："文艺作者不是一种特殊的人，他要认真过活，他要努力作事，都和其他的人一般无二。在认真过活和努力作事当中，才心有所会，意有所见，就用语言文字传达给别人；他的传达方法又偏于具体化和形象化，不但使别人知道，并且使别人感动：这就是他创作了文艺，他成了文艺作者。"⑤

以生活为文艺的源泉成为叶圣陶始终坚持的原则，这一原则是他的文学思想的出发点。叶圣陶认为，生活不仅是文艺的源泉，也是一切的源

---

① 茅盾：《文学与人生》，《茅盾全集》（第18卷），人民文学出版社1989年版，第271—273页。

② 叶圣陶：《四个"有所"》，载叶至善等编《叶圣陶集》（第6卷），江苏教育出版社2004年版，第113—114页。

③ 叶圣陶：《〈西川集〉自序》，载叶至善等编《叶圣陶集》（第6卷），江苏教育出版社2004年版，第84页。

④ 叶圣陶：《爱好和修养》，载叶至善等编《叶圣陶集》（第9卷），江苏教育出版社2004年版，第112页。

⑤ 叶圣陶：《作一个文艺作者》，载叶至善等编《叶圣陶集》（第12卷），江苏教育出版社2004年版，第159页。

泉，人是在生活中逐步磨炼自己的思想情感与各种能力，这是从事文艺活动的条件，但不是专为成为文艺家而准备的，文艺活动只是人的各种活动中的一种。因此，叶圣陶坚决反对文艺流于庸俗，"固然要求能为大众所了解，却决不能故意迁就，写成些不三不四的东西"，"向大众学习固然要紧，教育大众也未尝不要紧"①。

以生活为文艺的源泉，这一观点包含了三个方面的意思：

首先，生活是文艺取材的对象。叶圣陶在《文艺谈》中就认为文艺家表现的对象可以是宇宙间的一切。在《作文论》中，他对写作的问题进行了深入探讨，在分析境界与人物两大要素时，他仍认为文艺中的境界与人物都是有现实依据的，因而从根本上讲文艺表现的对象只能是人生，文艺中展现的一切都是在现实基础上加工而来的，无论其实际形态是贴近现实还是远离现实，都是以现实为依据的。叶圣陶在提到自己的创作时就表示："我的小说，如果还有人要看看的话，我希望读者预先存这样一种想法：这是中国社会二三十年来一鳞一爪的写照，是浮面的写照，同时掺杂些作者的粗浅的主观见解，把它当文艺作品看，还不如把它当资料看适当些。"② 因此，文艺的基础始终都是现实生活。

其次，文艺创作与欣赏都是以生活为根基的。从事创作与欣赏的是文艺家与鉴赏者，而文艺家与鉴赏者首先都是"人"，都是立足于生活的人。因而他们首先都要在生活中成长磨炼，使自己具备一定的知识与能力，这样才能够从事文艺创作与欣赏活动。叶圣陶把文艺创作看成一项专门的事业，并不主张人人都从事文艺创作，认为这是文艺家的专职，但是文艺家首先要具备"诚"的品质，这是立身处世的根本，"是无论什么事业的必具条件"③。文艺家要从事文艺事业，他们的语言文字功底是在最基本的读写能力上的提升，读写能力也是人人都必须具备的，这是生活的基本要求，否则就是人生的缺陷。就文学批评来说，专业的文学鉴赏活动才称得

---

① 叶圣陶：《作者还有别的事儿》，载叶至善等编《叶圣陶集》（第9卷），江苏教育出版社2004年版，第127页。

② 叶圣陶：《〈叶圣陶选集〉（开明版）自序》，载叶至善等编《叶圣陶集》（第18卷），江苏教育出版社2004年版，第317页。

③ 叶圣陶：《文艺谈》，载叶至善等编《叶圣陶集》（第9卷），江苏教育出版社2004年版，第7页。

上是文学批评，这是批评家的专职，并不要求人人都有文学批评的能力，但对文学的欣赏却是一个现代社会公民的权利与需求。因为人生在世，不仅有物质上的需求，也有精神上的需求，而文学则是"人们最高精神的连锁"，"使无数弱小的心团结而为大心，是文学独具的力量"①，文艺鉴赏可以提升人的精神，使人追求更好的生活。

最后，文艺源于生活，最终的指向也是生活。叶圣陶的创作从根本上讲都是有所为的，为的是人生。早在辛亥革命时期，他就萌生了文学救国的宏愿，即以文学来"革心"②，唤醒民众。到"五四"时代，叶圣陶先后加入新潮社与文学研究会，都是抱有明确的创作宗旨的，正如鲁迅所说的，新潮作家"没有一个以为小说是脱俗的文学，除了为艺术之外，一无所为的。他们每作一篇，都是'有所为'而发，是在用改革社会的器械"③。叶圣陶的文艺创作也是如此，他同鲁迅以及文学研究会其他作家一样，都是以文艺为批判现实、改造国民性的武器，同时又不使创作流于公式化与标语口号，让文艺能够自然而然地起到宣传的效用。在这种情形之下，文艺最终又能够对变革现实起到积极的影响。因此，叶圣陶注重文学对现实生活的描写，强调文艺应反映时代，要求作家要有严肃的创作姿态。为此，叶圣陶十分痛恨礼拜六派、鸳鸯蝴蝶派、黑幕派的小说，也坚决抵制复古主义思潮。在他看来，前者是迎合庸俗小市民低级趣味的无聊之作，使文学沦为金钱的奴隶；后者则是脱离时代与现实的，二者都是非人的文学，与新文学的精神格格不入。这也是当时新文学阵营的普遍看法。

事实上，以生活为文艺之泉源并非叶圣陶首倡，关键是叶圣陶能够从自身立场出发来理解，提出"充实的生活"这一重要命题，作为对"生活"的进一步要求，并且没有把文学变成对现实的机械反映与再现。最后还要一点需要指出：有研究者认为，叶圣陶的创作经历了从"生活"到

---

①　叶圣陶：《文艺谈》，载叶至善等编《叶圣陶集》（第9卷），江苏教育出版社2004年版，第71页。

②　叶圣陶：《革心》，载叶至善等编《叶圣陶集》（第6卷），江苏教育出版社2004年版，第209页。

③　鲁迅：《中国新文学大系·小说二集·导言》，载鲁迅编选《中国新文学大系·小说二集》（影印本），上海文艺出版社2003年版，第2页。

"现实"的转变①，这一分析是有道理的，描写现实意味着作者开始自觉地在作品中凸显时代精神。这从叶圣陶童话创作的历程可以很清楚地看出来。童话作为以儿童为对象的一种文学体裁，其中的意境是富于诗趣的，是优美的，展现的应该是一个纯洁无瑕的理想世界。叶圣陶早期的童话就是尽情地唱着"美"的赞歌的。但是到了后来，他的童话却变得越来越严肃，出现了悲哀、凄凉的调子，到写作《稻草人》时，他的童话作品已经完全失去了明朗欢快的色彩，沉浸在悲哀的氛围之中。

　　童话中存在如此浓重的现实阴影，这是一个备受争议的问题。对此郑振铎认为，"在成人的灰色云雾里，想重现儿童的天真，写儿童的超越一切的心理，几乎是个不可能的企图"，"带着极深挚的成人的悲哀与极惨切的失望的呼声，给儿童看是否会引起什么障碍；幼稚的和平纯洁的心里应否即投入人世间的扰乱与丑恶的石子。这个问题，以前也曾有许多人讨论过。我想，这个疑惑似未免过于重视儿童了。把成人的悲哀显示给儿童，可以说是应该的。他们需要知道人间社会的现状，正如需要知道地理和博物的知识一样，我们不必也不能有意地加以防阻"，因而叶圣陶的童话就不自觉地融合了许多"成人的悲哀"在里面。② 叶圣陶自己也表示：他的意思，是"想叫当时的儿童关注当时的现实，不要视而不见，听而不闻"③。这就表明当立足生活，以一种写实的态度来从事创作时，即使是童话这种文学体裁也会显示出写实的特色，童话世界渗透了作家的现实情怀，也就不再是一个超然独立的理想世界。因而从某种意义上讲，叶圣陶创作的童话到后来越来越接近他的小说了，这在根本上是由作家的观念决定的。

---

　　① 商金林以叶圣陶 1927 年前后的创作为例指出，叶圣陶的《遗腹子》《小妹妹》《苦辛》都有真人实事为依据，真实可信，但与"现实"似乎又保持着一定的距离，作者写的是"生活"，而不是"现实"。从《夜》开始，作者着力描写"现实"。商金林：《叶圣陶传论》，安徽教育出版社 1995 年版，第 436 页。

　　② 郑振铎：《〈稻草人〉序》，《郑振铎全集》（第 13 卷），花山文艺出版社 1998 年版，第 36—40 页。

　　③ 叶圣陶：《〈叶圣陶童话选〉英译本自序》，载叶至善等编《叶圣陶集》（第 18 卷），江苏教育出版社 2004 年版，第 326 页。

第二节　对文学本质的思索与追问

作为一位文学家，叶圣陶对文学可谓深有体会，不少观点都是经验之谈。他的文学观念经历了一个历史的变化过程，总体上看，20世纪20年代他是持情感本体论，到40年代他更为重视语言，强调文学是以语言为依托。叶圣陶本人在《文艺谈》中使用过"本体"这样的词汇，并不带有哲学上的意味，笔者借用过来，意在指出叶圣陶在早期是认为文学以情感为规定和依托，后来则重点从语言的角度分析文学的本质。此外，叶圣陶还通过分析文学与科学、文学与文章的关系来探究文学的特质。

一　从情感本体到以语言为依托

叶圣陶在踏上文学道路之初，就注意自觉地观察人生，使自己的创作有其"本事"。但他并不认为文学就是生活的复制品，他对于作品中的情感因素十分重视。民国初年，叶圣陶读的最多的是欧美小说，中国古典名著次之，复次才是近时作品。华盛顿·欧文《见闻录》的"诗味的描写，谐趣的风格"①，使叶圣陶感觉眼前展现出了一个全新的境界，这正是以故事情节取胜的中国古典小说所缺乏的。叶圣陶之所以称赏《碎琴楼》《断鸿零雁记》《花月痕》《浮生六记》《孽海花》《红楼梦》等作品，是因为他认为这些作品在主旨、写事、言情、布局等方面非常出色，令人激赏②。1914年，叶圣陶写了《正小说》一文，对当时的文坛进行了严厉的抨击。在他看来，近来小说"皆一丘之貉。出场总有一段写景文字，月如何也，云如何也。云月之情万殊，诗人兴咏有灵心独运，传诵一时者；而今之小说中所描写之云月乃无弗同。……今之小说可谓皆自抄袭得来"③。叶圣陶对文坛弥漫的公式化、模式化创作风气极为不满，在他看来，作家

---

①　叶圣陶：《过去随谈》，载叶至善等编《叶圣陶集》（第5卷），江苏教育出版社2004年版，第306页。

②　商金林：《叶圣陶传论》，安徽教育出版社1995年版，第145—146页。

③　叶圣陶1914年11月20日致顾颉刚书信，载叶至善等编《叶圣陶集》（第24卷），第85—86页。

自身要对生活有真正的触动，这样才能创作出好的作品。1921 年叶圣陶发表《文艺谈》，更是直接将情感作为文学的内核。在他看来，文艺家"创作的冲动真是文艺上最可宝贵的生命"，而"创作的时候，那唯一的动机便是一种浓厚的情感"，惟其如此，文艺家"应当无所容心，什么主义，什么派别，对之都一无所知"。如此一来，文艺家才能创作出真的文艺作品，"真"指"真实的景物"，也指真"感受"。

那么，文艺家怎样才能产生创作冲动呢？叶圣陶认为，"文艺的目的在表现人生，所以凡是对于人生有所触着而且深切地触着的，都可以为创作文艺品的材料。触着不触着不在知识的高下，而在情感的浓淡"。这就对文艺家提出了要求："文艺的本质是思想情绪，我们就当修养我们的思想情绪。一切事物是我们情思所托的材料，我们就当真切地观察一切事物"，"我们应以全生命浸渍在文艺里，我们应以浓厚的感情倾注于文艺所欲表现的人生"。归根结底，他认为"真的文艺品有一种特质，就是'浓厚的感情'。我们若说这是文艺之魂，似乎也无不可"，真的文艺品不仅含有情感，而且就其功能而言，它是要"唤起人的同情……人只觉一种浓厚的感情渗透自己的心灵，从这里可以增进自己的了解、安慰或悦怿。这才是人间所必需和期求的东西，也就是文艺家应当从事的东西"。对于儿童文学来说也是如此："儿童文艺里还要有一种质素，其作用和教训相反，就是感情。这本是一切文艺所必具的。"叶圣陶认为，文艺家在观照外物时，是把对象作为"有机的全体，所以能起极深浓的情感"，"可见文艺品的内容，无论如何必然是人生的。文艺家既将所感完全表现出来，绝不是复制和模仿，而恰是情感的本体，这是何等伟大高超的艺术"。在提出了"情感的本体"之后，叶圣陶接着指出这种情感是一个整体。在他看来，"文艺家的情绪想象或触动于外境，或自生于内心，都不会是支离破碎的。……总当是一个融和致密有生机的球体"[1]。

分析叶圣陶在《文艺谈》中的论述，可以发现他的情感本体论包含了这样几个方面的意思：一、文艺家创作的动机是情感；二、情感蕴涵于事

---

[1]   叶圣陶：《文艺谈》，载叶至善等编《叶圣陶集》（第 9 卷），江苏教育出版社 2004 年版，第 3—26 页。

物和人的内心，文艺家感受到了，于是引起创作的冲动。因而，文艺表现的是情感，文艺的本质是情感；三、文艺家要感受人生，还是在于情感的深至；四、文艺家表达的是情感，读者也是在情感方面受到感染；五、文艺家的情感是一个整体，这种情感化为语言文字就是文学作品，因而作品也应是一个有机体。可以看到，叶圣陶是把情感贯穿于文艺创作的全过程，作为文艺作品最核心的因素、文艺的本质与灵魂，这是他的情感本体论的特色所在。

　　从叶圣陶的这一思路可以看出，他对于情感是极为重视的，其中隐藏的是他对文艺家自我的高度重视：文艺家不再是代圣贤立言，代他人立言，而是独立的个体，忠于自我，发出自己的声音。自我意识是"五四"时代追求个性解放的产物，正是出于对自我的赞美，叶圣陶甚至要求文艺家以自我为中心统摄一切。

　　在高张个性、讴歌自我的时代氛围中，叶圣陶直接宣称："文艺的本质是思想情绪。"① 这并非意味着丢弃人生，将文学视为纯粹的主观心灵的表现。在叶圣陶看来，文艺家是具有自我意识的个体，同时也是作为社会一分子的人，展现在文艺家眼前的人生，必定会经过文艺家心灵的感悟、浸染，才能成为其文学作品中的世界。这也就意味着即使是最客观独立的外界，也只有经过文艺家的情感投射，才能真正成为审美对象，成为文艺家表现的人生。因此，叶圣陶仍是以人生为文学立足的根基，但真正居于中心地位的还是文艺家的"自我"。而且相对于理性的思想而言，情感包含了更多的感性色彩与个人体验，更能体现文学的特色。

　　需要指出的是，以情感为文学内核的观念在"五四"之前早就存在，"五四"时代更是深入人心，广为人知。《礼记·乐记》中即已提到"情动于中，故形于声，声成文，谓之音"。《毛诗大序》也说，"情动于中而形于言"。陆机在《文赋》中提出"诗缘情"，开创了以情感界定文学的先河。在漫长的发展历程中，"缘情"与"言志"常常合二为一，成为与"载道"说相对立的一种观念。"五四"时代，"载道"说受到了猛烈批判，缘情、言志说虽然没有得到大力宣扬，却与西方的文学观念结合起

---

① 叶圣陶：《文艺谈》，载叶至善等编《叶圣陶集》（第9卷），第5页。

来，终于在中国催生了现代意义上的文学观念。罗家伦给文学下的定义是："文学是人生的表现和批评，从最好的思想里写下来的，有想像，有感情，有体裁，有合于艺术的组织；集此众长，能使人类普遍心理，都觉得他是极明了，极有趣的东西。"① 胡适认为"达意达的好，表情表的妙，就是文学"②；周作人则认为"文学是用美妙的形式，将作者独特的思想和感情传达出来，使看的人能因而得到愉快的一种东西"。周作人承认第二句是"人云亦云"，足以见出以思想情感为文学的元素早已得到了广泛的认可。③

从叶圣陶在《文艺谈》中充满浪漫主义激情的表述来看，他与创造社成员的主张存在着很大的一致性，这一点在其他文学研究会成员那里也存在。因此，郑伯奇才会认为"创造社的倾向，从来是被看做和文学研究会所代表的人生派相对立的艺术派。这样的分别是含混的，因为人生派和艺术派这两个名称的含义就不很明确"。创造社主张以自我为中心，认为文学的任务就是表现自我。他们渴求天才，一般有着浓厚的泛神论信念，接受卢梭的"返回自然"的呼唤。但是叶圣陶与创造社成员之间毕竟存在不同之处，郑伯奇在社会环境和思想来源上揭示了创造社成员的特异之处："第一，他们都是在外国住得很久，对于外国的缺点和中国的病痛都看得比较清楚；他们感受到两重失望，两重痛苦。……第二，因为他们在外国住得很久，对于祖国便常生起一种怀乡病，而回国以后的种种失望，更使他们感到空虚。……第三，因为他们在外国住得长久，当时外国流行的思想自然会影响到他们。哲学上，理知主义的破产，文学上，自然主义的失败，这也使他们走上了反理知主义的浪漫主义的道路上去。"④ 因此，叶圣陶的浪漫主义激情其实更多的是时代精神的体现、人道主义的熏染，而

---

① 罗家伦：《什么是文学——文学界说》，《新潮》1919 年第 1 卷第 2 号。另见罗家伦《驳胡先骕君的中国文学改良论》，载郑振铎编选《中国新文学大系·文学论争集》（影印本），上海文艺出版社 2003 年版，第 109 页。

② 胡适：《什么是文学——答钱玄同》，载欧阳哲生编《胡适文集》（2），北京大学出版社 1998 年版，第 149 页。

③ 周作人：《中国新文学的源流》，河北教育出版社 2002 年版，第 5 页。

④ 郑伯奇：《中国新文学大系·小说三集·导言》，载郑伯奇编选《中国新文学大系·小说三集》（影印本），上海文艺出版社 2003 年版，第 8—12 页。

他对情感的高扬也与中国古代的"缘情"论有很大的关联。

在文学研究会成员中，郑振铎的观点与叶圣陶是极为接近的。郑振铎认为，"文学中最重要的元素是情绪，不是思想"①。文学的使命和价值，"就在于通人类的感情之邮"。他还清算了两种传统的文学观：娱乐派的文学观，"是使文学堕落"；传道派的文学观，是"使文学陷于教训的桎梏中"。为此，他大力倡导新文学观："文学是人生的自然的呼声。人类情绪的流泄于文字中的，不是以传道为目的，更不是以娱乐为目的，而是以真挚的情感来引起读者的同情的。"② 这些观点与叶圣陶是一致的。

有意思的是，身处新文化阵营之外的梁启超在推崇情感这一点上倒是与"五四"知识分子不谋而合，从中也可以见出中国现代思想文化的复杂性。梁启超到 20 世纪 20 年代以后大力标举情感、趣味，他宣布"天下最神圣的莫过于情感"，情感是"人类一切动作的原动力"。这是因为他认为"情感的性质是本能的，但他的力量，能引人到超本能的境界；情感的性质是现在的，但他的力量，能引人到超现在的境界"③。梁启超指出，"艺术是情感的表现，情感是不受进化法则支配的。不能说现代人的情感一定比古人优美，所以不能说现代人的艺术一定比古人进步"④，这就已经突破了进化论的束缚。在此基础上梁启超把文章分为"记载之文"、"论辩之文"、"情感之文"三类，特别指出"情感之文""美术性含的格外多，算是专门文学家所当有事"⑤，其实就是以"情感"来为文学定性。

叶圣陶的情感本体论与梁启超是极为接近的：他们都极为重视情感的作用，特别是把情感在文艺中的位置推到了最高点。但是，他们之间的分歧也是明显的：叶圣陶自始至终也没有把情感置于人类生活原动力的地位，相反，他认为生活是一切的泉源，因而思想与情感的源泉也只能是生

---

① 郑振铎：《文学的使命》，载《郑振铎全集》(第三卷)，花山文艺出版社 1998 年版，第 402 页。

② 郑振铎：《新文学观的建设》，载《郑振铎全集》(第三卷)，花山文艺出版社 1998 年版，第 435—436 页。

③ 梁启超：《中国韵文里头所表现的情感》，载《饮冰室文集之三十七》，中华书局 1989 年版，第 71 页。

④ 梁启超：《情圣杜甫》，载《饮冰室文集之三十八》，中华书局 1989 年版，第 37 页。

⑤ 梁启超：《作文教学法》，载《饮冰室专集之七十》，中华书局 1989 年版，第 2 页。

活。这是叶圣陶文艺美学思想的首要原则，也可以说是他们之间的最大区别。当梁启超把情感置于超科学的地位的时候，叶圣陶并没有这么做，他并不认为二者是截然分开并有高下之分的。此时的叶圣陶以情感为内容，以语言为形式，首先强调情感要素。但他并没有因此忽视形式，而是要求二者都是和谐的自由的，体现出一种辩证的精神。叶圣陶强调的"情感"，并非是纯感性的自然情感，而是经过主体心灵选择、过滤、沉淀之后的情感，是融合感性与理性的人生情感。这从"人生化"这个术语可以明显看出来："人生化"意味着立足人生，打破物我界限，也打破人我界限，获得对于生命的深切体认。因此，这种情感本体论带有鲜明的生命哲学色彩。不过叶圣陶固然受到过柏格森等人所代表的西方生命哲学影响，但他强调的心物合一、与造化同游，显然带有更多的中国古代哲学的印记，尤其与道家的思想相契合。

在 20 世纪 20 年代，叶圣陶关注得更多的还是情感思想，也就是内容这一方面。在叶圣陶看来，言语的根本是情意，文艺的生命是情感，因而形式必须为表现内容服务："不论何体，只要注目在形式之末，便易有琐碎之嫌；只有摘句，难成佳篇。"[1] 叶圣陶曾经以旧诗与新诗的对照为例，强调要打破形式的桎梏：旧诗的形式"就是诗情诗思的桎梏，会把你完整活跃的情思弄成破碎而且滞钝"，新诗运动的主旨"就是在精神上则要摆脱旧诗所犯的毛病，在形式上则要夺回被占的支配权，要绝对自由地驱遣文辞"[2]。

叶圣陶之所以在当时如此强调打破形式的束缚，显然与文学革命的要求是一致的。新文化运动的主将们发动了文学革命，而文学革命又是以胡适的《文学改良刍议》为发端，其中以白话文代替文言文的方案，便体现出胡适力图从形式入手打破旧文学的思路。事实上，新文化运动也正是在这一点上取得了最大的成功。显然，在胡适看来，旧的形式已经严重阻碍了文学的发展，是违背进化论要求的，必须使用白话文，才能传达出现代

---

① 叶圣陶：《诗与对仗》，载叶至善等编《叶圣陶集》（第 9 卷），江苏教育出版社 2004 年版，第 161 页。

② 叶圣陶：《形式的桎梏》，载叶至善等编《叶圣陶集》（第 9 卷），江苏教育出版社 2004 年版，第 165—167 页。

人的思想情感，这样才能创造出超越旧文学的新文学。所以，文学革命虽然是以形式革命为肇始，但根本上还是体现了思想革命的要求。所以叶圣陶在20年代着力强调自由抒发情感、表现人生，正是为了声援新文学以对抗旧文学，这就要求打破形式的束缚，因而叶圣陶主张要自由地驱遣文辞。并且在新文学的草创时期，创作的贫乏、水平的低下也使叶圣陶不得不强调作者的人生观，"作品差些还是其次"[①]。

　　20世纪30年代，叶圣陶开始注意到重内容轻形式的弊端，因而他与夏丏尊合编《国文百八课》时，"文章的处置全从形式上着眼"[②]。40年代以后，叶圣陶更为注重将形式和内容和谐地统一起来，他将关注的重心逐渐由情感转向了语言，加上心理语言学的影响，在文学观念上，他更倾向于将文学看做语言艺术，因为他认为语言是思维的工具，构思的过程就是形成语言的过程。虽然到40年代，叶圣陶仍然认为文学传达的是文艺家的"所见"，即对生活的感受与认识，从根本上讲也包含情感与思想，但他关注的重心已经转到了语言，一再强调文学与语言文字的相关性。1941年叶圣陶就已经提出"文艺是'运用文字'写成的"[③]，1947年他进一步为文学定性："文艺是运用语言文字的艺术。"[④] 到1951年叶圣陶强调内容形式一元论的时候，他甚至这样断言："语言是文艺作者的唯一武器。……文艺就是组织得很惬当的一连串语言，离开了语言无所谓文艺。"[⑤] 而且，在40年代个性解放的高潮早已过去，取而代之的是抗日战争、民族民主解放运动，人民本位的思想得到知识分子普遍的接受。叶圣陶的民主主义思想与文学观念也发展到了新的阶段，虽然他仍提及情感，但谈论得更多的则是思想；在文学创作上，叶圣陶更加注重反映时代、描写人民。

---

　　① 叶圣陶：《文艺谈》，载叶至善等编《叶圣陶集》（第9卷），江苏教育出版社2004年版，第47页。

　　② 叶圣陶、夏丏尊：《关于〈国文百八课〉》，载叶至善等编《叶圣陶集》（第16卷），江苏教育出版社2004年版，第31页。

　　③ 叶圣陶：《爱好和修养》，载叶至善等编《叶圣陶集》（第9卷），江苏教育出版社2004年版，第112页。

　　④ 叶圣陶：《像样的作品》，载叶至善等编《叶圣陶集》（第9卷），江苏教育出版社2004年版，第135页。

　　⑤ 叶圣陶：《〈叶圣陶选集〉（开明版）自序》，载叶至善等编《叶圣陶集》（第18卷），江苏教育出版社2004年版，第319页。

　　叶圣陶曾多次提到"一派心理学者"的观点：思想是不出声的语言，语言是出声的思想。思想的根据是语言，脱离语言就无法思想。思想与语言是一体的。① 因此，叶圣陶认为学习写作是"学习思想"，要培养好的"语言习惯"，因为语言习惯与思想习惯是一致的②。在叶圣陶看来，这些观点对于文学也是适用的：一、要"磨炼思想感情"；二、"想着了什么东西，要让人知道，那就非创作不可"，想到的东西就是"存在心里头的意象"；三、"把意象化为语言文字就是文艺"。③ "文艺写作该是这么回事：就经历过、体验过，想象过的生活着着实实地想，把它想清楚，想得轮廓分明，须眉毕现"，"依靠语言来想，这是文艺写作最基本的事儿"④。

　　但是，如果仅止于此的话，文学创作与日常写作也就没有区别了。叶圣陶进而集中论述了两个方面的问题：一、文学以语言为依托，把文学与其他艺术门类区分了开来，这意味着文学是"语言"的艺术；二、文学创作与鉴赏都离不开语言文字，依托语言文字，作品的丰富意义得以展现，这意味着文学是语言的"艺术"。就第一点而言，叶圣陶指出，"各种艺术都有必须依靠的手段，不依靠某种手段，就没有某种艺术"，"文艺注定是依靠语言的艺术"⑤。就第二点而言，在叶圣陶看来，"文字是一道桥梁。这边的桥堍站着读者，那边的桥堍站着作者。通过了这一道桥梁，读者才和作者会面。不但会面，并且了解作者的心情，和作者的心情相契合"⑥。

---

　　① 参见叶圣陶《如果我当教师》，载叶至善等编《叶圣陶集》（第 11 卷），第 130 页；《论中学国文课程的改订》，载《叶圣陶集》（第 16 卷），第 52—53 页；《习作是怎么一回事》，载《叶圣陶集》（第 15 卷），第 120 页；《文言的讲解》，载《叶圣陶集》（第 14 卷），第 43 页；《思想—语言—文字》，《叶圣陶集》（第 15 卷），第 99 页；《文艺作者怎样看待现代汉语规范化问题》，《叶圣陶集》（第 17 卷），第 239 页。

　　② 叶圣陶：《谈文章的修改》，载叶至善等编《叶圣陶集》（第 15 卷），江苏教育出版社 2004 年版，第 117—118 页。

　　③ 叶圣陶：《文艺创作》，载叶至善等编《叶圣陶集》（第 9 卷），江苏教育出版社 2004 年版，第 253—254 页。

　　④ 叶圣陶：《文艺写作必须依靠语言》，载叶至善等编《叶圣陶集》（第 9 卷），江苏教育出版社 2004 年版，第 264—265 页。

　　⑤ 同上书，第 261 页。

　　⑥ 叶圣陶：《文艺作品的鉴赏》，载叶至善等编《叶圣陶集》（第 10 卷），江苏教育出版社 2004 年版，第 28 页。

"文字是一道桥梁"，叶圣陶对自己的这一主张作了详细的解释，从他的解释来看，叶圣陶是从文学自身的艺术特性出发来强调语言文字的重要性的。首先，他把想象与语言文字联系了起来。在他看来，"作者着手创作，必然对于人生先有所见，先有所感。他把这些所见所感写出来，不作抽象的分析，而作具体的描写，不作刻板的记载，而作想像的安排。他准备写的不是普通的论说文、记叙文；他准备写的是文艺。……总之，作者想做到的是：写下来的文字正好传达出他的所见所感"；就读者这方面来讲，"读者看到的是写在纸面或者印在纸面的文字，但是看到文字并不是他们的目的。他们要通过文字去接触作者的所见所感"[①]。

显然，叶圣陶在这里强调的是文艺与普通文的区别：文艺作品的作者和读者都不能拘于文字本身，要发挥想象，在文字中寄寓或体会出深层的意义。叶圣陶曾经多次谈到文艺与普通文之间的关系。在他看来，二者既有联系也有区别：联系在于它们的源泉都是生活，都是运用文字写成的。区别主要有三点，也是文学的特点：一是文艺作品的主旨寄寓于形象之中；二是文艺家有所见；三是文艺讲求艺术真实。这些也是文学与其他艺术门类的共通之处。叶圣陶提出文字是桥梁，并且具体地阐述了文艺与普通文在这一问题上的区别，显然把他对文学与普通文的区别的看法又推进了一步。一方面，他不仅继续强调作者有所见，而且还指出作者是如何把所见化入作品之中；另一方面，叶圣陶是从作者和读者两方面进行分析，从沟通二者的角度着手指出文字对于文艺的重要性，这也是他在 20 年代所不曾提到的，意味着叶圣陶对于接受这一维度更为重视了。其实对于普通文来说，文字也可以是连接作者与读者的桥梁。作者同样要把自己的见闻感受通过文字表达出来，而读者也是通过阅读文章来理解作者的见闻感受。因此，这里的关键就在于"想象"。叶圣陶早在 20 年代发表的《文艺谈》中就指出文艺家在观察世界时要动用直觉、想象，这也是童心的体现。可见叶圣陶是把想象当作文艺家的运思方式。

---

① 叶圣陶：《文艺作品的鉴赏》，载叶至善等编《叶圣陶集》（第 10 卷），江苏教育出版社 2004 年版，第 28 页。

　　但是，叶圣陶在 20 年代是从创作心理的角度探讨想象问题，还没有揭示想象与语言文字的关系。这也就是说，他当时还没有把文学与其他艺术完全区分开来。在这一点上，郑振铎的意见值得重视。他在 1921 年就指出，文学与别的艺术不同的地方有几点，其中第一点就是"文学是想象的"。在他看来，图画、雕刻是"描写"的"表现"，而文学是"想象"的"表现"，这是因为它们的媒介物不一样。文学使用的是文字，"文字无论用得如何精巧，终须经过作者的脑中，由他用他的想象把它们组合起来，以表现出他所要表现的东西；并不是直接描写原物"。郑振铎由此认为，文学作品表现的东西，是经过了作者的精神洗礼的，因此，"文学作品里所表现的东西——人的行动与景物——比雕刻、图画等似乎更足以动人，更表现得有精神并且生动"。① 在《文艺作品的鉴赏》这篇文章中，叶圣陶对想象与语言文字的关系问题作出了回答。首先，在他看来，文艺作品往往"说出来的只是一部分罢了，还有一部分所谓言外之意、弦外之音，没有说出来，必须驱遣我们的想像，才能够领会它"②。作者是驱遣着想象来组织文字，而读者则是经由文字来发挥想象，关键都在于"言外之意"。其实中国古人对言外之意也发表了不少的见解，特别是"意境"与言外之意的关系极为密切。例如唐代的皎然提出"采奇于象外"、"文外之旨"；刘禹锡提出"境生于象外"；司空图提出"韵外之致"、"味外之旨"、"象外之象，景外之景"。可见在中国古典"意境"论的发展历程中，作品的言外之意得到了越来越多的重视，成为一种美学追求。叶圣陶的观点显然与之一脉相承。

　　其次，叶圣陶把生活与语言文字联系了起来。叶圣陶认为，文艺作品可以分为"言外"和"言内"，"言内"就是"语言文字本身所有的意义和情味"。对于文艺作品来说，"语言文字必然是作者的旨趣的最贴合的符号。作者的努力既然是从旨趣到符号，读者的努力自然是从符号到旨趣"。从这一意义上讲，文字是连接作者与读者的桥梁。这一观念其实在刘勰的

---

　　① 郑振铎：《文学的定义》，载《郑振铎全集》（第三卷），花山文艺出版社 1998 年版，第 393 页。
　　② 叶圣陶：《文艺作品的鉴赏》，载叶至善等编《叶圣陶集》（第 10 卷），江苏教育出版社 2004 年版，第 32 页。

《文心雕龙》中已经得到了明确的表述:"夫缀文者情动而辞发,观文者披文以入情,沿波讨源,虽幽必显。世远莫见其面,觇文辄见其心。"与刘勰不同的是,叶圣陶强调文艺鉴赏要从透彻地了解语言文字入手,提出"语感"的重要性,而语感必须从生活中来:"必须在日常生活中随时留意,得到真实的经验,对于语言文字才会有正确丰富的了解力。换句话说,对于语言文字才会有灵敏的感觉。这种感觉通常叫做'语感'。"叶圣陶在这一点上赞同夏丏尊的看法,从而把生活作为语感的根基:"唯有从生活方面去体验,把生活所得的一点一点积聚起来,积聚得越多,了解就越深切。直到自己的语感和作者不相上下,那时候去鉴赏作品,才真能够接近作者的旨趣了。"①

最后,叶圣陶是从语言学来探讨文字的桥梁作用。20世纪40年代以后,叶圣陶转向心理语言学,他认为文艺作者动脑筋,搞创作,这是一种思维活动:"思维活动决不是空无依傍的,必须依傍语言材料才能想。……所以思维活动的过程同时就是语言形成的过程。"因此,"文艺作品是作者思维活动的成果,思维活动的固定形式,也就是写在纸面上的语言——文字",作者要传达所见给读者、读者要了解作者,只有靠文字,所以"这些写在纸面上的语言是作者读者心心相通的唯一的桥梁"②。此时叶圣陶再次提到文字的桥梁作用,但他已经是从思维与语言的关系入手来探讨问题,同时也暗含了这样的观念:文学鉴赏与批评最重要的依据还是作品本身。正因为文字是桥梁,同时语言又是社会的产物,因而作者在语言运用问题上必须做到正确、规范。作品一经产生,会对读者产生影响,叶圣陶认为,这种影响体现在两个方面:一是思想习惯的训练,"要达到彻底的了解,得用分析的工夫,辨认作者思想发展的途径,这个工夫同时就训练了咱们的思想习惯";二是语言习惯的训练,他认为思想与语言是一体的,思想习惯好也就是语言习惯好,因而对作品来说,"咱们跟作者之间的唯一的桥梁是语言文字,咱们凭借语言文字了解作者所想的所感的……注意

---

①　叶圣陶:《文艺作品的鉴赏》,载叶至善等编《叶圣陶集》(第10卷),江苏教育出版社2004年版,第34—35页。

②　叶圣陶:《关于使用语言》,载叶至善等编《叶圣陶集》(第9卷),江苏教育出版社2004年版,第266—267页。

他怎样运用语言文字,同时就训练了咱们的语言文字的习惯"①。叶圣陶特别强调好的文学作品"必然合乎运用语言的规范,同时它的语言的准确、精密、生动超过一般的语言,所以它本身又是运用语言的规范",因而文学教学不仅担负思想教育的责任,"同时也担负语言教学的责任"②。

叶圣陶对于语言很重视,他指出思维、语言、文字的一体化,语言就是思想的外化,修改语言就是修改思想③。他显然在一定程度上已经意识到了"语言文字决不仅是纯粹形式的东西,某种形式装不进某种内容,某种形式带来了某种内容,是常见的事儿"④。他在探讨白话与文言问题时就表示,"文言经历代的运用,不只是一种形式,其间也流荡着一种精神,一种承袭封建传统的非现代的精神。……文言并不是纯工具,你要运用它,就不能不多少受它的影响,更改你的意,甚至违反你的意。……白话也不是纯工具,新的文体必然带来一种新的精神"⑤。叶圣陶对语言的独立地位与文化意义有所察觉,因而他始终不曾忽视形式问题,要求内容与形式达到和谐的境地。

二　文学与科学

经由文学与科学的区别来探究文学的本质是中国现代文论的一大特色,这是西方思想文化影响的结果。"五四"时代输入的科学与民主思潮,成为新文化阵营反对旧思想旧文化的两面旗帜,也深深影响了中国文学与文学观念的变革。以科学的精神研究人生,成为文学创作的一种指导思想,以科学态度研究文学,也成为一时的风尚。特别突出的一点就是当时的新文学阵营普遍以"真"为文学的标尺,这也是科学精神的体现。但科

---

①　叶圣陶:《大学一年级国文的教学目标和学习方法》,载叶至善等编《叶圣陶集》(第13卷),江苏教育出版社2004年版,第144页。

②　叶圣陶:《文艺作者怎样看待现代汉语规范化问题》,载叶至善等编《叶圣陶集》(第17卷),第236—237页。

③　叶圣陶:《谈文章的修改》,载叶至善等编《叶圣陶集》(第15卷),第116—118页。另见叶圣陶《和教师谈写作》《写之前和写之后》,载《叶圣陶集》(第15卷),第160、190页。

④　叶圣陶:《扩大白话文的地盘》,载叶至善等编《叶圣陶集》(第17卷),江苏教育出版社2004年版,第11—12页。

⑤　叶圣陶:《"五四"文艺节》,载叶至善等编《叶圣陶集》(第6卷),江苏教育出版社2004年版,第140页。

学毕竟不是文学，因此，随着新文学创作与研究的深入，文学与科学的区别开始得到了越来越多的关注。

郑振铎对于文学与科学的关系问题发表了这样的见解："文学与科学是极不相同的。文学本是艺术的一种。"在他看来，文学与科学的区别主要有两点：一、"文学是诉诸情绪，科学是诉诸智慧"；二、"文学的价值与兴趣，含在本身，科学的价值则存于书中所含的真理，而不在书本的本身"。他由此得出结论："文学是人们的情绪与最高思想联合的'想象'的'表现'，而它的本身又是具有永久的艺术的价值与兴趣的。"① 叶圣陶也发表了他对于这一问题的看法。在探讨文学的永久性时，他先是引述他人的观点：首先，讲述科学真理的方式或书籍可以变化，但科学的真理是不变的、客观存在的。文学就不同，文学是依靠"形象"来记叙事物、发抒情感的，"所以文学的内容和形象是拆不开的，也可以说内容就寄托在形象里头。……文学的永久性就从这一点上显示出来。离开了作家所选定的形象就无所谓文学"。② 其实，在20年代，叶圣陶本人也发表过类似的意见。在《文艺谈》中，他指出，文艺的目的在表现人生，文艺家的责任就是要保留人世间美妙的思想言语，但是保留不是指照样记录，"他应将所得的材料加以剪裁、增损、修饰种种功夫，所谓艺术的制炼，使那些里面含有自己的灵魂，一面却仍不失原来的精神。那些材料经这么一来，已固定在一个最完善的方式里，加入了普遍和永久的性质，在文艺界里就有了位置了"③；其次，科学知识一经弄明白，就成为个人知识的一部分。文学就不同："文学具有诉于情绪的力，情绪不能持续下去，像知识的永为个人所保有一样，但可以重行激起……一篇文学对于某一个人，往往被读到许多回，又有人终身爱读某一种文学，就由于这个缘故。在这一点上，也就显示了文学的永久性。"叶圣陶基本上赞同这种意见，他对这一问题的看法与郑振铎其实是一致的。但他认为，对于"永久性"问题要审

---

① 郑振铎：《文学的定义》，载《郑振铎全集》（第三卷），花山文艺出版社1998年版，第390—394页。

② 叶圣陶：《所谓文学的"永久性"是什么?》，载叶至善等编《叶圣陶集》（第9卷），江苏教育出版社2004年版，第106页。

③ 叶圣陶：《文艺谈》，载叶至善等编《叶圣陶集》（第9卷），江苏教育出版社2004年版，第11页。

慎对待，不能认为就是"万古不磨"、"与天地同寿"，"所谓永久性，简单说来，无非指明文学的形跟质不可分，所以二者必须同存罢了；无非指明文学诉于情绪，所以人往往不厌两回三回地去亲近它罢了"。① 这就把问题的探讨引向了深入，从中体现的仍是叶圣陶以生活为根基的文学观，而且他强调生活是变化的，具有时代性。

首先看叶圣陶对科学与文学所作的区分：就文学自身而言，文学的形与质不可分，必须同时并存。这一说法的确触及了文学的本质特征，因为文学是以具体生动的描绘来传达作者对社会生活的认识与感受，作者的情感思想就寄寓于语言、结构、形象之中，而且形式与内容的选择也体现出了作家的个性与审美情趣。叶圣陶一再强调作品是个有机整体，内容与形式、整体与部分都是不可分割的。相比之下，科学以揭示真理为目的，并不需要表现出情感、个性与审美特征，科学追求的是客观、准确、严密。正因为文学作品的内容与形式不可分离，因而每一部成功之作都是独一无二、不可替代的。

其次，文学诉诸情绪。叶圣陶曾一再指出，文学是人的内心情感的流露，文艺家虽然以自然界和社会做创作的材料，但是文艺家绝不是被动地记录，而是要表现"时代的精神现象"，这样才能"感人之心"并引人"入于向上之路"②，这样文艺才真正达到了目的。科学只需达到使人知的目的即可，也就是说科学是作用于人的知能而非诉诸情绪。正因为文学诉诸情绪，文学作品凝聚的是作家对于社会人生的感受，因而作用于读者，在他们身上一次次地唤起类似的感受，这就是文学作品为什么具有超越时空的艺术魅力的原因。

那么，叶圣陶是否反对郑振铎的观点呢？并非如此。郑振铎和叶圣陶都谈到了文学的永久性问题，但他们探讨问题的背景和各自的出发点并不完全相同。郑振铎是在 1921 年 5 月 10 日的《文学旬刊》上发表他的这篇《文学的定义》，而叶圣陶是在 1935 年 7 月涉足这一问题的。郑振铎这篇

---

① 叶圣陶：《所谓文学的"永久性"是什么?》，载叶至善等编《叶圣陶集》（第9卷），江苏教育出版社 2004 年版，第 107 页。

② 叶圣陶：《文艺谈》，载叶至善等编《叶圣陶集》（第9卷），江苏教育出版社 2004 年版，第 56—57 页。

文章是从探究文学的性质入手来追问文学的定义，他对文学与科学所作的区分，主要是基于这一信念："文学本是艺术的一种。"① 这一努力意义重大，因为它既是把文学从传统的经史子集中解放出来，也力图使文学与科学成为各自独立的领域，使文学获得正常的发展。中国古代所讲的"文学"，是一个非常庞杂的概念。以文学革命为肇端的新文化运动兴起以后，探寻文学的本质就成为新文化者努力的方向之一。但在当时，文学还与文章、学术这些概念纠结在一起，新文学处于艰难的成长时期。因此，郑振铎此举，既是为了廓清人们对文学的误解，探寻文学的本质，同时也是为了强调文学的地位与价值，为新文学的发展开辟道路。因而他认为文学是有永久的艺术价值与兴趣的。

　　叶圣陶的处境与郑振铎不同。一方面他写这篇文章是在 20 世纪 30 年代中期，革命文学正进行得如火如荼，现代意义上的文学观念早已得到普遍接受。但是国内"尊孔读经"、"复兴文言"的复古思潮也甚嚣尘上，在这种情形下，叶圣陶义正词严地指出，没有万古不磨的文学，文学是有时代性的，人们需要的是贴近时代的文艺。这是从文学与时代、生活的关联上揭示文学的特征。此外，叶圣陶在当时主编《中学生》等杂志，为广大青少年的成长着想，他努力"把握住青年人的情绪和需要"，使《中学生》"紧密地渗透在那个时代青年人的生活、知识与思想当中"②。从这一点来看，叶圣陶强调文学的时代性也是有现实的原因的。叶圣陶肯定的是文学的内容与形式不可分离、文学诉诸情绪这两大特征，这也是艺术的特征。可以看出叶圣陶与郑振铎一样，都是首先强调文学作为艺术的本质属性。但是叶圣陶出于实际的需要，重点是强调文学的时代性，要求文学作品要贴近当前时代，贴近读者的生活，这一点与郑振铎还是不同的。

三　文学与文章

　　叶圣陶在谈论文学问题时，往往是从文章学的角度来分析。但他所谈

---

　　①　郑振铎：《文学的定义》，《郑振铎全集》（第三卷），花山文艺出版社 1998 年版，第 390 页。

　　②　王天一：《你所知道自己》，转引自商金林《叶圣陶传论》，安徽教育出版社 1995 年版，第 498 页。

的文章已不同于中国古代的杂文学，不是经史子集统而不分的整体，而是现代意义上的文章体系，并且他所运用的也是现代的科学方法。这种探究的意义首先在于叶圣陶意识到"文学"并非一个不证自明的概念，而是历史的产物，其内涵与外延是变动的，"文学"是一个根据需要被建构起来并被赋予意义的对象："'五四'运动以前，国文教材是经史古文，显然因为经史古文是文学。……'五四'以后，通行读白话了，教材是当时产生的一些白话的小说、戏剧、小品、诗歌之类，也就是所谓文学。"① 其次，叶圣陶从文章入手探究文学本质，也体现出时代的特色。在晚清时期，文学变革的现状促使理论家深入探究文学的本质，从而对纯文学的认识有了很大进展。叶圣陶本人也是一位作家，还主编过文学刊物，对文学的本质有着更为自觉的探寻；另一方面，文学特质的凸显也与新式教育对学科知识分类的要求密切相关。王国维曾指出，"学有三大类：曰科学也，史学也，文学也"，处于科学与史学之间，"而兼有玩物适情之效者，谓之文学"，"若夫文学，则有文学之学（如《文心雕龙》之类）焉，有文学之史（如各史'文苑传'）焉"②。中国引进了西方、日本的教育体制，相应的学科体制得以建立，"文学"也开始作为学科进入了新式课堂。在此情形之下，如何划分文学与非文学的界限，就成为现代教育的要求。叶圣陶本人作为一名教育家，对此也进行了艰辛的探索。他对文学问题的看法往往是根据实际的需要而有所调整。因此，从文章学入手探讨文学，其实是叶圣陶从文学、教育等多个角度观照文学问题而导致的结果。最后，从文章入手研究文学也是现代科学精神的体现。"文章"已不是传统的杂文学体系，文学也摆脱了经学的束缚而具有了独立的地位。

"五四"时代，如何准确界定文学与非文学，依然是一个时代的难题，其中争议最大的，就是文学之文与应用之文之间的关系问题。1916年，胡适写成《文学改良刍议》寄给陈独秀，陈独秀在回信中提出："文学之文，与应用之文不同，上未可律以论理学，下未可律以普通文法。其必不

---

① 叶圣陶：《国文教学的两个基本观念》，载叶至善等编《叶圣陶集》（第13卷），江苏教育出版社2004年版，第46—47页。

② 王国维：《〈国学丛刊〉序》，载姚淦铭、王燕编《王国维文集》（第四卷），中国文史出版社1997年版，第365页。

可忽视者，修辞学耳。""若专求'言之有物'，其流弊将毋同于'文以载道'之说？……窃以为文学之作品，与应用文字作用不同。其美感与伎俩，所谓文学美术自身独立存在之价值，是否可以轻轻抹杀，岂无研究之余地？"① 对"文以载道"的抨击是新文化运动主将的一致姿态，1917年刘半农在《新青年》发表《我之文学改良观》，提出"夫文学为美术之一，固已为世界文人所公认"，显然是以"美"为文学的特质。他进而以西方区分"文字"（Language）与"文学"（Literature）的办法来界定文学，并且不赞成陈独秀把"文学之文"与"应用之文"对立起来。② 对此，陈独秀在该文的"附识"中表示，"刘君所定文字与文学之界说，似与鄙见不甚相远。鄙意凡百文字之共名，皆谓之文。文之大别有二：一曰应用之文，一曰文学之文。刘君以诗歌、戏曲、小说等列入文学范围，是即余所谓文学之文也。以评论文告日记信札等列入文字范围，是即余所谓应用之文也"③。

此外，章太炎认为"文者，包络一切著于竹帛者而为言"④，这其实是一种最为宽泛的"文"的观念。胡适对此表示赞同："这种见解，初看去似不重要，其实很有关系。有许多人只为打不破这种种因袭的区别，故有'应用文'与'美文'的分别；有些人竟说'美文'可以不注重内容；有的人竟说'美文'自成一种高尚不可捉摸，不必求人解的东西，不受常识与论理的裁制！"⑤ 此前在答复钱玄同"什么是文学"时，胡适就已经表示，"我不承认什么'纯文'与'杂文'。无论什么文（纯文与杂文韵文与非韵文）都可分作'文学的'与'非文学的'两项"⑥。在胡适看来，所谓文学之文与应用之文其实都是起于应用，从"言之有物"的立场

---

①　任建树等编：《陈独秀著作选》（第一卷），上海人民出版社1984年版，第219—220页。

②　刘半农：《我之文学改良观》，载胡适编选《中国新文学大系·建设理论集》（影印本），上海文艺出版社2003年版，第63—64页。

③　胡适编选：《中国新文学大系·建设理论集》（影印本），上海文艺出版社2003年版，第73页。

④　章太炎：《国故论衡·文学总略》，载郭绍虞主编《中国历代文论选》（第四册），上海古籍出版社2001年版，第306页。

⑤　胡适：《五十年来中国之文学》，欧阳哲生编：《胡适文集》（3），北京大学出版社1998年版，第229页。

⑥　胡适：《什么是文学——答钱玄同》，欧阳哲生编：《胡适文集》（2），北京大学出版社1998年版，第151页。

出发，他也认为二者没有根本的区别。显然新文化运动的主将们还没有在文学之文与应用之文的区分上取得一致意见。

　　叶圣陶对文学与文章关系问题的探讨就是在这种错综复杂的状况中展开的。1924 年，叶圣陶在《作文论》中明确地提出了普通文与文学的关系问题。在他看来，二者的界限不清楚，不易划分：“若论它们的原料，都是思想、情感。若论技术，普通文要把原料表达出来，而文学也要把原料表达出来。”① 叶圣陶列举了当时关于普通文与文学差异的两种界说并一一进行反驳。第一种界说是从程度上区分二者，以胡适的观点为代表：“达意达得好，表情表得妙，便是文学。”② 叶圣陶认为，就作者而言，其实难以先作定论，须待完成时才能衡量；况且“好”与“妙”的标准也很含糊。第二种界说认为“普通文指实用的而言”。叶圣陶提出反对意见：文学作品“在作者可以留迹象，取快慰，在读者可以兴观感，供参考”，也有实用价值，而实用的文章已有不少“被认为文学了”。就作者方面想，更没有划分普通文与文学的必要。叶圣陶认为，“它们的划分是模糊的，泉源只是一个”。③

　　由此，叶圣陶所理解的文体就包括了一切文章在内。在谈到文体问题时，他依据包举、对等、正确的三原则，按照作者所写的材料与要写作的标的，提出了“叙述文”、“议论文”、“抒情文”的三分法。文学作品就包含在这三种体裁之中，但不专属于某一类。这种分类法与梁启超的文体观念有密切的联系。在论述“叙述”时，叶圣陶就表示“此章持论与举例，多数采自梁启超《中学以上作文教学法》”④。众所周知，梁启超在该文中将文章分为“记述文”与“论辩文”两大类，分类标准是文章的内容（对象）⑤。叶

　　① 叶圣陶：《作文论》，载叶至善等编《叶圣陶集》（第 15 卷），江苏教育出版社 2004 年版，第 15 页。

　　② 胡适：《什么是文学——答钱玄同》，欧阳哲生编：《胡适文集》（2），北京大学出版社 1998 年版，第 149 页。

　　③ 叶圣陶：《作文论》，载叶至善等编《叶圣陶集》（第 15 卷），江苏教育出版社 2004 年版，第 15—16 页。

　　④ 同上书，第 31 页。

　　⑤ 梁启超：《中学以上作文教学法》，载夏晓虹《〈饮冰室合集〉集外文》（中），北京大学出版社 2005 年版，第 873 页。同时，梁启超在《作文教学法》中提出：“文章可大别为三种：一、记载之文，二、论辩之文，三、情感之文。”但是梁启超考虑到“第三种情感之文，美术性含的格外多，算是专门文学家所当有事，中学学生以会作应用之文为最要”，他只讲了前两种。载《饮冰室合集·专集之七十》，中华书局 1989 年版，第 2 页。

圣陶所持的分类标准，也可以归为文章内容。

事实上，早在1916年，在与陈文钟合写的《国文教授之商榷》一文中，叶圣陶就在论"篇法"时将文章体裁分为叙记体、说明体、论说体三种①；到1919年，叶圣陶提出"文字大别，不出抒情、论叙二类"②。因此，1924年的提法其实是他对以往分类法的总结。1938年，叶圣陶与夏丏尊合著《国文百八课》，对文体的看法是：以记叙文与论说文为两大类型，其中又各自分出记述文、叙述文与说明文、议论文两小类。③

无论怎样分类，叶圣陶依据的标准其实没有变。但是，他所作的这种分类，过多地强调内容，相对忽视了形式等因素，显得不够全面，特别是诗的归类就不好办。

文章体裁中文学归类的困难从根本上讲还是因为叶圣陶本人对"文体"的理解存在问题。他对文体作过这样的界定："我所谓文体，系指记状、叙述、解释、议论等基本体式而言。……我所谓文体，又指便条、书信、电报、广告、章程、意见书等实用文的体式而言。"④ 这种广义的文体观显然还缺少科学的依据与明确的标准。

但是，叶圣陶也注意到了从新文化运动开始，文学包含的主要是小说、戏剧与诗歌，还有"文学的散文"⑤。这主要是从狭义的文体即文学文体的角度加以划分，叶圣陶也认可这种划分。如此一来，他就是从广义文体与狭义文体的双重角度来审视文学，有得有失。

叶圣陶并不是要取消文学，事实上他对文学的特性也进行了深入的思考，将文学与文章进行比较，他认为文学的特性之一就是文艺家要有所"见"。1935年，叶圣陶在《小说跟实事的记录》中已经提到小说不同于

---

① 叶圣陶、陈文钟：《国文教授之商榷》，载叶至善等编《叶圣陶集》（第14卷），江苏教育出版社1992年版，第6—7页。

② 叶圣陶、王钟麒：《对于小学作文教授之意见》，载叶至善等编《叶圣陶集》（第15卷），江苏教育出版社2004年版，第3页。

③ 叶圣陶、夏丏尊：《国文百八课》，载叶至善等编《叶圣陶集》（第16卷），江苏教育出版社2004年版，第197—198页。

④ 叶圣陶：《我的答语——关于〈开明国语课本〉》，载叶至善等编《叶圣陶集》（第16卷），江苏教育出版社2004年版，第16页。

⑤ 叶圣陶：《关于小品文》，载叶至善等编《叶圣陶集》（第9卷），江苏教育出版社2004年版，第105页。

报纸的记载，后者只记录事实，而小说"也叙述一些事情，可是小说的精魂在于作者对于社会和人生有'所见'"①。1943 年，叶圣陶在《以画为喻》这篇文章中详细阐述了他的这一观念：如果是为表出"所见"而画图，"这一类图，绘画的动机不为实用，可以说无所为。但也可以说有所为，为的是表出咱们所见到的一点东西"，画这类的图要满足的首要条件就是："见到须是真切的见到。……没有真切的见到，实际就是无所见"，真切的见到就是"必须要把整个的心跟事物相对，又把整个的心深入事物之中，不仅认识它的表面，而且透达它的精蕴，才能够真切地见到些什么。有了这种真切的见到，咱们的图才有了根本，才真个值得动起手来"。叶圣陶其实是以画论文：出于实用的动机是写普通文，为表出"所见"是文艺创作："文艺跟普通文字原来是同类的东西，不过多了咱们内心之所见。"②

从叶圣陶的论述可以看出，他所强调的"所见"，是要求人深入万物内在的生命，实现物我交融，这样才能够从中体会到内在的实质、生命的真义。这一观念经历了一个历史的发展过程：

首先，叶圣陶虽然是 20 世纪 30 年代才提出"所见"，但他在 20 年代就已经指出了物我交融的重要性。1921 年，叶圣陶发表了《文艺谈》，提出文艺家要"在外面的观察之外，从事于深入一切的内在的生命的观察"，所以真的文艺家"一定抱与造物同游的襟怀，他的心就是宇宙的心"。这种观察方法与分析的观察法是不同的，是要用"心"、"灵感"去领会，讲究"直觉"，此时叶圣陶还是从观照人生的角度来谈论"所见"。叶圣陶之所以如此强调"所见"，是因为他发现当时有不少作品都仅仅只是讲述一个故事，作者即以之为小说。这样的作者显然没有深入观察生活，没有获得深切的体会与感受，只是抱着游戏或消遣的态度。叶圣陶认为，"这些小说，以我笼统的见解而为论断，其作者与作品常常分离，不相应合。故其所表现每为事事物物之表面，而不能抉其内心"。③

---

① 叶圣陶：《小说跟实事的记录》，载叶至善等编《叶圣陶集》（第 9 卷），江苏教育出版社 2004 年版，第 189 页。

② 叶圣陶：《以画为喻》，载叶至善等编《叶圣陶集》（第 9 卷），江苏教育出版社 2004 年版，第 220—222 页。

③ 叶圣陶：《文艺谈》，载叶至善等编《叶圣陶集》（第 9 卷），江苏教育出版社 2004 年版，第 19—36 页。

　　其次，叶圣陶在 20 世纪 20 年代还一再强调文学与非文学没有必然的区别，因为界限难以划分，实用也不是很好的区分标准。"从作者方面讲，更没有划分的必要"，而且它们的"泉源只是一个"。① 但是到 30 年代，他在指出二者之间联系的同时，也注意到二者之间的区别，并且是把"所见"作为一个最重要的因素。在他看来，小说与报纸的记载的根本区别就在于作者是否有所见："小说也叙述一些事情，可是小说的精魂在于作者对于社会和人生有'所见'。这'所见'就在他所叙述的事情中间表现出来，除了叙述事情，他不再说一句多余的话。因为如此，作者必得把许多人物凑合起来成为他小说中的人物，把许多事情凑合起来成为他小说中的故事；换一句话说，就是他必得凭他的经验跟想象创造他的人物跟故事。"② 这一见解十分重要，因为叶圣陶已经开始把是否有"所见"作为区分文学与非文学的根本标志，"所见"是文艺作品具有艺术价值的保证。在他看来，虽然小说是虚构的，但是只要作者有所见，就能够比报纸的记载有"更广义的真实性"③，这显然就是指艺术真实。

　　再次，到 40 年代，叶圣陶进一步突出了"所见"的重要性。他认为，小说家写小说，"最基本的欲望却在把他们之'所见'告诉人家"④。那么什么是"所见"？叶圣陶解释道，"所见"就是"从生活经验中得来的某种意思"，这可以理解为作者对人生的体会、见解、感受等。在文学创作中，"'所见'便是题旨"，如果没有"所见"而写小说，写出来的就不是小说，只是实录或虚构的叙事文。在文学创作中，"'所见'是抽象的意思，写成了小说，便是具体的故事，其中却含蓄着发挥着那抽象的意思：

---

　　① 叶圣陶：《作文论》，载叶至善等编《叶圣陶集》（第 15 卷），江苏教育出版社 2004 年版，第 15—16 页。

　　② 叶圣陶：《小说跟实事的记录》，载叶至善等编《叶圣陶集》（第 9 卷），江苏教育出版社 2004 年版，第 189 页。另外，叶圣陶把小说归入记叙文一类，但是他也指出了记叙文与小说之间存在区别，这就是"据实记录的记叙文以记叙为目的，只要把现成事物告诉人家，没有错误，没有遗漏，就完事了。出于创造的小说却以表出作者所看出来的一点意义为目的，而记叙只是它的手段。这是记叙文和小说的分别"。这里所说的同样也是作者的"所见"。见《国文百八课》，载叶至善等编《叶圣陶集》（第 16 卷），第 346 页。

　　③ 叶圣陶：《小说跟实事的记录》，载叶至善等编《叶圣陶集》（第 9 卷），江苏教育出版社 2004 年版，第 190 页。

　　④ 叶圣陶：《〈呐喊〉指导大概》，载叶至善等编《叶圣陶集》（第 14 卷），江苏教育出版社 2004 年版，第 32 页。

这是小说和叙事文的根本不同处"。即使有了"所见",但如果直接写出来,那就是议论文。小说和议论文的不同在于小说家"借故事来发挥",将"所见""含蓄在故事里头"。这样做的目的,是为了使读者感动,也为了使读者读了故事而见到小说的"所见"。① 叶圣陶探讨了"所见"应如何体现在文艺作品中,这就把问题引到了更为深入而具体的层面。

最后,叶圣陶对"所见"的不同阶段作了区分。在叶圣陶看来,文章可以分为两类:一类是普通文字;另一类是文艺。普通文章的写作目的,一是传授知识;二是报告事实。文艺则还有目的:"它除了传授和报告之外,还有一个目的,而且是主要的目的,那就是表示出己之所见。""文学的好坏并不在它是文言还是白话,也并不在其新旧,却在作者有所见没有。……不但要有所见,还要见得深切精密。"② 叶圣陶进而指出,即使是有所见,也有不同的阶段:"有时仅止于抽象的阶段……有时却到了具体的阶段……必须是具体的有所见,写下来的文艺才可以比较像样。"③ 那么读者为什么可以见到作者的"所见"?叶圣陶认为原因就在"人同此心,心同此理",因而文艺家所要做的就是"把从那里见到某些东西的一部分生活告诉人家,让人家自己去跟那一部分生活打交道"④。

叶圣陶谈"所见",注重直觉、物我交融,这与中国古代美学有密切的关联。庄子就提到了"游"与"物化"的问题,向往的是一种纯任自然的人生境界。钟嵘在《〈诗品〉序》中提到"观古今胜语,多非补假,皆由直寻","直寻"即直接抒写。明代李贽提出的"童心"说、清代王夫之在《夕堂永日绪论内编》中提出的"即景会心"与"现量"、王国维提到的"不隔"、"赤子之心"⑤,都是注重直观的把握与生命的体验。朱

① 叶圣陶:《〈呐喊〉指导大概》,载叶至善等编《叶圣陶集》(第14卷),江苏教育出版社 2004 年版,第 232—233 页。

② 叶圣陶:《文艺写作漫谈》,《叶圣陶》(第9卷),江苏教育出版社 2004 年版,第 235—238 页。

③ 叶圣陶:《像样的作品》,载叶至善等编《叶圣陶集》(第9卷),江苏教育出版社 2004 年版,第 134—135 页。

④ 叶圣陶:《文艺写作必须依靠语言》,载叶至善等编《叶圣陶集》(第9卷),江苏教育出版社 2004 年版,第 260 页。

⑤ 王国维:《人间词话》,载姚淦铭、王燕编《王国维文集》(第一卷),中国文史出版社 1997 年版,第 145—151 页。

光潜先生也十分重视"见"，在他看来，"无论是欣赏或是创造，都必须见到一种诗的境界。这里'见'字最紧要。凡所见皆成境界，但不必全是诗的境界。一种境界是否能成为诗的境界，全靠'见'的作用如何"。朱光潜进一步指出，"诗的'见'必为'直觉'"，并且"所见意象必恰能表现一种情趣"，即景与情的契合①。朱光潜在这里主要是借用了克罗齐的"直觉"说，而叶圣陶谈到的"直觉"则主要是借用了柏格森的概念，但其实更多的还是来自中国传统哲学美学②。

综合来看，叶圣陶看重的"所见"，主要是指文艺家观照宇宙人生时所获得的体会、感受与见解。"所见"有抽象的，也有具体的。有"所见"之所以成为文学与非文学之间的分水岭，一是因为作者要以心去体会，讲究的是灵感与直觉；二是因为要有所见，人与外物就要达到物我交融的境地。人是以主动的姿态观照外物，形成自己的见解，不是被动地做事实记录；三是在文艺创作中，"所见"要通过生动具体的描写展现出来，由读者去体会。这就比实录具有更强的真实性。这些也就内在地包含了"真切地见到"的要求。20世纪30年代，叶圣陶主编《中学生文艺》时，他发现创作的状况得到了改善，"用自己生活的实感以充实作品的内容，把深刻的观察来代替浮浅的感觉，这些常常被用以勖勉青年作者的话，在本年的许多作品中，可以看出是得到相当的效应了。有许多故事，读起来很使人感动；要不是根据生活的实感，得力于深刻的观察，便不能写得这样亲切"③。可见，"见"并不是肤浅地见到，而是要有生活的实感、深刻的观察才能做到，这才是真切地见到。

以这种思想为指导，叶圣陶还发现了某些特殊体裁的意义，报告文学即是一个明显的例子，还有历史小说。叶圣陶认为二者都是文学与非文学

---

① 朱光潜：《诗论》，安徽教育出版社1997年版，第41—43页。

② 仲立新认为，从柏格森哲学在中国的传播情况来看，叶圣陶在20世纪20年代对柏格森哲学只可能是泛泛的了解。从学理层面来讲，叶圣陶也只是对柏格森哲学中方法论层面的"直觉"说感兴趣，而对其本体论缺乏兴趣。叶圣陶是对柏格森的直觉说作了中国式的理解。参见仲立新《人生与直觉——试论叶圣陶五四时期文学观中的两个问题》，《伊犁师范学院学报》1996年第2期。

③ 叶圣陶：《〈中学生文艺〉编后》（1933年），载叶至善等编《叶圣陶集》（第18卷），江苏教育出版社2004年版，第113页。

结合的产物，但它们从根本上讲都是文学①。这些意见在今天已经得到了普遍接受，叶圣陶功不可没。

此外，叶圣陶还从阅读角度指出了文学与文章的区别。叶圣陶认为，对于文章而言，读者只需了解其内容，达到"知"的目的，文学作品还要使人"感"，是"情"和"意"方面的事②。作者之所见是寄寓于形象之中的，要求读者通过对文字的理解，发挥想象力，理会作者的意图，了解作品的主旨。叶圣陶要求文学创作应化抽象为具象，也就是反对直接宣示主旨，如此一来作品就有了弦外之音、言外之意。但是对于普通文与应用文而言，只需达到正确明晰即可，文艺作品在此基础上还要达到"美"的境界，这种"美"又是要靠读者的鉴赏才能体会得出，这就是叶圣陶所说的"美读"："说理的文章大概只需论理地读，叙事叙情的文章最好还要'美读'。所谓美读，就是把作者的情感在读的时候传达出来。"③ 文学创作不仅仅是含蓄与否的问题，更重要的是含蓄是文学审美特性的表现。

叶圣陶对文学与文章关系的辨析，较为明晰准确，但也存在着矛盾：他是根据实际需要，时而强调二者的联系，时而强调二者的区别。但不论是强调联系还是强调区别，有一点是一致的，那就是他认为文学与普通文、应用文存在着次序、程度上的差别。从阅读与写作的角度看，应该"从普通文入手……才可以进一步弄文学"④；从程度上看，文学居于文章系统中的较高层次，这又回到了他所反驳的胡适的观点上了："达意达的好，表情表的妙，就是文学。"这种观点自有其合理性，但只是从表面上谈论文学的特征，将文学与非文学排序论列，就会忽视文学与非文学各自的实质，没有意识到审美才是二者的本质区别。叶圣陶的辨析虽然能够在

---

① 叶圣陶在《文章例话·夏衍的〈包身工〉》中指出："报告文学的作用在向大众报告一些什么，而它的本身又是文学。"在《介绍〈斯巴达克思〉》一文中，叶圣陶认为"大概历史小说必须顾到历史，可是在不违背历史的条件下，还得有所创造，否则就只是历史而不是文学"。分别见叶至善等编《叶圣陶集》（第 10 卷），江苏教育出版社 2004 年版，第 291、127 页。

② 叶圣陶：《作一个文艺作者》，载叶至善等编《叶圣陶集》（第 12 卷），江苏教育出版社 2004 年版，第 161 页。

③ 叶圣陶：《中学国文学习法》，载叶至善等编《叶圣陶集》（第 13 卷），江苏教育出版社 2004 年版，第 126 页。

④ 叶圣陶：《国文教学的两个基本观念》，载叶至善等编《叶圣陶集》（第 13 卷），江苏教育出版社 2004 年版，第 48 页。

胡适的基础上更进一步，但也无法解决自己的矛盾与困惑，并且还把同样的问题带到了他的文学教育思想中。①

第三节　无所为而有所为

叶圣陶对文学的本性有如此的认识，因而他也重视文学的价值。他反对视文学为"玩弄之具"或"卫道之器"②，文学对他而言虽不是经国大业、不朽盛事，却也绝非小道。他鄙夷迎合小市民庸俗趣味的做法，对文学的商业化极为痛心，因而他严厉批判了鸳鸯蝴蝶派、黑幕派、礼拜六派。叶圣陶是抱着文非有益于世不作的决心进入文坛的，力图以文学"革心"；到"五四"时期，他强调文艺家既要高扬自我，又要以文艺启蒙民众；20 世纪 40 年代以后他更强调文学家要自觉地为读者着想，为人民服务。但是他一以贯之的态度是既坚持文学的功用，又强调尊重文学自身的审美特性，保持着一种张力的平衡，也就是"无所为而有所为"的态度。

一　在启蒙与审美之间

叶圣陶表示自己最初是因为读了华盛顿·欧文的《见闻录》而引起了文学的兴趣，试作小说，由此走上了文学道路。这一契机本身显然更多的是他为文学的艺术魅力所吸引而不是出于功利的考虑。民间文化与苏州地域文化的熏染使叶圣陶具备了一定的艺术素养，这种熏染本身也更多的是审美的而非功利的。因此，叶圣陶本人对于文艺的嗜好首先是基于他对于文学自身特性的深切体认，所以常以艺术为乐。

但是，出身平民、深受传统文化熏陶的叶圣陶，在少年时代就有一股

---

① 在《文艺写作漫谈》《读〈虹〉》《我写小说》《文艺写作必须依靠语言》《关于使用语言》《话剧〈关汉卿〉插曲〈蝶双飞〉欣赏》等文章中，叶圣陶强调的是文学与普通文的区别；在《作文论》《关于小品文》《木炭习作跟短小文字》等文章中，叶圣陶强调文学与普通文没有截然的界限；在《爱好和修养》《以画为喻》等文章中，叶圣陶辩证地看待文学与普通文的联系与区别。他的基本态度就是普通文与文学，次序有先后，程度有浅深。因此他虽然意识到文学对教育具有重要的意义，但对文学教育的态度又较为含糊。

② 叶圣陶：《文艺谈》，载叶至善等编《叶圣陶集》（第 9 卷），江苏教育出版社 2004 年版，第 54 页。

匡世济民的豪情，他关心时政，对人间世态在冷眼旁观之余又加以指摘评论，希望矫正时弊。特别是他生于晚清时代，面对深重的民族危机与腐败的现实政治，他的思想一度趋于激进，立志"改革我同胞之心"①，这使得他很容易就接受了具有功利主义色彩的文学改良主义，希望在现实斗争之外，文学也能发挥战斗作用，叶圣陶将这一作用明确地概括为"革心"②。在他看来，文学虽不能起到直接改变现实政治的作用，但可以作用于人心，唤醒民众，达到改造现实的目的。

有意思的是，叶圣陶的启蒙理想却在现实中遭遇挫折。他提倡"革心"，在倾向革命的《天铎报》那里找到同道：1911年，他看到"《天铎报》一篇社论，题曰《革心》。大约谓今日之势，尤当以改革人心为首要"，他感到"此主张正与余相同"③。然而如何"革心"？叶圣陶没有找到方法，这篇文章也未提及。不仅如此，办报的宏愿破灭，迫于生计，叶圣陶不得不卖文为生，深深感到"为文而至此，亦无赖之尤者矣"④。然而，依实际情况来看，创作文言小说的这一段时期，却恰恰是叶圣陶在文学创作上潜心探索，为形成自己的个性与成熟的文艺观打基础的重要时期。

为叶圣陶所不齿的主要是当时的职业作家创作的旧派通俗小说，其中又以鸳鸯蝴蝶派与黑幕派为主，同时他也对卖文为生深感羞耻。特别是他所写的都是小说，而小说在中国文学史上历来是不入流的，虽然到晚清时梁启超发起了"小说界革命"，但是国人普遍视小说为游戏或消遣之作，却是不争的事实，这就更加深了叶圣陶的痛苦。叶圣陶对文学是抱有启蒙期望的，在他看来，文学家不以作品启蒙民众、革新人心，反而阿谀媚俗，这是文学堕落的表现，由这种态度产生的作品必然是俗不可耐的陈词

---

① 叶圣陶1911年12月2日日记，载叶至善等编《叶圣陶集》（第19卷），江苏教育出版社2004年版，第65页。

② 叶圣陶写过一首《大汉天声》："其馀当从根本谋，改革尤须改革心。"载叶至善等编《叶圣陶集》（第8卷），江苏教育出版社2004年版，第5页。

③ 叶圣陶1911年11月17日日记，载叶至善等编《叶圣陶集》（第19卷），江苏教育出版社2004年版，第58页。

④ 叶圣陶1914年9月20日致顾颉刚书信，载叶至善等编《叶圣陶集》（第24卷），江苏教育出版社2004年版，第67页。

滥调："文而至于卖，格卑已极。矧今世稗官，类皆浅陋荒唐之作，吾亦追随其后以相效颦，真无赖之尤哉。"① 直至加入了新文学阵营，叶圣陶还是严厉地批判鸳鸯蝴蝶派、礼拜六派。在他看来，以"文娼"来称呼无聊文人与《快乐》《红玫瑰》《半月》《礼拜六》《星期》等刊物，实在是"确切之至"②。

叶圣陶对当时的旧派通俗小说的批判在今天看来不无偏激之处。事实上，正是职业作家群的出现促成了清末民初文学创作的繁荣。文学的商业化固然导致了大量粗制滥造之作，却不能将这一责任完全归咎于商业化。同时，当时的旧派通俗小说既然以读者来定位，不免要迎合读者的口味，但小说家也不是全然被动的，市民趣味也不全是庸俗低级，当时的小说家也注意揭露封建礼教对人性的戕害，有意借鉴西洋小说的创作技巧，创作了不少优秀作品，如《啼笑因缘》《玉梨魂》等。对旧派通俗小说从内容到形式都一笔抹杀显然是简单化了，不过考虑到当时新、旧阵营对抗的激烈，就不能以此苛责叶圣陶。问题的关键是：叶圣陶被迫加入了旧小说家阵营，对他来说意味着什么？

叶圣陶显然陷入了一种两难境地：一方面，他极力要与旧小说家划清界限，坚守启蒙立场，捍卫文学的神圣与尊严，誓不做"文丐"③，反对因袭模拟，描写社会情态；另一方面，为求文稿能被采用，他也必须顾及刊物编辑与读者的口味。从题材的选择上说，叶圣陶选取的是带有一定传奇色彩、曲折动人的故事；就创作手法说，叶圣陶"自然而然走到用文字来讽它一下的路上去"④。采用"讽"的方式，是叶圣陶的创作方式，也是他的文学姿态，是他在两难困境中寻求融通之道的选择。这种"讽"的姿态，同中国古代文学特别是《诗经》"风"的传统有相近之处，都是为

① 叶圣陶 1914 年 9 月 14 日日记，载叶至善等编《叶圣陶集》（第 19 卷），江苏教育出版社 2004 年版，第 136 页。

② 叶圣陶：《"文娼"》，载叶至善等编《叶圣陶集》（第 9 卷），江苏教育出版社 2004 年版，第 94 页。

③ 叶圣陶 1914 年 11 月 12 日致顾颉刚书信，载叶至善等编《叶圣陶集》（第 24 卷），江苏教育出版社 2004 年版，第 78 页。

④ 叶圣陶：《随便谈谈我的写小说》，载叶至善等编《叶圣陶集》（第 9 卷），江苏教育出版社 2004 年版，第 179 页。

了达到感化人心、劝善止恶的效果。但是叶圣陶采用的毕竟是现代意义上的讽刺手法，更多的是受到西方文学的影响，而且体现出的也是现代的民主精神。他既没有放弃对现实的揭露，又能在一定意义上达到曲折离奇、引人注意的效果。更重要的是，这一路向使叶圣陶能潜心于创作的探索，避免将文学变成直接的宣传工具，叶圣陶日后冷静、平实的风格，就是在此基础上形成的。

不过，叶圣陶没有追求直接的功利目的，更主要的原因在于他对文学本性的深切体认。作为有着深厚艺术素养的文学家，叶圣陶始终没有忘记文学的本性。这种平和的心态使他能为审美留下一席之地。他没有陷于片面的启蒙追求，也不崇尚艺术至上的审美主义。晚清时代不少文学改良主义者其实都不是文学家，他们的着眼点也是非文学的，在这一点上，叶圣陶与他们的区别还是很明显的。

新文化运动时期，叶圣陶受文学革命思潮影响，加入了新文学阵营，自觉地以文学为批判现实的武器，揭露社会问题。这一时期他的创作，正如鲁迅所说，《新潮》小说作家"没有一个以为小说是脱俗的文学，除了为艺术之外，一无所为的。他们每作一篇，都是'有所为'而发，是在用改革社会的器械，——虽然也没有设定终极的目标"①。对这一问题，叶圣陶有自己的理解。在《文艺谈》中，叶圣陶明确提出文学是无所为而有所为。从具体的文艺创作来说，文学是"自我"的产物，艺术家要高扬个体精神，按艺术的规律来创作，不应受规范、教条、形式的束缚，因而是"无所为而为"的。但是从根本上讲，文学是人生的表现，因而文学是为人生的，要满足民众的精神需求，同时引导他们向上，"文艺可以养成美好的国民性，美好的国民性可以产出有世界的价值的文艺"，实现全民族人生活动的进化，这就是"有所为"，"为的是最深广的人生"。叶圣陶认为，"从事文学，却绝对不是一桩营业"，"迎合世人的嗜好习惯"、"造成世人的堕落心理"的人是在辱没自己。在叶圣陶看来，"文学是何等高洁神圣的东西！它是宇宙间的大心，它含有一切的悲哀、痛苦、呼吁、希望

---

① 鲁迅：《中国新文学大系·小说二集·导言》，载鲁迅编选《中国新文学大系·小说二集》（影印本），上海文艺出版社 2003 年版，第 2 页。

等等。不仅如此，它还要表示出消灭悲哀和痛苦，实现呼吁和希望的唯一的伟大的力。一切人将于它的王国里得到安息的愉悦，进取的勇气，人己两忘的陶醉的妙境"。①

在文学研究会与创造社展开"为人生"与"为艺术"的争论时，叶圣陶一针见血地指出，为人生与为艺术并不矛盾，"真的文艺必兼包人生的与艺术的"②。中国现代文学史上的论争往往不乏意气之争，叶圣陶客观、辩证的态度是十分难得的，当时文学研究会中的庐隐，也与叶圣陶的观点一致，对于"人生的艺术"和"艺术的艺术""亦正无偏向"③。在后来的革命文学论争中，叶圣陶依然不赞同公式化、概念化的创作，不赞成以文学为宣传和斗争的工具。

叶圣陶本人的创作实践也印证了他的观点。他的第一本短篇小说集《隔膜》，大部分都是"问题小说"，作者急于揭示社会问题，唤起人们的关注，寻求解决的方案。此时的作品，大多数在艺术上还是幼稚的、浅薄的。但是随着作者对人生思考的深入，艺术上也走向成熟，具体的描写代替了主观的议论，客观写实的色彩更加浓厚，作者不再直接站出来发表意见，而是将自己对人生的观察、思考、疑问、困惑融入生动具体的人物形象之中。因此，鲁迅称赞他"有更远大的发展"④。在这一点上，叶圣陶确实较好地将对人生的深入思考与艺术上的潜心探求结合了起来，使二者相得益彰。

20 世纪 40 年代以后，叶圣陶的人生视野更为广阔，他转到了人民立场上来。叶圣陶曾经提出，"在还有善恶正邪的差别的时代"，必须做到四个"有所"：有所爱，有所恶，有所为，有所不为。如何辨别善恶正邪？叶圣陶认为，要"以人为根据"，这也是其人本位观念的体现。⑤ 在他看

---

① 叶圣陶：《文艺谈》，载叶至善等编《叶圣陶集》（第 9 卷），江苏教育出版社 2004 年版，第 11—67 页。

② 同上书，第 24 页。

③ 庐隐：《创作的我见》，载贾植芳等编《文学研究会资料》（上），河南人民出版社 1985 年版，第 160 页。

④ 鲁迅：《中国新文学大系·小说二集·导言》，载鲁迅编选《中国新文学大系·小说二集》（影印本），上海文艺出版社 2003 年版，第 2 页。

⑤ 叶圣陶：《四个"有所"》，载叶至善等编《叶圣陶集》（第 6 卷），江苏教育出版社 2004 年版，第 112—113 页。

来，在人民的世纪，以"人"为根据其实也就是以"人民"为根据："有利于人民的，是是，是善；不利于人民的，是非，是恶。"① 因此，文艺工作者就是人民中的一员，应该树立明确的为人民服务的信念。这一看法与他 20 年代的观点并不矛盾：在 20 年代他所说的"有所为"是"为人生"，40 年代"有所为有所不为"，"为"是行动而非目的，就目的讲还是有所为的，那就是"为人民"，可以看出他对文学的现实功用更为重视了。20 年代是为了使文学免于迎合小市民的低级趣味，他强调文艺家要启蒙民众，创造民众文学；到 40 年代，他的目光已经转向人民，强调在"人民的世纪"要以人民为本位，为人民服务②，早年的启蒙立场也就逐渐消解了，他强调文艺创作的目的性也就不足为奇了。正因为如此，叶圣陶表示，"反映现实，喊出人民大众的要求，是文学的时代的使命，这个纲领我极端相信"③。况且文学创作必然会受到读者因素的制约，叶圣陶在此只是更为强调这种制约的影响力而已。但即使如此，叶圣陶也没有否定文艺家的自我：20 年代他提出"无所为"，40 年代他认为文艺作品的首要条件是文艺家要"有所见"，而且是真切地见到，有所见必然是个人对生活的独特体验，是不可模仿的。因此，叶圣陶重提鲁迅的四句要诀"有真意，去粉饰，少做作，勿卖弄"，而且以"有真意"为首要条件。④ 在文艺欣赏上，他也始终强调要有审美的心态。

　　叶圣陶一直力图在审美与功利之间保持平衡，在《〈抗战八年木刻选集〉序》中，叶圣陶高度赞扬了中国现代木刻画家既能以文艺为斗争的武器，又能坚持文学的特性，使之不至于沦为宣传的工具。在叶圣陶看来，文艺的真正作用是由它的本性自然而然显现出来的，这一观点，与鲁迅"一切文艺固是宣传，而一切宣传却并非全是文艺"⑤ 的主张是完全一致

　　① 　叶圣陶：《文艺工作者与教育工作者一个样》，载叶至善等编《叶圣陶集》（第 6 卷），江苏教育出版社 2004 年版，第 286 页。

　　② 　叶圣陶：《如果教育工作者发表〈精神独立宣言〉》《文艺工作者与教育工作者一个样》，载叶至善等编《叶圣陶集》（第 6 卷），江苏教育出版社 2004 年版，第 276、284 页。

　　③ 　叶圣陶：《〈西川集〉自序》，载叶至善等编《叶圣陶集》（第 6 卷），江苏教育出版社 2004 年版，第 84 页。

　　④ 　叶圣陶：《重读鲁迅先生的〈作文秘诀〉》，载叶至善等编《叶圣陶集》（第 9 卷），江苏教育出版社 2004 年版，第 296 页。

　　⑤ 　鲁迅：《三闲集》，《鲁迅全集》（第 4 卷），人民文学出版社 1981 年版，第 84 页。

的，体现出他们对文艺工具论的高度警觉。鲁迅与叶圣陶的文学实践也都
贯彻了这一主张。

二　文艺工作也是教育工作

文艺是教育，是叶圣陶对文学功能所作的概括。他认为"就广义说，
出版工作、文艺工作也是教育工作"①。这里的"教育"，主要是指予人
以影响，"受影响就是受教育"，文艺工作者应该认识到自己同时是教育
工作者②。

在叶圣陶看来，既然予人以影响就是教育，那么文学就必须重视自己
的功能。文学的教育功能应是以文学的本性为立足点，激起读者兴趣，在
潜移默化中起到教育作用。叶圣陶特别注意儿童教育问题，强调要重视儿
童文学创作，作品应顾及儿童的本性与心灵，不应含有神怪和教训的因
素："谆谆告语不如使之自化，儿童既富于感情，必有其特质。文艺家体
察其特质，加以艺术的制炼，所成的作品必然深入儿童的心。"③ 因此，
叶圣陶非常关心儿童文学，他身体力行，创作了大量的童话，成为中国儿
童文学的先驱之一。叶圣陶还鼓励教师创作，通过《中学生》《新少年》
等刊物，引导并鼓励青少年写出自己的作品。

叶圣陶对文学的教育作用的强调，与他的文学家和教育家身份有关。
他所说的教育固然是从广义上着眼，但也与狭义的教育（特别是学校教
育）密切相关。叶圣陶并没有将文学与教育割裂开来，教育是要造就健全
的"公民"④。从这一目的出发，文艺既应立足自身特性，同时又应顺应
人的心性，不是把教育变成教训与说教。

"五四"时代儿童文学开始受到较为普遍的重视，新文化运动强调

---

① 叶圣陶：《知识分子何以自处？》，载叶至善等编《叶圣陶集》（第7卷），江苏教育出版
社2004年版，第286页。另见叶圣陶《关于反对精神污染》，载叶至善等编《叶圣陶集》（第11
卷），第359页。

② 叶圣陶：《文艺工作者的责任》，载叶至善等编《叶圣陶集》（第9卷），江苏教育出版社
2004年版，第299页。

③ 叶圣陶：《文艺谈》，载叶至善等编《叶圣陶集》（第9卷），江苏教育出版社2004年版，
第18页。

④ 叶圣陶：《如果我当教师》，载叶至善等编《叶圣陶集》（第11卷），江苏教育出版社
2004年版，第133页。

个性解放，追求自我，对人的问题给予了前所未有的关注，儿童的成长就成为绕不开的话题。周作人就认为"以前的人对于儿童多不能正当理解……近来才知道儿童在生理心理上，虽然和大人有点不同，但他仍是完全的个人，有他自己的内外两面的生活"①。儿童不是缩小的成人，也不是不完全的小人，儿童是完全的个人，有自己的思想情感。同时，在新文化运动的浪潮中，教育革命也提上了日程，知识分子对于教育问题也给予了高度的关注并展开了热烈的讨论。从某种意义上说，新文学与新教育是相伴相生的，白话文运动绝不只是语体革命，它在文学、教育等诸多领域都引发了尖锐的斗争。新文学要在广大青少年学生中普及，才能真正立住脚跟。这才有刘半农的《应用文的教授》、胡适的《中学国文的教授》《再论中学国文的教授》等文章的产生。与此同时，儿童文学创作也在一定程度上开展起来。儿童文学可以说是文学革命与教育革命相结合的一个产物，但是当时中国的儿童文学作品并不多，主要是翻译西方作家特别是王尔德、安徒生的童话作品，中国本土的儿童文学刊物和儿童文学作家都不多。叶圣陶当时的情况比较特殊：他从事过实际的小学教学工作，与儿童有过长期的实际接触，对于儿童的生活与心灵有着较为深入的了解。在文学观念上，他认为文艺家"有个未开拓的世界而又是最灵妙的世界，就是童心"②。叶圣陶对中国传统的儿童教育方式极为不满，认为只是通过神怪、教训是达不到教育的目的的，无法促进儿童的健康成长。学校里的教育也只是形式主义，完全不顾及儿童的兴趣爱好，扼杀儿童的天性。所有这些，都表现出叶圣陶对儿童、对教育事业的重视与关心：一方面，固然是因为新文化运动宣扬个性解放，追求个人的自由与权利，给予他深深的影响；另一方面，在很大程度上也是因为他受到当时杜威实用主义教育思想的影响，以儿童为本位。因而他在强调文学的教育作用时，就不是以居高临下的姿态说教，而是提出了两个方面的条件：一是遵循文学自身的规律，不是简单地以

---

① 周作人：《儿童的文学》，载《儿童文学小论》，河北教育出版社 2002 年版，第 37—38 页。

② 叶圣陶：《文艺谈》，载叶至善等编《叶圣陶集》（第 9 卷），江苏教育出版社 2004 年版，第 21 页。

文学为教育工具，而是要创造"真的儿童文艺"①；二是教育者与受教育者处于同等地位，从受教育者的实际出发，切实激发其兴趣，使其"自生需要"，这样才能收到教育的效果②。

　　以上是就狭义的学校教育而言。在广义的教育方面，叶圣陶认为，作者要"设身处地地为读者着想"③。作品一经产生，会对读者产生影响，在叶圣陶看来，这种影响体现在两个方面：一是思想习惯的训练，"要达到彻底的了解，得用分析的工夫，辨认作者思想发展的途径，这个工夫同时就训练了咱们的思想习惯"；二是语言习惯的训练，他认为思想习惯好也就是语言习惯好，因而对作品来说，"咱们跟作者之间的唯一的桥梁是语言文字，咱们凭借语言文字了解作者所想的所感的……同时就训练了咱们的语言文字的习惯"④。叶圣陶特别强调好的文学作品在语言运用上有示范的作用，可以担负起"语言教学的责任"⑤。

　　那么，怎样才能让文学收到教育的效果呢？叶圣陶认为，文学家要立足生活，对生活能够真切地有所见。这就要做到"修辞立其诚"，也就是从人的世界观、人生观着手，培养正确的人生态度。文学家在进行创作时，不能够一味迎合读者的趣味，为达到普及的目的而牺牲艺术上的要求。读者则应该通过语言文字，理清作者的思路，体会作者的主旨，从而达到与作者心意相通的境界。在20年代，叶圣陶更为看重的是创作一方面，强调文艺家的修养，强调创作的自由，反对为求功效而牺牲艺术。40年代以后，叶圣陶转到"人民"的立场上来，强调"教育工作者只对人民服务"，"教育工作者也是人民"。⑥ 不仅如此，文艺工作者也要为人民

　　① 叶圣陶：《文艺谈》，载叶至善等编《叶圣陶集》（第9卷），江苏教育出版社2004年版，第18页。

　　② 叶圣陶：《小学国文教授的诸问题》，载叶至善等编《叶圣陶集》（第13卷），江苏教育出版社2004年版，第13页。

　　③ 叶圣陶：《作品里涉及工程技术的部分》，载叶至善等编《叶圣陶集》（第9卷），江苏教育出版社2004年版，第285页。

　　④ 叶圣陶：《大学一年级国文的教学目标和学习方法》，载叶至善等编《叶圣陶集》（第13卷），江苏教育出版社2004年版，第144页。

　　⑤ 叶圣陶：《文艺作者怎样看待现代汉语规范化问题》，载叶至善等编《叶圣陶集》（第9卷），江苏教育出版社2004年版，第236页。

　　⑥ 叶圣陶：《如果教育工作者发表〈精神独立宣言〉》，载叶至善等编《叶圣陶集》（第6卷），江苏教育出版社2004年版，第276页。

服务，文艺工作者是人民中的一员。叶圣陶认为，文艺必然存在"为什么人服务"的问题："思想灵感尽不妨藏在心里；你把思想灵感说出来或写出来，必然希望他人听你的，看你的，这在他人就可以判断你为什么人服务。再进一步说，即使你把思想灵感藏在心里，不说也不写，可是你的思想灵感已经存在，存在必然有个方式，客观上还是免不了为什么人服务。"① 因此，文艺要为人民服务，要反映人民的生活、思想、情趣，文艺家要真正体验生活，把自己变为人民中的一分子，这样的作品人民也就能够感同身受。此时叶圣陶更为重视的是文学的接受维度，对文学功效的强调更为突出了。由此可见，无论是在 20 年代还是 40 年代，叶圣陶都主张文艺的教育功能的发挥应顺应人之本性，遵循文艺规律，是"无所为"的，但是就最终的教育目的来说又是"有所为"的。

　　本章分析了叶圣陶对于文艺问题的总体看法。叶圣陶把文艺置于生活的根基上，强调充实的生活就是诗，就是艺术。他对于文学自身的特性给予了高度的关注，在 20 年代他强调文学的情感质素，这是"五四"时代思潮的反映，也是叶圣陶坚持自我的地位的结果。到 40 年代，他接受心理语言学的观点，强调文学是语言艺术。同时他转向人民立场，要求文学为人民服务。通过文学与科学的比较，叶圣陶肯定了文学的内容与形式不可分割、文学诉诸人的情绪的特点，强调了文学的时代性。对于文学与文章的关系问题，叶圣陶的总体看法是普通文与文艺，次序有先后，程度有浅深。但是其中一个重要的区别是文艺作者应该有"所见"。在叶圣陶看来，文艺应该起到启蒙民众的效果，但是这种作用应该通过文艺自身的特性来实现。他的文艺思想的落脚点是教育。但是一个总的原则是无所为而有所为：文艺家的创作、读者的欣赏都应该是以审美的心态进行，最终能收到实际的效果。

---

　　① 叶圣陶：《文艺工作者与教育工作者一个样》，载叶至善等编《叶圣陶集》（第 6 卷），江苏教育出版社 2004 年版，第 285 页。

第三章

叶圣陶的文艺思想(下)

叶圣陶本人是作家，也是评论家、编辑家、教育家，他的观点不是纯理论的，而是融入了他自己的切身体会，是理论与实践的统一。因此，叶圣陶的文艺观具有较为鲜明的经验色彩，但是持论较为辩证周全。他对于文学创作问题给予了高度关注，不少观点是他对自己创作实践的总结；他视文学作品为一个有机整体，通过意境与传神表达了自己的审美理想；叶圣陶的文学批评观念是他的创作论的自然延伸，体现出他对文艺问题观照的多重角度，同时他也把批评理论与实践很好地结合了起来。

第一节　文学创作论

1921 年，叶圣陶在谈到文学创作问题时，认为"创作的时候，那唯一的动机便是一种浓厚的情感"①，这种情感是文艺家与外界事物发生共鸣、内心触动的结果。到发表《作文论》时，叶圣陶的思考就更为成熟，他从生理与心理两个方面分析文艺创作的动因，认为可以分为两种情况：一是实际的需要；二是表现的冲动。② 不过，无论是实际的需要还是表现

---

① 叶圣陶：《文艺谈》，载叶至善等编《叶圣陶集》（第 9 卷），江苏教育出版社 2004 年版，第 24 页。

② 叶圣陶：《作文论》，载叶至善等编《叶圣陶集》（第 15 卷），江苏教育出版社 2004 年版，第 12 页。

的冲动，都是着眼于人与生活的关系，占据主动地位的是人。因此，文艺创作就是文艺家受到生活触发的结果。叶圣陶的特色在于，他始终是将文艺置于生活的根基之上，把文艺家的"自我"置于中心位置，以此为主线将各个环节贯穿起来成为一个整体。

一　高扬"自我"与"修辞立其诚"

叶圣陶在踏上文学道路之初，就明确地表示"不作言情体，不打诳语，虽不免装点附会，而要有其本事，庶合于街谈巷议之伦，而或有小道可观焉"①，并且在文学功效上相信"文非有益于世不作，诚至言也"②。在这两个方面，倒是可以发现叶圣陶的小说观与中国古代小说观念之间存在着很大的一致性。中国古代小说长期以来都是以补正史之阙自居，因而小说作者喜欢强调作品的真实性，而评论者也往往是以此为评价尺度。叶圣陶在评论许指严的小说时也认为，"近小说之传实事者，亦能得传旧辅史之益"；评论托尔斯泰的小说，则认为是"寓意遥深，最能起人之善性也"。③ 中国古代的小说，也是把补益世道人心作为自己追求的目标。

因此，叶圣陶早期创作的文言小说，与中国古代小说存在一致性。但是，他对于近代小说创作的公式化、模式化十分不满，要求小说作者要能传达自己的真实体会与感受，这与他对自我的重视密切相关。1911 年，叶圣陶就在日记中写道"何事不可为，只在我耳"，表现了他对"大英雄"的敬仰之情④。在进步思潮的影响下，叶圣陶萌生了强烈的反君主专制的民主主义思想，特别是他接触到无政府主义学说，对于个人的肯定、对于未来理想社会的向往之情就更加强烈了。他热烈地赞扬无政府主义："今之社会党抱佛之旨而非佛之徒也，不有所谓宗教，唯恃我之自力以达我之

---

① 叶圣陶 1914 年 11 月 12 日致顾颉刚书信，载叶至善等编《叶圣陶集》（第 24 卷），江苏教育出版社 2004 年版，第 79 页。

② 叶圣陶 1914 年 11 月 23 日致顾颉刚书信，载叶至善等编《叶圣陶集》（第 24 卷），江苏教育出版社 2004 年版，第 90 页。

③ 叶圣陶 1914 年 11 月 20 日致顾颉刚书信，载叶至善等编《叶圣陶集》（第 24 卷），江苏教育出版社 2004 年版，第 85 页。

④ 叶圣陶 1911 年 2 月 28 日日记，载叶至善等编《叶圣陶集》（第 19 卷），江苏教育出版社 2004 年版，第 14 页。

宏愿，得寸得尺，唯我之力，所以社会主义发展于现世界，日进万里。"①
由此，叶圣陶对于自我的重视开始日益明显，他开始提出"我"最尊
贵②。但是，叶圣陶并没有因此走向个人主义，他强调自我，是为反抗专
制、破除偶像、拒斥迷信。他反对君主专制，并不是为个人谋私利，而是
为民众谋利："而今以后，君主虽以天下为私产，我却不得不认之为全国
人之公产。"③ 对于他曾经极度信奉的无政府主义，叶圣陶也表示了怀疑：
无政府主义"亦无甚高妙之学说，不过政府之行为，断不能为吾人造幸
福。即果有少数人受其实益，而一般人必不尽能受之，则是无用之长物，
又何必令之生存为？"④ 叶圣陶并没有把"我"与"群"对立起来，恰恰
相反，他是力图通过肯定个人、以自我的努力为群体造福，他对于大同的
理想社会十分向往。从他这一时期的思想状况来看，一种现代意义上的自
我意识正在萌动之中。到"五四"时代，随着个性解放思潮的涌起，个
人、自我的价值得到了前所未有的肯定，张扬个性、表现自我成为时代的
主旋律。此时的叶圣陶更加高扬自我，在《苦菜》这篇小说中，主人公就
感受到"我化了，力就是我，我就是力"。⑤ 对"力"的赞美、对泛神论
的信奉、对自我的高扬，都是"五四"时代浪漫精神的体现。

　　叶圣陶在凸显自我的同时，强调自我与大群要和谐相处。正如顾颉刚
在《火灾》序言中所说的，叶圣陶希望人们用自己的爱"把全世界融成
一个不可分解的实体，没有什么唤做'我'，唤做'人'的界限了"⑥。叶

---

　　① 叶圣陶 1912 年 2 月 2 日日记，载叶至善等编《叶圣陶集》（第 19 卷），江苏教育出版社
2004 年版，第 90 页。
　　② 叶圣陶在致顾颉刚的书信中就明确地表示了自己的这一看法。在 1912 年 12 月 26 日的书
信中，叶圣陶提出"人唯自己最尊贵"。在 1914 年 11 月 12 日的书信中，叶圣陶又提到"世间唯
吾最贵，崇拜之心最是恶劣"。载叶至善等编《叶圣陶集》（第 24 卷），江苏教育出版社 2004 年
版，第 22、80 页。
　　③ 叶圣陶 1911 年 3 月 28 日日记，载叶至善等编《叶圣陶集》（第 19 卷），江苏教育出版社
2004 年版，第 18 页。
　　④ 叶圣陶 1912 年 2 月 27 日日记，载叶至善等编《叶圣陶集》（第 19 卷），江苏教育出版社
2004 年版，第 103 页。
　　⑤ 叶圣陶：《苦菜》，载叶至善等编《叶圣陶集》（第 1 卷），江苏教育出版社 2004 年版，
第 152 页。
　　⑥ 顾颉刚：《〈火灾〉序》，载叶至善等编《叶圣陶集》（第 1 卷），江苏教育出版社 2004
年版，第 351—353 页。

圣陶认为，要改造世界，那么"凡是和'庶民主义'、'社会主义'相背的，都要去反对他"，但是关键还是在"我"："我们要改造世界，只重在一个'我'——只重在我的'努力奋斗'——这是我们近今的觉悟。"①

如此一来也就不难理解叶圣陶为何会在《文艺谈》中一再标举文艺家自我的重要性。在叶圣陶看来，文学是人生的表现，但是文艺家绝不是简单地模仿和记录现实，文艺家不是一切的忠仆和书记官，他有"自我"，以自我接触一切：首先，文艺家对自己所接触的事物有选择的自由，无论是什么，"只需含有这浓厚的感情，都可以为小说的材料"，成为审美对象；其次，艺术家选取的审美对象，本身已经渗透了文艺家的情感，与文艺家实现了内在生命的沟通，"真的文艺家一定抱与造物同游的襟怀，他的心就是宇宙的心"；最后，文艺家在创作过程中，对于材料的剪裁、取舍、创作方法的选择也是自由的。文艺家要进行艺术的制练，无所为而为。在此意义上，叶圣陶提出"文艺家之能事在以'自我'为中心而役使一切"。但是，叶圣陶毕竟是要求文学承担起启蒙民众的责任，文艺家要打破物我界限、人我界限，创造好的文艺品，使人读过之后，"一切欲求没有了，一切界限没有了，小我不存，唯见大我"。②

如果把叶圣陶此时的文学观念与其他作家、批评家的观念加以比较，就可以发现当时文学研究会与创造社在文学观念上存在着很多的一致之处。茅盾在介绍泰纳的学说时，特地在人种、环境、时代三要素之外再加上"作家的人格"。③ 文学研究会的作家如冰心、庐隐、王统照等人也都主张作家要有自己的个性。创造社的郭沫若、郁达夫、郑伯奇等人，虽然要求文学表现自我，但他们也不赞同文学脱离实际人生。但是此时叶圣陶要求文艺家以"自我"为中心役使一切，这就更接近创造社同人的主张。值得注意的是，叶圣陶虽然提出了这样的主张，但是他在实际的创作中又与创造社作家不同：他注重描写人生，选取人生的断片，把自己的主张寄

---

① 叶圣陶：《吾人近今的觉悟》，载叶至善等编《叶圣陶集》（第5卷），江苏教育出版社2004年版，第11页。

② 叶圣陶：《文艺谈》，载叶至善等编《叶圣陶集》（第9卷），江苏教育出版社2004年版，第7—52页。

③ 茅盾：《文学与人生》，载《茅盾全集》（第18卷），人民文学出版社1989年版，第271页。

寓在事件的叙述与人物形象的塑造中。而创造社的郭沫若、郁达夫都倾向于在作品中直抒胸臆，使自己如火的激情迅猛地爆发出来。

20 年代前期叶圣陶的创作还是非常倾向于主观的，也确实展现出了作者的个性。但是其中也存在一定的问题，正如朱自清所说，叶圣陶早期的作品有"破碎"的毛病，"圣陶爱用抽象观念的比喻"，"他又爱用骈句，有时使文字失去自然的风味。而各篇中作者出面解释的地方，往往太正经，又太多"。但此后他更为注重客观、冷静、平实的描写，叶圣陶"后期作品（大概可以说从《线下》后半部起）的一个重要的特色，便是写实主义手法的完成。……这时期圣陶的一贯的态度，似乎只是'如实地写'一点；他的取材只是选择他所熟悉的，与一般写实主义者一样，并没有显明的'有意的'目的。……这时期中的作品，大抵都有着充分的客观的冷静，文字也越发精炼，写实主义的手法至此才成熟了"。① 叶圣陶的这一风格此后基本上保持不变：既注意立足生活，同时也强调作者的"所见"。因此，当叶圣陶在 50 年代回忆自己的创作道路时，他一方面表示："我不大懂得什么叫做写实主义。假如写实主义是采取纯客观态度的，我敢说我的小说并不怎么纯客观，我很有些主观见解，可是寄托在不着文字的处所。"另一方面，他又表示只写自己熟悉的东西："空想的东西我写不来……我的小说，如果还有人要看看的话，我希望读者预先存这样一种想法：这是中国社会二三十年来一鳞一爪的写照，是浮面的写照，同时掺杂些作者的粗浅的主观见解，把它当文艺作品看，还不如把它当资料看适当些。"②

从这段表述可以看出叶圣陶对于文艺问题所抱的基本态度：他纠正了早年的执着于"有其本事"的追求和捏合事实或见闻点染成篇的做法，也克服了早期过于偏向主观的倾向，把自己的创作立定在生活的根基之上，同时强调文艺家要积极主动地观察生活，进行创作。虽然他始终不喜欢谈论"写实主义"，但此时他所表达的，正是真正的现实主义精神。

---

① 朱自清：《叶圣陶的短篇小说》，载朱乔森编《朱自清全集》（第一卷），江苏教育出版社 1996 年版，第 260—262 页。

② 叶圣陶：《〈叶圣陶选集〉（开明版）自序》，载叶至善等编《叶圣陶集》（第 18 卷），江苏教育出版社 2004 年版，第 316—317 页。

如此一来，就容易理解叶圣陶在 20 年代的文学主张了。叶圣陶认为，文艺家必须具备的条件是拥有"自我"，只有具备自我意识，才能有所见，而且是一己之所见。这一观念正是"五四"以来追求个性解放的时代思潮的反映，从这一原则出发，叶圣陶指出，"在派别上面，其实不生什么关系。所谓写实派和自然派"，作家和作品也是不可分离的。"故作者之精神如何，即从其作品中映射而出。……一切供我以材料，引我之感兴。彼辈固有其精神，但至少亦须与我之精神相融和，而后表现于作品之中。"①就这一点而言，写实派与浪漫派其实没有什么分别，叶圣陶的这一倾向与王国维是一致的②。

叶圣陶由此将创作自由提到了相当的高度，他认为文艺家的创作是有所为与无所为的统一，创作不应受教条的束缚，创作方法也是可以自由选取的。因此，他对于文艺上的"主义"、派别之争采取置身事外的态度。文学研究会曾为了探究创作方法问题而展开自然主义的讨论，茅盾是这一方法的热心提倡者。显然，提倡自然主义固然涉及"写什么"的问题，但更多地是为了解决"如何写"的问题。茅盾痛感当时的文坛存在浮泛矫情的毛病，缺少对现实的深入观察与细密描写，故而引入自然主义以补救其弊③。但素来不喜谈主义的叶圣陶则不置一词。冯乃超认为，"从主张提倡自然主义的一派——文学研究会的团体中，可以抽出叶圣陶"④，这一论断倒是符合事实。叶圣陶反对只对生活作机械摹写，因而他一直避免使用容易引起误解的"写实主义"这一术语，更何况是自然主义。事实上，联系叶圣陶的创作实践来看，他早期的作品诗化倾向比较明显，小说中的抒情成分较重，显然不是那种讲究纯客观精确描写的"写实主义"。为此茅盾批评

---

① 叶圣陶：《文艺谈》，载叶至善等编《叶圣陶集》（第 9 卷），江苏教育出版社 2004 年版，第 34 页。

② 王国维在《人间词话》中论及写实家与理想家关系时指出："有造境，有写境，此理想与写实二派之所由分。然二者颇难分别。因大诗人所造之境，必合乎自然，所写之境，亦必邻于理想故也。"载姚淦铭、王燕编《王国维文集》（第一卷），中国文史出版社 1997 年版，第 141 页。

③ 关于自然主义的讨论，可以参考贾植芳等编《文学研究会资料》（上），河南人民出版社 1985 年版，第 240—250 页。

④ 冯乃超：《艺术与社会生活》，载中国社会科学院文学研究所现代文学研究室编《"革命文学"论争资料选编》（上），人民文学出版社 1981 年版，第 116 页。

叶圣陶："在最初期，叶绍钧对于人生是抱着一个'理想'的——他不是那么'客观'的。"① 从中可以见出叶圣陶与茅盾在创作问题上的分歧。

不过，强调创作方法的自由，并不意味着叶圣陶就主张放任自流。他运用的创作方法确实多种多样，有现实主义、浪漫主义，甚至还有象征主义的色彩（如小说《夜》）。但是从总体上看，叶圣陶还是倾向于现实主义。他虽然主张文艺家以自我为中心而役使一切，但他主张通过具体的描写将情感寓于事物、场景之中。就此而论，叶圣陶显然没有走向浪漫主义。正如他所说，"把自己表示主张的部分减到最小限度。我也不是想取得'写实主义''写实派'等的封号；我以为自己表示主张的部分如果占了很多篇幅，就超出了讽它一下的范围了"②。

突出自我，在文艺创作上就是要写自己熟悉的生活，叶圣陶本人也正是这样做的。他写小说，主要取材于自己熟悉的小市民、知识分子以及农民的生活，他对于笔下形形色色的灰色人物有着深入的了解，因而刻画他们的心理就能够细致入微，活灵活现。到创作《倪焕之》时，叶圣陶的长处与不足就表露得十分明显：他对教育界的情形十分熟悉，对知识分子有深刻的把握，小说的上半部就能够挥洒自如，结构严密。但是到了下半部，作者在展现中国社会风云变幻的时局以及革命者的精神风貌时，笔力明显不足，下半部显得十分松散，革命者的面目也很模糊。如果说对于革命者不熟悉，因而描写无法深入细致的话，那么，缺乏从宏观上把握时代的能力，则与叶圣陶本人的观念有很大的关系。

写熟悉的题材能够使自己的开掘更为深入，但也容易限于一隅而不及其余。就不断深入来讲，鲁迅认为叶圣陶"有更远大的发展"正是着眼于此；就限于一隅来讲，1936 年 2 月 3 日，鲁迅在致增田涉的信中称："叶（指叶圣陶——引者注）的小说，有许多是所谓'身边琐事'那样的东西，我不喜欢。"③ 叶圣陶在写《倪焕之》时，明显表现出力不从心的

---

① 茅盾：《中国新文学大系·小说一集·导言》，载茅盾编选《中国新文学大系·小说一集》（影印本），上海文艺出版社 2003 年版，第 23 页。

② 叶圣陶：《随便谈谈我的写小说》，载叶至善等编《叶圣陶集》（第 9 卷），江苏教育出版社 2004 年版，第 179 页。

③ 鲁迅：《鲁迅全集》（第 14 卷），人民文学出版社 2005 年版，第 382 页。

问题，这是自身所限，茅盾批评《倪焕之》时代性不强，也是由于这个原因①。写自己熟悉的生活，这是叶圣陶创作的宗旨，但也对他造成了不小的束缚，叶圣陶的小说多取材于教育，原因也在这里，正如他自己所言：

> 空想的东西我写不来……我在城市里住，我在乡镇里住，看见一些事情，我就写那些。我当教师，接触一些教育界的情形，我就写那些。中国革命逐渐发展，我粗浅的见到一些，我就写那些。小说里的人物差不多全是知识分子跟小市民，因为我不了解工农大众，也不了解富商巨贾跟官僚，只有知识分子跟小市民比较熟悉。②

需要注意的是，鲁迅在致增田涉的信中对叶圣陶的这句评价，在研究者那里得到了不同的解读。到 20 世纪 90 年代，叶至善写了《鲁迅先生的三句话》一文，提到"有人说，鲁迅先生不喜欢的是'所谓"身边琐事"那样的东西'，虽然有'有许多'，并非全部都是。也有人说这两句话说的是两码事，有没有发展是客观事实，喜欢不喜欢是个人爱好"③。吴泰昌在为金梅的《论金梅的文学创作》作序时强调他"对鲁迅先生谈论叶圣陶小说创作的那段话，有不敢苟同的地方。喜欢不喜欢，这是个人的欣赏口味的问题，可不讨论。主要是立论的那句话。我以为，综观叶圣陶小说的全貌，得不出'有许多是所谓"身边琐事"那样的东西'的结论"。他进而从两个方面加以辨析：首先，从创作理论上讲，题材的大小不是决定性的，"关键在于题材本身所包涵、所沾濡的社会意义的大小"；其次，"鲁迅先生一九三六年对叶圣陶小说作这样的概括，也不符合叶圣陶小说的发展实际"。吴泰昌认为，"五卅"以后，叶圣陶的这一弱点得到了很

① 茅盾：《读〈读倪焕之〉》，载《茅盾全集》（第 19 卷），人民文学出版社 1991 年版，第 208—211 页。

② 叶圣陶：《〈叶圣陶选集〉（开明版）自序》，载叶至善等编《叶圣陶集》（第 18 卷），江苏教育出版社 2004 年版，第 317 页。

③ 叶至善：《鲁迅先生的三句话》，载叶圣陶研究会编《叶圣陶研究论文集》，开明出版社 1991 年版，第 275 页。

大的克服，《倪焕之》就是一个明显的标志①。有意思的是，金梅则认为叶圣陶"他往往在一系列卑琐灰色或悲惨苦难的生活情境面前，仅止于愤慨和厌弃，而不能更深入一步，透过现象看到本质，也未能挖掘出造成这一类生活现象的真正根源，这就在一定程度上减轻了对旧中国旧社会生活揭露批判的深度和力度"②。

　　叶至善则强调："鲁迅先生不喜欢'所谓"身边琐事"那样的东西'，在'小说二集'的《序》中已经有所表示了。我父亲拘泥于写自己熟悉的事物，把身边的小事作为小说的材料，是不可避免的。但是小事不一定就是'琐事'，鲁迅先生自己，不也常常把身边的事作为小说的材料吗？我看'小事'与'琐事'是有区别的，区别大概在于有没有普遍的社会意义，所以大家并不把鲁迅先生的《一件小事》看作'身边琐事'。鲁迅先生不喜欢的'身边琐事'到底指哪一些，倒是个值得研究的问题。……如果把'有许多是所谓"身边琐事"那样的东西'看作'叶的小说'的补语，意思就不是指部分，而是全都不喜欢了。"③

　　从现有的材料来看，研究者争论的焦点一是"身边琐事"，二是鲁迅是否对叶圣陶的所有小说都"不喜欢"。要想弄明白鲁迅这句话真正的意思，需要对他说这句话时的背景及具体所指有明确的认识。但是，鲁迅因何对增田涉提起叶圣陶的小说，现在已经无从查考。叶至善推断，增田涉"可能收到了'小说二集'，看到了鲁迅先生在《序》中提到我父亲的那句话，顺便问一声罢了；要不，鲁迅先生的答复决不会这样简单的"④。但是，即使这样，也依然无法判定鲁迅先生是针对叶圣陶的部分小说还是当时他所看到的叶圣陶的所有的小说作出这样的评价。

　　有意思的是，叶圣陶本人也对写"身边琐事"发表了意见。1934 年，叶圣陶发表了《新年偶读姜白石的元日词》。他比较姜夔的《丁巳元日》和《扬州慢》这两首词，认为二者都有佳句。但是前者只是表现作者的极

---

　　①　吴泰昌：《〈论叶圣陶的文学创作〉序》，载金梅《论叶圣陶的文学创作》，上海文艺出版社 1985 年版，第 7—8 页。

　　②　金梅：《论叶圣陶的文学创作》，上海文艺出版社 1985 年版，第 141 页。

　　③　叶至善：《鲁迅先生的三句话》，载《叶圣陶研究论文集》，开明出版社 1991 年版，第 275—276 页。

　　④　同上书，第 275 页。

度的闲适，而后者就不同："作者触着了时代的脉搏，不只抒写了个人的情趣，所以读者觉得也有他的一份在内了。"叶圣陶进而发出了这样的感慨："现在我们不欢喜读描写身边琐事（着重号为引者所加）的文字，而要求触着时代的作品，也不是什么学时髦。处于严肃的读者的地位，谁都要这样要求的。"①

　　因此，可以肯定的是，鲁迅和叶圣陶其实都不喜欢描写"身边琐事"的作品。正如吴泰昌、叶至善诸位先生指出的，最关键的还是在于题材本身所具有的社会意义，所以写小事不同于写琐事。因此，鲁迅对叶圣陶的这句评价，其主要的意义还是在于指出了叶圣陶本人创作上的某些特点。叶圣陶在参加新文化阵营之后，开始创作的是一些"问题小说"，力图揭示并解答人生问题。此后他的小说客观写实的色彩逐步加强。从他的创作实际来看，叶圣陶在第一个十年（1917—1927）间创作的作品，取材还是很广泛的，写到了小市民、知识分子、劳动群众，对教育界的弊端进行揭露，对日趋贫困的乡村农民表示了深切的同情。

　　但是，作者叙述的成分多，又喜欢跳出来议论一番，破坏了作品的整体氛围。就题材本身说，叶圣陶也不是直接描写时代，而只是选取时代的侧影加以表现。他注重以真实事件为原型，但在创作中主观色彩又比较浓，而且他的作品，有着对各种不合理的人生现象和制度的控诉，对"爱"与"美"的向往，但是时代感确实不很强。而且他坦言"没有事实，我就不想作小说"②，这自然也会对创作造成束缚。一般而言，研究者都认为叶圣陶在"五卅"之后开始更为积极地直面现实，作品的时代感明显增强。商金林就认为，"从《夜》开始，作者（指叶圣陶——引者注）着力描写'现实'"③。

　　叶圣陶本人其实是很倾向于从平凡的人生事件中去发掘意义的，他认

---

　　①　叶圣陶：《新年偶读姜白石的元日词》，载叶至善等编《叶圣陶集》（第10卷），江苏教育出版社2004年版，第19页。

　　②　叶圣陶：《文艺谈》，载叶至善等编《叶圣陶集》（第9卷），江苏教育出版社2004年版，第48页。

　　③　商金林：《叶圣陶传论》，安徽教育出版社1995年版，第436页。

为"事实即使浅易平凡，我们如能精密地透入地观察，就可以发见它的深刻和非常"①。只是叶圣陶的特别之处在于，"他没有象契诃夫、莫泊桑那样，把自己的笔触伸向更广泛的题材范围，而是孜孜不倦地开垦着自己的园地——表现小知识分子的灰色生活。在中国现代文学史上，也许没有一个人对特定的题材象叶圣陶这样专注和执着过。这样做的结果是得失兼具的，一方面，在对转变中的中国知识分子灵魂的揭示上，叶圣陶达到了大多数同代人难能的深度；另一方面，由于作者视野的限制，他似乎没能赋予作品以一种更鲜明、更准确的时代背景和时代感"②。这段论述确实道出了叶圣陶创作上的特点，即使在《倪焕之》这样时代感最强的作品中，叶圣陶也不能成功地把表现时代与塑造人物形象完美地融合到一起，这在作品的下半部表现得很明显。

叶圣陶对此也有清醒的认识，他表示自己"识见有限，不敢放写乱写，就把范围限制在文字和教育上"③。为寻求突破，反映现实，叶圣陶也积极努力向深入生活、体验生活的方向努力。在他看来，如果是为了一定的目的去体验生活，就必然是被动的。他赞同丁玲的意见，丁玲就认为体验生活不应只是一个口号，应该成为自觉的指导思想，作家要真正深入生活，融入人民之中才真正是在生活。④ 叶圣陶再次将文艺与生活的关系

---

① 叶圣陶：《文艺谈》，载叶至善等编《叶圣陶集》（第9卷），江苏教育出版社2004年版，第48页。

② 彭晓丰：《创造性背离——叶圣陶小说风格的形成及对外来影响的同化》，《中国现代文学丛刊》1986年第1期。

③ 叶圣陶：《〈西川集〉自序》，载叶至善等编《叶圣陶集》（第6卷），江苏教育出版社2004年版，第84页。

④ 叶圣陶在1952年12月21日日记中已经提到"'体验生活'而以旁观态度出之，事必无济"。见叶至善等编《叶圣陶集》（第22卷），江苏教育出版社2004年版，江苏教育出版社2004年版，第397页。

另外，叶圣陶在1953年10月3日日记中提到丁玲在文协大会上发言，谈"体验生活"。丁玲强调，所谓"体验生活"，"非缘作家于生活初无所知，于是投入生活，酌取一些，以为写作之本钱，且将因此而成书，而立作家之名。……作家固宜'落籍'于生活之中，与群众同其呼吸，同其脉搏，初无著书立说之意，而有坚决斗争、争取美好生活之心。夫是之谓体验。能若是体验者，当必有较好之作品出其笔下"。叶圣陶对此表示"深佩"。5日，在文代大会上，丁玲发言，大致意思与上次相近，她"劝大家改变生活方式，勿拘拘于小圈子，又谓文艺首在创造人物，使人物活在读者心中。又谓作者恐受人批评，不敢于作品中泄露其感情，实则苟与群众打成一片，个人之感情即人民之感情，则随意倾泻，必无错失"。叶圣陶对此深表激赏。分别见叶至善等编《叶圣陶集》（第23卷），江苏教育出版社1994年版，第35—36、37页。

问题、文艺家的自觉性问题提到重要的地位，显然他对题材问题的看法是更为深入了。在 20 年代，叶圣陶虽然认为文艺家创作时不必顾虑读者，但也只是就创作过程而言。从总体上看，他仍坚持创作与接受既相互制约，又相互促进，不可能有绝对自由、不受任何限制的创作。他只不过是为了强调创作的自由，反对文艺创作一味迎合读者的口味。因此，创作的方法也可由作家自由选择。叶圣陶认为写自己熟悉的生活是题材上的首选，因而他对于当时一窝蜂地写黑暗、写农村、写劳工、写妇女的潮流不以为然。在他看来，作家应该从生活中得到真切的体验与认识，才能写出真正的文艺作品，这样才能创新。文艺家本人的自觉也就成为最关键的因素，所以创作革命文学作品，最需要的既不是必须以从事社会和政治的革命为题材，也不是专事鼓吹革命，"现在最需要的是革命者"①。

叶圣陶首先是把文艺家看做"人"，既是个人，更是与大群（社会）紧密联系、不可分离的个人。因此，文艺家有作为人的天性与自由权利，同时文艺家也有自己的职责与使命。对文艺家而言，树立正确的世界观与人生观就是首要因素，具体说来就是"立诚"。

叶圣陶一再提到"立诚"，认为这是为人处世的根本，并不限于文艺家。在《文艺谈》中，他就指出："我觉得'诚'这个字是无论什么事业的必具条件。"② 以这句古语为修身处世之警戒，叶圣陶对人格修养也就十分重视。在他看来，人生处世，最重要的是做人，要树立正确的世界观与人生观，"诚"即是对人品道德的要求。即使是文艺家，也要将"立诚"作为根本追求，在叶圣陶看来，只有首先符合做人的标准，才能立定一切事业的根基，态度不真诚者，绝不可能成为真正的文艺家。

叶圣陶反复强调"诚"，但对"诚"的具体内容并没有详细说明。不过从他的论述来看，"诚"可以理解为真诚："我们心情倾注于某事某物，便将我们的全生命浸渍在里面，视为我们的信仰和宗教，这就能'诚'了。"③

---

① 叶圣陶：《"革命文学"》，载叶至善等编《叶圣陶集》（第 9 卷），江苏教育出版社 2004 年版，第 99 页。

② 叶圣陶：《文艺谈》，载叶至善等编《叶圣陶集》（第 9 卷），江苏教育出版社 2004 年版，第 7 页。

③ 同上书，第 7—8 页。

在叶圣陶看来，鲁迅先生之所以能取得伟大的成就，首先就在于他的"真诚的态度"①。"诚"又往往与"敬"相连，同时还应讲究表里如一、即知即行："诚"相当于"实事求是"，"敬"则是"当一回事"②。叶圣陶认为孔子、宋儒、颜李学派做到了这一点③，王阳明也是如此④；他钦敬蔡元培，而蔡元培正是被视为儒家君子人格的典范⑤。由此可以看出，叶圣陶对于"诚"的理解明显受到儒家思想的影响。

　　"立诚"在为人处世这一层面是一般性的规定，具体到文艺创作中则要求"修辞立其诚"，它出自《易传》。从这一点来看，"修辞立其诚"与"文如其人"是一脉相承的，不过文艺活动中的求诚还有新的规定。在叶圣陶看来，"诚"是讲求内心修养，因而真诚的情感思想外化为语言文字，就是真的文学。具体说来，"作者持真诚的态度的，他必深信文艺的效用在唤起人们的同情，增进人们的了解、安慰和喜悦；又必对于他的时代、他的境地有种种很浓厚的感情，他下笔撰作，初无或恐违此、勉为留意的必要，而自然成为含有普遍性的真文艺"⑥。叶圣陶认为，这是"求诚"的文艺家对于文艺所抱的根本态度，体现在创作之中，就是所思所想都来自于生活，是自身的真切体验，而表达之时也崇尚朴实自然，不矫情卖弄："想得认真，是一层。运用相当的语言文字，把那想得认真的心思表达出来，又是一层。两层功夫合起来，就叫做'修辞立其诚'。"⑦ "修辞

①　叶圣陶：《学习鲁迅先生的真诚态度》，载叶至善等编《叶圣陶集》（第12卷），江苏教育出版社2004年版，第125页。

②　叶圣陶：《诚于中而形于外》，载叶至善等编《叶圣陶集》（第17卷），江苏教育出版社2004年版，第165页。

③　叶圣陶：《深入》，载叶至善等编《叶圣陶集》（第6卷），江苏教育出版社2004年版，第289页。

④　叶圣陶谈王阳明的"诚"，见《〈传习录〉注释本绪言》："像守仁所想的这个'诚'，内与外一致，动机与效果一致，却永久是有价值可宝贵的。"载叶至善等编《叶圣陶集》（第18卷），江苏教育出版社2004年版，第307—308页。

⑤　叶圣陶：《读〈蔡子民先生传略〉》，载叶至善等编《叶圣陶集》（第6卷），江苏教育出版社2004年版，第31—32页。

⑥　叶圣陶：《文艺谈》，载叶至善等编《叶圣陶集》（第9卷），江苏教育出版社2004年版，第8页。

⑦　叶圣陶：《谈文章的修改》，载叶至善等编《叶圣陶集》（第15卷），第116页。叶圣陶还多次谈到"修辞立其诚"，如《〈我〉序》《国文随谈》，分别见《叶圣陶集》（第18卷），第223页；《叶圣陶集》（第13卷），第81页。

立其诚"也就是"言之有物"、"言之由衷"之意①。叶圣陶强调的有诚意，其实也对创作方法作出了一定的规定，就是偏重于辞达而已的白描法。

在叶圣陶看来，"诚"是立身处世的基本原则，也唯有求诚才能实现个体独立，因为"诚"是忠于生活，同时又忠于自己的。不忠于生活就会有肤浅浮泛的毛病，自身就会所感甚浅甚至毫无所感，这就丧失了文艺的灵魂。

二　直觉与想象

"立诚"是对主体素养提出的根本要求，而在此基础上真正深入审美层面的还是叶圣陶对于创作心理的研究。"五四"时代高扬自我、推崇个性，要求对人有全新的认识，这就必然会深入人的心灵世界，展现真实的自我。创作上如此，研究上也是如此。不过叶圣陶主要是从普通心理学层面来探讨，虽然他对弗洛伊德学说也有所了解，但他并没有过多地涉及潜意识，也剔除了其中的非理性主义与神秘主义因素。叶圣陶对创作心理的探讨主要涉及两个方面：一是直觉；二是想象。

叶圣陶认为，文艺家对世间一切，不仅要有外在的观察，还要深入内在的生命。这种观察是与万物达到生命的融合，实现物我为一，不是以逻辑的、分析的方式去把握，而是注重直觉与整体感知。因此，文艺家视外物为有生命之物并与之融为一体，达到与造物同游、纯任自然的境界。可见叶圣陶的"直觉"论，更多地带有东方生命哲学与天人合一的色彩，与道家回归自然的美学观相契合。当然叶圣陶也注意到西方人本主义哲学的价值："柏格森以为唯直觉可以认识生命之真际，我以为唯直觉方是文艺家观察一切的法子。"② 不过叶圣陶在此主要还是借用柏格森的"直觉"概念，他对于"直觉"的理解与阐释主要还是从中国传统文化中提取资源，这表现在他使用"赤子之心"与"童心"这样的概念。

叶圣陶在论及创作心理时，将儿童与文艺家联系起来。他认为"儿童

---

①　叶圣陶：《答林井然》，载叶至善等编《叶圣陶集》（第 25 卷），江苏教育出版社 2004 年版，第 20 页。

②　叶圣陶：《文艺谈》，载叶至善等编《叶圣陶集》（第 9 卷），江苏教育出版社 2004 年版，第 20 页。

的心里似乎无不是纯任直觉的，他们视一切都含有生命。……这就是文艺家的宇宙观"，"文艺家有个未开拓的世界而又是最灵妙的世界，就是童心。儿童不能自为抒写，文艺家观察其内在的生命而表现之；或者文艺家自己永葆其赤子之心，都可以开拓这个最灵妙的世界"①。明代思想家李贽标举"童心"，以童心为"绝假纯真，最初一念之本心也"，唯有具备童心而不被世俗沾染者，才能著天下之至文②。王国维则融合中西，提出"词人者，不失其赤子之心者也"③。叶圣陶明显受到了李贽和王国维的影响，同时也吸收了西方人本主义哲学的积极因素。在实用主义思潮的影响下，知识很容易变成谋求生计的工具，将一切视为机械的、物质的，失去了对生命的体认，失去了人文情怀。因此，赤子之心就显得弥足珍贵，它最主要的特点就是实现了物我为一，抛去实际功利计较，纯任自然，返于本真。因此，童心与赤子之心意味着要以真正审美的眼光来观照世界，这种方式就是直觉。在心物关系上，文艺家固然要受外物的触发，但是只有那些与其内心情感相应的事物才能真正使其触动，一旦受到触动，文艺家又能够与物同游，从中获得美的感受，这也就是心物交感的特点。刘勰就已经注意辩证地认识心物关系，他在《文心雕龙》的《神思》与《物色》篇中提出的"物以貌求，心以理应"、"随物以宛转"、"与心而徘徊"正是对二者关系的深刻揭示。叶圣陶对于心物交融问题的看法与刘勰是一致的。

从叶圣陶的论述来看，直觉具有三个特点：直观的、感性的、整体的。直观意味着文艺家的观察是要直面宇宙人生，对万物的体认就不是抽象的，重在直接的把握、生命的契合，这也就是叶圣陶强调的与造物同游；感性意味着文艺家不是从知识的角度加以把握，而是更重视具体的审美感受；整体意味着文艺家不是把对象仅仅作为一个认识对象来分析，而是将其作为一个有内在生命的整体加以把握，即叶圣陶所说的"人生化"。

---

①　叶圣陶：《文艺谈》，载叶至善等编《叶圣陶集》（第 9 卷），江苏教育出版社 2004 年版，第 21 页。

②　李贽：《童心说》，载张建业主编《李贽文集》（第一卷），社会科学文献出版社 2000 年版，第 92 页。

③　王国维：《人间词话》，载姚淦铭、王燕编《王国维文集》（第一卷），中国文史出版社 1997 年版，第 145 页。

除了直觉，叶圣陶还谈到了另一个重要因素：想象。叶圣陶对想象的评价极高，认为"世界之广大，人类之渺小，赖有想象得以勇往而无惧怯"。对于文艺家来说更是如此，在创作过程中尤赖有想象的助力。叶圣陶认为"儿童在幼年就陶醉于想象的世界，一事一物，都认为有内在的生命，与自己有紧密的关联，这就是一种宇宙观，对他们的将来大有益处"①。儿童的宇宙观就是童心，其感受世界的方式就是直觉。想象同样需要对宇宙间事物作生命的把握，打破现实世界的束缚与隔膜，打破人与我、我与物之间的界限，实现物我为一、自由遨游。想象同样是文艺家把握世界的重要方式。

但是，叶圣陶对于想象与直觉还是有所区分。在他看来，文艺中的想象有其独特性。想象不仅是文艺家创作时的重要手段，也是读者接受的前提。由于文学的物化形态是语言文字的集合体，因而作家创作必须作想象的安排，这种想象除了具有与直觉一致的特色外，还具有修辞上的功能。在《作文论》中，叶圣陶指出，取譬、移情、夸饰、联想都离不开想象，联想也是想象的一种②。作者把想象所得化为文字，对于读者而言，就要通过读解文字还原作者的思想情感，借用叶圣陶的话，就是"驱遣着想像来看，这才接触到作者的意境"③。就此而论，叶圣陶已经注意到文学与其他艺术的区别了：文学必须借助于语言文字，语言文字可以蕴涵作者的想象，也可以激发读者的想象，这是其他各门艺术所不具备的。

从叶圣陶的论述来看，想象与直觉的区别主要有两点：一是想象贯穿于创作与接受的过程，而直觉则主要是针对创作而言；二是语言文字所具有的包孕、激发想象的功能可以将文学与其他艺术区分开来，直觉就做不到这一点。因此，想象与直觉有相通之处，也存在着区别，它们是叶圣陶对创作心理研究的巨大贡献。

文艺家为外物触动，发挥直觉与想象，在心中逐步构想出能代表其所

---

①　叶圣陶：《文艺谈》，载叶至善等编《叶圣陶集》（第9卷），江苏教育出版社2004年版，第18页。

②　叶圣陶：《作文论》，载叶至善等编《叶圣陶集》（第15卷），江苏教育出版社2004年版，第51—53页。

③　叶圣陶：《文艺作品的鉴赏》，载叶至善等编《叶圣陶集》（第10卷），江苏教育出版社2004年版，第31页。

见所感的形象，叶圣陶称之为"意象"。不过他在这里所说的"意象"并非实在表现出来的形象，而是意中之象，也就是刘勰在《文心雕龙·神思》中提到的"窥意象而运斤"的"意象"。叶圣陶认为，意象是"存在心里头的"东西，"把意象化为语言文字就是文艺"。① 对于读者来说，接触到语言文字，引发想象，从而在内心有所得，这就是"读者的意象"②。叶圣陶对意象并没有作更多的解释，但可以看出他所说的意象与刘勰基本一致。意象是存于内心的，包含着人的思想与情感，同时也结合着语言文字。因而"意象"是人的思想情感的依托，它既不抽象，也不完全是具体的。不过叶圣陶在刘勰的基础上又推进了一步，将意象用于读者身上。叶圣陶将直觉与想象作为文艺创作中必不可少的因素，对于创作心理的研究大有帮助。

三 言意关系的探讨

语言问题自古以来就涉及人类生存活动、思想文化的方方面面，语言与思想的关系问题也成为延续千年的文化难题。在中国，有"言不尽意"的感慨，故有"立象以尽意"的解决方案；西方古典语言哲学则是以语言为表达思想的工具。晚清时代的改良主义者，推崇言文一致，大力提倡白话文；新文化运动时期，"文学革命"以语言形式为突破口，语言问题再度成为焦点。对此，叶圣陶积极地参与讨论，发表自己的见解。他对语言文字问题的关注，最初也是着眼于言文一致的追求。他的探讨，立足于生活的需要，从文章的角度入手，在这个大框架中触及文艺。因而叶圣陶的探究，涉及了文学创作、接受、作品等方面，也涉及了包括文学在内的文章，在具体的历史语境中，涵盖了思想/语言、内容/形式、文言/白话、口语/书面语、语言/文字、语言/文章等一系列范畴之间的关系问题。

叶圣陶最初注意到语言文字问题，并不是出于对文学的考虑，而是为

---

① 叶圣陶：《文艺创作》，载叶至善等编《叶圣陶集》（第9卷），江苏教育出版社2004年版，第253—254页。

② 叶圣陶：《文艺写作漫谈》，载叶至善等编《叶圣陶集》（第9卷），江苏教育出版社2004年版，第235页。

了解决言文分离这个困扰着晚清与"五四"学人的问题，这个问题又是叶圣陶在提倡教育革新时遇到的。他将矛头直接指向了"言文异致"："我国文字之难习，言文之异致实为其主因。……欲去此障碍，唯有直书口说，为今之计，使之较近口说。"叶圣陶对于言文分离的抨击以及提出的直书口说的解决方案，与晚清及"五四"学人的思路是一致的。同时，在教育革新的情况下提出这一问题，又带有启蒙的意味。叶圣陶还指出："作文之形式为文字，其内容实不出思想情感两端。……文字本济语言之穷者"，"觇学生作文之进步与否……此全属作文内容之事，而非形式之事"①。这就明确地将语言文字归为形式问题，并且确立起了内容/形式、思想情感/语言文字的二元格局，前一项是决定性因素，能否具备现代的思想情感是区分现代与古典的根本标志。

这一思路反映到创作上，叶圣陶强调首先要把握的是内容——情感。叶圣陶在《文艺谈》中认为情感的冲动是文艺的生命，文艺创作要纯任自然，因而言意之间的矛盾在他看来是很容易解决的。虽然他也明确指出，情感如球体，而作品连缀文字而成，有如直线，但是把情感化为语言文字的困难在他看来是可以克服的："以直线描绘球体，既不失其原形，又无碍其生机，这就是文艺家最高的手腕。"②

推崇这样一种挥洒自如的创作状态，表现出叶圣陶对人的心灵的重视，更可以见出他对天才的向往：天才创作出来的作品往往能够达至自然天成之美，因而叶圣陶极力倡导创作时的无所为，表现自我，不为教条所束缚。在他看来，天才是不为法度所拘束却能创造法度的人。20 世纪 20年代的文坛，盛行"做小说"与"写小说"之争，前一派主张小说必须刻意经营，用心做出；后一派则强调小说是自然天成、率性而成的。就创作主张看，叶圣陶属于后一派。1922 年，《文学》主编郑振铎收到署名"汝卓"的读者来信，信中称"叶圣陶为主张以做诗的态度做小说的最力的一人。但他所有的作品，我们与其称之曰小说，毋宁称之为散文诗呢"。

---

①　叶圣陶：《对于小学作文教授之意见》，载叶至善等编《叶圣陶集》（第 15 卷），江苏教育出版社 2004 年版，第 5—8 页。

②　叶圣陶：《文艺谈》，载叶至善等编《叶圣陶集》（第 9 卷），江苏教育出版社 2004 年版，第 26 页。

郑振铎为叶圣陶辩解，声称叶圣陶创作的小说并不是散文诗，重申了他们关于"写小说"的立场①。实际上，汝卓认为叶圣陶的小说是散文诗，倒是准确地指出了包括叶圣陶在内的众多"五四"作家小说的诗化倾向，因为他们的不少作品中确实存在浓郁的抒情氛围与主观色彩。叶圣陶主张"写"小说，自然天成，随心挥洒，但联系他的创作实际来看，其理论与实践之间存在着极大的反差。叶圣陶坦承自己的创作态度是严肃的，创作过程十分辛苦："在我，写小说是一件苦事。下笔向来是慢的；写了一节要重复诵读三四遍，多到十几遍……一天一篇的记录似乎从来不曾有过，已动笔而未完篇的一段时间里的紧张心情，夸张一点说，有点像呻吟在产褥上的产妇。"② 他还特别提到自己注意作品的结局，"结局得当，把全篇的精神振起，给读者一个玩味不尽的印象，是很有效果的"③。如此用心雕琢、苦心经营，很难说他采取的是"写小说"的态度。叶圣陶显然不是他自己所向往的天才型作家。

或许正是写作的艰辛促使叶圣陶对形式问题作更深入的思考。1924年，在《作文论》中，叶圣陶大力强调组织的重要性，详细列举了多种方法，为写作也为文学创作提供了指导意见。对此他从三个方面加以解释：一、"材料空浮与否，结实与否，不经组织，将无从知晓"；二、"思想、情感之自然未必即与文字的组织相同"；三、"蓄于中的情思往往有累赘、凌乱等等情形；而形诸文字，必须不多不少、有条有理才行"。④ 此时的叶圣陶虽然注重内容，但也不轻视形式，他对各种写作手法都作了详尽的分析。

到30年代，叶圣陶逐步意识到只强调内容是片面的，转而提醒人们注意形式。在1938年为《国文百八课》所做的说明中，叶圣陶即指出"这是一部侧重文章形式的书，所选取的文章虽也顾到内容的纯正和性质

---

① 郑振铎：《郑振铎全集》（第十六卷），花山文艺出版社1998年版，第493—495页。

② 叶圣陶：《随便谈谈我的写小说》，载叶至善等编《叶圣陶集》（第9卷），江苏教育出版社2004年版，第180页。

③ 叶圣陶：《杂谈我的写作》，载叶至善等编《叶圣陶集》（第9卷），江苏教育出版社2004年版，第233页。

④ 叶圣陶：《作文论》，载叶至善等编《叶圣陶集》（第15卷），江苏教育出版社2004年版，第26页。

的变化，但文章的处置全从形式上着眼"。① 即使如此，叶圣陶也没有走向极端，1939 年，在致夏丏尊的一封书信中，叶圣陶特别提到："我们固标榜国文教学注重在形式方面，但实际上形式与内容不可分离。"② 为他的转变提供理论支持的是西方的心理语言学、马克思主义语言学。就前者而言，叶圣陶在 20 世纪 40 年代就已经了解到这一学说，特别作了引述："有一派心理学者说，思想是不出声的语言。"因此，语言与思想是二而一的东西。③ 就后者而言，叶圣陶了解到的是马克思在《德意志意识形态》中所说的语言是思想的直接现实。但是，对他影响更大的其实是斯大林的语言观。④

　　叶圣陶综合种种观点，形成了自己的看法。他认为思想、语言其实是一元的，思想不能离开语言，必须借助后者表现出来，并且思想就是借助语言才得以开展。思想的过程就是语言的过程，其成果就是具体的语言文字。因此，在叶圣陶看来，想清楚了就是已经形成了明晰准确的语言，直接写录下来就是作品。如此一来，言意之间的矛盾仍然不难解决，关键是要想清楚。

　　对于内容与形式的关系问题，叶圣陶提出"一元论"："内容寄托在形式里头，形式怎么样也就是内容怎么样。"⑤ 这一主张确实避免了割裂思想与语言、内容与形式的毛病，提升了语言、形式的地位，并且从思维过程来看，思维确实需要结合语言来进行。刘勰在《文心雕龙·神思》中也认

---

　　① 叶圣陶、夏丏尊：《关于〈国文百八课〉》，载叶至善等编《叶圣陶集》（第 16 卷），江苏教育出版社 2004 年版，第 31 页。

　　② 叶圣陶 1939 年 7 月 15 日致夏丏尊书信，载叶至善等编《叶圣陶集》（第 24 卷），江苏教育出版社 2004 年版，第 215 页。

　　③ 叶圣陶：《论中学国文课程的改订》，载叶至善等编《叶圣陶集》（第 16 卷），江苏教育出版社 2004 年版，第 52 页。

　　④ 叶圣陶在 1951 年 10 月 4 日日记中记载他听过苏联尤金博士的讲演《斯大林语言学论文与社会科学之关系》。1953 年 4 月 25 日日记中记载："余重读《马克思主义与语言学问题》一遍。"分别见《叶圣陶集》（第 22 卷），第 233、445 页。在《文学工作和语言教育》这篇文章中，叶圣陶说得更为清楚："斯大林的《马克思主义与语言学问题》的译本出版之后，我读了两三遍。"见《文学工作和语言教育》，载叶至善等编《叶圣陶集》（第 17 卷），第 50 页。叶圣陶不仅经由斯大林引述了马克思的论断，他也赞同斯大林的语言观，认为语言是思想的定型，语言是工具。他的语言观念至此也基本定型。

　　⑤ 叶圣陶：《〈叶圣陶选集〉（开明版）自序》，载叶至善等编《叶圣陶集》（第 18 卷），江苏教育出版社 2004 年版，第 319 页。

为"神居胸臆，而志气统其关键；物沿耳目，而辞令管其枢机"。在叶圣陶看来，语言问题已不仅仅是形式问题，而是与思想相关联，这就突破了传统的语言工具论，对于语言的意义有了新的认识。叶圣陶不仅接受了西方语言观及马克思主义语言学，还加以提升，有了自己的心得①。这种自觉而积极的思考有助于探讨的深入。叶圣陶根据自己的体会，一再主张不应视语言为末节，在他看来，引导学生体验生活，有所见，著为文字即是好文章。对于创作中出现的言意矛盾，叶圣陶在30年代认为解决的办法在于多多练习，苦心经营，当"我组织而成的一串文字刚好是我的材料的化身，我就有了好文章了"②。50年代有人再次提出写下来的不能完全表达所想的，叶圣陶指出，这种意见的错误在于割裂内容与形式，否认语言跟思维的联系。在他看来，"固定下来的形式就是内容的全貌"，"思维的结果是内容和形式的同时完成"③。这就需要想得明确，同时要多实践。针对"言外之意"的问题，叶圣陶指出，"话没明说，只要读者想得深些透些，也就能够体会。可是言外之意总得含蓄在明说出来的话里头，读者才能够体会"④。叶圣陶力图以此证明思维与语言的一致性。

叶圣陶虽然走向了一元论，却依然没有完全摆脱工具论。在他看来，"生活是根源，语言是手段"。⑤语言的工具性体现在"就个人说，是想心思的工具，是表达思想的工具；就人与人之间说，是交际和交流思想的工具"。⑥至于文字，更是附属于语言："语言是交流思想的工具，文字是记

----

① 叶圣陶1952年5月14日到俄文编译局演讲，"提出数语为以前未尝说过者。谓'思想拿不出来，而语言为拿得出来之思想'。谓'语言是思想的定型'。谓'我人凭借外国语言之习惯，了解外国人之讲话或著作。凭此了解，以中国语言之习惯思维之，然后述之以笔舌。若此工作，即为翻译'。"载叶至善等编《叶圣陶集》（第22卷），江苏教育出版社2004年版，第322页。

② 叶圣陶：《战时文谈》，载叶至善等编《叶圣陶集》（第9卷），江苏教育出版社2004年版，第216页。

③ 叶圣陶：《文艺作者怎样看待现代汉语规范化问题》，载叶至善等编《叶圣陶集》（第17卷），江苏教育出版社2004年版，第240页。

④ 叶圣陶：《关于使用语言》，载叶至善等编《叶圣陶集》（第9卷），江苏教育出版社2004年版，第267页。

⑤ 叶圣陶：《文艺写作必须依靠语言》，载叶至善等编《叶圣陶集》（第9卷），江苏教育出版社2004年版，第267页。

⑥ 叶圣陶：《认真学习语文》，载叶至善等编《叶圣陶集》（第13卷），江苏教育出版社2004年版，第180页。

录语言的工具。"① 如此一来，叶圣陶就确立了思想/语言/文字层层决定的体系。他始终坚持语言是工具，是思维的工具。相对于传统的工具论，这种工具论并没有将思想与语言割裂开来，不再认为语言是外在于思想、被动地承载与传达意义的工具。这种观念力图把思想与语言统一起来，但又是以思想居于决定地位、否定语言的相对独立性为代价，语言仍然只是作为工具而存在。传统言意矛盾命题中语言的丰富性、复杂性就被遮蔽了。马克思只是提出"语言是思想的直接现实"，却没有认为思想就一定全部外化为语言、思想与语言是同一的。这也就表明马克思并没有以语言为思想的唯一根据。叶圣陶显然忽视了这一点。

语言工具论还存在一个问题，那就是对于情感的轻视。叶圣陶早年是极为重视文艺创作中的情感要素的，甚至以情感为文学的本体，对文学的本质有着深刻的认识。到 40 年代以后，叶圣陶开始越来越强调思想，从他的一元论出发，从思想到语言就是直线式的，这一点与他早年认为从情感到语言也是自然转化的观点极为相似。只不过文学创作活动中，不仅有抽象的逻辑思维，也有感觉、情感、想象等因素在起作用，这些因素与语言并不是完全同一的。

事实上，语言不仅是思维与交流的工具，也是思想文化的重要组成部分，这早已为现代语言哲学所揭示。语言是人类社会的产物，一经产生，对于个人而言就具有先在性，既为个人的思维活动提供条件，却也在一定意义上限制了个人的自由发挥。这就是语言的痛苦。同时，就语言本身的特性而言，语言有抽象、明晰、准确的一面，也有形象、模糊、多义的一面，因而"意"与"言"之间的关系就显得错综复杂，言意矛盾并不容易解决。叶圣陶也注意到了言外之意的存在，这是解决言意矛盾的一个办法，只可惜他没有作深入的开掘。

在"五四"时代，还有一个问题具有深广的文化意义，那就是文言与白话之争。在这个问题上，叶圣陶始终支持白话文，他自己也身体力行，创作了大量的白话作品，表现出作为一名新文化人的坚定立场。叶圣陶认

---

① 叶圣陶：《文字改革和语言规范化》，载叶至善等编《叶圣陶集》（第 17 卷），江苏教育出版社 2004 年版，第 213 页。

为，"自由发表思想和感情究竟偏重在使用语体"，破除形式的桎梏才能自由地展现个人的思想情感。这是从创造新文化的立场而言。同时，为了传承固有文化，叶圣陶认为需要学习文言，只不过再没有必要使用文言文。故而叶圣陶在编选课本时，同意梁启超的观点，兼采文言文和白话文。①

　　叶圣陶反对使用文言，却又为文言留有余地，看似矛盾，其实问题并不简单。一方面固然是坚持创造新文化与传承固有文化的辩证统一，另一方面则反映出"五四"一代学者在语言问题上的困惑：他们既以语言为工具，又朦胧意识到语言的思想文化意义。梁启超认为，"文章但看内容，只要能达，不拘文言白话，万不可有主奴之见"②。叶圣陶也认为文言白话并无优劣之分，在这一点上主要还是着眼于语言的工具意义。但是叶圣陶认为只有白话才能传达现代人的思想情感，显然又触及了语言的思想文化意义，正如他指出的："文言并不是纯工具，你要运用它，就不能不多少受它的影响……白话也不是纯工具，新的文体必然带来一种新的精神。"③白话与文言其实各自代表了不同的思想文化体系。

　　问题的关键在于，叶圣陶主要是从工具论的立场来看待语言文字，带有浓厚的经验主义、实用主义倾向，这从他对待白话文的态度即可以看出来。叶圣陶认为，问题的关键在于"文言的源头在目，改换过来就得在口在耳，才能够切合当前的生活，表达现代的心声"④。他指出，"五四"以来的白话不是从口耳着手的，这一论断无疑是正确的。"五四"以来的白话，本来就不是为了解决口耳的问题，而是作为一种全新的书面语代替文言这种旧的书面语。因此，现代白话在当时不仅没有缩小文学与民众之间的距离，反而拉大了距离。其实，早在晚清时代，黄遵宪即已提出"我手写我口"，不过他意在突破古来束缚，直接抒写个人情怀。但是他对言文

　　①　叶圣陶：《关于〈初中国语教科书〉的陈述》，载叶至善等编《叶圣陶集》（第16卷），江苏教育出版社2004年版，第9页。

　　②　梁启超：《中学以上作文教学法》，载夏晓虹编《〈饮冰室合集〉集外文》，北京大学出版社2005年版，第899页。

　　③　叶圣陶：《"五四"文艺节》，载叶至善等编《叶圣陶集》（第6卷），江苏教育出版社2004年版，第140—141页。

　　④　叶圣陶：《回忆瞿秋白先生》，载叶至善等编《叶圣陶集》（第6卷），江苏教育出版社2004年版，第325页。

一致的倡导极大地影响了晚清知识界，也为"五四"知识分子所继承。叶圣陶对"口耳"的强调，也是从这一思路发展而来。在他看来，既然生活在现代，就应该运用现代的语言表达人的思想情感，这种语言不仅应该口上能说，而且笔下能写，说与写相一致。这种语言就是"活的语言"，也就是"现代各色人等口头说的语言"①，由此写成的文章也就是能读的文章。因此，叶圣陶认为"语体文的最高境界就是文章同说话一样"②。他也注意到日常说话与文章的不同，写作要追求精练，这也就是要求文章"上口"。依据这个标准，"五四"时代不少的白话文显然还不合格。为此叶圣陶支持大众语运动和"大众语文字"，批评白话文承袭了文言的腔调。③

叶圣陶是从语言的功能与形式层面来考察白话文的，他没有意识到"五四"以来的现代白话与文言、古白话之间的根本区别。文言与古白话是古代汉语的组成部分，而"五四"以来的现代白话则是属于现代汉语体系。现代白话是吸收了口语、文言、古白话、外来语等成分而形成的一种全新的语言，承载的是现代思想文化与价值观念。在现代白话发展的初期，它确实存在拗口、难懂、难读的问题，但这是一个必须经历的历史过程，这并非意味着它是对文言的承袭。事实上，文言、古白话、现代白话依托的都是同一套文字体系，因而所谓的"言文一致"，追求的还是口语与书面语的一致。问题是，晚清与"五四"时代的知识分子，往往把"言文一致"当作解决语言、文学乃至文化问题的不证自明的前提。由于缺乏对"言"与"文"的明确界定，导致了理解上的混乱，在实际论述中，言/文往往被置换为语言/文字、语言/文章、白话/文言、口头语/书面语……但是这些关系项显然不是一一对应的。即使在叶圣陶那里，这个问题也没有得到明确的解答。

不过，叶圣陶提出的作文如说话、文章应上口的意见还是值得重视的。他并非是要文章如同日常说话一样浅白。文章与日常说话不同，缺乏

---

① 叶圣陶：《经验和语言》，载叶至善等编《叶圣陶集》（第9卷），江苏教育出版社2004年版，第256页。

② 叶圣陶：《怎样写作》，载叶至善等编《叶圣陶集》（第15卷），江苏教育出版社2004年版，第79页。

③ 叶圣陶：《回忆瞿秋白先生》，载叶至善等编《叶圣陶集》（第6卷），江苏教育出版社2004年版，第325页；叶圣陶：《杂谈读书作文和大众语文字》，《叶圣陶集》（第17卷），第5页。

种种辅助手段，讲求精练、结构严谨、语言精粹。叶圣陶所说的"上口"，"并不是说照文章逐字逐句念出来，是说念出来跟咱们平常说话没有什么差别，非常顺，叫听的人听起来没有什么障碍，好像听平常说话一样"①。符合这一要求的就是叶圣陶所说的"文学语言"："'文学语言'这个术语跟古时候所谓'雅言'相近，就是大家通晓的、了无隔阂的语言，可以用来谈话、演说、作报告，也可以用来写普通文章和文艺作品。"② 文学语言并不是一种单独的语言体系，也不是只能在文学创作中运用的语言，它是一种精粹、洗练，书面与口头、读与写合一的语言。这样的语言才能更好地解决言意之间的矛盾，传达现代人的思想情感。

第二节　意境与传神——文学的审美追求

在叶圣陶看来，对文章而言，"上口顺耳"、"言之有物"是两个起码的要求③。但是，在泛论文章之时，叶圣陶还时时注意揭示文学作品的特点，在他看来，与普通文章相比，文学作品是更高层次的文化产品，是语言的艺术。艺术世界的营构，需要一定的审美追求为之指引，叶圣陶在阐发自己的文艺观点时，也提出了他的审美追求：真切之意境与传神之人物。意境显然偏重于抒情类作品，人物显然偏重于叙事类作品。但在叶圣陶的论述中，二者并非泾渭分明，这从他把意境引入小说评论就可以看出，抒情类作品也可以通过细致的人物描写来传达作者的情感。无论是意境还是人物，都是主观情感与客观描写融合的产物。

一　赞赏有意境之作

"意境"说在中国文论史上可谓源远流长，《诗格》中已提出，此后刘禹锡、皎然、司空图等人都对"意境"提出了自己的见解，使"意境"

---

① 叶圣陶：《写话》，载叶至善等编《叶圣陶集》（第15卷），江苏教育出版社2004年版，第124页。

② 叶圣陶：《从〈语法修辞讲话〉谈起》，载叶至善等编《叶圣陶集》（第15卷），江苏教育出版社2004年版，第140页。

③ 叶圣陶：《为了听众，为了读者》，载叶至善等编《叶圣陶集》（第17卷），江苏教育出版社2004年版，第48页。

逐渐成为中国古典文论的一个重要范畴。晚清时期王国维融会中西，建立了以"境界"为核心的诗学体系，把意境说提高到了前所未有的高度，成为"境界"（"意境"）论的集大成者。但是，这并不意味着"意境"说就此终结。自"五四"以来，新文化运动的倡导者和参与者在促进新文学创作的同时，也启动了中国文论的现代进程，叶圣陶"意境"说就是一例。

早在 1921 年叶圣陶就在《晨报副刊》上发表了四十则《文艺谈》，使用了"意境"这一范畴。在此后六十多年的生涯中，叶圣陶对"意境"说提出了自己的看法，不断补充并完善自己的观点。从总体上看，他在两个方面推进了"意境"说：

首先是从宽泛的意义上使用这个概念。叶圣陶标举"意境"，以之作为衡量文艺作品艺术水准的尺度，始见于 1921 年发表的《文艺谈》。他批评当时的文艺创作题材狭窄，"群趋于此，意境又大略相似，就可知其中不尽含有深切的印象和精微的灵感，而半由于趋时了"[①]。1927年，叶圣陶再次提出，意境可以说是"文章的灵魂"[②]。在论述文艺问题时，叶圣陶还一再以与"意境"内涵相关相近的"境界"、"情境"、"意趣"等作为文艺创作所应努力达到的水准，视为文艺作品展现的特殊的艺术世界。

正如有的研究者指出的，"意境"是"现代小说家的一种较为普遍的美学追求，也是对初期抒情性小说的直露少回味的纠偏"：中国现代抒情性小说自觉追求意境并以意境论小说，如周作人认为废名创造了独有的意境，王统照认为可以从风格、趣味、意境、思想中寻找作品中间的骨子，苏雪林以意境评郁达夫、叶鼎洛的小说，李健吾认为废名在追求一种超脱的意境，杨刚认为卢焚的小说在追求意境与神韵，艾芜希望读者探寻鲁迅小说中的意境形象，这些都是明显的例证[③]。

---

① 叶圣陶：《文艺谈》，载叶至善等编《叶圣陶集》（第 9 卷），江苏教育出版社 2004 年版，第 5 页。

② 叶圣陶：《词儿和字眼》，载叶至善等编《叶圣陶集》（第 9 卷），江苏教育出版社 2004 年版，第 176 页。

③ 方锡德：《现代小说家的"意境"追求》，《中国现代文学研究丛刊》1989 年第 3 期。

从具体论述来看，叶圣陶所说的"意境"，主要有两个方面的含义：一方面是情景交融的艺术世界，是主观之"意"与客观之"境"的结合。1936 年，叶圣陶在赏析刘延陵《水手》一诗时提出的"情境"，其实就是"意境"："情指情感、情绪、情操等，总之是发生在我们内面的。境就是境界，包括环绕在我们周围的事物。"① 1944 年，叶圣陶在《读〈虹〉》一文中明确提出"意境不仅指一种深善的情旨，同时还要配合一个活生生的场面，使那情旨化为可以感觉的"②。情与景显然是意境不可或缺的元素。

"意境"另一个方面的含义是作者的内心所得、所见所感，既可能是情感，也可能是思想观念，重点在"意"上。1947 年，在回答《文艺知识连丛》编者问时，叶圣陶对意境的解说是："接触事物的时候，自己得到的一点什么，就是'意境'。也就是'君子无入而不自得'一句话里那个'自得'的东西。"③ 这与他后来谈到的"意象"是相通的：从实际生活中"想着了什么东西，要让人家知道，那就非创作不可……所谓的什么东西是存在心里头的意象，把意象化为语言文字就是文艺"。④ 此处的"意象"，与刘勰在《文心雕龙·神思》中"窥意象而运斤"的"意象"含义一致，都是指内心意象，而非表意之象。因而这一层意义上的意境，存于主体心中，尚未外化于作品之中。《诗格》中谈到意境时，认为是"张之于意而思之于心，则得其真矣"。⑤ 叶圣陶对意境的第二种解说应是这一层意义上的，这种意境其实就是作者的旨趣。叶圣陶在论及文艺作品的鉴赏时提到读者要驱遣着想象才能接触到"作者的意境"，其实也就是作者的所见所感。

① 叶圣陶：《刘延陵的〈水手〉》，载叶至善等编《叶圣陶集》(第 10 卷)，江苏教育出版社 2004 年版，第 259 页。

② 叶圣陶：《读〈虹〉》，载叶至善等编《叶圣陶集》(第 10 卷)，江苏教育出版社 2004 年版，第 106 页。

③ 叶圣陶：《关于散文写作》，载叶至善等编《叶圣陶集》(第 9 卷)，江苏教育出版社 2004 年版，第 246 页。

④ 叶圣陶：《文艺创作》，载叶至善等编《叶圣陶集》(第 9 卷)，江苏教育出版社 2004 年版，第 318—319 页。

⑤ (唐)王昌龄：《诗格》，载郭绍虞主编《中国历代文论选》(第二册)，上海古籍出版社 2001 年版，第 89 页。

中国古典意境论主要是以"意境"论诗，王国维则标举"境界"，作为词的最高美学标准，但他也以"意境"分析元曲。梁启超也把"意境"用于小说研究。这些都体现了"意境"的泛化，但是叶圣陶不仅以"意境"论诗词，还使之覆盖了散文、戏剧、小说等文学体裁。在《文艺谈》中他谈到"意境"，是就文艺而言，并不专指某一类文学体裁。尤其值得注意的是继梁启超之后，叶圣陶也明确地以意境论小说，意义十分重大。

在 1924 年出版的《作文论》中，叶圣陶就已经把描写的对象分为"境界"与"人物"，引入小说分析中："史传里边叙述的是以前时代的境界。如小说里边叙述的是出于虚构的境界，都不是当前可见的。"① 当然这里所说的"境界"主要是指时代环境，与"人物"相对。但是到 1944 年，叶圣陶在《读〈虹〉》一文中明确提出"构成意境和塑造人物，可以说是小说的必要手段"。② 此处的"意境"显然不仅仅只是环境，更具有情景交融的特点。以抒情文学的"意境"来衡量作为叙事文学的小说，其中的意义值得深思，至少反映了中国小说两个方面的重大变化：

首先是小说地位的变化。自晚清以来，在梁启超等人的大力倡导下，小说逐步由小道成为文学之最上乘。其实在叶圣陶之前，梁启超就已经将"境界"、"意境"用于小说分析。1902 年，在《论小说与群治之关系》中，梁启超就指出，小说之所以吸引人，在于"常导人游于他境界，而变换其常触常受之空气也"，且能摹写引发"所怀抱之想像，所经阅之境界"。③ 梁启超在《〈新小说〉第一号》中提出"新小说之意境，与旧小说之体裁，往往不能相容"。④ 从中可以见出在晚清时代，梁启超就已经试图以"意境"建构起全新的小说理论体系。但在当时，新

---

① 叶圣陶：《作文论》，载叶至善等编《叶圣陶集》（第 15 卷），江苏教育出版社 2004 年版，第 47 页。

② 叶圣陶：《读〈虹〉》，载叶至善等编《叶圣陶集》（第 10 卷），江苏教育出版社 2004 年版，第 106 页。

③ 梁启超：《论小说与群治之关系》，载《饮冰室合集·文集之十》，中华书局 1989 年版，第 6 页。

④ 《新小说》第一号，载陈平原、夏晓虹编《二十世纪中国小说理论资料》（第一卷），北京大学出版社 1997 年版，第 57 页。

小说创作匮乏,对小说的鄙视依然盛行。直到"文学革命"兴起,中国现代小说才真正占据文学格局的中心位置。在这样的情形之下,如何深入探讨小说的美学特征,制定小说艺术水准的标尺,就成为一个重大的理论问题。叶圣陶选择了"意境"与"人物",可说是对这一问题的回应。

另外,现代小说的全新面貌也为这一范畴的使用提供了条件。叶圣陶并非仅仅是搬用一个概念,他对文学现实有着清醒的认识。中国小说从古典形态过渡到现代形态,不仅是地位的上升,也是从内容到形式各方面的全新革命。现代小说中有不少作品都摆脱了情节中心,以人物为中心,由叙事为主转为强调"诗趣",抒情成分大大增强①。从这个意义上来讲,"意境"恰恰反映出"五四"小说所具有的新质。可见叶圣陶试图以"意境"来整合以小说为中心的中国现代文学新格局。

但是,这种泛化也有流于空虚的危险,一旦无所不包就会失去自身的特质。叶圣陶在分析小说时,也仍然不得不以"人物"与"意境"对举,毕竟现代小说是以人物为中心的,问题的关键在于他对意境的界定仍然缺乏逻辑性与严密性,并且"意境"与"境界"、"情境"、"意趣"、"意象"等相关概念混用,妨碍了研究的深入。

其次,对"意境"进行科学的界定与解释。叶圣陶对意境的研究其实非常具体,集中于创作与欣赏两方面。作为一位作家、评论家、编辑家、教育家,叶圣陶对创作与欣赏都深有体会,他的论说也融入了自己的思考,具有鲜明的特色。从总体上看,他突出了两个维度:一是心理;二是语言。他引入了心理学、教育学、语言学等成果,以科学的方法研究文学。

叶圣陶所说的"意境"既是文艺家内心所得之意象,又是作品中呈现出的情景交融的艺术世界。因此要创造出意境,文艺家这一环节至关重要。对文艺家而言,生活充实是根基,这是成为一个健全合格的公民的前提。在这样的公民之中,"有些人生活既充实,又能从生活之间发觉些什

---

① 关于这一点可以参考陈平原《中国小说叙事模式的转变》中论"诗骚"传统的部分,见该书第223—253页。另有杨联芬《中国现代小说中的抒情倾向》,北京师范大学出版社1996年版。

么，领悟些什么，并且运用文字把它们具体的叙写出来，那才是文艺家"①。进入具体的创作阶段，叶圣陶强调"直觉"，这种直觉同时又是以心接物，与造物同游，从中又可以见出庄子"物化"说的影响。同时直觉也与想象相关联，叶圣陶充分肯定了想象的作用，同时他没有使直觉流于非理性主义与神秘化。叶圣陶正是从心理的角度来分析，取得了研究上的突破。

传达也是文艺创作的一个重要环节，叶圣陶认为对结构、语言的把握是极为重要的，必须重视技巧。他强调"意境不仅指一种深善的情旨，同时还要配合一个活生生的场面，使那情旨化为可以感觉的"②。作者要表达自己的意境，"不但选择那些最恰当的文字，让它们集合起来，还要审查那些写了下来的文字，看有没有应当修改或是增减的。总之，作者想做到的是：写下来的文字正好传达出他的所见所感"③。

叶圣陶进一步把心理与语言连接了起来。他强调"言语的根本是情意"④，40 年代他克服了内容/形式二元论之后，意识到思想与语言的一致，心理活动与语言活动是同步的、共生的。因此"意象与语言文字并非两件东西。离开了语言就没有意象，心里头有这么一个意象，就是心里头有这么一番语言"⑤，记录下来就是文艺作品。

叶圣陶还从心理与语言角度分析意境的欣赏，并且这两个方面也是相辅相成的。文字是沟通作者与读者的桥梁，文学创作要作想象的安排，读者就不能拘泥于字面意义，必须"驱遣着想像来看，这才接触到作者的意境"⑥。这里所说的"作者的意境"其实就是叶圣陶所说的"意象"即内

---

① 叶圣陶：《爱好和修养》，载叶至善等编《叶圣陶集》（第 9 卷），江苏教育出版社 2004 年版，第 112 页。

② 叶圣陶：《读〈虹〉》，载叶至善等编《叶圣陶集》（第 10 卷），江苏教育出版社 2004 年版，第 106 页。

③ 叶圣陶：《文艺作品的鉴赏》，载叶至善等编《叶圣陶集》（第 10 卷），江苏教育出版社 2004 年版，第 28 页。

④ 叶圣陶：《文艺谈》，载叶至善等编《叶圣陶集》（第 9 卷），江苏教育出版社 2004 年版，第 51 页。

⑤ 叶圣陶：《文艺创作》，载叶至善等编《叶圣陶集》（第 9 卷），江苏教育出版社 2004 年版，第 254 页。

⑥ 叶圣陶：《文艺作品的鉴赏》，载叶至善等编《叶圣陶集》（第 10 卷），江苏教育出版社 2004 年版，第 31 页。

心意象。在这一过程中，语言也不可忽视。为此叶圣陶提出要培养语感，最根本的办法是培养深切的生活经验，这是生活的需要："要求语感的锐敏，不能单从语言文字上去揣摩，而要把生活经验联系到语言文字上去。一个人即使不预备鉴赏文艺，也得训练语感，因为这于治事接物都有用处。为了鉴赏文艺，训练语感更是基本的准备。有了这种准备，才可以通过文字的桥梁，和作者的心情相契合。"不仅如此，叶圣陶还指出，读者"应该处于主动的地位，对文艺要研究、考察……不但说了个'好'就算，还要说得出好在哪里，不但说了个'不好'就算，还要说得出不好在哪里"①，推进了"意境"研究的科学化。

那么，意境对文学到底有怎样的意义呢？叶圣陶指出，"综观自来的文艺，意境是逐渐地开拓，材料是逐渐地丰富。平庸的人作文艺，只在旧的意境里讨生活，旧的材料里做工夫……天才就不然。天才常是新意境的开辟者，新材料的采集者。文艺因有新的意境，新的材料，就有更壮大的生命力，放出摄引人的光彩。于是平庸的人的眼界跟着宽广了，心思跟着解放了，作起文艺来也要涉足于新的范围里。这是文艺的一度的发展"。②

意境与材料首先是来源于一定的历史环境，文艺家则在自身所处的环境中见人之所未见，发人之所未发，采掘新的材料，创造新的意境，由此开创出一种全新的局面。叶圣陶指出，香草美人的托喻是从《楚辞》而来；山水描写，是从二谢（谢灵运、谢朓）等人而来。香草美人与山水在自然界与人类社会中早就存在，不是直到屈原与二谢的时代才出现的，但是以香草美人来托喻，以山水为创作题材，却是到《楚辞》与二谢时代才开创了新的局面的。其中作家的审美观念起到了极为重要的作用。这就是新意境与新材料对文学发展的贡献。

在叶圣陶看来，苏轼与辛弃疾对宋词的开拓之功也是如此。在此之前，《花间集》代表了宋初词的创作成就，词从主旨、题材与风格都形成

---

① 叶圣陶：《文艺作品的鉴赏》，载叶至善等编《叶圣陶集》（第10卷），江苏教育出版社2004年版，第24—36页。

② 叶圣陶：《〈苏辛词〉绪言》，载叶至善等编《叶圣陶集》（第18卷），江苏教育出版社2004年版，第283页。

了自己的特色。从主旨上看，词主要描写个人遭际、悲欢离合、幽怨愁思，取材多为个人生活、香闺女性，风格上柔婉香艳。到了苏轼与辛弃疾的时代，他们极大地扩充了词的题材，打破了词的格律，使词的风格一变而为豪壮深沉。并非是说在此之前他们词中的题材就不存在于现实之中，但只有到他们手中，词才真正实现了这种革新。

　　其实，就叶圣陶自身的创作实践来看，他也是在探寻"新意境"与"新材料"的基础上对现代文学的发展作出了自己的贡献。叶圣陶自称早年接触过中国古典文学，却不能领会，直到读了欧文的《见闻杂记》以及翻译作品（主要是林纾翻译的西洋小说），才真正对文学产生了兴趣："那富于诗趣的描写，那看似平淡而实有深味的叙述，当时以为都不是读过的一些书中所有的"，对于此前看过的中国古典小说如《水浒》《三国演义》《红楼梦》等，他"只是对于故事发生兴趣而已，并不觉得写作方面有什么好处"①。翻译作品也起到很重要的作用："简直在经史百家以外另有一种境界。"② 自此以后，叶圣陶在创作上开始有意模仿欧文，力图营造一种诗意的境界。叶圣陶是在直接接触到西方文学以后，一种全新的文学打动了他，使他领略到了截然不同的"意境"，从而走上了一条新的文学道路。事实上，叶圣陶从西方小说中领略到的"诗趣"，正是"五四"时代中国现代小说的一个显著特点，新的时代也为作家提供了新材料，因而新意境与新材料使得中国现代文学呈现出一种全新的面貌。叶圣陶本人的文学创作即是如此，他的作品中所展现出来的人道主义、民主思想、个性解放、孤独苦闷、同情民众等，都是"五四"精神的体现，而白话写作、深入心理、情节淡化、抒情笔调则是形式技巧上的革新。并且当叶圣陶在西方文学的影响下获得了新的视角，再以此反观中国古典文学时，他就自然地产生了新的感觉，重新发现了中国古典文学描写世态人情的意义，他早年沉浸于古典文化氛围时是体会不到这一层的。因此，意境与材料的革新还需要作家本人有深切的感受才行。

---

① 叶圣陶：《杂谈我的写作》，载叶至善等编《叶圣陶集》（第9卷），江苏教育出版社2004年版，第224页。

② 叶圣陶：《〈叶圣陶选集〉（开明版）自序》，载叶至善等编《叶圣陶集》（第18卷），江苏教育出版社2004年版，第316页。

叶圣陶强调接触作者的意境，但是对意境本身具有的虚实相生、朦胧多义的特点重视不够。意境的这种特征，既在于人的心理的精微复杂，也与语言的特性有关。就语言而言，叶圣陶虽然较多地注意到其逻辑性与明晰性，但对其多义性、朦胧性的一面没有进行深入的揭示。而且，语言先于个人而存在，既为个人理解和运用语言提供了条件，也造成了限制。因此，意境的内蕴有可能超出作者的意图，而读者的理解也可能见仁见智。这样倒是司空图所言的"象外之象，景外之景"更为准确地揭示了意境的特征。

二　追求传神的境界

叶圣陶虽然重视意境，但他也强调人物的重要性，正如他所说，"构成意境和塑造人物，可以说是小说的必要手段"①。需要指出的是，"人物"在叶圣陶笔下往往并不单指"人"，也涉及"物"，都是客观描写的对象。

早在创作文言小说之时，叶圣陶就喜欢观察世间人事，代为推测，他称之为"侦探术"："于广座之中，默聆各人之言论，即可以侦知其隶何党籍，小试侦探术，亦一消遣法已。"② 这种观察生活的方法为他以后的创作打下了坚实的基础，使其具有很强的洞察力，夏志清就认为叶圣陶"文笔的长处乃在于观察力"③。在发表《文艺谈》时，情感、自我成为叶圣陶论文艺的主调，带有强烈的浪漫主义色彩。但在他看来，以自我为中心与深入体察万物并不矛盾，这种由己及物、心物合一的观念促使叶圣陶努力把握事物的内在生命。"人们因为实际生活上的便利，很容易看宇宙一切仅为机械的，物质的，不复能透入它们的内心，与之同化而认识它们真实的生命"④，文艺创作就不同，需要对事物的整体加以把握，而这种把握需要抓住事物内在的、最本质的特征，同时也是人与物的生命的交

---

① 叶圣陶：《读〈虹〉》，载叶至善等编《叶圣陶集》（第10卷），江苏教育出版社2004年版，第106页。

② 叶圣陶1913年5月10日致顾颉刚书信，载叶至善等编《叶圣陶集》（第24卷），江苏教育出版社2004年版，第39页。

③ 夏志清：《中国现代小说史》，刘绍铭等译，复旦大学出版社2005年版，第52页。

④ 叶圣陶：《文艺谈》，载叶至善等编《叶圣陶集》（第9卷），江苏教育出版社2004年版，第21页。

融。因此，文艺家笔下的事物就具有了生气与灵性，富有鲜明的特征。

叶圣陶认为，要达到这一目标，"还是那句话——深入生活"，但文艺家既要入乎其内，又要出乎其外，审视事物而不为外物所囿，也就是"超以象外"的态度①。文艺家在体察事物时，达到心与物化，入于自然之境，与造物同游。这是一种摆脱束缚、纯任自然的状态。这样才能摆脱外在的束缚，入于生命的真际，实现生命的交流。如此一来才可以做到体物得神。这样的作品发自人的内心，出自人的生命体验，处于真正的自然状态，才能打动人的灵魂，引起人的共鸣。因此，文艺家描绘事物时，固然也可以细致描画外物的形貌，达到形似。但在叶圣陶看来，追求"形似"还只是"貌写"而非"神摹"，不是最高境界②，正如他指出的："画龙的事也可以借用，头角鳞甲，张爪曲躬，纤屑靡遗，无笔不工，偏偏漏画了全神集注的双瞳。"③ 失去了对事物本质特征的把握，就无法做到得神传神。因为正是特征能够展现事物的内在神韵与生命，抓住了特征就把握了事物的全体与灵魂。因此，即使是"神似"之说，叶圣陶也觉得还未完全揭示"得其神"的真义："神似之说或未谛。"④ 真正的传神之作，要求文艺家将融入了自身情感之物的特征准确地描画出来，他赞美张大千画作"神迹两无遗"，李可染之画"因物创境"，孙功炎"神摹"、工笔写真而能"得其神"，王以铸作诗"体物得其神"⑤。可以见出，"神"主要是指事物之神韵。

叶圣陶标举的"得其神"，主要是借鉴了中国古代的文艺思想。值得注意的是，叶圣陶本人有着深厚的艺术素养，他所论"传神体物"，多是指画作而言。而以"神"为艺术作品追求的境界，恰恰是来自于中国古代

---

① 叶圣陶：《迎接大变革的时代》，载叶至善等编《叶圣陶集》（第 8 卷），第 129—130 页。

② 叶圣陶：《浣溪沙·孙功炎绘吴中园林卷见贻》，载叶至善等编《叶圣陶集》（第 8 卷），第 328 页。

③ 叶圣陶：《迎接大变革的时代》，载叶至善等编《叶圣陶集》（第 8 卷），江苏教育出版社 2004 年版，第 130 页。

④ 叶圣陶：《观李可染画展》，载叶至善等编《叶圣陶集》（第 8 卷），江苏教育出版社 2004 年版，第 251 页。

⑤ 叶圣陶：《张大千临摹敦煌壁画展览》《观李可染画展》《浣溪沙·孙功炎绘吴中园林卷见贻》《题孙功炎〈瓠落斋诗词稿〉》《题王以铸〈咸宁杂诗〉》，分别载叶至善等编《叶圣陶集》（第 8 卷），第 200、251、328、330、401 页。

的画论。传神论的提出，是受了汉末魏初名家"言意之辨"和魏晋玄学的影响，名家与玄学家都重视"神"。随着山水画的兴盛，六朝之时"神"就已经用于画作品鉴，顾恺之就提出了"传神写照"①、"以形写神"② 的主张。此后传神论逐步应用到文学领域，当时所论之"神"，包含了多种意义，但对于传神之作的推崇却是经久不衰。苏轼曾指出，"论画以形似，见与儿童邻。赋诗必此诗，定非知诗人。诗画本一律，天工与清新"③。顾恺之认为要传神就要画人物的眼睛，苏轼则认为颧骨和面颊也能传神："传神之难在目。……其次在颧颊。吾尝于灯下顾自见颊影，使人就壁模之，不作眉目，见者皆失笑，知其为吾也。目与颧颊似，余无不似者。"④"神品"也成为中国古代艺术家对艺术品的至高赞誉。叶圣陶在这一点上与中国古代的画论家、文论家的审美观念是一致的。只不过他将体物传神明确地建立在生活的根基之上，以一种泛神论式的生命哲学观照外物，不以神似为至境，看重的是"神遇"，认为这样才能达到传神的境界。

叶圣陶对于观照外物、体物得神的论述，虽然主要是针对"物"而言，但是他所论涉及宇宙间一切事物，自然包括"人"在内，只不过他没有指明这一点。在《作文论》中，叶圣陶明确指出境界描写与人物描写的原则，在叶圣陶看来，人物描写最关键的是要突出人物的个性，因为"假若只就人的共通之点来写，则只能保存人的类型，不能表现出某一个人"，这就必须"抓住他给予我们的特殊的印象"⑤。人物描写可以写外在方面，这同境界描写是一样的，可以工笔写真，但是更重要的是对人物内在方面的展现。人物的内在方面寄托于动作、谈话，所以描写人物，必须着眼于这两个方面，这样才能表现出人物的个性。

如何才能真正表现出人物的个性？叶圣陶认为，"性格的表现于画幅，

① （南朝·宋）刘义庆著，余嘉锡笺疏：《世说新语笺疏》（下册），中华书局2007年版，第849页。

② （唐）张彦远：《历代名画记》（卷第五），辽宁教育出版社2001年版，第53页。

③ （宋）苏轼：《书鄢陵王主簿所画折枝二首》，载苏轼著，冯应榴注《苏轼诗集合注》（中），上海古籍出版社2001年版，第1437页。

④ （宋）苏轼：《传神记》，载苏轼《苏轼文集》（第一册），中华书局1986年版，第401页。

⑤ 叶圣陶：《作文论》，载叶至善等编《叶圣陶集》（第15卷），江苏教育出版社2004年版，第48页。

在于将最能传神的部分充分发挥写，而不重要的部分竟可弃去不写"①，
这就是要求文艺家抓住最能体现人物个性的部分加以重点表现。在这一点
上，叶圣陶的观点同黑格尔倒是很一致。黑格尔曾经盛赞希尔特的"特
征"论，依据希尔特的说法，特征是"组成本质的那些个别标志"，"艺
术形象中个别细节把所要表现的内容突出地表现出来的那种妥贴性"②。
叶圣陶以《爱的教育》为例说明特征的重要性："本书却注重在性态的某
几点，并不注重在进展。一个人的性态不容易一下子描写尽致，所以分开
几处写；在不同的事件和场合上，把性态的某几点再三刻画，于是性态不
是平面的而是立体的了。"③ 那么文艺家怎样才能抓住这样的关键点呢？
叶圣陶认为，作家要能"深入他们的内心，所以虚构出来的他们的行动和
语言都与他们适合。……创作家不但对于熟识的人、连不熟识的也能描写
得恰如其分，神情毕肖。其难能可贵就在于此"。体察人物归根到底还是
在于以生活为根底，"最重要还在深入生活，把接物观人包容在生活项目
里头"。④ 从对话与行动中就"可以知道人物的全部生活——不仅是生活
的外表，而且是生活的根柢"⑤。因此，文学作品中的人物，应该既富有
自身个性，又要能展现一定时代的生活，不仅注重外表的真实，更应重视
内在精神。这样的人物其实就是"典型"，只不过叶圣陶在实际论述中很
少运用这一术语。叶圣陶曾以《叔孙通定朝仪》为例分析人物对话、以鲁
迅《风波》为例分析人物行动，他指出对话与行动描写都是为表现人物服
务的。

第三节　文学批评

　　叶圣陶曾经写下大量的文学批评文章，较为自由活泼的鉴赏性文章更

---

　　① 叶圣陶：《创作的要素》，载叶至善等编《叶圣陶集》（第 9 卷），江苏教育出版社 2004
年版，第 158 页。
　　② 转引自［德］黑格尔《美学》（第一卷），朱光潜译，商务印书馆 1979 年版，第 22 页。
　　③ 叶圣陶：《〈爱的教育〉指导大概》，载叶至善等编《叶圣陶集》（第 14 卷），第 209 页。
　　④ 叶圣陶：《梦的创作》，载叶至善等编《叶圣陶集》（第 9 卷），江苏教育出版社 2004 年
版，第 248—250 页。
　　⑤ 叶圣陶：《读〈叔孙通定朝仪〉》，载叶至善等编《叶圣陶集》（第 14 卷），江苏教育出
版社 2004 年版，第 395 页。

是难以胜数。但是他却一再表示：“我绝无批评家的才能”，“我不懂文艺理论”，“我真的不懂文学批评”①。这当然含有谦逊的成分在内，但也表现了叶圣陶本人对于文学批评的态度。首先，在他看来，无论是文学创作还是文学批评，都不能简单地套用理论，使作品变成理论的例证。文学批评必须扎根于生活，从具体的文学现象出发；其次，叶圣陶对文学批评的定位是：创作与批评应是相辅相成的，文学家与批评家应该相互理解尊重，平等对话。叶圣陶反对批评家居高临下地评判作家作品并以一己之见为权威。20世纪30年代革命文学的倡导者对于叶圣陶及其作品就采取了这样一种简单粗暴的态度。相反，叶圣陶本人主张批评家要做到公正与宽容；最后，叶圣陶不认为文学事业是什么了不得的大事，不将其神化，文学创作与批评也就是很平常的事情。他认为文学鉴赏能力是人人应具备的，若没有即是人生的缺陷。文学批评则可以起到引导民众的作用。但是他早年更注重创作问题，强调创作的自由。40年代以后，叶圣陶转到人民的立场上来，强调文艺为人民服务，对于批评问题的关注就大大加强了。

叶圣陶无疑是一位出色的文学批评家，他不仅从理论上探讨了文学批评的实质、原则与方法，还开展了具体的文学批评活动。同时，他的多重职业身份也使他在文学批评领域占有一定的优势：他本人是作家，对于文学作品的理解自然更能细致入微，体会同行的甘苦；同时他又长期从事编辑、出版和教育工作，以编辑、教师的身份读解作品，他的文学批评就显得角度多样、形式灵活，并能做到客观、公正、宽容。叶圣陶的文学批评跨越中西，纵论古今，他尤其注意总结新文学成果，关注现代作家，极富历史使命感，为中国现代文学批评事业作出了卓越的贡献。

一　文学批评理论

参加新文化运动以前，叶圣陶就已经对文学产生了浓厚的兴趣，他创作文言小说，同时也对古今文学作品有了一定的体会与感受，形诸文字即

---

①　叶圣陶：《〈雉的心〉序》《〈春暖花开〉序》《〈叶圣陶文集〉（人文版）前记》，分别载《叶圣陶集》（第5卷），第68页；《叶圣陶集》（第6卷），第96页；《叶圣陶集》（第18卷），第324页。

是他早年的鉴赏文章。但是直到 1921 年发表《文艺谈》，叶圣陶才自觉地从理论上探讨文学批评问题。

　　叶圣陶意识到文学批评的作用，与他对文学创作认识的深化密切相关。叶圣陶认为，文艺家创作应无所容心，摒弃一切顾虑，包括批评家的评论。但是叶圣陶还是点出了批评家对文艺家的意义："倘若欲以示人，或者我以为此已最好而实有视此更好的可能；则文艺家就有待于批评家的帮助了。"这时批评家就可以发挥他的作用了："用分析的方法衡量其各部之是否完美，更以整个的印象而批判其是否浑凝，据其所得撰为评论。"叶圣陶没有一味强调创作而完全排斥接受的作用，为文学批评留下了一席之地，这也是"为人生"的文艺观必然导致的结果。因为文艺要起到"为人生"、启蒙民众的作用，就不能不顾及读者。只是叶圣陶仍然坚持认为批评家的作用要在文艺家创作完成之后才得以发挥，这样既可以确保文艺家创作的自由，又能够通过批评使创作达到更高的境界。"批评家与文艺家是相辅而行的"，这是此时叶圣陶对文学批评的基本态度。①

　　促使叶圣陶认识到文学批评重要性的另一个因素是读者，更准确地说是一般读者即群众。叶圣陶在探寻中、俄两国文艺遭遇不同境遇的原因时发现，在中国，群众对于文艺十分冷漠，对文艺抱着消遣的目的，因而真的文艺在中国备受冷遇。叶圣陶呼吁批评家发挥他们的作用："以清明的眼光，诚恳的意思，介绍真的文艺品于群众，逐渐导他们于嗜好文艺，视文艺为生活上必需品之途径，一方竭力抨击供应人以消遣的作品，使之渐就减少而终达于零。如是，文艺才能和群众接近起来。"批评家对于群众的引导作用显然不可忽视。从这一段论述中，可以看出叶圣陶主张文艺为普通人生活中的必需品，因此包含了这样的意思：群众固然有待批评家的引导，但自身也"不可不有领略文艺家精心结撰的作品的能力"，这为叶圣陶日后强调文学鉴赏力的培养奠定了基础。②

　　结合文艺家与民众双重因素来考虑，叶圣陶提出："文艺批评是文学

---

① 叶圣陶：《文艺谈》，载叶至善等编《叶圣陶集》（第 9 卷），江苏教育出版社 2004 年版，第 38—39 页。
② 同上书，第 11—47 页。

上极重要的一种业务。文学进步的民族对于这一事剖析精微，综观指归，和治科学的抱一样的精神。"这是要求文学批评具有科学性。但是，文学批评虽然重要，在中国却遭遇了窘境：新文学初期的大作家不多，批评的效果难以实现。叶圣陶不得不对批评家提出这样的要求："不妨只讲大体，但就作品之精神方面衡量，而置精微于不论，列艺术手腕于次要。"具体说来就是"最重要的是那位作者的人生观须是在水平线以上，作品差些还是其次"。① 说到底也就是从作品思想内容入手，见出作者的人生观，由此评判艺术品的价值，至于艺术形式技巧则是次要问题了。这在当时是情有可原的：在新文学的草创时期，创作本来就十分匮乏，真正的上乘之作更是少之又少，一般作品都是注意题材、主旨，艺术手法还很稚嫩。在这种情形之下，强调作品的思想内容也是理所当然。作为文学研究会最重要的批评家的茅盾，在评论 1921 年 4 月至 6 月的创作时也感慨作品的稀缺，而已有的作品中"描写男女恋爱的小说占了百分之八九十呢"，更严重的是，这些作品又存在公式化、模式化的问题，像鲁迅《故乡》那样的作品简直就是凤毛麟角。②

　　叶圣陶在谈论文学批评问题时是从生活的角度入手，在他看来，文学是人生的表现，文学创作立足于生活，因而真正的文艺作品可以起到变革人心的作用，使人对人生有更真切的认识。文学批评介绍与评论真正的文艺作品，正可以引导民众，使他们入于正当的人生。不过，在叶圣陶看来，人要取得真正的独立性，就不仅要靠"外烁"（外部条件激发），更要依靠"自觉"（自我主动的生发），化为自身的血肉，成为生命的一部分。在他看来，文学是艺术的一部分，"一个人即不为文艺家，也须具有欣赏文艺的能力"③，这是生活的要求，否则就是人生的缺陷。因而此后不久，叶圣陶逐渐将关注的重心转到文艺欣赏上来："现在就文艺一端说，我们且不要斥责著作家的太不顾人家，且不要怨恨批评家的不给人引路；我们

---

　　① 叶圣陶：《文艺谈》，载叶至善等编《叶圣陶集》（第 9 卷），江苏教育出版社 2004 年版，第 47 页。

　　② 茅盾：《评四、五、六月的创作》，载《茅盾全集》（第 18 卷），人民文学出版社 1989 年版，第 133 页。

　　③ 叶圣陶：《文艺谈》，载叶至善等编《叶圣陶集》（第 9 卷），江苏教育出版社 2004 年版，第 23—41 页。

还是使用固有的权柄来养成自己的欣赏力吧。"① 文艺欣赏同样是以生活为根基：就态度而言，要求真诚，而真诚本是实际生活的要求，并不是专为文学欣赏而设；欣赏文艺，是"固有的知识智慧感情经验与文艺里边的情事境界发生感应"②，而个人的知识智慧感情经验都是来源于生活的。

叶圣陶所论之文学批评与文学欣赏还是有一定的区别的：文学批评是批评家的专职，文学欣赏则是人人可以做到的；文学批评与创作相辅相成，引导一般读者，文学欣赏则不需要承担这样的责任。但是这并不意味着叶圣陶就将二者截然分开，实际上他对文学欣赏问题所发表的意见，大多与他对于文学批评的看法是相通的。在论述了文艺鉴赏的必要性之后，叶圣陶还分析了文艺鉴赏的可能性："文艺鉴赏并不是一桩特别了不起的事，不是只属于读书人或者文学家的事"，"可见文艺鉴赏是谁都有份的"。但是文艺鉴赏也不是一桩简单的事，要研究作者描写的原因和效果，"不但说了个'好'就算，还要说得出好在哪里，不但说了个'不好'就算，还要说得出不好在哪里。这样，才够得上称为文艺鉴赏"。③ 这也是对文艺鉴赏提出科学性的要求。

在叶圣陶看来，文艺欣赏不能离开具体的历史文化语境，因而他一再称引陈寅恪"了解之同情"的观点④。在指导略读时，叶圣陶以古书为例指出，"阅读它而要得到真切的了解，必须明了古人所处的环境与所怀的抱负"，这样才不致盲从或抹杀古人，也就是"还它个原来的面目"⑤。叶圣陶认为这也就是"知人论世"，不以现在的尺度去衡量古人⑥。据此，叶圣陶反对任意曲解或过分苛求研究对象，体现出他的科学精神与历史意

---

① 叶圣陶：《第一口蜜》，载叶至善等编《叶圣陶集》（第 10 卷），江苏教育出版社 2004 年版，第 3 页。

② 同上书，第 4—5 页。

③ 叶圣陶：《文艺作品的鉴赏》，载叶至善等编《叶圣陶集》（第 10 卷），江苏教育出版社 2004 年版，第 23—25 页。

④ 叶圣陶：《略读的指导》，载叶至善等编《叶圣陶集》（第 14 卷），江苏教育出版社 2004 年版，第 174 页。

⑤ 叶圣陶：《介绍〈经典常谈〉》，载叶至善等编《叶圣陶集》（第 14 卷），江苏教育出版社 2004 年版，第 30 页。

⑥ 叶圣陶：《诗人节致辞》，载叶至善等编《叶圣陶集》（第 6 卷），江苏教育出版社 2004 年版，第 146 页。

识：文学作品是要用"生活经验去对付的，一个人的生活经验没有止境，所以一部古典或文学作品，可以终身阅读而随时有心得。……抱着拘泥的态度读它当然流为迂腐，但抱着融通的态度读它却是真实的受用"。①

但是，了解作者还只是获得了背景方面的知识，是为阅读作品做准备。在叶圣陶看来，语言文字是连接作者与读者的唯一桥梁：作者通过想象，驱遣语言文字表达他的思绪；读者则通过读解语言文字，发挥想象，体会作者的意境。无论是文中之意还是言外之意，都要借助于语言文字。因此，"要领略作品的一切方面，只有去读作品本身"②，需要"潜心会本文"③。

对于作品的阅读、欣赏，叶圣陶曾作过详细的阐述。虽然他的表述在不同时期有所不同，但从总体上看，他把这一过程分为两大步骤：首先是要分析作品："分析的读法可以得到理解"，属于"知"的一面；其次是综合的读法，"综合的读法可以引起感应"，属于"情"、"意"方面④。要"把篇中说明的什么彻底了解"⑤，包括词、对话、比喻、穿插、照应、人物和环境的交互关系等，也就是要透彻了解整篇文章。

完成这一步之后，进而"体会作者意念发展的途径及其辛苦经营的功力"。至于体会，"得用内省的方法，根据自己的经验，而推及作品；又得用分析的方法，解剖作品的各部，再求其综合"。⑥ 叶圣陶认为，在指导学生阅读时，对于各类文章都可以运用这种方法。因为在他看来，在语文教学中，文学与非文学界限并不很严，这种阅读方法适合于文学作品与普通文章。此后，叶圣陶指出，文艺作品的阅读，更应该注意综合的读法，

---

①　叶圣陶：《〈孟子〉指导大概》，载叶至善等编《叶圣陶集》（第14卷），江苏教育出版社2004年版，第193—194页。

②　叶圣陶：《读〈虹〉》，载叶至善等编《叶圣陶集》（第10卷），江苏教育出版社2004年版，第103页。

③　叶圣陶：《语文教学二十韵》，载叶至善等编《叶圣陶集》（第8卷），江苏教育出版社2004年版，第249页。

④　叶圣陶：《作一个文艺作者》，载叶至善等编《叶圣陶集》（第12卷），江苏教育出版社2004年版，第161页。

⑤　叶圣陶：《爱好和修养》，载叶至善等编《叶圣陶集》（第9卷），江苏教育出版社2004年版，第110页。

⑥　叶圣陶：《论国文精读指导不只是逐句讲解》，载叶至善等编《叶圣陶集》（第14卷），江苏教育出版社2004年版，第9页。

因为在他看来，"文艺作品里头含蕴着作者的人生和作者所见的人生，读的时候务求与作者的人生精神相通，如对于一个朋友一样，务求与作者所见的人生声息相关，如对于展开在自身面前的人生一样"①。可以说到这个时候，叶圣陶才真正从文艺自身的特性找到了阅读文艺的特殊方法。文学是表现人生的，文学所表现的人生是文艺家的人生和文艺家所见的人生，反映在作品中的是整个的人生，也是具体的人生，其中饱含着作者的情感与思想。因而文学作品的阅读与普通文不同，读者需要透过字面意义去体会作品的深层意蕴与整体氛围。由此可以见出，文学欣赏需要理性的分析，但也需要情感的投入，需要感知与想象，这样才能真正理解文学作品的意义与价值。

叶圣陶认为，文艺欣赏要求读者把握文章的意义，与作者心意相通，体会作者的意境。但是他并没有将读者置于被动的地位。在他看来，"纯处于被动的地位的，也谈不到文艺鉴赏"②。文艺鉴赏要求读者能够做出独立的评判，读者与作者的契合体现出平等的对话与交流，并没有哪一方居于支配地位。叶圣陶甚至还注意到文学作品价值的实现还有赖于读者：在讨论文学的永久性问题时，他认为文学具有诉于情绪的力，情绪不能持续，但可以重新激起，这显然有待于读者的共鸣。读者在欣赏作品时，知解力与感悟力同时发挥作用，也需要想象，这正是读者发挥主动性的表现。叶圣陶还指出，读者在欣赏作品时，如果采取不同的角度，作品也就呈现不同的面貌：如《庄子》论内容是哲学书，论写作技术是文学书；《水经注》论内容是地理书，论写作技术是文学书；《史记》本是史书，但如果偏重于篇章结构、语言文字，就是文学著作了。"从文学的观点读……只须注重在词句的运用，篇章的安排，以及人情事态的描写等项就是了"③，这并非意味着读者就可以决定作品的性质，只是说在侧重点上可以选择。

---

① 叶圣陶：《作一个文艺作者》，载叶至善等编《叶圣陶集》（第 12 卷），江苏教育出版社 2004 年版，第 161 页。

② 叶圣陶：《文艺作品的鉴赏》，载叶至善等编《叶圣陶集》（第 10 卷），江苏教育出版社 2004 年版，第 27 页。

③ 叶圣陶：《〈史记菁华录〉指导大概》，载叶至善等编《叶圣陶集》（第 14 卷），江苏教育出版社 2004 年版，第 278 页。

二　文学批评实践

叶圣陶一向提倡知行合一，他不仅从理论上对文学批评进行探讨，还从事实际的批评活动，把理论与实践结合起来。叶圣陶的文学批评实践有这样几个特点：一是持续时间长。早在清末民初他就有意识地评论古今作品，直至晚年仍关心文坛状况，评论新人新作；二是涉及面广。叶圣陶的文学批评在某种意义上可称为文章批评，涉及各类文体，既有文学作品，也有非文学作品。在评论文学作品时，他的视野涵盖了小说、诗歌、散文、剧本各类体裁，甚至包括报告文学、传记文学。除了文学，他的艺术爱好也是广泛多样，对于绘画、书法、戏剧、电影时有涉及；三是形式灵活多样。叶圣陶的评论文章不仅有严谨规范的论文，也有书信、日记、序跋、广告、教材、教辅等多种形式，还有以文学作品面貌出现的评论文章如小说、诗、词、散文等，《文心》就是其中一项重要成果。在这些体式各异的文章中，叶圣陶对自己观点的阐发也是十分灵活：或是就作品论作品，或是借评论提炼出理论观点；或是全面解析，或是抓住最具特色的一点深入开掘；四是方法不拘一格。叶圣陶强调要有"了解之同情"的态度，要"潜心会本文"，反对教条主义。在批评实践中，他或是探寻文章的主题，或是追踪作者的思路，或是挖掘语言的妙处，或是把握结构的特征，或是分析文体的特色，或是体察人物的性格。有时他运用一种批评方法，有时则使用几种方法。总之，切入的角度不同，运用的方法也就根据实际需要而定。在这一点上，叶圣陶的文学批评显得异常丰富多彩。

早在参加新文学运动之前，叶圣陶就开始了文学创作。在接触大量的文艺作品的同时，他也写下了很多评论文章，但有不少只是零星、片段的读后感，说不上是正式的文艺批评。但是他的评论往往一语中的，如从主题着眼，认为"屈翁山之诗，亡国之音，凄惨弥甚，可叹也"[1]；从语言技巧评李白《忆秦娥》："觉音节有说不出之好处"[2]；评《美人手》："情

---

[1]　叶圣陶 1911 年 7 月 20 日日记，载叶至善等编《叶圣陶集》(第 19 卷)，江苏教育出版社 2004 年版，第 24 页。

[2]　叶圣陶 1911 年 8 月 4 日日记，载叶至善等编《叶圣陶集》(第 19 卷)，江苏教育出版社 2004 年版，第 24 页。

节离奇，虽非小说中上乘，亦佳构也。"① 对于戏剧，他认为"假优孟之衣冠，摄人间之真影，戏剧乃为有价"②。

　　但是叶圣陶并没有止于此，他力图使自己的批评条理化、科学化。1913 年，叶圣陶对《玉梨魂》进行了批判："是书叙一少年设帐某氏，而与其寡居之主妇缠绵情事，虽不及于乱，而殊为笔孽之尤。……由余观之……其事其文都无足传之处。晚近小说恒有一种腔拍，如制艺之有烂调。此书复中之最深，徒取几许辞藻陈旧艳语，以占延其篇幅。即此一端，在小说中已为格之最卑者矣。"③ 从文须有益于世、坚决反对文学商业化的立场来说，叶圣陶批判这部作品是必然的，但是他的批判重点是小说的公式化以及缺乏内在精神。结论的正确与否姑且不论，重要的是他实际上借此逐步树立起了自己的"有其本事"、"有益于世"、讲求创新自得的批评标准。1912—1914 年间，叶圣陶在阅读欧美小说之时，也对当时的创作状况十分不满，特别是读了《孽海花》之后，他发出了这样的感慨：《孽海花》"罗数十年之掌故，呼民魂以归来，洵是能手，允称名著"，然而"近日稗官之书充塞乎书肆，类皆鄙俗恶陋"，"吾观中国艺事皆今弗如昔，时愈近则艺愈下"。④ 他对当时小说的批评集中体现在《正小说》一文中，他指出当时的小说"皆一丘之貉"，"皆自抄袭得来"⑤，这与他对《玉梨魂》的批判是一脉相承的。从这些批评文章中，已经可以见到日后叶圣陶文艺主张的萌芽。叶圣陶此时的注目点在主旨、结构、语言等方面，对情感因素很重视，因而叶圣陶当时十分偏爱写真情的作品。在他看来，《红楼梦》《碎琴楼》《断鸿零雁记》《花月痕》《浮生六记》等都是难得的佳作。

---

　　① 叶圣陶 1911 年 11 月 16 日日记，载叶至善等编《叶圣陶集》（第 19 卷），江苏教育出版社 2004 年版，第 57 页。

　　② 叶圣陶 1916 年 1 月 2 日日记，转引自商金林《叶圣陶传论》，安徽教育出版社 1995 年版，第 188—189 页。

　　③ 叶圣陶 1913 年 12 月 7 日日记，转引自商金林《叶圣陶传论》，安徽教育出版社 1995 年版，第 176 页。

　　④ 叶圣陶 1914 年 8 月 29 日日记，载叶至善等编《叶圣陶集》（第 19 卷），江苏教育出版社 2004 年版，第 131 页。

　　⑤ 叶圣陶 1914 年 11 月 20 日致顾颉刚书信，载叶至善等编《叶圣陶集》（第 24 卷），江苏教育出版社 2004 年版，第 85—86 页。

　　参与新文学运动以后，叶圣陶更为自觉地从事文学批评，他的视野也从文学作品扩大到了各类文章。他发现当时的批评存在一定的问题：有一些批评文章多用形容词品评作品，"读者从这种形容词所能得到的帮助很少"，"文艺阅读者最需要看的批评文章是切切实实按照作品说话的那一种"①。叶圣陶后来收入《揣摩》《读后集》《文章例话》的文章都是以此为努力方向的。他提出了两步阅读法：首先是"理解词句"，其次体会"含蓄在话里的意思和情趣"②。在这些文章中，叶圣陶还总结出一些规律：一、"意境"需要通过具体的场景描写展现出一种特别的情旨，为此他激赏陶渊明"良辰入奇怀"的"入"字、元稹悼亡诗的情深意切、周邦彦的《关河令》、孟郊的《游子吟》、小说《虹》等；二、从对话、动作描写来体会人物性格（如《读〈叔孙通定朝仪〉》《读〈风波〉》）；三、从结构来提取关键性词句（如《〈孔乙己〉中的一句话》）；四、从文学与非文学的区分来揭示文学自身的特质（如《话剧〈关汉卿〉插曲〈蝶双飞〉欣赏》《读〈虹〉》《介绍〈斯巴达克思〉》）；五、从语言的角度看，他十分重视节奏韵味即"气"（如《读〈石榴树〉》）；六、语言应是上口的、可念的（如《短篇小说集〈老长工〉》《我听了〈第一个回合〉》）。

　　叶圣陶在20世纪30年代所作的《文章例话》，称得上是文体批评著作。作者精心挑选了24篇文章，涉及散文、小说、书信、诗、说明文、记叙文、传记、报告文学、随笔、旅行记、议论文、话剧、演说词、论文、序文等体裁。在他看来，"阅读和写作都是人生的一种行为"，"写文章不是生活的点缀和装饰，而就是生活本身"。叶圣陶所选的都是现代文，是为了"切近少年的意趣和观感"，而选入的这些现代文又都是"作者生活的源泉里流出来的一股活水"，是可以为现代人的阅读与写作提供有效的帮助的，选取各类文体也正是为了应付实际生活的需要。③虽然各类文体的归类还有待商榷，但叶圣陶是借此将选文作为各类文体的

---

　　①　叶圣陶：《文艺作品的鉴赏》，载叶至善等编《叶圣陶集》（第10卷），江苏教育出版社2004年版，第37页。

　　②　叶圣陶：《读〈飞〉》，载叶至善等编《叶圣陶集》（第14卷），江苏教育出版社2004年版，第375页。

　　③　叶圣陶：《〈文章例话〉序》，载叶至善等编《叶圣陶集》（第10卷），江苏教育出版社2004年版，第217—220页。

范例，从文体的角度解读作品，揭示各类文体的特征，因而可以看做文体批评方法的实际应用。

叶圣陶将自己的工作重点转向教育以后，他并没有因此而放弃文学批评工作。事实上他所撰写的各类教材、阅读与写作指导文章都可以看做文学批评的具体成果，《精读指导举隅》《略读指导举隅》就是典型的例子。只是叶圣陶此时仍然是从文章学的角度来选文章，因而他的分析鉴赏也属于文章评论。但在叶圣陶看来，"文学与非文学，界限本不很严，即使是所谓普通文，他既有被选为精读教材的资格，多少总带点文学的意味"①。叶圣陶所做的文章批评与文学批评是相通的，都遵循基本的原则与规范。文学批评首先讲求知人论世，这一点叶圣陶是通过交代文章写作背景和作者的性格、品行等基本情况而获得解决的。这是因为"看一篇文字，要知道作者的观点与立场，要知道他处在怎样的一种思想环境与现实环境之中，才会得到客观的理解"②，这对于中学生来说是十分必要的。为此，叶圣陶在指导《泷冈阡表》的阅读时介绍了欧阳修的身世及思想，在分析《我所知道的康桥》时，认为"本篇作者所以能写出这样的文体，一半从他的品性，一半从他的教养"③。在略读指导中，他对于各种著作，首先都介绍了作者与作品的基本情况，使读者有大致的了解。

了解背景还只是基础工作，解读作品才是最重要的。叶圣陶认为，了解文义是第一步，这一步需要分析。进一步是理解言外之意，用综合法。叶圣陶对于选取的文章，首先把握文章的大意，从字义、语句、结构、主题、思路等各个方面加以把握，进而体会文句背后包蕴的情感。例如在指导阅读《泷冈阡表》时，叶圣陶就指出作者运用的手法营构出了"一种真切的境界"，"显示一个生动的人物"④，对《我所知道的康桥》则紧紧

　　①　叶圣陶：《论国文精读指导不只是逐句讲解》，载叶至善等编《叶圣陶集》（第14卷），江苏教育出版社2004年版，第9页。

　　②　叶圣陶：《欧阳修〈泷冈阡表〉指导大概》，载叶至善等编《叶圣陶集》（第14卷），江苏教育出版社2004年版，第112页。

　　③　叶圣陶：《徐志摩〈我所知道的康桥〉指导大概》，载叶至善等编《叶圣陶集》（第14卷），江苏教育出版社2004年版，第138页。

　　④　叶圣陶：《欧阳修〈泷冈阡表〉指导大概》，载叶至善等编《叶圣陶集》（第14卷），江苏教育出版社2004年版，第129页。

扣住作者意念发展的线索。在分析各篇文章时，叶圣陶并非面面俱到，他也常常抓住其中最具特色的方面加以重点论述。在指导阅读《爱的教育》时，他就重点分析了作者描写人物的手法，指出该书的特色在于写人物"注重在性态的某几点，并不注重在进展"①。在指导阅读《呐喊》时，叶圣陶就紧紧扣住短篇小说的特色，在胡适的基础上推进一步。胡适认为，"短篇小说是用最经济的文学手段，描写事实中最精采的一段，或一方面，而能使人充分满意的文章"②。叶圣陶认为还有需要补充说明的地方：一、短篇小说多出于虚构；二、小说家要"有所见"；三、"所见"要借故事来发挥，因而所谓"最经济的文学手段"便是把题旨"形象化"；四、读者在受形象感动之余，还应探索形象背后的题旨。③ 如此一来，叶圣陶就把自己的观点提升到了理论的高度。

作为一名编辑出版家，叶圣陶为众多作家的作品都写过广告、序跋，还为期刊杂志写过编务方面的文字，有不少都是非常精彩的评论文章。因此，有必要认真清理这些文章，从中了解叶圣陶的实际观念。叶圣陶认为"序文的责务，最重要的当然在替作者加一种说明，使作品的潜在的容易被忽视的精神很显著地展开于读者的心中。这是所谓批评家能够胜任的工作"④。叶圣陶往往借序跋发表他对于某一问题的实际见解，并能从史的角度爬梳整理。例如在《〈中国体育史〉序》中，他就指出了史的眼光的重要性，又分析了中国体育的现状。《〈水晶座〉序》探讨了诗的本质，表达了叶圣陶对诗的看法。《〈抗战八年木刻选集〉序》更是通过对木刻艺术的历史回顾与中西比较，深刻地揭示了中国现代木刻艺术的时代色彩与艺术特质。《〈挣扎〉序》则宣示了作者的文艺观："说自己的话，无所为而有所

---

① 叶圣陶：《〈爱的教育〉指导大概》，载叶至善等编《叶圣陶集》（第 14 卷），江苏教育出版社 2004 年版，第 209 页。

② 胡适：《论短篇小说》，载欧阳哲生编《胡适文集》（2），北京大学出版社 1998 年版，第 104 页。

③ 叶圣陶：《〈呐喊〉指导大概》，载叶至善等编《叶圣陶集》（第 14 卷），江苏教育出版社 2004 年版，第 231—234 页。

④ 叶圣陶：《〈雉的心〉序》，载叶至善等编《叶圣陶集》（第 5 卷），江苏教育出版社 2004 年版，第 68 页。

为。"① 有些序跋则是以文章为范本，对阅读与写作进行指导如《〈熟悉的人〉序》《〈我和姐姐争冠军〉序》。此外，《〈天方夜谭〉序》《〈苏辛词〉绪言》《〈周姜词〉绪言》涉及文学史、中西文学比较问题；《〈荀子〉选注本绪言》《〈礼记〉选注本绪言》《〈传习录〉注释本绪言》则涉及叶圣陶本人的文化与哲学观念。

值得注意的是，叶圣陶为自己作品写的序言，既回顾了自己早年的创作道路，又总结了他的文艺思想，成为研究其文艺思想的重要资料。在《〈叶圣陶选集〉自序》中，叶圣陶就分析了自己走上文学道路的原因：受到了西方文学的启发，并且他还谈到了自己的创作倾向与指导思想。②

叶圣陶主编、参编过《诗》《文学》《苏州评论》《小说月报》《妇女杂志》《中学生》《中学生文艺》《新少年》《国文杂志》《开明少年》《进步青年》等刊物，参与过开明书店的工作，写过不少编务文章和广告，这些文章和广告看似零碎、杂乱，却透露出叶圣陶的文学思想以及他对具体的文学作品的看法。这些文章和广告主要有三个方面的特点：一是用生动、精练的语言表达他的观念与主张。如《小说月报》第 14 卷第 1 号和第 2 号的《卷头语》号召大家做"农人"，积极开垦"文艺的园"③。第 14 卷第 3 号《卷头语》则写道：

> 谁耐守着空虚的心？
> 谁耐长此平淡且寂定？
> 好的文艺仿佛一支箭，
> 一支深入心坎的箭，
> 即使引起人剧烈的哀苦，

---

① 叶圣陶：《〈挣扎〉序》，载叶至善等编《叶圣陶集》（第 18 卷），江苏教育出版社 2004 年版，第 221 页。

② 叶圣陶：《〈叶圣陶选集〉（开明版）自序》，载叶至善等编《叶圣陶集》（第 18 卷），江苏教育出版社 2004 年版，第 316 页。重要的回忆文章还有《过去随谈》《随便谈谈我的写小说》等。在这些文章中，叶圣陶回忆自己是如何走上小说创作的道路，提到了自己的创作主张，道出了创作的甘苦。《我和儿童文学》《〈叶圣陶童话选〉后记》《〈叶圣陶童话选〉英译本自序》《〈叶圣陶童话选〉阿译本自序》，则是叶圣陶回忆自己创作童话的历程及创作观念的文章。

③ 叶圣陶：《〈小说月报〉的〈卷头语〉》，载叶至善等编《叶圣陶集》（第 18 卷），江苏教育出版社 2004 年版，第 3—4 页。

但同时也感到无上的美。①

诗一般的语言传达的是叶圣陶对审美心理效果的见解。叶圣陶为《小说月报》所写的编后和预告文字，也具有这一特点；

二是注重对中国现代作家、学者与外国作家的介绍、研究。对于现代作家，叶圣陶博采众家，既看重已成名作家，也推出新人新作。对于外国作家，叶圣陶也广收博取，既收作家作品，也登评论文章，外国作家有日本芥川龙之介、夏目漱石、俄国屠格涅夫、英国萧伯纳等。芥川龙之介自杀身亡后，《小说月报》第18卷第8号就预告下一期将刊载他的作品，纪念这位杰出的日本作家②。叶圣陶还参与文学研究会发行文学家明信片的工作，撰写广告词，涉及众多作家，如泰戈尔、拜伦、叶芝、法郎士、陀思妥耶夫斯基、高尔基、普希金、歌德、席勒、爱伦·坡、惠特曼等③；

三是他对于作家作品往往有较为深刻的评析，并且有些评论还形成了一个系列（如他对茅盾、沈从文的评论就是如此）。叶圣陶十分重视茅盾的作品，在《小说月报》上多次预告、介绍茅盾的作品，主持《中学生》时一再向茅盾约稿，后来又为茅盾的小说写广告词。1927年《小说月报》第18卷第8号预告茅盾的《幻灭》："篇中的主人翁是一个神经质的女子，她在现在这不寻常的时代里，要求个安身立命之所，因留下种种可以感动的痕迹。"紧接着第19卷第1号预告茅盾的《动摇》："年来革命的壮潮，冲打在老社会的腐朽的基础上，投射在社会各方面人的心境上，起了各色各样的反映，在这篇小说里有一个精细的分析。"第19卷第6号预告茅盾的《追求》，强调这也是对现代青年的描写，指出"在青年心理变动这一点上，本篇和《动摇》仍是联结的"。④叶圣陶细致分析了从《幻灭》到《动摇》再到《追求》的变化。因此，当茅盾的这三部作品合为《蚀》出版时，叶圣陶借为《蚀》所作的广告，高度评价了茅盾的成就："革命的

①　叶圣陶：《〈小说月报〉的〈卷头语〉》，载叶至善等编《叶圣陶集》（第18卷），江苏教育出版社2004年版，第4页。

②　叶圣陶：《第十八卷第八号的〈最后一页〉》，载叶至善等编《叶圣陶集》（第18卷），江苏教育出版社2004年版，第21页。

③　商金林：《叶圣陶传论》，安徽教育出版社1995年版，第266—268页。

④　叶至善等编：《叶圣陶集》（第18卷），江苏教育出版社2004年版，第22—24页。

浪潮打动古老中国的每一颗心。摄取这许多心象，用解剖刀似的锋利的笔触来分析给人家看，是作者独具的手腕。由于作家的努力，我们可以无愧地说，我们有了写大时代的文艺了。"① 这就把此前的评论加以综合而又升华到新的高度。叶圣陶如此重视茅盾的作品，除了他们私交甚笃，也是因为茅盾的创作符合叶圣陶的创作理想：表现时代生活。

如果说茅盾的作品是正面表现大时代的变动，那么沈从文的作品则又呈现出另一种不同的风貌。叶圣陶也注意到了这一点，在《小说月报》上发表了沈从文的不少作品，向他约稿，为他的作品写广告词。不过叶圣陶对沈从文的风格有一个逐步理解的过程。30 年代，叶圣陶欣赏的主要还是沈从文高超的写景笔法，他在《文章例话》中选录沈从文的文章，取名为《辰州途中》，看重的正是这一点。叶圣陶在日记中写道："看沈从文之《边城》，写湘西风物颇为美好，如白描画。然其写人物，恐非写实手法也。"② 到 1948 年，在为沈从文作品集写广告时，叶圣陶对他的风格终于有了准确的把握："以体验为骨干，以哲理为脉络，揉合了现实跟梦境，运用了独具风格的语言文字，才使他的故事成了'美妙'的故事。我国现代文艺向多方面发展，作者代表了其中的一方面，而且达到了最高峰。"③ 这些评论深入到沈从文作品的艺术世界，确实精当。在评论屠格涅夫的《罗亭》时，叶圣陶从时代的角度分析主人公："那时黑智儿（指黑格尔——引者注）学说正流行于俄国社会，一般少年竞尚空谈，毫无实际的工作。罗亭即可为这般少年的代表。"④ 对于戴望舒的《雨巷》，叶圣陶认为它"替新诗底音节开了一个新的纪元"，毅然决定采用⑤。这在当时重主旨而轻形式的文坛，确是惊人之举，戴望舒也由此获得"雨巷诗人"的美称，在文坛传为佳话。1933 年，杜衡为《望舒草》作序，还提及此事："说起《雨巷》，我们是很不容易把叶圣陶先生底奖掖忘记

---

① 　叶至善等编：《叶圣陶集》（第 18 卷），江苏教育出版社 2004 年版，第 345 页。

② 　叶圣陶 1945 年 3 月 10 日日记，载叶至善等编《叶圣陶集》（第 20 卷），江苏教育出版社 2004 年版，第 373 页。

③ 　载叶至善等编《叶圣陶集》（第 18 卷），江苏教育出版社 2004 年版，第 354 页。

④ 　叶圣陶：《第十九卷一号的〈要目预告〉》，载叶至善等编《叶圣陶集》（第 18 卷），江苏教育出版社 2004 年版，第 22 页。

⑤ 　转引自商金林《叶圣陶传论》，安徽教育出版社 1995 年版，第 309 页。

的。……圣陶先生一看到这首诗就有信来，称许他替新诗底音节开了一个新的纪元"，"圣陶先生底有力的推荐使望舒得到了'雨巷诗人'这称号，一直到现在"①。

　　叶圣陶的评论文字都较为简短然而精练。他评巴金的《灭亡》："这是一位青年作家的处女作，写一个蕴藏着伟大精神的少年的活动与灭亡。"介绍朱自清的《欧游杂记》："所记多为观赏名胜和艺术品的印象，至堪玩味。文字益趋于平淡，而造诣更深。"叶圣陶很欣赏李健吾的剧本，指出"他的取材独辟蹊径，而能宣示社会的一种形相；文字绝对不是'白话文'，念在口头，句句都是活生生的恰如其人身分的语言；他又有舞台经验，自己上过台，所以他的剧本不是书斋里的读物而是剧团里的至宝"。②

　　叶圣陶在主编《中学生》时，特辟《青年与文艺》特辑，向广大青年征文。但他对结果感到有些失望，因为好的作品太少，叶圣陶也借此表达了自己的文艺观念，他特别提到"没有选录诗歌，因为寄来的多量的诗歌中间实在选不出一首比较可读的诗歌来，他们写的无非极平凡的印象，极浮泛的情感，语句又那样地不加琢磨，音节又那样地拙劣少致"③。这对于广大文艺青年来说，无疑是个极大的警醒。

　　叶圣陶评论的范围虽然广泛，但是他对某些作品却是情有独钟，《红楼梦》就是其中一例。从不同时期的评论，可以看出叶圣陶本人的文艺观念的变迁。叶圣陶回忆自己初读中国古典小说如《水浒》《三国演义》《红楼梦》时，他"只是对于故事发生兴趣而已，并不觉得写作方面有什么好处"④，因而还难以领会《红楼梦》的精妙之处。读了欧文的《见闻杂记》，感到眼前展现了一个新的境界。这种淡化情节、重视心理刻画、营造诗意氛围的艺术追求，与中国古典小说之间存在巨大差异，叶圣陶自然为之神往。当然，叶圣陶从来也没有否定《红楼梦》的艺术成就。正是

---

　　①　杜衡：《〈望舒草〉序》，载戴望舒《望舒草》，人民文学出版社2000年版，第4—5页。

　　②　叶至善等编：《叶圣陶集》（第18卷），江苏教育出版社2004年版，第25—26、48、95页。

　　③　叶圣陶：《〈中学生〉的〈编辑后记〉》，载叶至善等编《叶圣陶集》（第18卷），江苏教育出版社2004年版，第106页。

　　④　叶圣陶：《杂谈我的写作》，载叶至善等编《叶圣陶集》（第9卷），江苏教育出版社2004年版，第224页。

由于古典文化的熏染、对卖文为生的羞耻、对近世小说的鄙弃，叶圣陶对于中国古典小说依然怀有深厚的感情。在评论读过的作品时，叶圣陶常常以《红楼梦》为标尺。1912 年，叶圣陶评《碎琴楼》："以儿女家常之事，运奇异惊人之笔，尤多阅世语及哲学家言，以余评之，当不让《红楼梦》独称美于前也。"① 1913 年，他评《花月痕》："言情之缜密，设局之幽奇，近世至文，价值当不减石头一记也。"② 在 1913 年 9 月 22 日致顾颉刚的书信中，叶圣陶认为《红楼梦》"描写儿女之情，近亦以为不过尔尔，而世态描来却是绝肖，读到佳处，抵掌一笑，较之翻阅报章，触动闲气，此则为有益身心矣"③，这还只是对《红楼梦》描写现实的肯定。到 1914 年，叶圣陶转而着重称赞了《红楼梦》的写情艺术："此书真云百读不厌，我今乃节其情文最胜者而读之，顿觉心神大快，如饮灵药。"④ 抗日战争期间，叶圣陶也不忘读《红楼梦》，1940 年还"看《红楼梦》数回"⑤。晚年与俞平伯通信，叶圣陶也多次提到《红楼梦》，归结为一点就是"曹雪芹之小说再细看一遍，实为至乐，觉所见若干外国名说部，未有胜于'红楼'者"⑥。《红楼梦》在叶圣陶心目中的地位终于超过了外国小说，这个转变的历程是漫长的，意味着中国现代知识分子在重估传统文化遗产过程中所经历的曲折历程。他们最初大多浸染于传统文化氛围中，因而在接触西方文化之初，往往趋新弃旧。但是当他们超越了新旧之争，在融会中西的基础上再来重新审视中国传统文化时，往往能够重新发现以往所忽略的价值与意义。

　　叶圣陶眼光的敏锐与他对审美的坚持有关。他主张文学要反映时代，但

① 叶圣陶 1912 年 7 月 31 日日记，转引自商金林《叶圣陶传论》，安徽教育出版社 1995 年版，第 145 页。

② 叶圣陶 1913 年 2 月 26 日日记，转引自商金林《叶圣陶传论》，安徽教育出版社 1995 年版，第 146 页。

③ 叶圣陶 1913 年 9 月 22 日致顾颉刚书信，载叶至善等编《叶圣陶集》（第 24 卷），江苏教育出版社 2004 年版，第 49—50 页。

④ 叶圣陶 1914 年 9 月 16 日日记，载叶至善等编《叶圣陶集》（第 19 卷），江苏教育出版社 2004 年版，第 137 页。

⑤ 叶圣陶 1940 年 7 月 9 日日记，载叶至善等编《叶圣陶集》（第 19 卷），江苏教育出版社 2004 年版，第 267 页。

⑥ 叶圣陶 1978 年 1 月 16 日致俞平伯书信，载叶至善等编《叶圣陶集》（第 25 卷），江苏教育出版社 2004 年版，第 202 页。

他并不认为因此就要牺牲文学的审美特性。事实上，就他的审美趣味而言，他也欣赏具有极高艺术成就的作品，周邦彦和姜夔的词就是例证。叶圣陶少年时就很喜爱周邦彦的作品，在1914年致顾颉刚的信中提到了他①。叶圣陶还细致地解读过周邦彦的《关河令》，认为是有"意境"之作②，姜夔的《扬州慢》则是"触着时代"的作品③。1927年，在《〈周姜词〉绪言》中，叶圣陶赞扬周邦彦有诗人的天才，作品的意境深远；姜夔的词作音节优美，意境淡远清空④。在与俞平伯通信时，叶圣陶称赞周邦彦的词有"深至"之美⑤。叶圣陶对周、姜词的重视与喜爱，在于他们词作意境的深远、音律的优美，这正体现了叶圣陶对文学的艺术本性的尊重。

　　叶圣陶对于文艺作品的评论有自己的取舍标准，坚持客观公正、独立思考，因而有时显得与众不合。他评论茅盾的《清明前后》："似不能为高品，亦是应时之作，难免化装演讲之嫌。"⑥ 他并没有因为私人关系就赞美这部作品，而是坚持自己的艺术评判。影片《八千里路云和月》誉之者甚众，叶圣陶却认为它"实极平常，材料琐碎，不成整体。平铺直叙，了无表现"⑦。对于《约翰·克利斯朵夫》这部外国小说，有人认为它有尼采思想，对我国争取民主不利。叶圣陶不以为然，认为"无论何书，善观之皆无害，不善观之未免不发生坏影响者。不宜以此责《约翰·克利斯朵夫》与其译者也"⑧。正是因为对文艺本性的尊重、对批评客观性的强调，叶圣陶的文学批评才如此富有光彩。

---

① 叶圣陶1914年1月27日致顾颉刚书信，载叶至善等编《叶圣陶集》（第24卷），江苏教育出版社2004年版，第64页。

② 叶圣陶：《读周邦彦〈关河令〉》，载叶至善等编《叶圣陶集》（第10卷），江苏教育出版社2004年版，第45页。

③ 叶圣陶：《新年偶读姜白石的元日词》，载叶至善等编《叶圣陶集》（第10卷），江苏教育出版社2004年版，第19页。

④ 叶圣陶：《〈周姜词〉绪言》，载叶至善等编《叶圣陶集》（第18卷），江苏教育出版社2004年版，第290—294页。

⑤ 叶圣陶1979年5月21日致俞平伯书信，载叶至善等编《叶圣陶集》（第25卷），江苏教育出版社2004年版，第220页。

⑥ 叶圣陶1945年10月10日日记，载叶至善等编《叶圣陶集》（第20卷），江苏教育出版社2004年版，第462页。

⑦ 叶圣陶1947年3月17日日记，载叶至善等编《叶圣陶集》（第21卷），江苏教育出版社2004年版，第171页。

⑧ 同上书，第263页。

　　本章分析了叶圣陶对于文艺创作问题、文学的审美追求、文学批评问题的看法。在叶圣陶看来，文学创作过程中，文艺家是最关键的因素。文艺家首先要成为一个人，必须高扬自我，求诚，具体到文艺创作中则要修辞立其诚。叶圣陶还分析了文艺家的创作心理即直觉与想象，对于言意矛盾这个古已有之的难题提出了自己的看法。他早期提出任情感之自然，40年代以后提出思想与语言的一致性，因而他认为言意矛盾不是不能解决的，当然他也注意到了讲究形式技巧的重要性。叶圣陶把文学作品视为一个有机整体，以"意境"和"传神"作为文学的审美追求，既借鉴了中国古代文论，也吸收了西方的生命哲学。叶圣陶对于文学批评也很重视，认为批评与创作相辅相成。他提出批评的原则是"了解之同情"，要抱宽容的态度。叶圣陶指出，批评活动可以分为两大步骤：首先是知人论世，其次是解读作品，后者是关键。而读作品，不仅要分析，获得"知"；更重要的是综合体会，有所感。叶圣陶还从事了实际的批评活动，把自己的理论贯彻到实践中去，始终坚持文学的审美本性。

第四章

叶圣陶的文学教育思想

叶圣陶有着文学家、教育家、编辑出版家、社会活动家等多重身份，但其核心却在教育，这与他少年时就立志投身教育事业是分不开的。叶圣陶早年提倡"革心"以实现社会变革，但如何革心？他心中并无具体方案。1911 年 12 月，他终于找到"社会教育"这一条途径：要创建民主国家，首要的任务是革心，而革心要以教育为途径。因此他决心"此身定当从事于社会教育，以改革我同胞之心"①，从此与教育结下了不解之缘，成为语文教育的一代宗师。叶圣陶从事教育，既包括了狭义上的学校教育教学及教研活动，也包括广义上的教育——他认为"就广义说，出版工作、文艺工作也是教育工作"。② 所谓"就广义说"，是指文艺作品是为读者而写，必然会使人受影响，"受影响就是受教育"③。就这一点而言，教育的范围就极为广阔了，甚至包括政治："进步的政治必然跟教育渐渐并家，发展到极点，整个儿政治将会等于教育"，"一切政治化为最广意义的教育。"④ 因此，在叶圣陶看来，文学、编辑出版、社会活动等各项活动都属于"教育"事业（广义的）。在他那里，文学与教育是交融互渗的：

---

① 叶圣陶 1911 年 12 月 2 日日记，载叶至善等编《叶圣陶集》（第 19 卷），第 65 页。

② 叶圣陶：《知识分子何以自处》，载叶至善等编《叶圣陶集》（第 7 卷），江苏教育出版社 2004 年版，第 286 页。

③ 叶圣陶：《文艺工作者的责任》，载叶至善等编《叶圣陶集》（第 9 卷），江苏教育出版社 2004 年版，第 299 页。

④ 叶圣陶：《〈进步青年〉发刊辞》，载叶至善等编《叶圣陶集》（第 18 卷），江苏教育出版社 2004 年版，第 185—186 页。

作为文学家，叶圣陶把教育作为其创作的主要题材，在作品中表达了自己的教育观念与理想；作为教育家，他又把自己的教育经历、教育理念用文学的方式表达出来，用文学的形式承载教育内容，在语言上有着汉语规范化的审美诉求。当然其中也不可避免地存在一些问题。① 编辑出版事业、社会活动则为叶圣陶开展教育活动、传达教育理念提供了平台。

　　本章着重探讨叶圣陶的文学教育思想，它是叶圣陶的文学思想与教育思想结合的产物，是他的文学思想在教育领域的体现，而这些也借助于他的编辑出版活动才得以实现。需要注意的是，叶圣陶的教育思想中最有争议性的是他的工具论，这一主张也在他的文学教育思想中体现出来，需要认真辨析。

第一节　"民国老课本热"与语文大论争

　　2010 年起，中国的图书市场上出现了一个引人注目的现象，那就是民国老课本受到热捧。这里所说的民国老课本，最主要的还是当时的小学语文教材。这一热潮源于 2005 年上海科学技术文献出版社推出了三套民国国语教材：商务印书馆出版的《商务国语教科书》（庄俞等编写，张元济校订）、世界书局出版的《世界书局国语课本》（魏冰心等编，薛天汉等校订）和开明书店出版的《开明国语课本》（叶圣陶编，丰子恺绘画）。刚开始销售并不太理想，但到了 2008 年开始上扬，2010 年达到异常火暴的境地。一时间，不少出版社纷纷出版"民国老课本"，甚至为此产生了版权纠纷。"教"的一面受到肯定，而作为"学"的成果，民国学生的作文也得到青睐，2011 年广西人民出版社出版了《民国小学生作文》系列图书，选录了民国时期 300 多篇优秀的小学生作文。"民国风"已强势袭来。

　　在这股"民国风"面前，社会各界反响很强烈，教师、家长、学生、文化界人士等开展了热议，各大媒体如人民网、凤凰网、中国广播网、南

---

　　①　参见欧阳芬《叶圣陶：在文学与教育之间》，苏州大学博士学位论文，2010 年，第130—153 页。

方教育网、新浪网、《中国青年报》《中华读书报》《京华时报》《羊城晚报》《南方都市报》《新商报》等也对此展开了深度报道，2012 年 10 月 26 日凤凰卫视"文化大观园"栏目还为此播出了专题节目《民国老课本》，采访了邓康延（他的《老课本　新阅读》由读者出版集团、甘肃人民出版社 2011 年出版）。各种意见虽不尽一致，但都涉及相辅相成的两个方面：一是对民国教育理念和教育成果的评价；二是对教育现状的反思。就第一点而言，肯定的声音占了很大的比重，集中于老课本的人文性、趣味性等方面，而且像张元济、蔡元培、叶圣陶、丰子恺、庄俞这样的名人参与小学教材编写，可见当时的文化精英对语文教育的重视，教材的质量可想而知。人们还认为老课本虽然把道德教育放在首位，但它们是以生动形象的方式来传达现代的国民、民主精神，文字生动活泼，教材编排设计合理科学，注重循序渐进，课文贴近儿童生活，合乎儿童心理，没有灌输、说教和应考的弊病。邓康延《老课本　新阅读》的扉页上写着："民国年间，纵是兵荒马乱，却有人心淡定。上有信念，下有常识，小学课本集二者于一身。"当然也有人提出质疑，认为"民国风"也是理想化和炒作的结果，民国教育也有其缺陷。

人们对民国教育的评论，最终落脚点还是第二点即当今的教育。各界的声音比较一致，都表现出对教育现状的焦虑乃至某种不满，一些人士还提出了尖锐的批评意见。郭初阳等的《救救孩子：小学语文教材批判》由长江文艺出版社 2010 年出版，书中毫不客气地指出小学语文教材的"四大缺失"（经典的缺失、儿童视角的缺失、快乐的缺失和事实的缺失）。至于应试教育、说教气息、灌输教学等，更是被诟病了无数次的老问题。而郭初阳、常立、蔡朝阳、蒋瑞龙等创作的"新童年启蒙书"（广西师范大学出版社 2013 年版）、叶开的《对抗语文：让孩子读到世界上最好的文字》（复旦大学出版社 2011 年版）则是在批评之后的建设成果。

此后这种热议逐渐趋于理性化，各界人士普遍认为民国老课本可以作为当下的参考和课外读物，但时过境迁，它们不可能取代今天的教材。眼下最重要的，是借鉴这些教材的成功经验，积极改进当下的教育教学状况。

值得注意的是，关于语文教育乃至整个教育状况的论争很早就已开始。1997 年就爆发过语文大讨论，引发了广泛的社会关注。而叶圣陶恰恰也都和这两次论争有关联。三套民国老课本中，以叶圣陶编写的《开明国语课本》最为畅销。商金林就指出了这套教材的三个特点：一是编写指导思想纯正，在"符合语文训练的规律和程度"的前提下，让学生得到实实在在的"教育"；二是从儿童的性情出发，用的是孩子们喜爱的口吻，处处彰显孩子们特有的童心、童真和童趣；三是对于各种文体兼容博采。①而在 2010 年前后，叶圣陶主编或参编的语文教材、教辅著作和参考读物也由人民文学出版社、人民教育出版社、中华书局、生活·读书·新知三联书店、中国青年出版社等陆续推出，有的甚至被多家出版社多次重印②。人们对他的教育理念也予以认同，也肯定老课本不是只把语文学科当作工具。但是，叶圣陶本人恰恰是提出了"工具论"的，在 1997 年及其后的讨论中，叶圣陶的"工具论"引发了极大的争议。

那么，到底该如何看待叶圣陶的教育思想呢？这一问题，已经有不少学者专门讨论过。本书则选择叶圣陶的文学教育思想这一角度切入，正是在这一点上，他的"工具论"的实质、合理性与局限得到了充分的显现。他对待文学教育的态度，是理解叶圣陶教育思想乃至他的思想整体的一条重要线索。但在正式展开讨论之前，有必要先分析"文学教育"及相关的"美育"概念。

要研究叶圣陶的文学教育思想，首先必须了解"文学教育"的确切含义以及叶圣陶对文学教育问题的基本看法。叶圣陶本人在 20 世纪 50 年代曾经使用了"文学教育"这一术语。当时在苏联教育思想理念的影响下，中国语文教育界开始实行汉语、文学的分科教学试验。作为教育界的领导人物之一，叶圣陶对此极为重视，多次谈到文学教育的问题。从广义教育

---

① 商金林：《小学语文教材的经典：叶圣陶编〈开明国语课本〉》，《南京师范大学文学院学报》2013 年第 1 期。

② 这里仅举数例，如《开明新编国文读本》有经济日报出版社 2000 年版、人民文学出版社 2011 年版、武汉出版社 2011 年版等；《开明国文讲义》有人民教育出版社 1986 年版、1991 年版、经济日报出版社 2000 年版、人民文学出版社 2011 年版等；《精读指导举隅》《略读指导举隅》，有河南教育出版社 1989 年版、中华书局 2013 年版等。《文心》有中国青年出版社 1983 年版、浙江文艺出版社 1993 年版，开明出版社 1996 年版、生活·读书·新知三联书店 1999 年版、2005 年版、2008 年版等。《文言读本》有上海教育出版社 1980 年版、1982 年版、语文出版社 1985 年版、生活·读书·新知三联书店 2010 年版等。

（受影响就是受教育）的角度讲，文学家在语言教育上会起到带头作用，因为文学作品是具有示范作用的，也能促成中国现代的文学语言尽早形成。出版的书"对读者进行社会科学自然科学文学美术种种方面的教育，同时对读者进行语言的教育"，语文教师及各类文化工作者也"全都担负着语言教育的责任"。语言又是思维的工具，语言教育成功，人的思维也就能够清晰了。① 就狭义教育（学校教育）来说，早在 1947 年，叶圣陶就认为"文艺的读写与语文教学有密切关系"，"把文艺的精神注入语文这个躯壳，教学上将有许多方便与实效"②。1955 年叶圣陶作了《关于语言文学分科的问题》的讲话，论证分科教学的必要性。叶圣陶指出，"要进行系统的语言和文学的教学，语言文学非分科不可。……从进行语言教育和文学教育的观点看，现在用的课本缺点更多"，"语言文学分科问题的提出，目的在加强中学的语言教育和文学教育，提高语文教学的质量"。③此后叶圣陶再次指出，"今后中小学的语文功课要分成两部分，一部分是文学，一部分是汉语。文学教学的目的不仅是指导学生认识各个时代、各个方面的生活，从而培养他们的思想、品德，同时也担负语言教学的责任"。这是因为"凡是好的文学作品必然合乎运用语言的规范，同时它的语言的准确、精密、生动超过一般的语言，所以它本身又是运用语言的规范"。在教学效果上最终是提高学生的说话和写作能力。④

历史上，中国古代的"文学教育"是文化教育的组成部分。20 世纪初语文才单独设科，但教学内容依然很驳杂，文学作品与非文学作品并存。在这种情形之下，教育界、学术界虽然没有提出"文学教育"这一术语，但各界人士对于文学教育问题已经表示了极大的关注，这不仅涉及教材选文的分配问题、教学目标与方法的问题，更是从根本上体现出当时的

---

① 叶圣陶：《文学工作和语言教育》，载叶至善等编《叶圣陶集》（第 17 卷），江苏教育出版社 2004 年版，第 51—56 页。

② 叶圣陶：《关于〈中学生与文艺〉笔谈会》，载叶至善等编《叶圣陶集》（第 12 卷），江苏教育出版社 2004 年版，第 250 页。

③ 叶圣陶：《关于语言文学分科的问题》，载人民教育出版社中学语文编辑室编《中学语文教材和教学》，人民教育出版社 1981 年版，第 138—139 页。

④ 叶圣陶：《文艺作者怎样看待现代汉语规范化问题》，载叶至善等编《叶圣陶集》（第 17 卷），江苏教育出版社 2004 年版，第 236—237 页。

文学观念与教育理念，同时也与新旧文化阵营的斗争相关。①"文学教育"的正式推行，时间很短暂。学界对于"文学教育"也是意见纷纭，难有定论。②但是，对于文学教育的一些基本问题，学界观点较为一致，例如文学教育离不开文学作品，是对作品的分析与体悟，文学教育是语文学科肩负的任务，目的在于使学生得到审美愉悦，成为健全发展的人。③

------

①　关于这个问题，可以参考饶杰腾《"定位"与"到位"——20世纪前期语文教育家论文学教育述评》，《中学语文教学》2001年第2期。在这篇文章中，作者指出，当时的语文教育界存在着应用文与美术文之争，文学教育在语文学科中的地位也就始终无法确定。主要的观点有：一、主"实用"说，有蒋维乔、潘树声、刘半农、吕思勉等人；二、重"实用"说，有陈启天等人；三、"实用"、"文学"兼重说，有孙本文等人；四、重"文学"说，有孙俍工等人。由此在教材选文问题上，胡适、何仲英等主张多选文学作品，陈启天则不同意，张文昌强调应平等对待。宋文翰则首先确立了教材中文言文与白话文的比例。更重要的是，持论者都注意到了文学教育对人的精神熏陶的作用，也认为学生在学习中应该处于主动地位。

②　王保升在《试析文学教育的基本内涵》一文中，梳理了近年来所提出的各种"文学教育"的定义，把它们分为下列三种类型：（1）认为文学教育就是语文审美教育或情感教育；（2）认为文学教育就是文学教学，甚至认为"文学教育"是个错误的概念；（3）认为文学教育就是语文审美能力的教育，特别是文学审美能力（尤其是文学鉴赏能力）的教育。王保升对它们一一进行辨析，认为这些定义都存在片面性，他进而提出了自己的看法："从本体论上说，笔者认为，文学教育是指语文教学中以文学作品的审美属性为基点，以文学接受为形式，以高效、顺畅的状态系统为标志，全面培养学生的语文素养和语文能力，以学生的能力发展和人格建构的整合为目标和归宿的一种教育思想的行为。这个定义，用系统论的方法，把文学教育作为一种教育目的、教育手段和教育效果相统一的教育过程来界定，突出了文学教育的基本属性。"见王保升《试析文学教育的基本内涵》，《陕西广播电视大学学报》2002年第1期。应该说，他的这一定义确实是比较全面而科学的。

③　目前的论者对文学教育的功用的看法虽然还有不同之处，但在总体上支持文学教育的意见还是主流。例如鲁定元是从知识、情感、审美、人性的角度来肯定文学教育的作用，他认为文学教育"更主要的是一种审美教育、情感教育和人性熏陶。文学教育具有一定的社会组织功能和社会调节功能"，"文学教育对人的成长的影响具有全面性"。见鲁定元《文学教育刍议》，《内蒙古师范大学学报》2005年第1期。

陈国平是从文学的立场出发谈论文学教育的作用的，他认为，"文学教育是让受教育者广泛接受文学的滋养，在文学审美实践中去提高鉴赏和创造文学美的能力，培养健康的审美情趣，树立正确的文学观"。见陈国平《文学教育的涵义解读和实际操作》，《海南广播电视大学学报》2005年第2期。

马丽是从语文的"人文性"角度谈论文学教育的作用，她认为文学教育是"情感教育，是审美教育，是主体性教育，是创造性教育"，同时文学教育还是一种"终身教育"。它的作用主要体现在对于训练学生的语感和思维，优化学生的思维品质，提高阅读能力，培养审美情趣和审美能力，促进学生优良人性的形成和发展。文学教育的任务是使学生从文学作品中了解生活，感受命运，体验痛苦与幸福，培养高尚的情操和美好的人格，并引起学生对文学和人生的兴趣爱好，这主要是语文的"人文性"所决定的任务。见马丽《重新审视文学教育，回归文学教育本位》，《广东教育学院学报》2005年第2期。

叶圣陶对于文学教育问题的看法大体上也是如此。但是在分析叶圣陶的文学教育思想时，不能忽略这样一个前提：他是如何提出文学教育这一问题来的？也就是他是如何寻找到文学与教育之间的连接点的？这就必须从叶圣陶的文学思想与教育思想中寻找答案。

叶圣陶认为，文学是无所为而有所为，为的是人生，文学可以提升民众的精神入于向上之途，创造美好生活。因此，文学并不带有直接的功利目的，却可以通过自己的艺术特性发挥一定的功效。"反映现实，喊出人民大众的要求，是文学的时代的使命"①，基于这样的认识，叶圣陶提出文艺工作者与教育工作者一个样，都是在为人民服务，文艺工作者"应当认识到自己同时是一个教育工作者"②，"就广义说，出版工作、文艺工作也是教育工作"。③ 所谓"就广义说"，是指文艺作品是为读者而写，必然会使人受影响，"受影响就是受教育"④。从狭义上讲，优秀的文学作品可以选入教材或作为课外读物，对学生起到良好的教育作用。

对于教育问题，叶圣陶早年认为教育就是使学生树立正确的"人生观"，后来则认为教育就是使人养成"好习惯"⑤。从人生观到好习惯，可以说是将教育的目标落到了实处，把理论与实践、知识与技能紧密地结合了起来。但是在叶圣陶看来，教育本身还不是目的，教育的目的是为了培养健全发展、个性独立的"自由人"，"教育要和每人的整个生活发生交

---

① 叶圣陶：《〈西川集〉自序》，载叶至善等编《叶圣陶集》（第6卷），江苏教育出版社2004年版，第84页。

② 叶圣陶：《文艺工作者的责任》，载叶至善等编《叶圣陶集》（第9卷），江苏教育出版社2004年版，第299页。

③ 叶圣陶：《知识分子何以自处》，载叶至善等编《叶圣陶集》（第7卷），江苏教育出版社2004年版，第286页。

④ 叶圣陶：《文艺工作者的责任》，载叶至善等编《叶圣陶集》（第9卷），江苏教育出版社2004年版，第299页。

⑤ 1919年，叶圣陶在《今日中国的小学教育》中提出，"小学教育的价值，就在于打定小学生一辈子有真实明确的人生观的根基"。载叶至善等编《叶圣陶集》（第11卷），江苏教育出版社2004年版，第9页。叶圣陶并非只着眼于小学教育，30年代，他提出学校教育的目的就在于使学生养成正确的人生观；到40年代，叶圣陶就明确提出教育的目的就是使学生"养成好习惯"。见叶圣陶《如果我当教师》，载《叶圣陶集》（第11卷），第129页。另见叶圣陶《教育改造的目标》，载《叶圣陶集》（第12卷），第227页。

涉，教育要为生产劳动而设计"。①

于是，文学与教育由"为人生"而连接到了一起，而且文学工作本身就是教育工作，文学教育由此获得了存在的价值与意义。从叶圣陶的思路可以看出，他是把文学的落脚点归为教育，因而他所论述的文学教育，从根本上讲是他的教育思想的一部分，文学教育也是在教育这一领域得到具体实施与总体定位的。

与文学教育密切相关的是美育。但叶圣陶对美育恰恰是不认可的。1795年，德国的席勒发表了《美育书简》，第一次提出了"美育"这一概念，使审美教育成为科学研究的对象。但在此之前，审美教育在中西历史上已是源远流长。在儒家那里，美育是礼乐教化的一部分，服从道德修养的需要。儒家的美育思想对后世影响深远，但是直至晚清，在西方文化思潮的冲击下，现代意义的美育才在中国得以产生。王国维首倡美育，明确提出美育要与其他教育相辅相成，以培养"完全之人物"②。蔡元培则第一次系统地探讨了美育问题，明确提出"以美育代宗教"③，在实践中大力推进美育，使美育拥有了独立的地位，成为教育系统中一个不可缺少的环节。

叶圣陶对于教育极为重视，但在美育问题上却很少直接发表意见。研究者主要是从他的文学观、教育观去发掘他的美育观，如文艺创造与欣赏中的审美问题、文学的教育功能、儿童文学与青少年文艺创作问题、中学生的课外读物问题、国文（语文）教育中文学作品的鉴赏问题、艺术教育问题、阅读教学中的"美读"问题等④。应该说，这些研究都是极有价值的。

---

① 叶圣陶：《"教育的目标"的问题》，载叶至善等编《叶圣陶集》（第12卷），江苏教育出版社2004年版，第50页。

② 王国维：《论教育之宗旨》，载姚淦铭、王燕编《王国维文集》（第三卷），中国文史出版社1997年版，第59页。

③ 蔡元培：《以美育代宗教》，载《蔡元培全集》（第3卷），浙江教育出版社1997年版，第57页。

④ 如蒋念祖《叶老语文教育论中的美育思想》、汤钟音《接受美感的经验，得到人生的受用——学习叶圣陶关于语文审美教育的论述》，载刘国正、毕养赛主编《叶圣陶语文教育思想研究》，江苏教育出版社1990年版；陈光宇主编《语文美育学》，中国工人出版社2004年版；张慧《叶圣陶语文美育思想初探》，贵州大学硕士学位论文，2007年。

但是，1980年叶圣陶写下了《体育·品德·美》一文。在这篇直接探讨美育问题的文章中，叶圣陶虽提及美育，也提到蔡元培"以美育代宗教"的主张，他却提出了这样的意见：美育可以包括在德育里头，原因有三点："跟德育一样，空无依傍的美育似乎也是没有的，这是一。假如把道德品质这个概念的范围扩大些，那么德育是个大圈圈，美育是个可以包容在里面的小圈圈，这是二。多立名目未必就多见实效，德智体三育既经公认，通行已久，就不须更改了，这是三。"① 这其实就是要取消美育的独立地位。

叶圣陶的这一提法让人感到困惑，这三条理由都难以让人信服：首先，美育、德育、体育、智育都不是空无依傍的，它们各自的目的是明确的：美育培养人的审美情趣，德育树立人的道德，体育铸就人的体魄，智育训练人的智力。它们都要依托具体的教学实践，在现代分科体制下在具体学科中实现其目的。其次，叶圣陶认为德育包括美育。在中国古代，儒家确实是将善置于美之上。但自晚清以来，随着启蒙教育家、美学家的倡导，美育的独立性已经得到了广泛的认可，蔡元培的"美育代宗教"说更是深入人心，教育界已经意识到美育的不可替代性；最后，叶圣陶认为德、智、体三育的说法通行已久，不必再提美育，这就完全不是科学的态度了。德、智、体、美四育同样是通行的，美育受到冷落有历史的原因，是教育向德育与智育倾斜造成的后果，这一做法本身是与培养全面发展的人的教育宗旨背道而驰的。

问题是，这篇文章是《晴窗随笔》中的一则。此时的叶圣陶，思想已经完全成熟，《晴窗随笔》既是他针对中国教育问题思考的成果，也是其教育思想的总结。但他却得出了这样的结论，于情于理都不合。当然单从这一篇文章来分析叶圣陶的美育思想并加以否定还是过于简单了。

在这篇阐发自己美育观的文章中，叶圣陶提到了蔡元培"以美育代宗教"的主张，虽然他未作评论，但可以看出他是了解蔡元培的美育思想的。不仅如此，叶圣陶对蔡元培其实还充满了钦敬之情。早在民国时代叶

---

① 叶圣陶：《体育·品德·美》，《叶圣陶集》（第11卷），载叶至善等编《叶圣陶集》（第11卷），江苏教育出版社2004年版，第300页。

圣陶就曾受蔡元培之聘任北京大学预科讲师，虽然时间短暂，但蔡元培对叶圣陶可谓有知遇之恩。① 他们私交不深，但叶圣陶一直对蔡元培印象很好，也欣赏他的文章。在《文章例话》《范文选读》中他都曾选入蔡元培的文章，在《读〈蔡孑民先生言行录〉》一文中，叶圣陶对蔡元培的道德文章更是直接表示感佩。冯友兰认为蔡元培是体现了儒家理想人格的典范，叶圣陶对此深表赞同。②

即使是在这样的情形之下，叶圣陶对待美育的态度却与蔡元培大相径庭，这不能不引人深思。个中缘由，或许可以从以下两个方面来探讨：

1. 美育思想的出发点

蔡元培的美育思想基于他的启蒙信念与教育救国的理想，在他看来，教育是实现这一目标的重要途径，教育改革的重点是"养成健全人格，提倡共和精神"③。早在 1907 年，王国维在《论教育之宗旨》一文中明确地提出了美育。蔡元培则真正推动了美育在制度层面上的实施，促成教育部将美育列入教育方针，确立了美育的独立地位。在他看来，美育的作用是"陶养吾人之感情，使有高尚纯洁之习惯，而使人我之见，利己损人之思念，以渐消沮者也"④。此后他进一步提出了"以美育代宗教"的主张，影响极大。⑤ 无论是王国维还是蔡元培，他们对美育自身的规律与特点都是十分重视的，强调美育重在培养人的审美情感，与智育、德育相辅相成，促使人的知、情、意都能健全发展。

---

① 1922 年 2 月，叶圣陶应蔡元培和中文系主任马裕藻的聘请，任北大预科讲师，主讲作文课。见商金林《叶圣陶传论》，安徽教育出版社 1995 年版，第 195—196 页。另见刘增人《叶圣陶传》，东方出版社 2009 年版，第 45 页。

② 在《文章例话》中，叶圣陶收入了蔡元培的《杜威博士生日演说词》，见《叶圣陶集》（第 10 卷），第 331—335 页；在《范文选读》中，叶圣陶收入蔡元培的《责己重而责人轻》，见《叶圣陶集》（第 14 卷），第 299—308 页；《读〈蔡孑民先生传略〉》一文，见《西川集》，《叶圣陶集》（第 6 卷），第 31—36 页。

③ 蔡元培：《在北京高等师范学校〈教育与社会〉杂志社演说词》，载中国蔡元培研究会编《蔡元培全集》（第 4 卷），浙江教育出版社 1997 年版，第 82 页。

④ 蔡元培：《以美育代宗教说》，载中国蔡元培研究会编《蔡元培全集》（第 3 卷），浙江教育出版社 1997 年版，第 60 页。

⑤ 参见蔡元培《以美育代宗教说》《关于宗教问题的谈话》《美育代宗教》等文。蔡元培的"美育代宗教"说，学界已经有大量研究，笔者出版的专著《蔡元培美育思想研究》（华中师范大学出版社 2011 年版）也详细探讨了这一问题，兹不赘述。

叶圣陶在早年也有教育救国的理想，但后来终于认识到教育与其他事业相互关联，教育变革需要社会的根本变革。他的审美感受力最初是由对文艺的爱好培养起来的。在时代思潮的影响下，他萌发了文学"革心"的志愿，想以文艺唤醒民众、催生英雄。此后他就树立了社会教育的信念并真正走上了教育之途。在人生历程中，他也曾倾心于教育救国的理想。新文化运动使他在文学与教育之间找到了现实结合点，而音乐、唱歌、美术等艺术课程的设立以及文学本身蕴涵的审美特性也使他注意到了美育问题。但随着对现实政治的失望及个人遭遇的挫折，叶圣陶的教育救国梦归于破灭，这一点在《倪焕之》中得到了形象而生动的揭示。叶圣陶逐渐认识到教育"不是孤立的事项，在如今的现实情况之下，教育不良不能全怪教育者"①，为此他义无反顾地投身于民主斗争的洪流之中。但是对他而言，安身立命的还是文化事业，他始终把教育当作为人生与立人的事业。他切实地注意教育与人生的关联，强调学生要即知即行，把所学的知识技能化为自身的血肉，这是教育的宗旨，也是美育的宗旨，教育的现实功能得到了明确的强调。

因此，叶圣陶的美育思想就不像蔡元培那样有深厚的哲学美学思想作基础，在儒家思想及实用主义教育思想影响下，他关注得更多的是现实问题的解决。蔡元培关心的是以美育代宗教对人的发展所起的作用，而叶圣陶的美育思想与他的人生观有关，他是从现实需要的角度加以论证的。

2. 对美育的定位

1912 年，蔡元培在《对于教育方针的意见》一文中提出了五育：军国民教育、实利主义教育、公民道德教育、世界观教育、美育，后来他又明确概括为德、智、体、美四育。在四育之中，居于核心的当然是德育，但是美育也不可忽视，美育"为近代教育之骨干"②，"与智育相辅而行，以图德育之完成者也"③。

　① 叶圣陶：《〈西川集〉自序》，载叶至善等编《叶圣陶集》（第 6 卷），江苏教育出版社 2004 年版，第 84 页。

　② 蔡元培：《创办国立艺术大学之提案》，载中国蔡元培研究会编《蔡元培全集》（第 6 卷），浙江教育出版社 1997 年版，第 133 页。

　③ 蔡元培：《美育》，载中国蔡元培研究会编《蔡元培全集》（第 6 卷），浙江教育出版社 1997 年版，第 599 页。

　　但是，在当时中国现实的政治条件下，美育恰恰是最受冷落的。因而蔡元培在讲演与著述中一再强调美育，除了对"美育代宗教"说进行反复阐发说明之外，他还在《文化运动不要忘了美育》一文中再次提醒人们美育的重要性。[①] 在他设计的教育格局中，美育占有举足轻重的地位。为了切实推广美育，蔡元培还从学校美育、家庭美育、社会美育等角度论证美育的必要性与可行性。

　　相比之下，叶圣陶很少明确地使用德育、智育、体育、美育等术语，他主要是从学科课程的角度论述教育问题，对于教育教学中的实际问题更感兴趣。他并非不重视美育，也不是不承认美育的地位，但对于美育重要性的认识显然不如蔡元培深刻。同样是受儒家伦理道德思想影响，蔡元培强调伦理与道德的养成有赖于美育，更注重的是美善结合，强调这是人对"情"的需要："我们提倡美育，便是使人类能在音乐、雕刻、图画、文学里又找见他们遗失了的情感。"[②] 美对善虽有辅助功用，却自有不可替代的价值。叶圣陶则重视美对善所起的工具性作用，从而忽视了其本身应有的独立地位与价值，最终走向了取消美育的结论。

　　这里就有一个问题需要辨析：文学教育与艺术教育、美育之间存在怎样的关系。应该说，它们之间既有联系又有区别。文学教育与艺术教育都是按照教学内容来划分的，是现代学科体制的产物。文学教育与艺术教育其实都是以文艺为教学内容，使学生掌握基本的文艺知识与技能，具备一定的文艺素养。这是使人和谐、全面发展的一个重要步骤，不可或缺。只是文学教育的内容是文学，中小学艺术教育则以音乐、美术为主，涉及不同的艺术门类。同时，文学教育又属于语文学科，是语文教育的组成部分。

　　文学教育同美育的关系较为复杂。美育同德育、智育、体育等并列，并不是具体的学科，而是根据现实社会对人的不同方面的发展要求而设计的。最早提出的王国维就是根据人的知、情、意三方面的发展要求而提出设立智育、美育、德育的。蔡元培则提出了五育：军国民教育、实利主义

---

　　① 蔡元培：《文化运动不要忘了美育》，载中国蔡元培研究会编《蔡元培全集》（第3卷），浙江教育出版社1997年版，第739页。

　　② 蔡元培：《与〈时代画报〉记者谈话》，载中国蔡元培研究会编《蔡元培全集》（第6卷），浙江教育出版社1997年版，第614页。

教育、公民道德教育、世界观教育、美育。不管种类有多少，它们都必须依托具体的学科才能真正得到实施，渗透于各科教学之中。因而美育就可以在语文、数学、历史、地理等学科中得到体现，各门学科根据自身的学科特点，挖掘其中的美的质素，使学生获得美的感受。但是，只有文学教育与艺术教育才能最集中地体现美育的内在要求。叶圣陶显然也认识到了这一点，他认为艺术教育应该具有美的质素，满足学生"感美的天性，艺术的本能"①。叶圣陶认为，音乐在各门艺术中"可以说是群性最丰富的艺术"②，因而音乐教育可以使人获得美的感受，感情上发生共鸣，道德、情感上都得到提升，这就是德育、美育的具体实现。此后，叶圣陶继续谈到艺术教育的重要性，但他发现现实情况不理想，图画、音乐课尤其糟糕，叶圣陶由此强调：

> 普通学校设艺术学科，目的当然不在于使学生成为画家、音乐家。教学生学习图画，在于使他们精密地观察物象，辨认形象的美和丑，和谐和凌乱，并且能够把所见所感的约略地记录下来。教学生学习音乐，在于使他们能用声音表达出感情和意志，尤其当合奏合唱的时候，个体融和在群体之中，可以收到人格扩大的效果。③

艺术教育如果落到实处，学生必定受益匪浅："就个人说，就将终身受用不尽，就社会说，就是进入美善的一个重要因素。"④

叶圣陶认为，在文学教育中，学生首先可以掌握基本的语言文字知识，训练自己运用语言文字的基本技能，这是语文学科教学的基本要求。学生进而可以了解文学史、作家作品、各类文学体裁的知识，了解各类文学作品的特点，在阅读文学作品时，通过分析而了解作品的内容大意、结

---

① 叶圣陶：《文艺谈》，载叶至善等编《叶圣陶集》（第9卷），江苏教育出版社2004年版，第30页。

② 叶圣陶：《略谈音乐与生活》，载叶至善等编《叶圣陶集》（第12卷），江苏教育出版社2004年版，第197页。

③ 叶圣陶：《改革艺术教育》，载叶至善等编《叶圣陶集》（第11卷），江苏教育出版社2004年版，第181—182页。

④ 同上书，第182页。

构技巧等方方面面。但是这还只是文章学习的要求。文学教育最关键的还是对作品的感悟、体会，这才是文学欣赏。了解作品是欣赏的基础，但只有欣赏作品才是文学教育的核心所在。因为通过对作品的欣赏，读者才能真正得到审美感悟与体会。叶圣陶认为小说在教育上有价值，一个重要的原因就在于他认为"好的小说都有充量的文艺性。所谓文艺性，粗浅的说，就是它不但教人'知'，而且教人'感'；不但教人看了就完事，而且留下若干东西，教人自己去思索，自己去玩味"①。在叶圣陶看来，审美感悟与体会是作用于人的心灵的，是对人格的提升。文学作品的欣赏不同于知识的传授，讲究的是对人的情感的熏染、主体人格的塑造，是对美的领略与欣赏。事实上，以语言艺术为文学定位，也就等于承认文学是以"美"作为自己的本质，因而其他各科教育虽然与文学教育、艺术教育一样都可以体现美育的要求，但是文学教育与艺术教育是最适合的，中小学的美育也就主要是靠文学教育与艺术教育来实现。

那么，文学本身的艺术特质在哪些方面契合教育的要求呢？这就涉及文学教育与语文教育的关系。叶圣陶对这一问题的论述主要是从两个方面展开的：一是考察晚清以来语文学科的发展，在重点分析国文科的教学目标时提出文学教育的问题；二是探讨文学自身的特性对于教育所具有的意义（由此指出分科体制的弊端）。

首先来看叶圣陶对语文学科的认识。中国古代并没有独立的语文学科，也不存在独立的文学教育。先秦时代，孔子授四科："德行"、"言语"、"政事"、"文学"。"文学"是泛指，并不专指现代意义上的文学。后世使用的"文学"，也基本上是广义的，涵盖了文章、学术。直到晚清时代，随着新学制的颁行，现代意义上的语文学科终于出现，而这一学科自诞生之日起就与"文学"结下了不解之缘。1904 年的壬寅学制将"中国文学"列入课程，但是其内容依然驳杂。《奏定高等小学堂》规定"中国文学""其要义在使通四民常用之文理，解四民常用之词句，以备应世达意之用"。具体说来，教学内容包括"读古文"、"作短篇记事文"、"以

---

① 叶圣陶：《给教师的信》，载叶至善等编《叶圣陶集》（第 11 卷），江苏教育出版社 2004 年版，第 171 页。

俗话翻文话"、习字、"习官话"；《奏定中学堂章程》中"中国文学"的教学内容一是作文，二是"讲中国古今文章流别、文风盛衰之要略，及文章于政事身世关系处"，前四年是"读文"、"作文"、"习字"，第五年是"读文"、"作文"、"兼讲中国历代文章名家大略"。这一学制虽然依然有着浓厚的传统教育的气息，但是在教学内容、教学方法、课程安排上确实不乏创新之举。①

　　与此同时，文学观念也在经历着深刻的变化。王国维论及"文学"，将其作为一种知识："学有三大类：曰科学也，史学也，文学也。凡记述事物而求其原因，定其理法者，谓之科学；求事物变迁之迹，而明其因果者谓之史学；而出入于二者间，而兼有玩物适情之效者，谓之文学。"②由于人们对"文学"的认识不断深入，现代意义上的文学观念逐渐变得明晰起来，文学作为一门艺术的特性也日益凸显。1912 年，教育部提出设"国文"一科。国文科是以文章为研习对象的，在现代分科体制下，文学进入国文课堂就是顺理成章的了。随着新文化运动的蓬勃开展，旧式教育思想与制度受到了严厉抨击，被认为是封建统治的工具、崇拜偶像、压制个性。新文化的倡导者们迫切需要树立全新的教育思想，建立新的教育体制。在此情形之下，1923 年中华民国教育部召开新学制研讨会，起草中小学课程纲要，叶圣陶草拟初中课程纲要。这部纲要明确提出："使学生发生研究中国文学的兴趣。"整部纲要体现出文学革命的设计思路：将新文学引进中小学课堂，使之得到广大青少年的接受，巩固新文学的成果，实现教育革命。因此，文学教育在其中占着极大的比重，"选文注重传记、小说、诗歌"。③此后语文课程纲要与标准虽然历经修改，但是文学教育在国文科中始终占有一定的地位。特别是 1955 年汉语、文学分科教学，文学教育的地位更是得到了前所未有的提高，这次改革试验正是由叶圣陶负责的。因此，对于文学教育问题，叶圣陶有着自己的见解。叶圣陶明确

---

　　①　课程教材研究所编：《20 世纪中国中小学课程标准·教学大纲汇编：语文卷》，人民教育出版社 2001 年版，第 9—10、268—269 页。

　　②　王国维：《〈国学丛刊〉序》，载姚淦铭、王燕编《王国维文集》（第四卷），中国文史出版社 1997 年版，第 365 页。

　　③　叶圣陶：《新学制初级中学国语课程纲要（草案）》，载叶至善等编《叶圣陶集》（第 16 卷），江苏教育出版社 2004 年版，第 3—6 页。

提出了他对于国文教学的两个基本观念：一、"国文是语文学科"；二、"国文的含义与文学不同，它比文学宽广得多，所以教学国文并不等于教学文学"。① 他同时也对国文科本身的性质与任务进行研究，力图寻找到更为恰当的学科名称。在他的努力下，"语文"这一名称得以确立。所谓"语文"，即口头为语，书面为文②。语文的范围显然大于文学，文学教育是语文教育的组成部分。

再来看叶圣陶对文学自身特性的探讨。"五四"时代，中小学国文教育中的文学教育，着眼于从思想上达到启蒙立人的目的，因而侧重于内容方面。此后叶圣陶与朱自清开始意识到"'五四'以来国文科的教学，特别在中学里，专重精神或思想一面，忽略了技术的训练，使一般学生了解

① 叶圣陶：《国文教学的两个基本观念》，载叶至善等编《叶圣陶集》（第13卷），江苏教育出版社2004年版，第42页。

② "语文"这一学科名称是叶圣陶先生提出来的，叶圣陶本人也多次谈到"语文"定名的经过及其具体的内涵。1960年，叶圣陶在《答孙文才》中指出，"'语文'一名，始用于一九四九年版之中小学语文课本。当时想法，口头为语，笔下为文，合成一词，就称'语文'。自此推想，似以语言文章为较切。文谓文字，似指一个个的字，不甚惬当。文谓文学，又不能包容文学以外之文章"。载叶至善等编《叶圣陶集》（第25卷），江苏教育出版社2004年版，第7页。

1962年，叶圣陶在《认真学习语文》一文中说："什么叫语文？平常说的话叫口头语言，写到纸面上叫书面语言。语就是口头语言，文就是书面语言。把口头语言和书面语言连在一起说，就叫语文。这个名称是从一九四九年版下半年版用起来的。"载叶至善等编《叶圣陶集》（第13卷），第180页。

1964年，叶圣陶在《答滕万林》中回忆说，"'语文'一名，始用于一九四九年版华北人民政府教科书编审委员会选用中小学课本之时。前此中学称'国文'，小学称'国语'，至是乃统而一之。彼时同人之意，以为口头为'语'，书面为'文'，文本于语，不可偏指，故合言之。亦见此学科'听''说''读''写'宜并重，诵习课本，练习作文，固为读写之事，而苟忽于听说，不注意训练，则读写之成效亦将减损。……其后有人释为'语言''文字'，有人释为'语言''文学'，皆非立此名之原意。第二种解释与原意为近，唯'文'字之含意较'文学'为广，缘书面之'文'不尽属于'文学'也。课本中有文学作品，有非文学之各体文章，可以证之。第一种解释之'文字'，如理解为成篇之书面语，则亦与原意合矣"。载《叶圣陶集》（第25卷），第33页。

1980年，叶圣陶在《语文是一门怎样的功课》中指出，"'语文'作为学校功课的名称，是一九四九年开始的。解放以前，这门功课在小学叫'国语'，在中学叫'国文'。……小学'国语'的'语'是从'语体文'取来的，中学'国文'的'文'是从'文言文'取来的。……一九四九年改用'语文'这个名称，因为这门功课是学习运用语言的本领的。……口头说的是'语'，笔下写的是'文'，二者手段不同，其实是一回事。功课不叫'语言'而叫'语文'，表明口头语言和书面语言都要在这门功课里学习的意思。'语文'这个名称并不是把过去的'国语'和'国文'合并起来，也不是'语'指语言，'文'指文学"。载《叶圣陶集》（第13卷），第222页。

文字和运用文字的能力没有得到适量的发展，未免失掉了平衡"①。国文是各种学科中的一项，各门学科都要为教育的目标服务，同时又有各自的任务，"国文教学自有它独当其任的任，那就是阅读与写作的训练"②，因而他强调文学教育要注重结构、语言。其实早在 1925 年，朱自清就在《中等学校国文教学的几个问题》一文中指出："中学国文教学的目的只须这样说明：（1）养成读书思想和表现的习惯或能力，（2）发展思想，涵育情感"，"这两个目的之中，后者是与他科相共的，前者才是国文科所特有的"③。对于中学国文科的教学任务，朱自清和叶圣陶的观点是一致的。到了 40 年代，叶圣陶力图打破内容形式二元论，实现一元论，因而在教学中开始注意引导学生较为全面地领会作品。如此一来，他对于国文教学的任务有了新的认识。在他看来，"国文属于语文学科，重在语文方面技法的训练……可是国文究竟是各种学科里的一种。各种学科除了各自的目标之外，有个共通的总目标，就是：教育学生，使之成为国家的合格的公民"④。他此时是主张把国文科的专责和教育的总目标结合起来。

　　至于文学教学，叶圣陶认为，文学作品与非文学作品在根本上都是文章，因而对于写作教学和阅读教学，文学作品自有其意义与价值。特别是在接受心理语言学的观点以后，他认为研读文章可以起到思维训练与语言训练的作用，文学作品的阅读自然也不例外。因此，叶圣陶认为，"把思想语言文字三项一贯训练，却是国文的专责"⑤。但是叶圣陶毕竟同时也认识到了文学作品与非文学作品之间的区别，在他看来，文学作品对于教育而言更有一种特殊的意义。早在"五四"时代，他就抨击学科体制与知识分

---

①　叶圣陶：《国文教学的现状和理想》，载叶至善等编《叶圣陶集》（第 13 卷），江苏教育出版社 2004 年版，第 109 页。

②　叶圣陶、朱自清：《国文教学的两个基本观念》，载叶至善等编《叶圣陶集》（第 13 卷），江苏教育出版社 2004 年版，第 43 页。

③　朱自清：《中等学校国文教学的几个问题》，载朱乔森编《朱自清全集》（第 8 卷），江苏教育出版社 1993 年版，第 390 页。

④　叶圣陶：《教育总目标与国文教材的取舍》，载叶至善等编《叶圣陶集》（第 16 卷），江苏教育出版社 2004 年版，第 45 页。

⑤　叶圣陶：《论中学国文课程的改订》，载叶至善等编《叶圣陶集》（第 16 卷），江苏教育出版社 2004 年版，第 53 页。

类制度，认为划分科目的做法把人生整体分割了开来，"科目各个独立，没有共同的出发点，支离破碎，没有相互联络之处，不切合人生的应用，并无实用的价值"①。而文学却是对人生的表现，是从总体上把握人生的。叶圣陶曾以小说为例指出，学校的各门课程"往往偏于一个境界……教育的最后目标却在种种境界的综合"，"让学生看小说，也是达到这个目标的可能途径"，小说"直接触着人生，它所表现的境界是个有机体，以人生为它的范围"②。叶圣陶谈论的是小说，但是他实际上是针对文学而发表这样的意见的。从这个意义上讲，文学教育固然可以归属于语文学科，但文学教育的意义与价值却是超越了具体学科的。

　　叶圣陶一方面认为文学作品与非文学作品在语文教学中所起的作用没有什么区别，另一方面却又强调文学作品的意义与价值非同一般。这一矛盾在根本上源于叶圣陶对于语文学科乃至教育性质的认识，这就是他的教育工具论。这一主张曾经引起了巨大的争议，时至今日还没有平息。对于叶圣陶的工具论，目前主要有三种不同观点：第一种观点认为工具论本身没什么错，叶圣陶的主张是值得肯定的③；第二种观点则激烈批评叶圣陶及吕叔湘、张志公"三老"的工具论，认为正是工具论导致语文教学一味讲求知识灌输，注重考试成绩，偏向实用主义，人文素养与审美情趣缺失，是应试教育思维的体现④；第三种观点则力图证明叶圣陶是将语文学科的工具性与人文性统一了起来，语文本来就是兼具工具性与人文性的学科。⑤

　　自 1997 年语文大讨论爆发以来，争论双方都将焦点集中到了工具论上，同时论争者也意识到语文改革不能再局限于语文学科名称、教学方法

----

① 叶圣陶：《小学教育的改造》，载叶至善等编《叶圣陶集》（第 11 卷），江苏教育出版社 2004 年版，第 35 页。

② 叶圣陶：《给教师的信》，载叶至善等编《叶圣陶集》（第 11 卷），江苏教育出版社 2004 年版，第 171—172 页。

③ 顾德希：《语文教学的病根》，《中国青年报》1999 年 6 月 7 日；何小书：《对"工具论"的三种理解偏差》，《湖南教育》1999 年第 18 期。

④ 李寰英：《论"工具"说的偏颇及其对语文教育的误导》，《中学语文教学参考》1996 年第 7 期；梁国祥：《语文工具论的现实局限性》，《湖南教育》1999 年第 19 期。

⑤ 参见董菊初《叶圣陶语文教育思想概论》、顾黄初《顾黄初语文教育文集》等著作以及倪渝根《假如叶老健在》，《小学语文教学》2000 年第 7—8 期。

的修修补补上，这场论争其实牵涉对语文学科根本性质与地位的认识，乃至牵涉教育观念的大变革，意义非同小可。因此，对叶圣陶的语文工具论，不能简单地判定对错，应该在具体的历史语境中考察，见出叶圣陶的实际立场以及他持论的得失。

　　1912 年，叶圣陶中学毕业，成为了一名小学教师，他树立了教育为"新民之基础"① 的信念，将教育作为启蒙民众、变革社会的途径，由此他逐步趋于实用主义教育法，引导儿童使其乐于研习，对教育进行科学的探索。1913 年，叶圣陶对"教育宜取实用主义的主张"表示赞同，并认为国文课程应"足应实用"②。在论及作文教学时，叶圣陶提出两大目标：一是"今既无科第，必期实用"；二是"意有所欲言，出于口为言，出于笔为文"③。在实用主义教育观的影响下，1933 年，叶圣陶在《中学生》杂志上发表文章，提出作为一门学科的语文是工具："国语科本来还有训练思想和语言的目标，但究竟是工具科目。"④ 后来进一步指出语文"在学校里是基本科目中的一项，在生活上是必要工具中的一种"，其目的在使学生能"应付生活"和"改进生活"⑤。不仅语文是工具，教育也是工具。1934 年，叶圣陶在《教育与人生》中明确地提出了教育工具论，强调"教育是人类获得生存资料和经营生活的一种工具。教育本身并非目的，而是工具"⑥。教育是工具，教材也是工具："按教科书之为用，在授与真实之经验，以期贯彻教育宗旨耳。……教科书，工具也。"⑦ 直至

　　① 叶圣陶 1912 年 1 月 25 日日记，载叶至善等编《叶圣陶集》（第 19 卷），江苏教育出版社 2004 年版，第 86 页。

　　② 叶圣陶 1913 年 6 月 27 日日记，转引自商金林《叶圣陶传论》，安徽教育出版社 1995 年版，第 88 页。

　　③ 叶圣陶 1913 年 11 月 20 日日记，转引自商金林《叶圣陶传论》，安徽教育出版社 1995 年版，第 88 页。

　　④ 叶圣陶：《读书》，载叶至善等编《叶圣陶集》（第 5 卷），江苏教育出版社 2004 年版，第 362 页。

　　⑤ 叶圣陶：《认识国文教学》，载叶至善等编《叶圣陶集》（第 18 卷），江苏教育出版社 2004 年版，第 124—128 页。

　　⑥ 叶圣陶：《教育与人生》，载叶至善等编《叶圣陶集》（第 11 卷），江苏教育出版社 1991 年版，第 65 页。

　　⑦ 叶圣陶：《闻华北改编小学教科书有感》，载叶至善等编《叶圣陶集》（第 11 卷），江苏教育出版社 2004 年版，第 78 页。

1978 年，叶圣陶仍强调"语文是工具"。①

　　叶圣陶的语文工具论还与他的语言工具论密切相关。在他看来，通过语文学习掌握运用语言文字的能力，这是生活的需要，是学习各科知识的基础。叶圣陶视语言为工具："就个人说，是想心思的工具，是表达思想的工具；就人与人之间说，是交际和交流思想的工具。"② 至于文字，更是附属于语言："语言是交流思想的工具，文字是记录语言的工具。"③ 因而就人的生存发展与文化建设来说，语言都是不可或缺的工具，听、说、读、写就成为人人必须掌握的技能。只有掌握了语言文字并且能够自由运用，才能学习各种知识，掌握各种技能。从这个意义上讲，其他各门学科都是以语文学科为基础。叶圣陶认为语文在学校教育中是基础科目，同时又是生活中的工具，这是他的"语文工具论"的另一层含义。

　　叶圣陶的工具论是"五四"时代科学精神的反映。语文学科的诞生本来就是现代学科知识分类的结果，叶圣陶更进一步，探求语文学科的实质，为其寻找总体定位，将其看做人生的工具与各科学习的工具。对语言性质的认识使他对语文学科性质的认识也得以深化，有助于他对语文的科学研究，他参与编写《国文百八课》，就是为了"给与国文科以科学性，一扫从来玄妙笼统的观念"④。种种努力都是有助于语文学科的发展的。

　　但是，叶圣陶的工具论并非如此简单。他明确指出，"教育是附丽于人而后显出它的作用的，离开了人，也就没有教育了"⑤。由于他是以人生为教育的出发点与归宿，以立人为根本目标，因而他的理论有别于狭隘的工具论，含有深刻的人文内蕴。根据叶圣陶的设计，教育应立足生活，以学生为本位。在教学体系中，学生是主体，教师是主导，教是为了达到

　　① 叶圣陶：《大力研究语文教学，尽快改进语文教学》，载叶至善等编《叶圣陶集》（第13卷），江苏教育出版社 2004 年版，第 202 页。
　　② 叶圣陶：《认真学习语文》，载叶至善等编《叶圣陶集》（第 13 卷），江苏教育出版社 2004 年版，第 180 页。
　　③ 叶圣陶：《文字改革和语言规范化》，载叶至善等编《叶圣陶集》（第 17 卷），江苏教育出版社 2004 年版，第 213 页。
　　④ 叶圣陶、夏丏尊：《国文百八课》，载叶至善等编《叶圣陶集》（第 16 卷），江苏教育出版社 2004 年版，第 173 页。
　　⑤ 叶圣陶：《父母的责任》，载叶至善等编《叶圣陶集》（第 11 卷），江苏教育出版社 2004 年版，第 49 页。

不需要教，使学生真正成为独立自主的个人。具体表现即学生能够养成种种良好习惯，知行合一，成为一个符合现代社会要求的公民。各门学科则是达至这一目标的途径，知识为学生所吸收，化为自身血肉，付诸实际行动，各科的教学目的才算真正实现了。语文学科就是要训练学生养成使用语言文字的好习惯。语文教学并不是把枯燥的知识灌输给学生，而是通过范例研读与作文练习，使学生在实际应用中掌握语言，具备听说读写的能力，这正是语文课的教学目标。叶圣陶虽然是以文章为总体范围，但他也意识到文学的重要性。即使对于语言，叶圣陶也意识到它不仅仅是工具，语言与文化有着紧密的关系。因此，语文教育的目标就不仅是使学生掌握、运用语言文字，还要经由各种文章了解中外历史文化，具备基本的知识技能与文化素养。文学教育在这方面就起到了重要作用，因为优美的文学作品是应用语言的典范，能够给人以美的感受，使人领略到特定的文化精神。文学教育不仅具有传授知识的功能，更侧重于塑造人格。

问题在于，叶圣陶对于语文的态度在工具理性与价值理性之间摇摆。从语文学科的工具性出发，他认为语文学科就应该从"文章学"的角度来设计①，因而极力淡化文学与非文学的界限，并且各类文章不过是举一反三的例证，教材也就不过是工具。从语言工具论来看，语文学科也不过是传授方法技术的工具性学科。但是考虑到文学的特性和语言的文化意味，叶圣陶又不得不一再在语文的教学目标中为文学单列一项，同时也一再强调文学与非文学没有绝对的界限，每篇文学作品有其不可替代的特色。这种煞费苦心的努力，正反映出叶圣陶本人所感到的矛盾与困惑：他显然也意识到语文工具论本身存在问题。为叶圣陶辩护者认为叶圣陶的语文工具论是工具性与人文性的统一，批评者则指责他只顾工具性而丢弃人文性。其实在叶圣陶那里，他未必就愿意作"工具性"、"人文性"这样的划分，但他坚持工具性的首要地位，从而使自己的理论产生了难以弥合的裂痕。例如他一方面把小说归入记叙文，另一方面又强调小说与记叙文的差异。

---

① 叶圣陶、夏丏尊：《关于〈国文百八课〉》，载叶至善等编《叶圣陶集》（第16卷），江苏教育出版社2004年版，第35页。

特别是诗歌，按照文章的四分法（记述文、叙述文、说明文、议论文），根本无法归类。从根本上讲，从工具性／人文性的二元模式出发也很难真正弄清语文学科的实质。

从上述辨析中，可以看出叶圣陶本人在为文学教育定位时存在着不同的考虑：从文章的角度出发，他将文学教育看做语文教育的组成部分，但又是一个较为特殊的、高级的组成部分；从教育为人生的角度出发，他承认文学教育应占有极为重要、不可或缺的地位。

首先，在叶圣陶看来，文学作品与非文学作品都是语言文字的结晶体，都是文章。从文章学出发，他将文学教育纳入语文教育之中，不强调文学与非文学的差异。但是他又意识到文学毕竟不同于非文学，文学有着自己的独特性（虽然他没有点破"审美"这关键的一点）。因此，他又指出了文学教育的特殊性：一般的文章教学，都是将阅读与写作视为必须掌握的基本技能，但是文学教育对阅读与写作有更高的要求。文学作品的阅读，不仅要求分析，还要欣赏。文学创作与普通文章的写作也不同，"必须整个生活产生得出精妙的意思情感与适宜的表达方式，才有写出像样的文艺作品的希望"。[1]

其次，"工具论"必然强调实用。叶圣陶提出："学语文为的是用，就是所谓学以致用。"[2] 这其实就是他的语文工具论的核心。学校教育的首要目的是使学生树立正确的人生观，养成好习惯，将知识用于生活，获取有用经验，能够应对生活。这样能够阅读和写作普通文章就可以达到中小学语文教学的目的。虽然获得审美的感受是人人应该享有的权利，因而文艺鉴赏力就是人人应该具备的，但实用文在教材中占比重更大。写作是每个人必备的能力，但文学创作不是生活的必需，所以叶圣陶认为中学生不必从事文学创作，导致的结果就是写作教学基本上无视文学创作。叶圣陶指出"中学生不必写文学是原则，能够写文学却是例外"，"高中学生与初中学生一样，他们所要阅读的不纯是文学，他们所要写作的并非文

---

① 叶圣陶：《答学习国文该读些什么书》，载叶至善等编《叶圣陶集》（第 13 卷），江苏教育出版社 2004 年版，第 120 页。

② 叶圣陶：《认真学习语文》，载叶至善等编《叶圣陶集》（第 13 卷），江苏教育出版社 2004 年版，第 181 页。

学"。更何况掌握了基本的阅读和写作技能，才有从事文学创作的可能，文学创作是文艺家的专职，至于学生是否愿意从事文学创作，可以自己选择。① 叶圣陶由此把文学教育更大的空间留给了课外而非课内。

第二节　文学教育的具体设计

以上所论，是叶圣陶对文学教育的总体态度。但是，叶圣陶的文学教育思想在实际中也在不断调整。叶圣陶编写了大量的语文教材、教辅著作和参考读物，学界已对此展开研究，以其语文教材为主要研究对象。如果从广义教育着眼，学界对他主编《中学生》《小说月报》的研究也可以归入此类。笔者则力图在一个动态的、立体的框架中来分析：一是梳理叶圣陶文学教育思想的发展变化历程；二是将其主编或参编、编写的教材、教辅著作、参考读物（包括各种报刊杂志）、课程标准、课堂教学与课外教育观念等视为一个整体，对其进行分析。

在教育领域，叶圣陶主要关注中小学语文教育，而重点又在中学这一层次。与小学教育相比，中学教育在当时更受关注，各种思想的冲撞更为激烈。叶圣陶清理辨析各派人士的主张，更多的是根据中学教学实际来阐述观点，因而他既能坚持新文化运动的立场，又能吸收"五四"学者阵营之外的意见，其中尤为重要的是他对胡适与梁启超之争的态度。叶圣陶对各种观点进行反思调整，最终提出自己的意见，这是难能可贵的。

1922 年，中华民国政府颁布新学制（壬戌学制）。接着全国教育会联合会就组织"新学制课程标准起草委员会"拟定中小学课程标准，1923年公布中小学课程纲要②。其中《新学制初级中学国语课程纲要》由叶圣陶起草，这部纲要体现了新文化运动的要求，"自由发表思想"一条尤其能够体现"五四"时代立人的精神。这一纲要顺应文学革命和国语运动合一的潮流，最显著的特点是，在继续引入语体文的基础上，将文学教育置于突出位置，要"使学生发生研究中国文学的兴趣"，"选文注重传记、

---

① 叶圣陶：《国文教学的两个基本观念》，载叶至善等编《叶圣陶集》（第 13 卷），江苏教育出版社 2004 年版，第 43—50 页。

② 李杏保、顾黄初：《中国现代语文教育史》，四川教育出版社 2000 年版，第 100 页。

小说、诗歌"，"作普通应用文"、"能欣赏浅近文学作品者"被列入"毕业最低限制标准"。① 此时的纲要，初步建立起一个阅读与写作的基本框架，阅读以文学为核心，写作则要求能解决实际需要。

文学作品被大量选入教材，并且依据时代顺序来学习，促使学生掌握文学史知识。这样一个方案实际体现出胡适对中学国文教学的设想。

1920 年，胡适在北京高等师范附中国文研究部作了《中学国文的教授》的演讲，依据"五四"的科学精神与个性自由的理想，他认可"自由发表思想"的理想。同时，胡适强调学生的自主性，认为可以"由学生自己预备"，"教员指导学生讨论"②，体现出教育观念由传统的教师本位向学生本位的转变。胡适为白话文与文言文所定的比例为国语文占四分之一，古文占四分之三，这是因为在他看来学生在小学时代即已熟悉并掌握了国语文。写作上则兼顾国语文与古文。到 1922 年，胡适又作了《再论中学的国文教学》的讲演，除了仍然强调"人人能以国语自由发表思想"，他也对自己的观点作了修正，大大加强了国语文的比例，并提出"作古体文但看作实习文法的工具，不看作中学国文的目的"③。这些都是他根据中学生实际并为推进新文化运动而作出的调整。在胡适看来，新文化运动要真正取得成功，就必须经由国语的文学创造出文学的国语，这也就是他"国语的文学，文学的国语"主张的由来④。胡适认为，首先在大学中进行改革是不切实际的，"要先造成一些有价值的国语文学，养成一种信仰新文学的国民心理，然后可望改革的普及"。从学校教育来说，"似乎还该从低级学校做起。进行的方法，在一律用国语编纂中小学校的教科书"。⑤ 这不仅可以推广国语，而且可以将新文

---

① 叶圣陶：《新学制初级中学国语课程纲要（草案）》，载叶至善等编《叶圣陶集》（第 16 卷），江苏教育出版社 2004 年版，第 3—7 页。

② 胡适：《中学国文的教授》，欧阳哲生编：《胡适文集》（2），北京大学出版社 1998 年版，第 153—156 页。

③ 胡适：《再论中学的国文教学》，欧阳哲生编：《胡适文集》（3），北京大学出版社 1998 年版，第 601—602 页。

④ 胡适：《建设的文学革命论》，欧阳哲生编：《胡适文集》（2），北京大学出版社 1998 年版，第 45 页。

⑤ 胡适：《论文学改革的进行程序》，欧阳哲生编：《胡适文集》（2），北京大学出版社 1998 年版，第 62 页。

学的精神传递给青少年，为新文化培养后续人才。叶圣陶所拟的《初中国语课程纲要》，从根本上讲就体现了胡适的这样一条设计思路：在胡适看来，巩固新文化运动成果是当务之急，中学国文教育则是达到这一目标的手段。

对胡适这一方案发表不同意见的是梁启超。1922 年，梁启超作了《中学以上作文教学法》的讲演①。他同样赞成发挥学生的自主性，提倡讨论式的讲授，也并不反对白话文。但是，作为新文化阵营之外的人物，梁启超更为关心的是如何根据中学生实际开展国文教学而不是怎样应对新旧思想文化的冲突。梁启超主张"高小以下讲白话文，中学以上讲文言文，有时参讲白话文。做的时候文言白话随意。因为辞达而已，文之好坏，和白话文言无关。现在南北二大学，为文言白话生意见；我以为文章单看内容，只要能达，不拘文言白话，万不可有主奴之见"②。这一主张看似持平，实际对白话文运动颇有微词。梁启超在东南大学作讲演，而东南大学当时正是"《学衡》派"的大本营，与北京大学处于对立状态。这次讲演由卫士生、束世澂做笔录，当记录稿刊行之际，他们在序言中回忆道，束世澂曾向梁启超请教中学国文教授问题，梁启超回答说："中学作文，文言白话都可；至于教授国文，我主张仍教文言文。因为文言文有几千年的历史，有许多很多的文字，教的人很容易选得。白话文还没有试验的十分完好。"③ 在《中学国文教材不宜采用小说》中，梁启超就认为，近人白话文最少也有三个缺点："第一，叙事文太少，有价值的殆绝无。第二，议论文或解释文中虽不少佳作，但题目太窄，太专门，不甚适于中学生的头脑。第三，大抵刺激性太剧，不是中学校布帛菽粟的荣养资

① 1922 年暑期梁启超在南开大学与东南大学以"中学以上作文教学法"为题作演讲，在南开大学的讲稿在《改造》第 4 卷第 9 期发表，在东南大学的讲演记录稿以《梁任公先生讲中学以上作文教学法》为名于 1925 年 7 月由中华书局出版单行本，后仍以《中学以上作文教学法》为名收入夏晓虹编《〈饮冰室合集〉集外文》，北京大学出版社 2005 年出版。此外，1936 年上海中华书局出版的《饮冰室合集·专集》第十五册收入了《作文教学法》，1989 年版《饮冰室合集》将《作文教学法》收入《专集》中。这几个版本内容大致相同，但也略有出入。

② 梁启超：《中学以上作文教学法》，载夏晓虹编《〈饮冰室合集〉集外文》，北京大学出版社 2005 年版，第 899 页。

③ 卫士生、束世澂：《〈中学以上作文教学法〉序言一》，载夏晓虹编《〈饮冰室合集〉集外文》，北京大学出版社 2005 年版，第 899 页。

料。"他的结论是："希望十年以后白话作品可以充中学教材者渐多，今日恐还不到成熟时期"，"国内白话文做得最好的几个人，哪一个不是文言文功底用得很深的？"① 正是在对待白话与文言的问题上，梁启超与胡适发生了根本的抵触。进而在教材选文问题上，梁启超认为中学国文教材不宜采用小说，直接针对胡适的观点。梁启超的理由主要是：首先，学生可以在课外看小说，不必占用正课时间；其次，他承认中学生须有欣赏美文的能力，但"中学目的在养成常识，不在养成专门文学家，所以他的国文教材，当以应用文为主而美文为附。……小说所能占者计最多不过百分之五六而止"②；最后，梁启超主张，学文当从叙事文入手，但小说偏于想象力，幻想及刺激性太重。此外，当时作文偏向于议论文更是遭到梁启超的批判，认为这是八股遗风的表现。在教学与写作问题上，胡适强调的是文法，梁启超则认为辞达便是文章，"教人作文当以结构为主"③。梁启超并不是一味与胡适唱反调，他的这些见解确实是从中学教育的实际出发。

梁启超的这些观点与胡适可谓针锋相对，当时的胡适恰恰是鼓励中小学生读小说的，而且他还强调，"三四年前普通见解总是愁白话文没有材料可教；现在我们才知道白话文还有一些材料可用，倒是古文竟没有相当的教材可用"④，胡适由此发出了"整理古书"的倡议。胡适与梁启超之间的分歧折射出了当时思想界论争的激烈。但这种论争还是学术的争辩，从实际观点来看二者都有各自的合理之处。叶圣陶对于胡适与梁启超的观点都有一定的借鉴吸收。从根本上讲，他是站在"五四"学者立场上，坚决捍卫白话文运动的成果。当时，提倡白话文是文学革命与教育革命的重要内容，叶圣陶主张小学国文教材纯用语体，写作也要"直书口说"⑤，

---

① 梁启超：《中学国文教材不宜采用小说》，这份手稿转载于《中华读书报》2002 年 8 月 7 日。

② 同上。

③ 梁启超：《中学以上作文教学法》，载夏晓虹编《〈饮冰室合集〉集外文》，北京大学出版社 2005 年版，第 899 页。

④ 胡适：《再论中学的国文教学》，欧阳哲生编：《胡适文集》（3），北京大学出版社 1998 年版，第 605 页。

⑤ 叶圣陶、王钟麒：《对于小学作文教授之意见》，载叶至善等编《叶圣陶集》（第 15 卷），江苏教育出版社 2004 年版，第 5 页。

以此打定国语的根基。到中学阶段，选文可以文白兼采，但是写作偏重于"使用语体"，学习文言是为了阅读古书，"写作文言只是随伴的结果"①。这是过渡时期的策略，但从根本上确立了现代白话文的不可动摇的地位。在叶圣陶看来，"就文体改用白话来说，一方面固然由于现代人的思想情感，用活的语言来表达最为亲切明确，用那文言，就不免隔膜一层，打些折扣。另一方面，这个改变也含有反封建的意味"②。

这就打破了梁启超"文言是白话根底"的观念。到 30 年代白话文已经站稳脚跟时，叶圣陶表示，学习文言文是为了了解固有文化，文言既已退出历史舞台，相应地"中学生实在没有写作文言的必要"了③。叶圣陶将文言文的学习置于中学阶段，是当时新文化界的共识，但也是基于他对小学教育现状的了解。因而在安排中学国文课程时，对于文言文与白话文的比例问题，他就注意采取较为科学的编排方式，不像胡适那样较为随意。朱自清也批评胡适在《中学的国文教授》里为中等学生开的书单："那实在超乎现在一般的中等学生的时间与精力以上了！"④

在尊重学生的自主性这一点上，叶圣陶与梁启超、胡适都是一致的。早在论述小学教育问题时，叶圣陶就已经表达了"儿童本位"的理念。秉承"五四"以来立人的主张，叶圣陶逐步树立了学生本位的观念，强调教学不应是灌输式、讲解式，学生应发挥自己的主动性。在叶圣陶看来，"教师本位"与"学生本位"，正是旧教育与新教育"分界的标志"⑤。就学生来说，要树立这样的信念："学习的主体是我们自己。"⑥ 教师则起主

---

①　叶圣陶：《关于〈初中国语教科书〉的陈述》，载叶至善等编《叶圣陶集》（第 16 卷），江苏教育出版社 2004 年版，第 9 页。

②　叶圣陶：《"五四"文艺节》，载叶至善等编《叶圣陶集》（第 6 卷），江苏教育出版社 2004 年版，第 140 页。

③　叶圣陶：《中学生实在没有写作文言的必要》，载叶至善等编《叶圣陶集》（第 12 卷），江苏教育出版社 2004 年版，第 55 页。

④　朱自清：《中等学校国文教学的几个问题》，载朱乔森编《朱自清全集》（第八卷），江苏教育出版社 1993 年版，第 389 页。

⑤　叶圣陶：《变相的语文教学》，载叶至善等编《叶圣陶集》（第 11 卷），江苏教育出版社 2004 年版，第 127—128 页。

⑥　叶圣陶：《"失学"与"自学"》，载叶至善等编《叶圣陶集》（第 12 卷），江苏教育出版社 2004 年版，第 28 页。

导作用："所谓教师之主导作用，盖在善于引导启迪，俾学生自奋其力，自致其知，非谓教师滔滔讲说，学生默默聆受。"① 教师主导，学生主体，其"最终目的在达到'不需要教'"②。

在教学程序的设计上，叶圣陶与梁启超、胡适都体现出一定的科学精神：梁启超的《中学以上作文教学法》、胡适的《中学国文的教授》、叶圣陶的《精读的指导》都肯定了这样的教学程序：预习—讨论—总结，从中已经可以见出中学语文教学中分步教学法的影子，这是以科学方式来组织语文教学的体现，是对语文教学规律的探索。在作文教学中，叶圣陶也主张说自己要说的话，说出自己胸中本有的意思，不能把作文变成八股策论，传达出自己的思想与情意是作文的目标。

1923 年叶圣陶草拟国语课程纲要、编写国语教科书，是新文化运动的需要，突出文学教育的纲要和教科书在多大程度上体现了他本人的教育理念，其实是个未知之数，但从他次年出版的《作文论》来看，他对文学教育并不太推崇。叶圣陶离开商务印书馆而进入开明书店这样一个同人机构，也为他显现自己的个性、表达自己的教育理念提供了条件，特别是后来为他赢得很高声誉的《开明国语课本》及开明国文教材系列，都是明显的例证。

1923 年，叶圣陶在商务印书馆期间参编的《新学制初中国语教科书》（2—6 册），由商务印书馆陆续出版，署名编纂者顾颉刚、叶绍钧，校订者胡适、王云五、朱经农。这套教材就是根据此前叶圣陶草拟的《新学制初级中学国语课程纲要》而编写的，因而它基本上可以被视为一套"文学读本"，选文以"'具有真见解真感情及真艺术者，不违反现代精神者'为准绳。所谓真见解云云，同时就准对着'欣赏文学'这个目标"。

这套教材的特点首先在于文学作品比重大，兼采中国作品和翻译作品，以前者为主。而在中国作品中，出于对时下的关注，又大量采用胡

---

① 叶圣陶：《答邹上一》，载叶至善等编《叶圣陶集》（第 25 卷），江苏教育出版社 2004 年版，第 24 页。

② 叶圣陶：《阅读是写作的基础》，载叶至善等编《叶圣陶集》（第 15 卷），江苏教育出版社 2004 年版，第 181 页。

适、蔡元培、周作人、梁启超的文章。其次，选文为白话文与文言文合编。据统计，六本教材共 260 篇课文，白话文 95 篇，文言文 165 篇，文言文占更大的比重①，这是从小学国语课程向高中文言课程过渡的需要。

值得注意的是，面对当时激烈的文白之争，编写者采用了较为平和持中的态度。叶圣陶特别引述梁启超所说的"文言和语体，我认为是一贯的；因为文法所差有限得很"，作为文白混编的依据②，体现出编者自己的眼光。

当然，由于这套教材仍属于探索性质，因而也还有不成熟不完善的地方。例如只按类别把选文组合到一起，文章之间没有明显的关联，类别之间也缺乏层次感，教材不分单元，也没有配套的练习，过分强调思想观念的教育等。③

叶圣陶的《作文论》被列为商务印书馆《百科小丛书》第 48 种，1924 年 2 月出版。他是从文章角度谈论写作问题，有意淡化文学与非文学的界限，对胡适的文学定义提出质疑。在"叙述"这一部分，他表示："此章持论与举例，多数采自梁启超《中学以上作文教学法》。"④ 梁启超认为作文当从叙事文入手，叶圣陶也认为"练习写作，最好从记叙文入手"⑤，写作讲究辞达而已，至于文学创作，那是在写作基础之上的修炼。梁启超认为，"中学目的在养成常识，不在养成专门文学家，所以他的国文教材，当以应用文为主而美文为附"⑥。叶圣陶则指出，写作是实际生活的需要，人人必须具备写作的能力。但是学校教育并不是为了养成专门的文学家，文学创作也不是生活中的必需事项，因而中小学生与大学生都没有从事文学创作的必要。在他看来，写作与创作存在这样的关系：首

---

① 李杏保、顾黄初：《中国现代语文教育史》，四川教育出版社 2000 年版，第 101 页。

② 叶圣陶：《关于〈初中国语教科书〉的陈述》，载叶至善等编《叶圣陶集》（第 16 卷），江苏教育出版社 2004 年版，第 9—10 页。

③ 闫苹、段建宏主编：《中国现代中学语文教材研究》，文心出版社 2007 年版，第 67—73 页。

④ 叶圣陶：《作文论》，载叶至善等编《叶圣陶集》（第 15 卷），江苏教育出版社 2004 年版，第 31 页。

⑤ 叶圣陶：《中学国文学习法》，载叶至善等编《叶圣陶集》（第 13 卷），江苏教育出版社 2004 年版，第 131 页。

⑥ 梁启超：《中学国文教材不宜采用小说》，《中华读书报》2002 年 8 月 7 日。

先，写作包括"文学创作"；其次，创作是更高层次的写作，"写作是每个人非学不可的，而且是非学好不可的。文学创作就不是这样，有积蓄有兴致的人不妨去创作"①。叶圣陶由此指出，国文教学应广泛涉及各类文体，特别是可以应付生活需要的文体，不应是纯粹的文学教育。在选文问题上，此前编《新学制初中国语教科书》时，叶圣陶就是根据梁启超的观点，同时收入文言文与白话文。他也赞同梁启超"文言白话并没有明显界限"的意见。叶圣陶之所以如此表态，是因为他和梁启超一样，都是侧重于从语言工具论的角度来看待文白之争。胡适、梁启超与叶圣陶都在一定的程度上意识到语言并不仅仅只是承载思想意义的工具，同时也有着深刻的文化意味，但他们还没有将这一意识提升为自觉的认识。如果只是从工具的层面来看，文言白话确实是各有所长，并非截然对立。因而叶圣陶能够赞同梁启超的观点，这并不意味着他放弃了新文化立场。在这一点上，叶圣陶持论较为圆融通达，他更多的是从中学教学实际出发。

在教学内容上，叶圣陶并不以文法为重点，他的出发点是培养学生的实际能力，直到 50 年代他还坚持这一原则。叶圣陶曾在日记中记载，1952 年在拟订语文科教学大纲时，叶圣陶发现"参加者先研究苏联之教学大纲，见其中语法与文学分开，语法所占分量至重，遂信我国亦非如是不可"。而当时著名语法学家吕叔湘等人"咸谓语法非万应灵药，可以为辅助而不宜独立教学，使学生视为畏途"②，叶圣陶支持他们的意见。他不赞成单独教语法，在他看来，"语法应当放在课文内教。在课文中提出一些有关语法的材料，让学生注意一下，能够触类旁通，就够了。不但语法，连修辞及作文法也可以随时教"③。

由《新学制初级中学国语课程纲要》《新学制初中国语教科书》《作文论》相互配合，20 世纪 20 年代的叶圣陶树立了语文教育的基本观念：

---

① 叶圣陶：《作文要道》，载叶至善等编《叶圣陶集》（第 15 卷），江苏教育出版社 2004 年版，第 195 页。

② 叶圣陶 1952 年 9 月 20 日日记，载叶至善等编《叶圣陶集》（第 22 卷），江苏教育出版社 2004 年版，第 365—366 页。

③ 叶圣陶：《教学举例》，载叶至善等编《叶圣陶集》（第 14 卷），江苏教育出版社 2004 年版，第 54 页。

以立人为目标，以学生为本，贴近生活，以阅读能力与写作能力的培养为语文教学最重要的两个方面。① 这一思路在 20 世纪 30 年代以后一直延续下去。中小学如此，大学也是一样：1940 年和 1949 年，叶圣陶谈到大学国文教育，认为大学国文是高中的延伸，考核要依据"高中的标准"②，其目标"就在乎提高同学们的阅读能力跟写作能力"。③

　　1935—1936 年，夏丏尊、叶圣陶应教育部要求，担任中等教育播音演讲，向全国中学生作过八次国文学习的演讲，核心内容仍然是阅读与写作（出版时名为《阅读与写作》）。就文章阅读指导而言，有自 1936 年起在《新少年》杂志上刊载的评析文章，后来结集为《文章例话》。1942—1943 年，叶圣陶与朱自清合著的《精读指导举隅》《略读指导举隅》出版，阅读对象为中学国文教师。1942 年起，叶圣陶为桂林《国文杂志》开辟"范文选读"专栏，1947 年又在《中学生》杂志上发表类似文章，可能是"想建立一个阅读训练的体系"④。就文章写作讲，1932—1933 年叶圣陶在《中学生》杂志开设"文章病院"专栏，1935 年夏丏尊与叶圣陶在《中学生》杂志设"文章偶话"栏（后来结集出版，改名为《文章讲话》）；60 年代前后叶圣陶对一些作文和文章进行评改，编入《叶圣陶集》时定名"评改举隅"。

　　这些著作和文章，代表了叶圣陶当时国文教学的理念，涵盖了各类文体。如果单就文学欣赏与创作（即文学作品的阅读与写作）而言，最早的专论或许就是《文艺谈》了；谈论创作的文章有很多，如《创作的要素》《战时文谈》《文艺写作漫谈》《文艺创作》等；论文艺欣赏的有叶圣陶

---

　　① 需要补充说明的是，叶圣陶虽然强调阅读与写作的训练，但后来他也注意到这只涉及书面而忽视了口头，所以也强调"说话训练决不该疏忽"，听、说、读、写的系统训练很重要。叶圣陶：《说话训练决不该疏忽》，载叶至善等编《叶圣陶集》（第 13 卷），江苏教育出版社 2004 年版，第 162 页。另参见叶圣陶《重视调查研究》《听、说、读、写都重要》《语文是一门怎样的功课》《对于中学语文教学研究的意见》等，分别载叶至善等编《叶圣陶集》（第 13 卷），第 216、220、222、228 页。

　　② 叶圣陶：《大学一年级国文》，载叶至善等编《叶圣陶集》（第 13 卷），江苏教育出版社 2004 年版，第 52 页。

　　③ 叶圣陶：《大学一年级国文的教学目标和学习方法》，载叶至善等编《叶圣陶集》（第 13 卷），江苏教育出版社 2004 年版，第 139 页。

　　④ 叶至善：《〈叶圣陶集〉第十四卷编后记》，载叶至善等编《叶圣陶集》（第 14 卷），江苏教育出版社 2004 年版，第 415 页。

1937 年在《新少年》上连载的《文艺作品的鉴赏》等。

　　叶圣陶的教育思想由此逐步走向成熟。1932 年和 1934 年，叶圣陶编写、丰子恺绘画的两套《开明国语课本》由开明书店出版，分别是为初小和高小学生编写，依据的是中华民国教育部颁布的小学国语课程标准。1929 年，教育部颁布了中小学课程暂行标准，1932 年颁布了正式的课程标准。这些课程标准中小学国语课程标准值得注意，它有三个突出特点：一是对儿童说话、读书、作文等实际能力的强调；二是要求以语体文为主；三是注重文学教育。暂行标准的目标中提到"欣赏相当的儿童文学，以扩充想像，启发思想，涵养感情，并增长阅读儿童图书的兴趣"，教材要"使儿童由兴感而欣赏，由理解而记忆"，包括童话、故事、儿歌、诗歌、文学性的普通文和实用文等，儿童要练习以国语或语体文表情达意。教材教科书"是有曲折有含蓄而且含有优美壮美滑稽美等的儿童文学，但不取可怕而无寓意的纯粹神话"，要"合乎儿童心理，并便于教学的"。正式标准与其大致相同，教材也要求"以儿童文学为中心，兼及含有文学性质的普通文和实用文"，"富有艺术兴趣"，依据儿童心理，切合儿童生活。① 可见国语课程标准是贴近生活，遵循儿童身心发展实际的。

　　这样一种观念其实也是"五四"时代思潮的反映。当时以"立人"为基本点，追求个性解放、反对封建文化的浪潮冲击着整个思想文化体系，也就必然会波及教育领域。就小学教育而言，叶圣陶认为儿童也是人，有自己的特性与主见。国文是"儿童所需要的学科"，是"发展儿童心灵的学科"，要做到"儿童本位"②。因此，国文教学要顺应儿童本性，积极加以引导，激发其学习兴趣，实现趣味教学。针对文艺创作，叶圣陶在《文艺谈》中阐发儿童文学创作的重要性，他本人就创作了大量的童话；即使不创作这类作品，怀有"童心""赤子之心"也对作家具有重要意义。叶圣陶的观点与其他"五四"学者是一致的，这是对"五四"时代要求"人"的权利与自由的呼声的回应。周作人就认为儿童是"人"，

---

　　① 课程教材研究所编：《20 世纪中国中小学课程标准·教学大纲汇编：语文卷》，人民教育出版社 2001 年版，第 16—27 页。

　　② 叶圣陶：《小学国文教授的诸问题》，载叶至善等编《叶圣陶集》（第 13 卷），江苏教育出版社 2004 年版，第 6—7 页。

是有自己独立意义与价值的"完全的个人"，儿童教育应当满足儿童"内外两面的生活的需要"。因此，"小学校里的正当的文学教育，有这样三种作用：①顺应满足儿童之本能的兴趣与趣味；②培养并指导那些趣味；③唤起以前没有的新的兴趣与趣味"。① 叶圣陶的趣味主义与之相一致，他也认为"趣味的生活里，才可找到一切的泉源"②。周作人还指出，要真正从"人"的角度理解儿童，从事小学教育，有赖于教育学、心理学、生理学、人类学等的协作。叶圣陶对此也持同样的看法："要把关于这等问题的各门科学，如生物学、人类学、心理学、社会学、伦理学、论理学、哲学等等，下一番切实的研究工夫，从各门科学中得到切合现代人生的概念。"③ 作为一名专职教育工作者，叶圣陶在这些原则的基础之上，将教材、教法等问题都落到实处，体现出实干精神。叶圣陶认为，从儿童的兴趣与能力出发，"小学国文教材宜纯用语体"，"国文教材普遍的标准，当为儿童所曾接触的事物，而表出的方法，又能引起儿童的感情的。换一句说，就是具有文学趣味的"④。从儿童本位主义出发，叶圣陶高度重视文学教育的作用。教材可以采编童话、传说、人事等方面的作品，还可以吸收儿童自己的创作，总之要突出文学意味，国文教学即在训练情思与语言。

　　晚年忆及此事，叶圣陶提到"在儿童文学方面，我还做过一件比较大的工作"，就是编写《开明国语课本》。针对坊间教科书多是漫无目的与计划地选文的现象，叶圣陶自己动手，教材中的课文"大约有一半可以说是创作，另外一半是有所依据的再创作"⑤。《开明国语课本》被叶圣陶列为儿童文学作品，本身就是耐人寻味的。他"以儿童生活为中心"，取材从儿童周围开始，从家庭、学校逐渐"拓张到广大的社会"，与其他各科相关联，但本身"仍然是文学的读物"。《开明国语课本》还有诸多创新

---

① 周作人：《儿童文学小论》，河北教育出版社2002年版，第37—40页。
② 叶圣陶：《小学国文教授的诸问题》，载叶至善等编《叶圣陶集》（第13卷），江苏教育出版社2004年版，第15页。
③ 叶圣陶：《今日中国的小学教育》，载叶至善等编《叶圣陶集》（第11卷），江苏教育出版社2004年版，第11页。
④ 叶圣陶：《小学国文教授的诸问题》，载叶至善等编《叶圣陶集》（第13卷），江苏教育出版社2004年版，第9—11页。
⑤ 叶圣陶：《我和儿童文学》，载叶至善等编《叶圣陶集》（第9卷），江苏教育出版社2004年版，第323页。

之处，如图画与文字相配合，"图画不单是文字的说明，且可拓展儿童的想象，涵养儿童的美感"。[①] 另外，将课文按单元划分，各单元之间相互照应，适合儿童学习心理。他要求国语课本要以"确能发展儿童的阅读能力和表达能力为目标"，主张对各类文体"兼容博取"。[②] 这两套国语课本不是纯粹的文学读本，而是兼顾儿童文学与日常生活所需要的各类文体。正如他在关于这两套教科书的答语中所说的，"我所谓文体，系指记状、叙述、解释、议论等基本体式而言。我们用语言文字表情达意，就离不了这些体式。……我所谓文体，又指便条、书信、电报、广告、章程、意见书等实用文的体式而言"[③]。广泛吸纳各种文体，是为了使学生得到全方位的训练以便能够适应实际生活的需要，国语课本不再是纯粹的文学读本。随着教学目标向实用方向的倾斜，教学内容也从阅读与写作的需要出发，设计练习题，涵盖了语法、内容、作法、修辞等方面。不过这部小学生教材仍侧重于文学性与趣味性。

精心制作的《开明国语课本》出版后，立即引发广泛的赞誉，经教育部审定，确定为"第一部经部审定的小学教科书"，其"批语"称：这套课本"插图以墨色深浅分别绘出，在我国小学教科书中创一新例，是为特色"。教育家们也纷纷评论，黎锦熙以"珠联璧合"评价叶圣陶与丰子恺的合作，"叶先生之文格与丰先生之画品，竟能使儿童化，而表现于此课本中，实小学教育前途之一异彩"。郑晓沧说这部教材"富有艺术的意味"，"优美的情趣，随处可见"，"有许多课能引起儿童丰富的想象"。赵欲仁说叶、丰两先生"对于儿童文学与儿童艺术研究有素，即此可知本书的价值"，"全书组织，合每数课为一单元；而各单元之间，又互相联络，颇合儿童学习心理。至每课课文，字句活泼，图画生动，意义浅显，亦足引起儿童阅读兴趣"。何竞业指出，"国语与常识联络，实是教材上之大改

---

① 叶圣陶：《小学初级学生用〈开明国语课本〉编辑要旨》，载叶至善等编《叶圣陶集》（第16卷），江苏教育出版社2004年版，第11页。另见叶圣陶《小学高级学生用〈开明国语课本〉编辑要旨》，载《叶圣陶集》（第16卷），第17页。

② 叶圣陶：《"不存私心的严正的批评"》，载叶至善等编《叶圣陶集》（第16卷），江苏教育出版社2004年版，第13页。

③ 叶圣陶：《我的答语——关于〈开明国语课本〉》，载叶至善等编《叶圣陶集》（第16卷），江苏教育出版社2004年版，第16页。

进"。陈普扬说："叶先生以写《稻草人》的笔致着意到教科书上，所以课本能切近儿童生活，而且富有童话的意味。"① 70 多年以后重印，这两套书又得到了前所未有的好评。

1933—1934 年，《中学生》杂志开始连载夏丏尊和叶圣陶合作的《文心》，单行本由开明书店出版。这部书不是教材，也不是教学论著，而是"用故事的体裁来写关于国文的全体知识"，"通体都把关于国文的抽象的知识和青年日常可以遇到的具体的事情熔成了一片"②，用文学的方式来教育，是一个全新的创举。朱自清也称赞该书"将读法与作法打成一片"，"将教与学也打成一片"，不仅适合中学生阅读，也值得中学教师参考。而且用写故事的方式来写，"至少在这一点上，这是一部空前的书"。③

夏丏尊和叶圣陶发挥他们既是教育家又是文学家的长处，从中学生的生活取材创作《文心》，确有其价值。副标题为"读写的故事"，表明他们在国文教学上最关注的是阅读与写作。全书由若干个故事组成，故事之间相互联系，又可独立成篇，每个故事讲述国文教学的具体问题。这部著作将夏丏尊、叶圣陶的教育主张融入其中，这些主张也是他们在别的论著中所反复提到的，如枚叔讲中学生读书是"为了养成各种身心能力，并非为了研究古籍，目的与古人大异，经书原可不读。只要知道经书是什么性质的东西也就够了"。④ 论小说与叙事文的区别，也是叶圣陶反复谈到过的问题。

此外，《文心》也揭示了当时社会和教育中的现实问题，如国文教材的匮乏、读古书、新诗与旧诗之争。特别是提到文学史的问题，作者借教师王仰之之口提出文学史著作泛滥，会有"引导人家避去了切实修习而趋重于空泛工夫的弊病"，"先要接触了文学作品，然后阅读文学史才有用处"⑤。这不仅对于中小学的文学教育有意义，也直接针对了大学的文学

---

① 转引自商金林《叶圣陶年谱长编》（第一卷），人民文学出版社 2004 年版，第 475—476 页。

② 陈望道：《〈文心〉序》，载叶至善等编《叶圣陶集》（第 13 卷），江苏教育出版社 2004 年版，第 468 页。

③ 朱自清：《〈文心〉序》，载叶至善等编《叶圣陶集》（第 13 卷），江苏教育出版社 2004 年版，第 470—471 页。

④ 夏丏尊、叶圣陶：《文心》，载叶至善等编《叶圣陶集》（第 13 卷），江苏教育出版社 2004 年版，第 258 页。

⑤ 同上书，第 430—431 页。

史教学；不仅在当时有针砭时弊之效，时至今日也有警醒作用。20 世纪末，文学史泛滥之势愈演愈烈，引起各界忧思。① 北大教授陈平原特意提到，1918 年北大《文科国文学门文学教授案》规定了"文学史"及"文学"课程之区别：前者要"使学者知各代文学之变迁及其派别"，后者则"使学者研寻作文之妙用，有以窥见作者之用心，俾增进其文学之技术"。陈平原由此感慨："一讲历史演变，一重艺术分析，在早年北大的文学教育中，二者各司其职，各得其所。'文学'与'文学史'并重，这本来是个很好的设计"，可惜后来变成文学史一科独大。②

　　1935—1938 年，叶圣陶与夏丏尊合作的《国文百八课》由开明书店出版，按教育部颁布的课程标准编订，是一部初中语文课本。他们认为"凡是学习语言文字如不着眼于形式方面，只在内容上去寻求，结果是劳力多而收获少"，因而这是"一部侧重文章形式的书"③，目的就是"给与国文科以科学性，一扫从来玄妙笼统的观念"。侧重形式，意味着注重训练学生运用语言文字的能力，最重要的就是阅读与写作能力。④ 这也就是后来朱自清与叶圣陶所总结的，"'五四'以来国文科的教学，特别在中学里，专重精神或思想一面，忽略了技术的训练，使一般学生了解文字和运用文字的能力没有得到适量的发展，未免失掉了平衡"，因而要强调"技术的训练"⑤，而"阅读与写作正是两种技术"⑥。

　　因此，《国文百八课》实现了多方面的创新。首先是使单元型方式得

---

　　① 参见陈平原《"文学"如何"教育"》，《文汇报》2002 年 2 月 23 日；陈思和《是"知识"还是"审美"》《"原典精读"课程的设置及其所要解决的矛盾》，《文汇报》2002 年 5 月 4日、2005 年 2 月 6 日；朱自奋《1600 余部中国文学史佳作寥寥》，《文汇读书周报》2004 年 11 月12 日；陈樱《中国文学史出版泛滥　1600 余部有多少值得依赖》，《南方都市报》2004 年 12 月 1日等。
　　② 陈平原：《重建"文学史"（代序）》，载《作为学科的文学史》，北京大学出版社 2011年版，第 6 页。
　　③ 叶圣陶、夏丏尊：《关于〈国文百八课〉》，载叶至善等编《叶圣陶集》（第 16 卷），江苏教育出版社 2004 年版，第 31 页。
　　④ 同上。
　　⑤ 叶圣陶：《国文教学的现状和理想》，载叶至善等编《叶圣陶集》（第 13 卷），江苏教育出版社 2004 年版，第 109 页。
　　⑥ 叶圣陶：《国文随谈》，载叶至善等编《叶圣陶集》（第 13 卷），江苏教育出版社 2004 年版，第 75 页。

以完善，该书"每课为一单元"，"内含文话、文选、文法或修辞、习问四项，各项打成一片"；其次是"以文话为中心"，纲举目张；最后是兼顾各体，除文学作品外，收入其他文章。而对于形式方面如"文章体制、文句格式、写作技术、鉴赏方法等"，详加指导。① 吕叔湘在发表于1985年的评论文章中也特别指出该书文话、文选、文法或修辞、习问融为一体，不仅每一课成为一个单元，而且全书也成一个整体。文选上有两大特色："一是语体文比文言文多，二是应用文和说明文比较多"，当然最多的还是记叙文。这样分配，是从"文章学"的角度着眼的。吕叔湘认为"直到现在，《国文百八课》还能对编中学语文课本的人有所启发"。②

应该说，侧重形式方面，注重技术层面，有其合理性，即使对于文学教育也是如此。文学作品的分析与鉴赏，也离不开科学的分析。此外，从《开明国语课本》虽强调文学性但适量收入实用文体，到《国文百八课》明确提出"文章学"，力求各体平均，可以见出叶圣陶在国文教学中越来越注重实际生活的需要。

但是，《国文百八课》也存在很大的问题，它是按照"文章学"的思路设计，把文章分为记叙文与论说文两大类，再又各自细分为记述文、叙述文、说明文、议论文四大种类。但文学作品就不好归类，如小说，该书说"小说就是记叙文"，却又分析了记叙文与小说的区别，认为前者以记叙为目的，后者以记叙为手段表达作者的观念，这就是"创造"③。如此解说，难免自相矛盾。再如诗歌，就完全无法归入文章之内。

或许是注意到将文学纳入文章之内加以解说困难重重，40年代初，叶圣陶对文学教育有过一段时间的偏重，将文学作为一个特殊部门单独列出，集中体现在他参编的《开明国文讲义》、所拟中学国文课程标准中，在《国文随谈》《论中学国文课程的改订》等文中也有体现。1934年，《开明国文讲义》出版，2011年人民文学出版社重印该书，陈子善在《重

---

① 叶圣陶、夏丏尊：《〈国文百八课〉编辑大意》，载叶至善等编《叶圣陶集》（第16卷），江苏教育出版社2004年版，第173—174页。

② 吕叔湘：《〈国文百八课〉》，载叶至善等编《叶圣陶集》（第16卷），江苏教育出版社2004年版，第489—493页。

③ 叶圣陶、夏丏尊：《国文百八课》，载叶至善等编《叶圣陶集》（第16卷），江苏教育出版社2004年版，第345—346页。

印说明》中指出"选文凸现文学性和情趣性",且有"文话""文法"
"文学史话"的配套组合,正是这套教材的特色。① 诚如《编辑例言》所
说,这部教材涵盖了"文章的类别和写作的技术方面"以及文学史,"文
话、文学史话又和选文互相照应",此外还有文法、修辞和练习,组成了
一个完整而系统的整体。② 不仅如此,大量选入文学作品并设计"文学史
话",无疑使得文学教育在其中的地位得到格外突出,小说、诗歌这类文
体也得到了单独的解说。

　　与视教科书为例证、工具,甚至有"废弃教科书"的激烈主张③不
同,叶圣陶格外重视语文课程标准,因其为中国语文教育的指导纲领。
1933—1948 年间叶圣陶多次对国文课程标准的改订发表意见,对合理的改
进表示认可,对其复古倾向则严厉抨击。④ 他本人还亲自草拟语文课程纲
要,除 1923 年初中国语课程纲要外,叶圣陶还在 1940 年和 1949 年草拟
了两份中学课程标准,其中 1940 年完成的《六年一贯制中学国文课程标
准》对于文学教育给予了重视。"目标"中提到"养成阅读书籍之习惯,
培植欣赏文学之能力","诱发文学上创作之能力"。小说、诗歌、戏剧这
样的"纯文学"在教材中所占比重为递增,第一、二学年占 10%,第三
至第六学年增至 15%,学习文言时取"国人所必读之名篇"即"足以了
解固有文化,增强民族意识,及培植欣赏文学之能力者而言"。"习作"
部分也涉及文学创作:"令试作小说诗歌戏剧等。"⑤

　　受心理语言学影响,叶圣陶认为思想与语言存在一致性,因而主张在
教学中通过让学生领略文章实现思维、语言、文字的一贯训练,作文教学

---

　　①　陈子善:《重印说明》,载夏丏尊等编《开明国文讲义》,人民文学出版社 2011 年版,第
3 页。
　　②　叶至善等编:《叶圣陶集》(第 16 卷),江苏教育出版社 2004 年版,第 18—19 页。
　　③　叶圣陶:《中小学课程标准之修订》,载叶至善等编《叶圣陶集》(第 11 卷),江苏教育
出版社 2004 年版,第 85 页。
　　④　参见叶圣陶《中小学课程标准之修订》,载叶至善等编《叶圣陶集》(第 11 卷),江苏教
育出版社 2004 年版,第 83—85 页;叶圣陶《新课程标准与中学生》《课程标准又将修订》《修订
中学课程标准》,分别见《叶圣陶集》(第 12 卷),第 41—42、113—114、267—268 页;叶圣陶
《论中学国文课程的改订》,《叶圣陶集》(第 16 卷),第 49—62 页。
　　⑤　叶圣陶:《六年一贯制中学国文课程标准》,载叶至善等编《叶圣陶集》(第 16 卷),江
苏教育出版社 2004 年版,第 36—44 页。

也要注意训练学生运用语言的准确性，因为叶圣陶认为语言的准确意味着思想的明晰。因此，在《国文随谈》中，针对高中国文课程标准"目标"中提出的"培养学生读解古书，欣赏中国文学名著之能力"、"培养学生创造国语新文学之能力"①，叶圣陶认为高中生不必读古书，"那就只须读古今文学名著"。中学生要创作文学作品并非易事，叶圣陶认为只需能写普通的语体文即可。② 因此，他把胡适"国语的文学，文学的国语"的主张颠倒了过来，提出"语体文不只是把平常说话写到纸面上去，还得先训练说话，使它带着点文学的意味，这是所谓文学的国语。用带着文学意味的语体文写文字，就成所谓国语的文学了"。而胡适最初在《建设的文学革命论》中提出的是"国语的文学，文学的国语"，在他看来，只有先努力创作白话文学作品，再推广开去，自然能够造就文学的国语。有人认为应该是先有国语，才会有国语的文学，胡适反驳说："国语不是单靠几位言语学的专门家就能造得成的；也不是单靠几本国语教科书和几部国语字典就能造成的。若要造国语，先须造国语的文学。有了国语的文学，自然有国语。"③ 三十多年以后，胡适在谈到自己的这一主张时，仍然坚持认为"文学作家放胆的用国语做文学，有了国语的文学，自然有文学的国语"④。

叶圣陶对胡适主张的更动，无论是有心还是无意，都表现出叶圣陶的这样一种认识：思想与语言是一致的，因而只有思想观念得到更新，形成了一种统一规范的语言，才有可能运用这种语言创造出优秀的文学作品。从实际情况看，胡适的主张立足于进化论。在他看来，白话文学在历史上就有悠久传统，"五四"时代运用白话创作的国语文学是对白话文学传统的继承，是文学进化的表现。创作出来的国语文学作品需要逐步普及，使

---

① 课程教材研究所编：《20 世纪中国中小学课程标准·教学大纲汇编：语文卷》，人民教育出版社 2001 年版，第 301 页

② 叶圣陶：《国文随谈》，载叶至善等编《叶圣陶集》（第 13 卷），江苏教育出版社 2004 年版，第 62—64 页。叶圣陶在《国文随谈》中引用胡适的主张时，原文是"胡适先生'文学的国语，国语的文学'的口号"，刚好把胡适主张的顺序颠倒了过来。

③ 胡适：《建设的文学革命论》，载欧阳哲生编《胡适文集》（2），北京大学出版社 1998 年版，第 45 页。

④ 胡适：《什么是"国语的文学"、"文学的国语"》，载欧阳哲生编《胡适文集》（12），北京大学出版社 1998 年版，第 54 页。

白话成为人人可以掌握运用的工具，从而形成现代民族国家的统一语言——国语，这就是胡适的方案。但是叶圣陶的思路恰恰与之相反，倒是与陈独秀的主张相近。陈独秀在1917年《新青年》第3卷第2号"通信"的编者附记中提出："白话文学之推行，有三要件：首当有比较的统一之国语；其次则须创造国语文典；再其次国之闻人多以国语著书立说。兹事匪易，本未可一蹴而几者。"① 叶圣陶并非是对陈独秀主张的简单重复，至少他没有将国语与文学分割开来。在叶圣陶看来，语言的研究是不应脱离具体的语境，不应脱离实用，因而编辞典的方法他并不赞成，他更倾向于这样一条路径：通过实际的训练（阅读与写作）使语言趋于规范化，形成文学的国语，进而运用这种国语进行创作，创造国语的文学。叶圣陶提到了"文学语言"，认为它与古时的"雅言"相近，"就是大家通晓的、了无隔阂的语言，可以用来谈话、演说、作报告，也可以用来写普通文章和文艺作品"②。

叶圣陶所说的"文学的国语"和他提到的"文学语言"其实有相通之处。而阅读与写作则是人人必须具备的能力，也是促成语言规范化的基础。因为语言是表达与交流思想情感必不可少的，因而语言的首要功能即在传情达意，语言的规范化不能离开实际应用。

在1941年所作《论中学国文课程的改订》一文中，叶圣陶针对《修正高级中学国文课程标准》提出了自己的意见，强调国文科要读的"古文"需同时是"文学名著"，这是从文学艺术内容形式不可分割的特点来立论的。因此叶圣陶认为，初中国文教材应分为两部分：一是"文学名著"；二是"语体"文；高中国文教材再加上"近代文言"文。并且在指导上各有侧重，对"文学名著"的指导偏重于"涵泳和体味"。③ 这是叶圣陶从文学特性出发得出的结论。

如果说上面所论教材、课程标准还属于学校教育的话，叶圣陶主编或

---

① 任建树等编：《陈独秀著作选》（第一卷），上海人民出版社1984年版，第294页。
② 叶圣陶：《从〈语法修辞讲话〉谈起》，载叶至善等编《叶圣陶集》（第15卷），江苏教育出版社2004年版，第140页。
③ 叶圣陶：《论中学国文课程的改订》，载叶至善等编《叶圣陶集》（第16卷），江苏教育出版社2004年版，第50—61页。

合编的《中学生》《中学生文艺》《国文月刊》《国文杂志》等杂志，就是广义教育的事了，并且由此使课内和课外打成了一片。与对待课堂教学不同，针对课外学习和青年的自学，叶圣陶对文学教育给予了极大的关注，因为在他看来，教科书只起参考与辅助作用，文学作品却能满足生活所需。《中学生》虽涉及各门学科和知识，但对文艺的重视是一大特色，如顺应青年对传记文学的爱好而登载相关作品，纪念歌德、雨果、屈原、高尔基、章太炎、鲁迅、普希金等人，连载《文心》，刊载文学作品，开设《青年文艺》《文学讲话》《文艺特辑》《"青年与文艺"特辑》，开展文学征文活动，请茅盾、沈从文、巴金等作家撰文指导文艺创作和欣赏。更不用说《中学生文艺》本来就是为中学生而办的文艺刊物，叶圣陶也希望"各地中学校的教师能鼓励学生多多创作"。① 不过，在青少年文艺创作这个问题上，叶圣陶还是采取了谨慎的态度，仍以生活充实为根基："一个青年既然对文艺抱有志向，就得在生活、经验、语文素养上多多着力，那才是探到了根源。"②《国文月刊》和《国文杂志》则是探讨国文问题的专门刊物，被誉为"国文教学期刊的双璧"，其中有对中学生国文程度低落的讨论、国文教科书的商榷、阅读与写作指导等，涉及内容也十分广泛。③

　　针对课外读物，1937 年叶圣陶应教育部之邀作了一次教育播音，是对这个问题的系统阐释。他认为课内读物（教科书、讲义等）不过是提示纲要和留着备忘，这些知识要用于生活，化为经验才有用，这就需要课外读物。它们首先和人生相关："你们要认识繁复的人生，理解他人的生活和思想感情，不仅为了领受趣味，还想用来陶冶自己，使自己的人格更为高尚"，这就要读文学作品；其次，课外读物又和各门课程相关："各种文学作品，可以说是国文科的课外读物。"总之，包括文学作品在内的课外读物"直接供应实际生活的需要"。叶圣陶由此把课外读物分为四类，文学作品主要属于第三类即"供欣赏的书"，包括"小说、剧本、文集、诗歌集"。

---

①　叶圣陶：《〈中学生文艺〉编后》，载叶至善等编《叶圣陶集》（第 18 卷），江苏教育出版社 2004 年版，第 113 页。

②　叶圣陶：《关于〈中学生与文艺〉笔谈会》，载叶至善等编《叶圣陶集》（第 12 卷），江苏教育出版社 2004 年版，第 251 页。

③　李杏保、顾黄初：《中国现代语文教育史》，四川教育出版社 2000 年版，第 273—280 页。

读文学作品，"目的在于跟着作者的眼光去观察社会，体会人生"，因而读书时要了解作者，并且需要多次阅读，每次阅读可能会有新的收获。①

　　1944 年，在《给教师的信》中，叶圣陶以小说为例进一步说明阅读文学作品的重要性。他认为学校的各门课程"往往偏于一个境界"，教育的最终目标却在"种种境界的综合"，"让学生看小说，也是达到这个目标的可能途径"，小说"直接触着人生，它所表现的境界是个有机体，以人生为它的范围"。由于学生最容易对小说感兴趣，而且国文虽然不等于文学教育，但"文艺的鉴赏实在是精神上的绝大补益"，所以不仅不应该禁止学生读小说，而且"小说在国文科的课外读物中应该占较多的百分比"，因为小说"是教育的"。② 凡此种种都可看出叶圣陶认识到课内学习与课外教育的差异，从而调整自身的策略。

　　不过叶圣陶在学校教育上的总体意见还是以应用文为主，文学作品的阅读与写作不能占太大比重。1942 年叶圣陶与胡翰先合编《中学精读文选》，"前言"中指出教育的总目标是"教育学生，使成为国家的合格的公民"，因而虽然青年喜欢文艺，但读写普通文的能力都还欠缺，所以首先要立足于普通文。这是他们编选教材的原则。③ 在为吕叔湘《笔记文选读》所作序言中，叶圣陶反思了"五四"以来教材选文的问题，即文白混编、无所不包，他赞同将文言文与白话文分开来。至于普通文与文学作品，只就"人生日用"着眼，"供给写作范式"，多选记叙文，少选论说文与著述文。④ 这些原则很快就被他应用于国文教材的编写实践中了。1946 年的《开明新编国文读本》（适合初中程度）分甲、乙两种，文言文与白话文分开来编写；1947—1948 年的《开明文言读本》（后来改编为《文言读本》，上海商务印书馆 1980 年出版）《开明新编高级国文读本》

---

　　① 叶圣陶：《中学生课外读物的商讨》，载叶至善等编《叶圣陶集》（第 11 卷），江苏教育出版社 2004 年版，第 106—114 页。

　　② 叶圣陶：《给教师的信》，载叶至善等编《叶圣陶集》（第 11 卷），江苏教育出版社 2004 年版，第 171—175 页。

　　③ 叶圣陶：《教育总目标与国文教材的取舍——〈中学精读文选〉前言》，载叶至善等编《叶圣陶集》（第 16 卷），江苏教育出版社 2004 年版，第 45—47 页。

　　④ 叶圣陶：《文言教本的尝试——〈笔记文选读〉序》，载叶至善等编《叶圣陶集》（第 16 卷），江苏教育出版社 2004 年版，第 65—67 页。

（适合高中程度）也是如此，因为他认为文白混编，有"混淆视听与两俱难精的毛病"①。四部教材的选文都注重契合现代青年的生活经验，合乎现代精神，不要求学生写文言文，他甚至主张"初中不要教文言"②。特别是《开明文言读本》第一册有导言，介绍文言文与现代汉语的区别，列举虚词用法。选文后有指导、讨论与练习，针对诗歌列出"诗体略说"。《开明新编高级国文读本》选文后有"篇题""音义""讨论"和"练习"，"讨论"和"练习"都用提问的形式，注重启发、引导学生思考。选诗较多，是因为注意到新诗的长足发展。由此可以看出此时单元化形式的成熟与定型。

值得注意的是，《开明文言读本》与《开明新编高级国文读本》都是实用文占多数：前者是"把纯文艺作品的百分比降低，大部分选文都是广义的实用文"③，后者开始是记叙文与描写文较多，后来说明文与议论文递增，占了较大的比例。这显然还是为使学生能应对实际生活的需要。

将叶圣陶1949年所作《中学语文科课程标准》（草稿）与1940年所作《六年一贯制中学国文课程标准》对比，可以发现叶圣陶观念的变化："目标"中不再提及文学，只有高中生的阅读"包括文艺欣赏"。教材"不宜偏重文艺"，因为"语文的范围广，文艺占其中的一部分。偏重了文艺，忽略了非文艺的各类文字，学生就减少了生活上的若干受用"。作文也不再提文学创作，而是要求教师"就学生的实际生活"出题。④

叶圣陶关注的重点是中学国文教育，对于大学国文，他也强调核心在于培养学生的阅读与写作能力。阅读的书要有古书与文学名著，这也意味着大学生要有了解传统文化、欣赏文学作品的能力，但"古文与纯文艺是不必写作的"⑤，学生自己有兴趣，可以创作，但这不是大学国文的教学

① 叶圣陶：《〈开明新编国文读本（乙种）〉序》，载叶至善等编《叶圣陶集》（第16卷），江苏教育出版社2004年版，第77页。

② 叶圣陶：《〈开明文言读本〉编辑例言》，载叶至善等编《叶圣陶集》（第16卷），江苏教育出版社2004年版，第85页。

③ 同上书，第84页。

④ 叶圣陶：《中学语文科课程标准（草稿）》，载叶至善等编《叶圣陶集》（第16卷），江苏教育出版社2004年版，第113—118页。

⑤ 叶圣陶：《大学一年级国文》，载叶至善等编《叶圣陶集》（第13卷），江苏教育出版社2004年版，第56—59页。

目标。即使是大学毕业生，也"不一定要能写小说诗歌，但是一定要能写工作和生活中实用的文章，而且非写得既通顺又扎实不可"。① 因为写作为生活所必需，所以人人要有写作的能力，文艺创作就不是生活必需的了。

由"工具论"出发，的确很容易把语文变成应对实际需要的工具。只不过叶圣陶的"工具论"并不是狭隘地强调语文为政治或思想教育的工具，而是为生活、人生的工具，这就使得他的观念较为持中、稳妥，不致走向极端。1956 年语言、文学分科教学，叶圣陶虽为语文教育领导者，也没有过多强调其意义。他不赞同文学教育在中学占有太大的比重："中学国文教材不宜偏重文艺，虽然高中有文艺欣赏的项目。语文的范围广，文艺占其中的一部分。偏重了文艺，忽略了非文艺的各类文字，学生就减少了生活上的若干受用，这是语文教学的缺点。"② 按照这样的逻辑也就可以理解叶圣陶在语言、文学分科教学时所抱的态度了。这场试验是为了向苏联学习，身为教育界领导人物之一的叶圣陶自然要执行。他并没有对这次分科教学表露个人意见，倒是引人注目地发表了《语言文学分科教学》的讲话。在这次讲话中，叶圣陶认为分科教学可以发挥各自的优势。他强调分科教学从根本上讲是"因为社会生产发展的需要，生活前进的需要"，必须提高语文教学质量。叶圣陶指出，"要进行系统的语言和文学的教学，语言文学非分科不可"，"语文课是以社会主义思想教育学生的强有力的工具"，"语言学和文学性质不同，语言学是一门科学，文学是一种艺术。性质既然不同，知识体系就不同，教学任务也有所不同，所以必须分科"③。从语言和文学各自的性质出发，叶圣陶提出了语言教育和文学教育各自的任务和目标：语言教育是要使学生能够运用"语言这个工具"，同时"语言是形成思想的工具，是认识世界的工具"，因而"语言教育的另一个主要任务是发展学生的思维能力"。这正是从工具论的角度对语言教育提出

---

① 叶圣陶：《作文要道》，载叶至善等编《叶圣陶集》（第 15 卷），江苏教育出版社 2004 年版，第 195 页。

② 叶圣陶：《中学语文科课程标准（草稿）》，载叶至善等编《叶圣陶集》（第 16 卷），江苏教育出版社 2004 年版，第 115 页。

③ 叶圣陶：《关于语言文学分科的问题》，载人民教育出版社中学语文编辑室编《中学语文教材和教学》，人民教育出版社 1981 年版，第 138—141 页。

的要求。至于文学教育，叶圣陶认为，"文学教育的主要任务是让学生领会文学作品，从而受到社会主义思想教育"。在他看来，中学教育不在于培养文学家，但是使学生能够写作一般的散文，语言教育和文学教育是可以达到这一目标的，因为"文学作品当然是运用语言的最好的范例"，文学教学可以使学生在语言、思维、经验等方面都得到训练。所以，"写所谓一般的散文跟写文学作品不是性质根本不同的两回事，读了文学作品，就能够学会写一般的散文，而且比仅仅读一些一般的散文学得更好"。①

粗略看来，叶圣陶对这次分科教学是完全赞同的。但是联系叶圣陶一向不赞成文学教育占据语文教育中心的立场，就可以发现其中的问题。在这篇讲话中，叶圣陶仍然很谨慎地提出了一些建议，也就是提醒人们语言教育与文学教育是不能截然割裂的，在分科教学之时反而更应该注意二者之间的联系："文学是语言的艺术，是运用语言的最好的范例。因此，讲授语言离不开文学作品，讲授文学作品不能不提到语言的运用。"② 不过，问题的关键显然还不在这里。首先，叶圣陶在解释"语文"的含义时，就一再强调语文并不是指语言和文学（或文字），而是接近于语言文章。即使到了20世纪60年代，他仍认为，"语文""似以语言文章为较切。文谓文字，似指一个个的字，不甚惬当。文谓文学，又不能包容文学以外之文章"③。因此，叶圣陶的主张与这种将"语文"分为语言和文学的观念并不一致；其次，叶圣陶的语文教育观，落脚点是在实用上，这是他一贯坚持的原则。1962年，他还强调："学语文为的是用，就是所谓学以致用。"④ 但作为一名文学家，他尊重文学的艺术特性，文学可以使学生获得审美的熏陶，也收到语言教育的效果，但是文学终究是艺术，而叶圣陶认为语文教育就是为了使学生掌握阅读与写作的能力，能够应付实际生活

---

① 叶圣陶：《关于语言文学分科的问题》，载人民教育出版社中学语文编辑室编《中学语文教材和教学》，人民教育出版社1981年版，第138—150页。

② 同上书，第144—145页。

③ 叶圣陶：《答孙文才》，载叶至善等编《叶圣陶集》（第25卷），江苏教育出版社2004年版，第7页。

④ 叶圣陶：《认真学习语文》，载叶至善等编《叶圣陶集》（第13卷），江苏教育出版社2004年版，第181页。

的需要。因而叶圣陶的文学观与他的语文教育观是存在矛盾的，这样他对于文学教育问题的态度也显得很矛盾；再次，叶圣陶认为教育的目标是培养现代社会的合格公民，应着眼于人的全面发展，而现代学科体制却把完整的人生分割开来，他对此一直颇有微词，认为这是无奈之举。而他在《语言文学分科教学》的讲话中却指出从语言学和文学的角度来考虑，语言教育和文学教育应该分开教学。这显然与叶圣陶一直以来的看法不一致；最后，叶圣陶认为写一般散文与写文学作品在性质上不是根本不同的，读了文学作品，写一般散文的效果会更好。这一观点的提出，意在强调文学与文章直接的相通性。叶圣陶本人在文学与文章的关系问题上本来就是持两重性的态度，根据实际的需要，或是强调二者的区别，或是强调二者的关联。但是，即使他在强调二者的相通性之时，叶圣陶也一再强调"中学生要应付生活，阅读与写作的训练就不能不在文学之外，同时以这种普通文为对象"，而且从普通文立定根基，"才可以进一步弄文学"①。用一句话概括就是："语文课的主要任务是训练思维，训练语言。"② 可见叶圣陶对这次试验是有保留意见的。

　　叶圣陶并不是简单地否定文学教育，而是不赞成文学教育在语文教育中居于中心位置。在他看来，中学教育应该以培养学生的实际能力为主要目标，重心应该放在普通文与应用文上。但是，叶圣陶在 50 年代发现"语文组同人不注意语文，所写所撰教材顾到思想政治一面，忽视艺术一面，致中学教材本无异于报道时事时人之杂志，各篇皆不能起感染作用"。支持教材应该内容与形式一致的人寥寥可数，叶圣陶预感到自己会受到"纯技术观点"的讥讽。③ 教材过于强调思想政治内容，从根本上讲还是在于当时的语文教育观念是把语文课视为思想政治教育的工具，这一教育理念影响到具体的教学中，就是当时普遍存在的将语文课上成政治课、文学课的现象。

---

① 叶圣陶：《国文教学的两个基本观念》，载叶至善等编《叶圣陶集》（第 13 卷），江苏教育出版社 2004 年版，第 47—48 页。

② 叶圣陶：《〈霍懋征教学文集〉序》，载叶至善等编《叶圣陶集》（第 11 卷），江苏教育出版社 2004 年版，第 376 页。

③ 叶圣陶 1952 年 3 月 5 日日记，载叶至善等编《叶圣陶集》（第 22 卷），江苏教育出版社 2004 年版，第 293 页。

20 世纪 60 年代，叶圣陶在谈教材的编写时指出"语文课本是进行政治思想教育的重要工具"，不过他同时强调语文课本还有一项特殊使命，就是"训练学生运用语言文字的能力和良好习惯"。① 在当时的环境中，不可能不强调语文为政治服务，但是叶圣陶也注意弥补其中的不足。1962年《全日制中学暂行工作条例草案》（草稿）提出"不要把语文、史地等课讲成政治课，也不要把语文课讲成文学课"，他深感"此语至简，而纠偏之旨甚备"，语文课本要以"文质兼美"为标准，这才是立足语文课的实质，因而《林海雪原》《青春之歌》《红岩》《怎样评价〈青春之歌〉》实际都不宜作为教材。② 叶圣陶认为这并非意味着语文课就不讲政治与文学，而是在于怎么讲："我谓课本中明明有政治性文篇，明明有文学作品，宁有避而不谈政治与文学之理。所称不要讲成云云者，勿脱离本文，抽出其政治之道理而讲之，化为文学理论之概念而讲之耳。"③ 也就是说，语文教学必须从语文课本身的特点与要求出发，针对课文开展教学，"前此数年，一般教者有置课本于旁，另外发挥一通之习惯。今纠其弊，乃提出'不要教成……'之说。不要教成政治课者，不要从课文中抽出其政治道理而空讲之也。不要教成文学课者，不要从课文中概括出若干文学概念文学术语而空讲之也。学生但听空讲，弗晓本义，无由练成读书之本领，所以其法不足取也"。④ 在他看来，将语文课上成文学课，也并非真是引导学生去领略作品的艺术美，而是把作品变成文学理论的例证，把文学课上成文学理论课或文学史课，这也偏离了文学教育本来的目标。因此，如何组织实际有效的文学教学，成为困扰语文学界的一个难题。

叶圣陶不赞成文学教育在课堂教学中占太大比例，还有一个十分重要的原因。作为一名文学家，他对文学的审美特性是高度重视的，认为文学

---

① 叶圣陶：《关于编教材》，载叶至善等编《叶圣陶集》（第 16 卷），江苏教育出版社 2004年版，第 146 页。

② 叶圣陶：《课文的选编》，载叶至善等编《叶圣陶集》（第 16 卷），江苏教育出版社 2004年版，第 156 页。

③ 叶圣陶：《答王必辉》，载叶至善等编《叶圣陶集》（第 25 卷），江苏教育出版社 2004 年版，第 26 页。

④ 叶圣陶：《答孙文才》，载叶至善等编《叶圣陶集》（第 25 卷），江苏教育出版社 2004 年版，第 31 页。

是人生的表现，文学需要调动人的全部经验，是对人生的整体认知与感悟。现代教育却是在学科分类体制基础上建立起来的，各门学科将完整的人生分割开来，各自对应其中的一部分。如此一来，文学就很难完全融入某一门具体学科之中，即使是语文学科也不例外。文学涉及的是全部的人生经验，而各门学科涉及的都只是其中的一部分或某一类，从这个意义上讲，学校教育也不可能完全引导学生真正领略文学的奥秘。叶圣陶并没有细致分析语文学科与文学之间的关系，但从他的文章学及实用立场出发，他认为语文教育主要是语言文字训练，学生要具备阅读与写作的能力（后来他提出听、说、读、写全面提高）。对文学作品思想情感与艺术技巧的体会，虽然也是语文课的任务，但毕竟不是重点所在。

那么，如何才能实现文学教育的目的？叶圣陶认为在课外可以实现。在为中学生做课外阅读指导时，叶圣陶认为阅读文学作品是很重要的。他对中学生这样讲道，"你们要认识繁复的人生，理解他人的生活和思想感情，不仅为了领受趣味，还想用来陶冶自己，使自己的人格更为高尚；这时候，你们就得看各种文学作品"，"各种文学作品，可以说是国文科的课外读物"，"直接供应实际生活的需要"①。在课外，中学生面对的是整个的生活，因而可以自由而充分地欣赏文学作品。对他们而言，欣赏文学作品可以增强个人修养，可以提高他们对人生的认识与体会能力，文学作品所具有的语言教育功能此时反而退居其次了。叶圣陶曾以小说为例，论述文学的教育作用："国文科所训练的，就在使学生通过了我国的语言文字了解一切。不过，小说最容易使学生发生兴味，是其一；教国文虽然不就是教文艺，但文艺的鉴赏实在是精神上的绝大补益，让青年人得到这种享受，非但应该而且必须，是其二。……小说在精神训练上有价值，在语文教学上有价值，总括起来，就是它在教育上有价值。"② 这不仅是小说具有的价值，也是文学作品所具有的价值。为此，叶圣陶一再主张中学生课外应多读文学作品。在谈论语文教育时，叶圣陶更加注重的是教学

---

　　① 叶圣陶：《中学生课外读物的商讨》，载叶至善等编《叶圣陶集》（第 11 卷），江苏教育出版社 2004 年版，第 106 页。
　　② 叶圣陶：《给教师的信》，载叶至善等编《叶圣陶集》（第 11 卷），江苏教育出版社 2004 年版，第 174 页。

实际与需要，侧重于从教育角度考虑问题。一旦摆脱了学科教学的限制，叶圣陶更为注重的是人的全面发展，侧重于从文学角度考虑文学对于人生的作用。

叶圣陶认为，"文学创作，虽然也是写作，决不是高等院校的写作课的内容。阅读文学作品的爱好和能力，有关文化修养，固然是人人必需的；但是文学创作总是少数人的事，所以高等院校并不要求学生当作家，连文学系也是这样。文学系培养的是研究文学的人才，不是作家"①。基于此，叶圣陶直至晚年仍坚持他的立场，这就是叶圣陶对于文学教育的基本态度。

对以上所论加以总结，叶圣陶的文学教育观念可以从课内和课外两方面来看，而这又与他的教育观密切相关：他主张学校教育是要培养学生树立正确的人生观，将所学知识应用于生活，获得有用经验，具备生活实际所需的基本技能，养成这样的好习惯就能终身受用。语文教育重在训练学生理解和运用语言文字的能力，核心是阅读与写作能力，其目的仍在适应生活所需，文学欣赏与创作比普通文或者说实用文的读写层次更高，虽然人人需要审美鉴赏（当然也不是指专门的文学批评），但文学写作并非生活必需。因此，学校教育要培养学生阅读和欣赏文学作品的能力，但不必要求学生从事文学创作。当然，在学校教育的不同层次，文学教育也要相应调整：学前、小学的语文教育，偏重文学性和趣味性，但这只是意味着教材的生活、活泼、浅显，以童话、故事、儿歌等为主，同时要选取实用文。不涉及高深的文学作品，而是贴近儿童实际、宜于儿童欣赏的浅近作品，这也就是叶圣陶倡导的儿童文学，即使大作家也未必能创作出好的儿童文学作品。并且这类作品，与反映儿童生活的、贴近儿童实际的非文学作品之间的界限也十分模糊。他鼓励儿童阅读和创作文学作品，也不是为了引导儿童将来成为文学家，而是要指引儿童观察生活、发挥想象力，提高自主性，对于生活产生兴趣。因而就阅读来说，在小学教育阶段，性情的涵养和想象力的培植"最好的

① 叶圣陶：《对高等院校写作课的建议》，载叶至善等编《叶圣陶集》（第15卷），江苏教育出版社2004年版，第206页。

凭借便是诗歌"。但小学生接触的诗歌"无非国语课本中的诗篇，唱歌课内教授的歌词，以及从家庭里和社会间听来的歌谣"①；而儿童的"创作"，也与专门的文学创作有着很大的区别。创作出来的作品，也未必就是"文学"作品。只是在创作过程中，儿童尽情调动他的人生经验，发挥想象力，训练自己运用语言文字的技能，观察生活，抒发情感，这些都是有助于儿童的成长的。一旦进入中学阶段，语文教育的重心就转到实用上来，这也是自然而然的过渡。

中学阶段在普通文和文学作品上都有加强，但实用文的比例更高，而且要求学生具备阅读与写作实用文的能力，文学作品不仅要理解，更要能欣赏，但不必写作，同时了解相应的文学史知识。至于大学生，除中文系学生必须要学习专门的文学知识外，其他专业学生仍以阅读和写作能力的培养为目标，实用文和文学作品都要阅读。写作方面，所有专业的学生都要能写实用文章，但不要求能写文学作品（即使是中文系学生也不一定要从事文学创作，因其主要任务是从事文学研究）。

以上所论为学校教育，就课外而言，叶圣陶的观念就变得灵活多了，"生活所需"不再限于生存和生活层面，更涉及人生的精神层面，课外尽可以满足青少年的更高追求。因此，文学教育在课外占有极大的比例，不仅是课内学习的补充，更是完善人格、陶冶情操、满足精神生活的需要，比普通文章更受欢迎。文学作品的阅读与写作不再受限制，普通人也可以欣赏文艺作品，也可以创造文艺作品，这是一种享受，"人人应该有这种享受，人人可能有这种享受"。叶圣陶也花了极大的精力加以鼓励和指导。普通文与文学作品在语文教育中的关系，正如叶圣陶所说的："吃了粮食，可以饱肚子，可以把生命延续下去；接触了艺术，可以饱精神方面的肚子，可以使生命进入一种较高的境界。"②

---

① 叶圣陶：《〈小学生诗选〉序》，载叶至善等编《叶圣陶集》（第 18 卷），江苏教育出版社 2004 年版，第 311 页。

② 叶圣陶：《享受艺术》，载叶至善等编《叶圣陶集》（第 12 卷），江苏教育出版社 2004 年版，第 330 页。

第三节 教是为了达到不需要教

作为新式教育的支持者和教育革新的倡导者，叶圣陶大力抨击旧式教育的弊端。在他看来，旧式教育最大的问题，一是"古典主义"，只知照搬与模仿；二是"利禄主义"，只为应试，求取功名，最终造就的不过是奴才和官僚，既没有独立人格，也缺少真才实学①。旧式教育的种种弊端又与八股取士密切相关，像许多革新之士一样，叶圣陶猛烈抨击了八股文与科举制。对叶圣陶而言，新式教育有一个为人所公认的目标，就是"造就善于处理生活的公民"②，这是现代教育与封建教育的根本区别。

为达到这一目的，就必须彻底改变旧式教育中的师生关系，同时也必然要改革教学方法。旧式教育中教师居于绝对支配的地位，学生只能被动地接受。在变法时期，维新派在提倡教育改革时，也注意到传统教育的弊端，如梁启超提出"人生百年，立于幼学"，但是考察中国的教育，他却发出了"惟学究足以亡天下"的慨叹，通过对比中西教育，梁启超要求改变课程结构与教学方法，激发学生兴趣，这已经触及学生自主性的问题，也是对教学方法的革新。③ 但是这种变革设想并没有从根本上动摇传统的教师本位格局。直到"五四"时代，追求个性独立与自由的思潮涌入教育领域，强调学生的个性与尊严、要求以学生为本位的观念深入人心。特别是这一时期，杜威、赫拉克利特等西方教育家的思想在中国得到传播，对中国教育界产生了极大影响。

作为杜威的追随者，胡适在"五四"时期发表了一系列针对教育问题的言论与主张，产生了很大影响。胡适大力提倡学生的自由自主地位，要求人人有自由阅读与写作的能力，教学中要展开讨论，体现出教

---

① 叶圣陶：《认识国文教学》，载叶至善等编《叶圣陶集》（第18卷），江苏教育出版社2004年版，第125—126页。

② 叶圣陶：《论写作教学》，载叶至善等编《叶圣陶集》（第15卷），江苏教育出版社2004年版，第89页。

③ 梁启超：《论幼学》，载《饮冰室合集·文集之一》，中华书局1989年版，第44—58页。

育观念由教师本位转向学生本位。在教学方法上，胡适主张大胆试验，提出预习—讨论—复习的程序，反对"逐篇逐句讲解"，强调教师的作用主要是"解答疑难，参与讨论"，已经现出"教师主导、学生主体"观念的端倪，同时他也在追求教学方法的科学化。可见，"五四"时代的教育革新，同样具有新文化运动所高扬的民主与科学的精神。杜威与胡适的主张对叶圣陶影响很大，在 20 世纪 30 年代以前，叶圣陶对教育问题的思考与他们是基本一致的。

　　叶圣陶在从事教育工作之初，对于教学问题的探索还是自发的。但他已经注意到了解儿童心理的重要性，他认为与教授相比，儿童"乐为研习"是更重要的；① 他也明白教学相长的道理："学生与教师之精神固互相提携互相竞进者也，其一方面失精神，双方斯俱失之矣。"② 1919年，叶圣陶在《今日中国的小学教育》中尖锐批评小学教育存在的种种弊端，认为此时的教育与科举时代毫无二致，由此提出教育的价值就是教学生立定"真实明确的人生观的根基"③。这已经是立人观念的表述了。在教学方法上，叶圣陶认为应该顺应儿童心理，激发儿童兴趣，实现趣味教学。因此，叶圣陶没有罗列具体的教学方法，因为教育要针对学生实际，教育即生活，生活本身丰富多彩，教学方法就必须灵活多样。基于这样一种信念，叶圣陶强调要让儿童自己去领悟、体会，教师的责任就在于引导。因为文学能够激发儿童的兴趣，所以教材中的课文应是儿童文学作品。在文学教育中，就要让儿童充分领略文学作品的艺术美，从中得到美的享受，心灵得到陶冶，培养健康的审美情趣。叶圣陶主张"情境教学"："教师当为儿童特设境遇，目的在使其自生需要，不待教师授与。"④ 叶圣陶已经注重情思与语言的训练，但

---

　　① 　叶圣陶 1913 年 5 月 18 日日记，转引自商金林《叶圣陶传论》，安徽教育出版社 1995 年版，第 86 页。

　　② 　叶圣陶 1912 年 6 月 1 日日记，载叶至善等编《叶圣陶集》（第 19 卷），江苏教育出版社2004 年版，第 106 页。

　　③ 　叶圣陶：《今日中国的小学教育》，载叶至善等编《叶圣陶集》（第 11 卷），江苏教育出版社 2004 年版，第 9 页。

　　④ 　叶圣陶：《小学国文教授的诸问题》，载叶至善等编《叶圣陶集》（第 13 卷），江苏教育出版社 2004 年版，第 13 页。

在教学方法上他的观点还较为笼统，缺少科学、严谨的体系，处于探索阶段。

20 世纪 20 年代，叶圣陶关注的重心逐渐转移到中学教育上来。此时他受教育救国论、教育改良论的影响依然很深。1923 年，叶圣陶草拟了《初中国语课程纲要》，这个纲要肯定了自主性学习的重要意义，并且明确地将讨论教学法写入纲要之中，使教学具有了可操作性。20 年代的政治动荡使叶圣陶的教育理想遭遇挫折，他开始认真反思中国教育的出路。30 年代，他开始形成新的教育观念，认为教育是使人树立正确的人生观，此后他进一步把"人生观"落实为种种具体的表现，这些表现就是好习惯，教育就是要让人"养成好习惯"。怎样的习惯才算好？叶圣陶认为，"能使才性充量发展的是好习惯，能把事情做得妥善的是好习惯，能使公众得到福利的是好习惯"①。可见，在教育问题上，叶圣陶对实践与实用的重视进一步增强。与之相应的是，文学教育在国文教育中也不再占据核心的位置。

但是，立人始终是叶圣陶教育思想的核心。此时他更为注重学生自主性的发挥，强调以学生为主体。为了更有效地组织课堂教学，叶圣陶开始从形式方面探究国文教学的问题，力图使教学走上科学的轨道。1937 年，叶圣陶专门撰文谈论文艺作品的鉴赏问题，认为文艺鉴赏不能只限于感性印象，还应该分析研究，了解作者如此描写的原因及效果，不但知其然，还要知其所以然。当然文学属于艺术，艺术鉴赏有自身的特点，即要驱遣想象，训练语感。② 这些观点其实也适用于国文教学。1938 年，叶圣陶参与编写《国文百八课》，收入文学作品，对文章的分析则包括文章体制、文句格式、写作技术、鉴赏方法等方面的内容。这种科学的分析，有助于使学生掌握阅读与写作的技能。

在文学教育的教法问题上，叶圣陶发现了问题的复杂性：一方面，现代的国文教学与旧式教育存在着根本区别，不能再依靠逐句讲解的灌

① 叶圣陶：《改善生活方式》，载叶至善等编《叶圣陶集》（第 12 卷），江苏教育出版社 2004 年版，第 154 页。

② 见叶圣陶《文艺作品的鉴赏》，载叶至善等编《叶圣陶集》（第 10 卷），江苏教育出版社 2004 年版，第 28—34 页。

输式教学法，也不能为了应考而不顾学生实际，必须另辟蹊径。但是这些问题不仅在民国时代存在，而且在新中国成立后几十年的岁月里也依然存在，成为教育的大问题。另一方面，文学教育是国文教育的一部分，在教学上就可以遵循国文教学的一般方法，但是文学毕竟是艺术，叶圣陶也提出文学的情感因素以及文学在表现人生时体现出来的综合性不容忽视。在探讨教学问题时，叶圣陶对教师的定位就是主导，真正要领略、欣赏文学作品还得靠学生本人。叶圣陶对教师如何进行指导的问题进行了探究，其成果就是《精读指导举隅》《略读指导举隅》等著作。当时叶圣陶认为国文教学的目标涉及阅读与写作两方面，都是针对文章而言。除此之外，"培植欣赏文学的能力"也被单独设为一个目标。针对这一目标，叶圣陶指出，欣赏首先是要了解整篇文章，进而是体会，"而所谓体会，得用内省的方法，根据自己的经验，而推及作品，又得用分析的方法，解剖作品的各部，再求其综合"[1]。在指导略读教学时，叶圣陶同样认为"文学这东西，尤其是诗歌，不但要分析地研究，还得要综合地感受"[2]。文艺欣赏可以陶冶性情，但是这种受用需要欣赏者具备一定的素养，素养还得通过分析的方法来积累，这是就文学的特性提出阅读教学的具体方法。

在写作方面，叶圣陶身为文学家，对文艺创作的甘苦有切身体会。他认为，文学是语言的艺术，属于专门事业，而中小学生掌握写作能力是为了满足生活的实际需要，这是成为健全公民而非专门人才的必备条件，所以叶圣陶认为中小学生没有必要从事专门的文学创作。但是这并不意味着叶圣陶就一味排斥文学创作。一方面，他认为阅读与写作不可分，"读跟作虽是两项，可是互相因依，读影响作，作也影响读"[3]。后来他进一步指出，由于阅读和写作都是语言文字的运用，同时也是思维的训练，因而"阅读的基本训练不行，写作能力是不会提高的"，由此叶圣陶认为"阅

---

① 叶圣陶：《论国文精读指导不只是逐句讲解》，载叶至善等编《叶圣陶集》（第 14 卷），江苏教育出版社 2004 年版，第 9 页。

② 叶圣陶：《略读的指导》，载叶至善等编《叶圣陶集》（第 14 卷），江苏教育出版社 2004 年版，第 173 页。

③ 叶圣陶：《改文》，载叶至善等编《叶圣陶集》（第 15 卷），江苏教育出版社 2004 年版，第 114 页。

读是写作的基础"①。阅读文学作品，自然在写作方面有所收获。在教学实践中，叶圣陶也发现学生不仅喜爱阅读文学作品，也愿意动笔创作；另一方面，从文章的角度考虑，文学与非文学是相通的，都立足于生活，讲求真情实感、语言的锤炼、谋篇布局。因此，"小学生练习作文之要求，唯在理真情切而意达，即文学亦未能外此"②。小学如此，中学更不必说，切合学生生活实际的命题作文，"题目虽是教师临时出的，而积蓄却是学生原有的。这样的写作，与著作家、文学家的写作并无二致"③。因此，在课外叶圣陶通过各种刊物的征稿活动，极大地激发了广大青少年的创作热情。

20世纪40年代以后，叶圣陶很少担任实际教学工作，但是他对教育的热情并没有减退，他对语文教育问题的思考也在走向深入。他一直强调学生本位，要求学生能够发挥自己的主动性，经过长期思考，叶圣陶终于提出"教是为了达到不需要教"的原则，作为教学追求的最高目标。④"不需要教"是学生主体性充分发挥的表现，是通过教师的指导，学生一步步走上独立自主的道路，具备独立学习的能力，成为全面发展的人。因此，教师的角色就是一个主导者：既非放任自流，也不是要造成学生对自己的依赖，而是教会学生自主学习、独立做人的策略、方法，使之在各方面趋于成熟自觉。

---

①　叶圣陶：《阅读是写作的基础》，载叶至善等编《叶圣陶集》（第15卷），江苏教育出版社2004年版，第180—182页。

②　叶圣陶、王钟麒：《对于小学作文教授之意见》，载叶至善等编《叶圣陶集》（第15卷），江苏教育出版社2004年版，第9页。

③　叶圣陶：《论写作教学》，载叶至善等编《叶圣陶集》（第15卷），江苏教育出版社2004年版，第86页。

④　1962年，在《阅读是写作的基础》一文中，叶圣陶已经提出"在课堂里教语文，最终目的在达到'不需要教'"。载叶至善等编《叶圣陶集》（第15卷），江苏教育出版社2004年版，第181页。同年在《答梁伯行》中，叶圣陶指出"凡为教，目的在达到不需要教"。载《叶圣陶集》（第25卷），第18页。在《答林适存》中，叶圣陶认为"教师教各种学科，其最终目的在达到不复需教"，载《叶圣陶集》（第25卷），第19页。1977年，叶圣陶应武汉师院《中学语文》约稿而写《为了达到不需要教》一文，提出"教任何功课，最终目的都在于达到不需要教"。载《叶圣陶集》（第11卷），第263页。1978年，叶圣陶在《大力研究语文教学，尽快改进语文教学》中指出，"教师教任何功课，'讲'都是为了达到用不着'讲'，换个说法，'教'都是为了达到用不着'教'"。载《叶圣陶集》（第13卷），第204页。1983年，叶圣陶在《教育杂谈》中还坚持认为，"教是为了达到不需要教"。载叶至善等编《叶圣陶集》（第11卷），第356页。

　　这一原则同样应该在文学教育中得到贯彻。叶圣陶曾作有《语文教学二十韵》，其中提到"潜心会本文"①。在叶圣陶看来，文学教育同样需要注意对文本本身的解读。叶圣陶写过大量的文章，都是要求以教材选文即课文为例，通过教师的指导学生能够理解课文，又运用这样的方法去解读同类文章。如此一来，课文就成为学生举一反三的依据。叶圣陶正是在这一意义上注意到中国古代教育合理的一面，尤其欣赏孔子的"愤悱启发"式教学法。② 显然在他看来，孔子的教学是以教师为主导、学生为主体的。启发式教学法成为叶圣陶本人认可的教学方法。

　　综观叶圣陶在教学原则与方法上的观点，可以发现他始终坚持的原则是"立人"，即要将教育作为塑造人的事业，使学生成为具有独立自主意识与地位的个人。他最初是强调学生本位，以儿童为中心，显然在理论上还受着杜威、胡适的影响，对于教育问题的认识还处于初步的探索阶段。这种观念虽然可以实现对学生地位的提升，但是在教师功能问题上、科学地组织教学方面显然还是存在缺陷的。特别是当时教育界盛行教育救国的思潮，叶圣陶本人也怀有这样的幻想。他热衷于教育改良，试办实验学校，但严酷的现实很快摧毁了他的梦想。这些事件在《倪焕之》中都有深切生动的描写。因而叶圣陶从教育救国论中清醒过来，意识到教育问题与各方面的问题都是联系在一起的。他开始更为注重对国文学科进行科学的研究。30 年代叶圣陶侧重从形式角度入手，这是对以往偏向的一次纠正。可以说，对形式的强调促使叶圣陶将注意力转移到语言文字上来，更为注重作品的结构、语言、修辞等方面。从这个意义上说，叶圣陶无疑促成了文学教育研究的深化。因为在此之前的文学教育，更多的是强调精神风貌，对形式问题重视得不够。这样一种观念既妨碍了对文学作品艺术性的探求，也使文学教育对作品的艺术因素难以作更为深入的开掘。在 20 世纪 30 年代，叶圣陶提出要重视作品

---

　　① 叶圣陶：《语文教学二十韵》，载叶至善等编《叶圣陶集》（第 8 卷），江苏教育出版社 2004 年版，第 249 页。

　　② 叶圣陶：《讲和教》，载叶至善等编《叶圣陶集》（第 11 卷），江苏教育出版社 2004 年版，第 279 页。

的形式，这是对国文学科自身特性与任务的强调。叶圣陶参与编写的《国文百八课》，就是将文话、选文等方面的知识融为一体，实现了国文教学的科学化。他将文学教育融入文章教育之中。但是，不可否认的是，也正是从此时开始，在叶圣陶的语文教育体系中，文学教育不再占据核心地位。他更关心的是语言文字的训练，关心的是学生基本知识的学习与基本能力的训练，因而应用文、普通文的学习就占据了中心地位。这与叶圣陶本人强调国文教学的科学化是有关联的。正是这一倾向，使叶圣陶更为注重国文学科的实用性。

当然，叶圣陶也认识到文学本身的特殊性，文学作品的内容与形式是不可分割的。文学教育不仅要使人知，还要使人感。因而在教学方法问题上，叶圣陶批评传统的逐句讲解法，他提出学生阅读课文时，对于文学作品，要做到分析与欣赏的结合。这显然是顾及了文学教育的特殊性。但是，叶圣陶又认为国文教学侧重于使学生掌握方法，这当中又存在一定的偏颇。国文科是整个学科系统的一部分，是为教育的总目标服务的。教育不仅仅是使人掌握一些方法技巧，还应该具备基本的文化素养，陶冶人的情趣，这些在国文教学中同样是不可缺少的。但是叶圣陶却将二者割裂了开来。事实上，即使研读非文学类文章，从中也可以获得较为丰富的历史文化知识，人格得到陶养，更不用说是以情动人的文学作品了。对于教材，叶圣陶一直认为它是工具，课文是举一反三的凭借："语文教本只是些例子，从青年现在或将来需要读的同类的书中举出来的例子；其意是说你如果能够了解语文教本里的这些篇章，也就大概能阅读同类的书。"① 如果从掌握基本的方法技巧来看，这一观点不无道理。但是至少就文学教育而言，正如叶圣陶本人所承认的，文学作品的内容与形式不可分割，又怎么能够仅仅作为举一反三的依据呢？叶圣陶在分析《修正高级中学国文课程标准》中的"培养学生读解古书，欣赏中国文学名著之能力"时，特意指出"广义的'古书'，国文科不必管；'古书'而是'文学名著'，是内容和形式分不开来的东西，国文

---

① 叶圣陶：《文言教本的尝试——〈笔记文选读〉序》，载叶至善等编《叶圣陶集》（第16卷），江苏教育出版社2004年版，第63—64页。

科才管"①。文艺作品最重要的特点在于其丰富而独特的艺术世界，这一世界凝聚的是文艺家对人生的深切感悟、认识与体会，因而以审美的方式体现出来就是艺术作品。在这一点上，每一部成功的艺术作品都是富有个性、不可替代的。

在教学上，叶圣陶更关心的，不是教师怎么教，而是学生怎么学。事实上，对学生主体地位的重视贯穿他的教育思想发展的始终。叶圣陶注意到应该让学生感受到教学的乐趣，强调教育不应与生活脱节，要即知即行，把教育与生活连接起来。为此，叶圣陶甚至主张，"学校里的大部分科目是离开了教科书也可以教的，而且本该离开了教科书教的，离开了教科书教，才可以收到完满的教育效果"②。他还主张"读书不必进学校"，因为"通过文字决不能认识事物，要认识事物不能借助于文字"③，叶圣陶由此把获取知识与实际生活对立了起来。如果从反对教条主义、反对脱离实际与死读书的教育弊端来讲，叶圣陶的这一观点确实有其合理之处。他所担心的，正是生活与教育二者本末倒置，从而造成学生完全不能适应生活的结果。文学教育如果陷入这一迷途，后果也同样严重。但是，教育本身有其自身的规律，特别是在现代学科分类体制下，各门学科的教学都日益趋于专门化与科学化。如果将有组织的教学活动完全废止，使学生直接置于生活之中，就会打破教学的科学组织与进展，教师的主导作用也很难得到发挥。对于文学教育来说也是如此。文学作品的分析鉴赏更是需要有效、科学的课堂组织。学生可以调动自己的全部人生经验来理解、体会作品，却并非要抛开书本直接到生活中去寻找直观的认识。可以说，叶圣陶主要是从教育的实用性以及他的经验主义出发而提出这一主张的，但是其中的偏颇与片面也是明显的。叶圣陶本人其实也意识到了这一问题，他认为"做一个够格的人，必须懂得许多事物，明白许多道理，实践许多好行为；可是事物不能全部直接接触，道理不能一时马上渗透，好行

---

① 叶圣陶：《论中学国文课程的改订》，载叶至善等编《叶圣陶集》（第16卷），江苏教育出版社2004年版，第50页。

② 叶圣陶：《教科书的缺乏》，载叶至善等编《叶圣陶集》（第11卷），江苏教育出版社2004年版，第117页。

③ 叶圣陶：《文字并不可靠，教本少用为妙》，载叶至善等编《叶圣陶集》（第11卷），江苏教育出版社2004年版，第184—186页。

为不能立即正确实践，因而只能写在课本里，以便间接接触，从容揣摩，积久成习"①。

对于教学方法的探讨，叶圣陶主要是通过对语文教育的相关论述而提出来的，一般而言都是原则性的意见。在叶圣陶看来，文学教育乃至各科教育是不宜以具体的方法来框定的。但是，他对国文教学科学化的强调与追求却始终一致。这并不一定就与文学教育相抵触。相反地，可以通过探讨科学的教学方法而使学生能够真正鉴赏文学作品，这在某种意义上与文学批评是相似的。对于文学教育的教学方法问题，叶圣陶的看法也仍然是程序教学法。掌握基本的程序既可以做到对文章的领略，也可以欣赏文学作品。分析是欣赏的第一步，必须对作品的整体能够加以把握，体会作者的情感，与之发生共鸣。对于教师而言，要引导学生掌握基本的方法，能够从不同的角度来把握作品，或注意作品的主题，或追踪作者的思路，或体会语言结构上的技巧。对文学作品，必须树立一个基本的原则：立足于作品。在欣赏作品时，要抱有理解的同情的态度，真正面对作品本身，把作家作品置于当时的历史文化语境中加以考察，见出其意义。对于教师而言，指导是主要的，不能以自己的赏析代替了学生的品味，必须引导学生，使之能够自己深入体会作品，不断提高自己的鉴赏水平。对于学生而言，不能被动地接受教师的讲授，应该主动、积极地去分析、理解作品，最终能够具备一定的文学鉴赏能力。

值得注意的是，叶圣陶始终坚持生活是一切的源泉，而教育的最终指向还是生活。国文教学需要生活经验作基础，通过教学则能获得最深切的人生体验，因此，"读古典或具有永久价值的文学作品……这些东西是要用生活经验去对付的，生活经验愈丰富，愈能够咀嚼其中的意味；一个人的生活经验没有止境，所以一部古典或文学作品，可以终身阅读而随时有心得"②。文学教育的作用是不可替代的。

本章分析的是叶圣陶的文学教育思想。叶圣陶的文学教育思想是他的

---

① 叶圣陶：《读书和受教育》，载叶至善等编《叶圣陶集》（第11卷），江苏教育出版社2004年版，第352页。

② 叶圣陶：《〈孟子〉指导大概》，载叶至善等编《叶圣陶集》（第14卷），江苏教育出版社2004年版，第193页。

文学思想与教育思想相结合的产物。在"为人生"这一根本点上，叶圣陶找到了二者的结合点。在他看来，文学教育是语文教育的一部分。在 20 年代，叶圣陶比较注重从精神和内容的角度出发，站在新文化运动的立场上，因而他极为注重文学教育。但是随着他对教育问题的深入思考，他强调教育是要使人适应生活的需要，提出工具论，因而叶圣陶不赞成文学教育在语文教育中占据太大比例。但是叶圣陶的教育工具论也不是狭隘的工具论，他是以人的健全发展为目标，因而他十分注重文学对人的熏陶作用，由此提出学生可以在课外多读文学作品，从事文学创作。正是基于对学生主体性的高度关注，叶圣陶提出教师主导、学生主体的原则，强调通过科学的教学贯彻"教是为了达到不需要教"。

第五章

叶圣陶文艺美学思想的文化观照

叶圣陶的思想是一个丰富而复杂的整体，各种思想之间既有紧密的联系，也不乏矛盾与抵触。他的思想发展经历了晚清、民国、新中国这几个不同的阶段，是在西学东渐的大潮中，吸收古今中西的文化成果而逐步形成的，同时也与他个人的经历、品性、身份密切相关。因此，要想更好地理解叶圣陶的文艺美学思想，就应将其置于具体的历史文化语境中加以考察，首先要分析叶圣陶对中国传统思想资源与西方思想文化作了怎样的吸收借鉴从而形成自己的特色，其次要考察他的多重职业身份对他的文艺美学思想的影响。

第一节　多种思想资源的滋养

同众多"五四"文化人一样，叶圣陶本人在成长的历程中也受到古今中西多种文化成果的滋养，也经历了各种思潮之间的激烈碰撞与交锋。从总体上看，叶圣陶本人受中国传统文化的熏染很深，尤其是儒家思想更是他的立身处世之道。但是他又不同于一般的文化保守主义者，不同于现代新儒家。他积极吸收西方的思想成果为己所用，同时深受晚清与"五四"学者影响，因而能够以一种积极的现代眼光反观传统文化，取一种持中的文化立场。

一　叶圣陶与中国传统文化

叶圣陶受中国传统文化特别是儒家思想的浸染很深。他出身平民家庭，父亲叶钟济的"孝道"与"仁心"对他起了身教的作用，"孝"与"仁"的伦理观对他影响很深。叶圣陶从小就念过《三字经》《千字文》《诗经》《易经》，1901 年进私塾念《四书》。1905 年他参加了中国历史上最后一次科举考试。他最初所接受的，是严格的传统教育。同时，从母亲那里，叶圣陶学到了不少谜语、诗词、山歌，培养了他的文学爱好，苏州的古朴民风与文化也使叶圣陶对民间文化与地域文化有很深的感情。①

　　叶圣陶自小家境贫寒，对苏州的民情也有了解，十分关心民间疾苦。在民主思想风起云涌的时代，他终于成为一名民主主义者。叶圣陶很早就萌发了改良习俗的念头，在中学时代又深受资产阶级改良派思想的影响。更主要的是，他没有停留在改良上，在辛亥革命爆发时，他十分振奋和向往，对封建专制主义进行了更加猛烈的抨击："在余则以为世间有'君主'两字，为绝大不平事。君主善与否，皆当锄去之。盖君主自己承认自己以统治众人，为侵害众人之自由权也。"② 因此，叶圣陶拥护革命："革命一事，总可谓之不良政治之产儿。人民不能辨其政府中政治之善否，则亦已矣；苟能辨者，则无人不有推倒之之责，否则即为放弃其天职。"③ 在反孔浪潮中，好友顾颉刚对孔孟进行了激烈的批判，认为孔孟为专制护符，叶圣陶虽不至于如此激进，但也不以孔孟为然。儒家重义轻利，叶圣陶针锋相对地表示他赞同墨家的"利"之观念，他认为"人生目的，唯在满足其生活之欲望而已，即所谓自利者也。胥能自利，世界斯入至真、至善、至美之境"，"利即仁义"④。"且人群之有社会，纯出于自然，必以生活上之必需，而后有诸多之组织"，因而他十分重视实利与实业，以此为民众造福。⑤ 当时他已加入中国社会党，深受无政府主义思想影响。这

---

　　①　商金林：《叶圣陶传论》，安徽教育出版社 1995 年版，第 6—13 页。
　　②　叶圣陶 1911 年 11 月 1 日日记，载叶至善等编《叶圣陶集》（第 19 卷），江苏教育出版社 2004 年版，第 46 页。
　　③　叶圣陶 1911 年 11 月 2 日日记，载叶至善等编《叶圣陶集》（第 19 卷），江苏教育出版社 2004 年版，第 47 页。
　　④　叶圣陶 1912 年 9 月 2 日致顾颉刚书信，载叶至善等编《叶圣陶集》（第 24 卷），江苏教育出版社 2004 年版，第 6 页。
　　⑤　叶圣陶 1912 年 2 月 27 日日记，载叶至善等编《叶圣陶集》（第 19 卷），江苏教育出版社 2004 年版，第 103 页。

一主张分明就是实利思想的宣言了。此时叶圣陶对待儒家的态度还较为温和，他认为孔子只是被后人树立起来的一个偶像，"孔子道德想来亦不过乡里善人，生民以来未之有也，未免尊崇过当已"，儒家思想也有其合理之处："儒家出于司徒之官，其所明者务在伦理，苟无横暴之元首当道而为政，则儒家之道诚足以齐家治国矣。故谓孔子之道便于专制之世，似意有未圆全也。"① 到"五四"时代，叶圣陶对儒家思想的批判转趋激烈，他正是以个性解放与自由为目标，强调人人平等、自由，但是儒家宣扬的等级纲常恰恰与此相抵触。②

不过，叶圣陶毕竟是深受传统文化尤其是儒家思想影响。即使是在革命民主主义思潮高涨的年代，叶圣陶在思想上达到了最为激进的程度，他也没有采取矫枉过正的倒孔姿态。他不主张尊孔和立孔教为国教，那是因为他反对盲目尊崇孔子、反对树立孔子为偶像，反对当权者钳制思想、愚弄民众。在叶圣陶看来，儒家不过是当时诸子百家中的一派，并不比其他各家更为尊贵。

儒家重视现实，有着积极的入世精神，这种强烈的使命感易于引起中国知识分子的共鸣。叶圣陶本人即是如此，他对于宗教的态度是"教宗堪慕信难起"，他相信的是此世净土而非彼岸世界，也赞同儒家"未知生，焉知死"的态度，表示要好好地活。③ 这种现实精神在他身上体现得特别明显，他在《现实与理想》一文中表示：注重现实，为的是理想，理想是"从现实生活中体验得来的"④。这种正视现实的精神是叶圣陶的创作从一开始就具有鲜明的"写实"色彩的一个重要原因，也正是这种现实精神使他怀有强烈的责任感与使命感，力图以文艺来变革人心，从而改变现实。

---

① 叶圣陶 1914 年 11 月 24 日致顾颉刚书信，载叶至善等编《叶圣陶集》（第 24 卷），江苏教育出版社 2004 年版，第 91 页。

② 如叶圣陶 1919 年 2 月 1 日发表的《女子人格问题》就猛烈批判了儒家的纲常之说。载《叶圣陶集》（第 5 卷），江苏教育出版社 2004 年版，第 5—10 页。

③ 叶圣陶：《谈弘一法师临终偈语》，载叶至善等编《叶圣陶集》（第 6 卷），江苏教育出版社 2004 年版，第 281 页。

④ 叶圣陶：《现实与理想》，载叶至善等编《叶圣陶集》（第 6 卷），江苏教育出版社 2004 年版，第 247 页。

在叶圣陶看来，儒家的入世精神体现了人在应对现实时的积极主动的人生观念，而他自己是主张人本位的，在重视人的积极主动的精神这一点上，叶圣陶找到了二者的相通之处。儒家强调人的内心修养，要求修辞立其诚。叶圣陶同样是把人的道德修养、世界观与人生观排在首位，正体现出他对道德的极度重视。在论及文艺创作时，叶圣陶一再提到修辞立其诚，以"诚"为文艺家的首要条件。在他看来，"诚"其实是从事各项事业的人都必须具备的，并不限于文艺家。这是对于主体素养提出的要求。

当然，叶圣陶并不只是要求加强人的内心修养，还要求将理论与实践结合起来，这与知行合一的主张是契合的。叶圣陶特别指出王阳明、颜李学派都是知行合一的，对他们的人生态度表示赞赏。早在 1914 年接触到培根与柏格森的学说时，叶圣陶就将知识与信仰的合一解释为王阳明的知行合一："郁根所谓精神生活，布格逊所谓创造的进化。……要在求二者之调和，即智识与信仰之合一而已。……复思智识与信仰合一，殆即阳明知行合一之说，与郁根之惟行论，一则曰知外无行，行外无知；一则曰人生之实际问题，为智力所不能解决者，可用实行以解决之，俱此意也。"[①]这种类比自然存在比附的痕迹，但也可以看出他对儒家知行合一精神的激赏。叶圣陶对宋代理学家也不是一味否定，他十分欣赏其诚敬的态度，甚至认为革命家与理学家，尽管在阶级意识、唯物唯心上存在差别，"然而在凡事认真这一点上，彼此是相同的"[②]。这一奇特的类比清楚地体现出叶圣陶对主体素养的重视。在另一篇赞扬革命家的文章中，他认为中国共产党是中国的希望，因为"中国共产党把科学的哲学作为思想的根据，实事求是，土生土长，制定了种种的纲领跟政策，而且即知即行，行中求知，把理论跟实践搅和成浑然的整体"[③]。

知行合一意味着理论与实践相统一，这是叶圣陶始终坚持的一个原

---

① 转引自商金林《叶圣陶传论》，安徽教育出版社 1995 年版，第 186—187 页。

② 叶圣陶：《纪念杨贤江先生》，载叶至善等编《叶圣陶集》（第 6 卷），江苏教育出版社 2004 年版，第 329 页。

③ 叶圣陶：《不断的进步》，载叶至善等编《叶圣陶集》（第 6 卷），江苏教育出版社 2004 年版，第 322—323 页。

则。从根本上讲还是体现了他那种以生活为源泉，最终又返归生活的思想。这与宋明理学家所倡导的知行合一其实有着很大的区别，因为理学家最终还是返归内心，讲求个体人格的完善。叶圣陶对它进行了现代意义的改造，在叶圣陶看来，知行合一是生活中应该坚持的基本原则，无论是文艺事业、教育事业还是其他任何事业都是如此，这就意味着真正深入生活、体验生活。

孔子以"仁"为核心建立了他的思想体系，其中有着鲜明的爱的精神：仁者爱人。如何做到"爱人"？孔子提出了两个基本的准则：一是"己欲立而立人，己欲达而达人"（《论语·雍也》）；二是"己所不欲，勿施于人"（《论语·颜渊》）。如果不把对方作为人来看待，不从"爱人"的角度考虑问题，那就根本谈不上处理好人与人之间的关系。正是这种推己及人的思想，形成了孔子的利民思想："因民之所利而利之。"（《论语·尧曰》）利民也是爱人的主要方面，这就使"爱人"的内涵更为扩大了。儒家还以此描绘了理想的大同世界的蓝图："大道之行也，天下为公。选贤与能，讲信修睦。故人不独亲其亲，不独子其子，使老有所终，壮有所用，幼有所长，矜寡孤独废疾者皆有所养，男有分，女有归。……是故谋闭而不兴；盗窃乱贼而不作，故外户而不闭，是谓大同。"（《礼记·礼运》）叶圣陶早年宣扬的"美"与"爱"的哲学，虽然也有西方人道主义思想的影响，但更主要的还是来自于传统文化，这种"爱"的哲学在儒家思想中也有体现，而大同世界更是为叶圣陶所向往。20世纪 40 年代，叶圣陶曾一再引用张载《西铭》中的"为万世开太平"的名句，对未来的理想世界充满了憧憬。叶圣陶强调，袭用这句话"是现实意义的，绝不带玄学的意味"，为的是进入"天下一家"的时代。[①]在他的诗词之中，对大同世界的向往更是随处可见。[②] 这种美好理想对叶圣陶所具有的吸引力正表明叶圣陶本人受儒家思想影响之深。叶圣陶早年

---

① 叶圣陶：《文艺工作者与教育工作者一个样》，载叶至善等编《叶圣陶集》（第 6 卷），江苏教育出版社 2004 年版，第 286 页。另见叶圣陶《"为万世开太平"》，载《叶圣陶集》（第 6 卷），第 262 页；叶圣陶《知识分子》，《叶圣陶集》（第 6 卷），第 81 页。

② 见叶圣陶《赠范烟桥》《齐天乐·建国三十周年致祝》，载叶至善等编《叶圣陶集》（第 8 卷），江苏教育出版社 2004 年版，第 302、432 页。

的"美"与"爱"的哲学，确实存在着如茅盾批判的唯心主义色彩，但是"美"与"爱"如果作为人类天性的基本要素与追求时，它们就是合理的，而且可以为不同时代不同处境的人共同拥有。叶圣陶后来再没有在文学作品中沉醉于"美"与"爱"的哲学了，但并非如众多研究者所说，他已经抛弃了这一哲学。1926年，叶圣陶在《光明》半月刊第一期的"编辑余言"中指出："我们可以不加入任何党派，我们可以不拘守任何主义。但是我们同为中华民族同时为世界人类之一员，却是坚强如铁石的事实……那么，一个人，一个具有良心的人，在这个时代该抱什么态度呢？具有良心的人的核心是'爱'，是'广大的爱'……惟其如此，居于良心的人又有'恨'，有'深切的恨'。他恨那些破坏了人间之爱的，他恨那些不自爱又不爱人的。"所以要像杨杏佛说的那样，通过"互助与自救"来消除心头之恨，最终使人人能够实现"人间之爱"①。

经过战火的洗礼，经历了个人奋斗的失败，40年代叶圣陶逐渐形成了四个"有所"的人生观："有所爱，有所恶，有所为，有所不为。"他认为墨子主张的"兼爱""是个理想，在还有善恶正邪的差别的时代，不能不'偏爱'那些善的正的。同时就得恶那些恶的邪的。……爱了恶了，只是意向方面的事儿，如果不发而为行为，与没有这些意向并无不同。所以要有所为。……凡是与这些意向违反的事儿自然不愿干，不屑干。……这就是有所不为"②。虽然他的理论表述还很模糊、抽象，甚至认为历史的变故"在于人人想心思，有道理的心思可不多，人人有行动，有价值的行动却很少"，认为在心思、行动上有糊涂人与明白人两种人，这两种人的消长"决定世界的前途"③。这种观念与历史唯物主义还相距甚远，但这种"爱"的意志在他身上却并未消失，反而成为他在新的时代追求进步的动力。这种爱当然与儒家的爱不同，带有鲜明的现代色彩，但是强调的爱与恶、行为与意向的统一与儒家的精神还是有相通之处的，而他在诗词

---

① 叶圣陶：《创造光明》，载叶至善等编《叶圣陶集》（第18卷），江苏教育出版社2004年版，第14页。

② 叶圣陶：《四个"有所"》，载叶至善等编《叶圣陶集》（第6卷），江苏教育出版社2004年版，第112页。

③ 叶圣陶：《现在》，载叶至善等编《叶圣陶集》（第6卷），江苏教育出版社2004年版，第294页。

中更热切地描绘大同图景也清楚地表明了这一点。

　　叶圣陶整理过大量的文化典籍，其中以儒家经典居多，如《荀子》《礼记》《传习录》等等，他还做过《十三经索引》，以《孟子》作为略读指导的范例。叶圣陶认为，《礼记》是儒家的经典，"这是影响我们民族的实际生活的，是范铸我们民族的思想精神的，不但在过去的时代，就是现时，在将来，总脱不掉它好或坏的关涉，该发生多少珍重的意思呵！"① 这是从继承文化传统的意义上来谈论儒家经典，而从学理出发，他之所以看重儒学，还是因为他认为"儒家的学说，自孔子起，就有偏于人生哲学的倾向。言人生哲学不能不论修养，言修养自然要探讨到心性，孟子荀子所以都有关于心性的意见"②。叶圣陶重视人生，强调人的修养，因而他对孔子、孟子、荀子、宋代理学家、王阳明的思想都很关注。叶圣陶认为，"孟子的政治见解与心理见解是一贯的，无非从人性本善的观点出发"③。他评荀子是"为儒家放异彩的一位大师，是诸经传授的一位肩荷者"④。他对王阳明的评价也很高，在他看来，"王学"是"人生哲学，是唯心的理想主义的人生哲学"，"'王学'当然极能影响到我们的修养。如人与万物为一体的观念，止至善的观念，都把个人看的极崇高，教人去追求精神生活。伟大的人格，成就大事业大学问的，这种的培养是很重要的。又，知行必须合一……像守仁所想的这个'诚'，内与外一致，动机与效果一致，却永久是有价值可宝贵的"⑤。

　　但是，对儒学的赞同并不意味着叶圣陶就是无保留地认同儒家的伦理价值观，这从他对待现代新儒学的态度上可以看出来。1939 年，马一浮主持复性书院，教以六艺，"重体验，崇践履，记诵知解虽非不重要，但视

---

　　①　叶圣陶：《〈礼记〉选注本绪言》，载叶至善等编《叶圣陶集》（第 18 卷），江苏教育出版社 2004 年版，第 281 页。

　　②　叶圣陶：《〈传习录〉注释本绪言》，载叶至善等编《叶圣陶集》（第 18 卷），江苏教育出版社 2004 年版，第 303 页。

　　③　叶圣陶：《〈孟子〉指导大概》，载叶至善等编《叶圣陶集》（第 14 卷），江苏教育出版社 2004 年版，第 193 页。

　　④　叶圣陶：《〈荀子〉选注本绪言》，载叶至善等编《叶圣陶集》（第 18 卷），江苏教育出版社 2004 年版，第 268 页。

　　⑤　叶圣陶：《〈传习录〉注释本绪言》，载叶至善等编《叶圣陶集》（第 18 卷），江苏教育出版社 2004 年版，第 303—308 页。

为手段而非目的"，这些叶圣陶都表示赞同。但是紧接着他就表示怀疑："然谓六艺可以统摄一切学术，乃至异域新知与尚未发现之学艺亦可包罗无遗，则殊难令人置信。马先生之言曰：'我不讲经学，而在于讲明经术'，然则意在养成'儒家'可知。今日之世是否需要'儒家'，大是疑问。"① 不久，叶圣陶再次提出批评意见，认为以"六艺"统摄一切学艺，"此亦自大之病，仍是一切东西皆备于我，我皆早已有之之观念。试问一切学艺被六艺统摄了，于进德修业，利用厚生又何裨益，恐马先生亦无以对也"，而且"所凭藉之教材为古籍，为心性之玄理，则所体验所践履者，至少有一半不当于今之世矣"②。

在办学理念上，马一浮与贺昌群、熊十力发生分歧，马一浮坚持书院修习为本体之学，不必求用而用自至；贺、熊二人则认为应令学生学习各种学说，择善而从，同时不忘致用。在这个问题上，叶圣陶同意后者的意见。③ 梁漱溟认为中国文化之特质为理性发展得早，儒家即纯从理性上下工夫。儒家之影响最大，所以中国社会史之种种问题皆当从这一结论出发而探求。叶圣陶的意见是梁漱溟"有所见到，而谓遽可以解决文化方面之诸问题，恐未必也"④。

叶圣陶曾经对自己的思想实际做过分析，从而表明了他对儒家的态度。他认为自己不能深入生活，是由于所受的熏染，其中最主要的是儒家。"本相的儒家原是不错的，除了栖栖遑遑希望得君行道，就现代的眼

---

① 叶圣陶1939年4月5日书信，载叶至善等编《叶圣陶集》（第24卷），江苏教育出版社2004年版，第197页。

② 叶圣陶1939年5月9日书信，载叶至善等编《叶圣陶集》（第24卷），江苏教育出版社2004年版，第203页。

③ 叶圣陶1939年6月19日在致夏丏尊的书信中提到贺昌群"赞同熊十力之意见，以为书院中不妨众说并陈，由学者择善而从，多方吸收，并谓宜为学者谋出路，令习用世之术。而马翁不以为然，谓书院所修习为本体之学，体深则用自至，外此以求，皆小道也"。载叶至善等编《叶圣陶集》（第24卷），江苏教育出版社2004年版，第211页。在1939年6月8日的日记中，叶圣陶再次提到马一浮与贺昌群、熊十力的分歧，并且表示赞同后者的意见：马一浮"主学生应无所为，不求出路；贺（昌群）主应令学生博习各种学术，而不忘致用。马又延请熊十力先生，熊来信亦与昌群意见。大概马先生不谙世务，孤心冥往，遂成古调。以我们旁人观之，自以贺熊之见为当也"。载叶至善等编《叶圣陶集》（第19卷），第170页。

④ 叶圣陶1942年6月25日日记，载叶至善等编《叶圣陶集》（第20卷），江苏教育出版社2004年版，第41页。

光看来很不足取以外，那说仁说忠恕的部分总是好的。宋朝的理学虽然带着玄学的气息，可是就好的一面说，主敬主诚实在具有真正信教者的态度。清朝的颜李注重实践，专求生活的充实，可说是脚踏实地。"① 叶圣陶认可的是孔子、孟子、荀子、宋明理学家、清代颜元、李塨一派，其实这些儒者内部也存在着分歧：荀子就反对孟子的"性善"论，而颜元则对宋学、汉学都不认可，梁启超认为颜元之意，"盖谓学问绝不能向书本上或讲堂上求之，惟当于社会日常行事中求之"，"质而言之，为做事故求学问，做事即是学问，舍做事外别无学问，此元之根本主义也"②，体现出崇尚实学、扭转空疏的特点，而其苦行又近于墨家。叶圣陶所看重的，是儒学中讲求个体修养、知行合一、注重现实人生的一面，他认为自己之所以不能深入生活，是因为没有把理论化为实践。当然，叶圣陶最为认同的还是孔子，直至晚年，叶圣陶仍认为"以本来面目之孔子最为平正可从"③。

　　叶圣陶也很欣赏孔子的教育思想。他一直强调教师要善于引发学生的求知欲，让学生主动学习，而"孔子的想法更进一层，他不仅主张让学生先思考一番，而且要在学生思考而碰壁的时候老师才给教。他说：'不愤不启，不悱不发。举一隅，不以三隅反，则不复也。'……可见孔子极重视学生的主观能动性"④。显然，在叶圣陶看来，孔子的教育思想与他倡导的教师主导、学生主体的观念是一致的。

　　由此可见，孔子的思想对叶圣陶的影响是最大的。孔子的仁的思想，注重愤悱启发的教育思想，都深得叶圣陶的激赏。儒学为叶圣陶提供了立身处世的基本原则，对他的文艺美学思想的形成与发展产生了极大的影响，在他看来，儒学就是人生哲学。但是他并不是盲从，而是以

---

　　① 叶圣陶：《深入》，载叶至善等编《叶圣陶集》（第6卷），江苏教育出版社2004年版，第289页。

　　② 梁启超：《清代学术概论》，载《饮冰室合集·专集之三十四》，中华书局1989年版，第17页。

　　③ 叶圣陶1984年9月1日致俞平伯书信，载叶至善等编《叶圣陶集》（第25卷），江苏教育出版社2004年版，第289页。

　　④ 叶圣陶：《讲和教》，载叶至善等编《叶圣陶集》（第11卷），江苏教育出版社2004年版，第279页。

一种了解之同情的态度，以现代眼光对儒学加以辨析，获得一种较为辩证与客观的态度，这种态度的获得，与道家思想、佛学及西学的影响有关，而他对墨家的实利思想的吸收，在一定程度上也起到与儒学相互补充、制衡的作用。

叶圣陶对于文学上的各种流派风格，都能取平正宽容的态度，在面对思想资源时也能广采博取，对于道家学派叶圣陶也很重视。

早在 1910 年，叶圣陶就提出"诸子百家，学说各异，当就其时代而观其是非，不可以为异端而抹杀之"，由此为庄子辩护："《汉书·艺文志》列荀子儒家，列庄子道家，俱深知其源，要皆不违乎道；而世人多讥二子者，浅矣。"① 他对老庄学说都很感兴趣，也读过章太炎的《齐物论释》、刘师培的《庄子校补》。叶圣陶写过这样一首诗："死生亦云齐，何存得失辨？有时悟至妙，一笑视阶藓。"其中体现出来的正是庄子的齐物思想。② 他认为，道家学说与儒学相比更是深刻精微之理："道家之言独为深妙，此所谓须默悟玄旨者也。"③

在他看来，道家学说与儒家相比，更是一种透彻深刻的人生哲学，能够为自己立身处世提供参考。特别是在 1913—1914 年，革命受到严重挫折，叶圣陶的满腔热情归于幻灭。为了调整自己的情绪，弥补思想上的失落，叶圣陶、顾颉刚、王伯祥等人想在哲学中寻求新的处世之法。顾颉刚主张"无为"，宣扬一种无所作为的"遁世"观，倡导观佛书。王伯祥则是借酒浇愁。叶圣陶赞同顾颉刚的"无为"说、"无知"观，认为"相忘"就是"至善"；"以人之思维断定一切，为莫大荒谬"；提倡"寂心歇想"的"处世哲学"。这是一种"信先天之安排，运自然之发展"的消极"遁世"观。④ 叶圣陶在日记中记载了自己读《庄子》时引发的共鸣："读《庄子·秋水篇》，颇觉满意。余近日之所凝想，古人已于千载以前想之，

---

① 叶圣陶 1910 年 11 月 10 日日记，载叶至善等编《叶圣陶集》（第 19 卷），江苏教育出版社 2004 年版，第 6 页。

② 叶圣陶：《咏怀诗七首》，载叶至善等编《叶圣陶集》（第 8 卷），江苏教育出版社 2004 年版，第 42 页。

③ 叶圣陶 1914 年 11 月 12 日致顾颉刚书信，载叶至善等编《叶圣陶集》（第 24 卷），江苏教育出版社 2004 年版，第 78 页。

④ 商金林：《叶圣陶传论》，安徽教育出版社 1995 年版，第 136—137 页。

可知形而下者，乃随时代而推移，世人谓曰进步。至于形而上者，固万世莫变矣。"① 叶圣陶在 1914 年读过章太炎的《齐物论释》，也读过《庄子》。② 老庄的思想对他其实影响很深。老子主张 "无为"，"涤除玄览"，庄子主张 "黜肢体，罢聪明，离形去知"、"心斋"、"坐忘"、"绝圣弃知"，也是一种玄思冥想的神秘状态。此时的叶圣陶对于现实的混乱与纷扰极度失望，因而进入了这样一种状态。

不过道家学说对叶圣陶影响最大的还是其对 "自然" 的追求、对物我交融状态的赞美，这也是道家对后世美学思想影响最大的地方。老子提出 "大音希声、大象无形"，庄子赞美 "天籁"，认为这是 "天乐"，是最高之美："听之不闻其声，视之不见其形，充满天地，苞裹六极。"（《庄子·天运》）本色、自然也一度成为中国古代评判文艺的最高准则。叶圣陶本人早年的创作也体现出追求自然之美的特点，他 1908 年开始写诗文，先辈夸叶圣陶的诗颇似 "陶（渊明）谢（灵运）"③。而在老庄看来，要达到自然之境，体悟 "道"，就应该实现 "物化"，消除物我界限，与物为一。庄子的 "物化" 论对后世影响极大，因为这样一种物我交融的状态正是文艺创作所需要的，是一种审美体验。苏轼是这样赞美文与可的画竹技艺的："与可画竹时，见竹不见人。岂独不见人，嗒然遗其身。其身与竹化，无穷出清新。庄周世无有，谁知此凝神？"（《书晁补之所藏与可画竹》）叶圣陶曾经谈到自己的这种亦幻亦真的体验："梦觉复何所分，梦之视觉，亦犹觉之视梦，对观自生真幻；而在觉视觉，在梦视梦，其间之悲欢，直皆且认之为真。"④ 这一境界，犹如庄周梦蝶。庄子曾以庖丁解牛为例，提出 "技进乎道"（《庄子·养生主》）。正是出于对自然的向往，"神到然后艺进"⑤ 的启示，叶圣陶也以 "自然" 作为文艺创作的目标。

---

①　转引自商金林《叶圣陶传论》，安徽教育出版社 1995 年版，第 137—138 页。

②　叶圣陶 1914 年 8 月 30 日日记、9 月 22 日日记，载叶至善等编《叶圣陶集》（第 19 卷），江苏教育出版社 2004 年版，第 131、138 页。

③　叶圣陶 1914 年 6 月 7 日日记，转引自商金林《叶圣陶传论》，安徽教育出版社 1995 年版，第 144 页。

④　叶圣陶 1913 年 6 月 7 日致顾颉刚书信，载叶至善等编《叶圣陶集》（第 24 卷），江苏教育出版社 2004 年版，第 44 页。

⑤　叶圣陶 1914 年 9 月 22 日日记，载叶至善等编《叶圣陶集》（第 19 卷），江苏教育出版社 2004 年版，第 138 页。

从他在《彬然治圃桂林百岩山》中提出的"物化",《〈刘海粟艺术文集〉序》中对于"画竹"一说的直接借用,可以看出叶圣陶对于自然天成之美的赞叹。《文艺谈》中提及与物同游、心物为一,也正是道家思想的体现。叶圣陶认为,文辞的雕琢还在其次,最重要的是顺应人的真情实感来创作,这样创造出来的就是真的文艺品。即使是对于小说,叶圣陶也强调使用白描手法,重视质朴、本色,这也是深受道家"自然"观影响的表现。在具体的创作过程中,叶圣陶要求文艺家进入物我交融的状态,文艺家的创作要"无所为而为",不受任何主义或教条的束缚,任感情之自然而加以抒写。要达到这种境界,就要保持一颗"赤子之心",这也是道家所主张的。①

　　与对待儒家学说一样,叶圣陶也看到了道家学说中的消极因素及其对自己的影响:"从老子方面学会了权变,从庄子方面学会了什么都一样,于是,玩世不恭,马马虎虎,于物无情,冷冷落落。"② 俞平伯认为:"若《齐物论》之一是非,《养生主》之同善恶之类,其于世法皆为必不可行者;又若《外物篇》之'去善而自善矣',夫岂然哉。宜其谓曰'蔽于天而不知人也'。"在这一点上,道家学说与叶圣陶的人本位原则相冲突:"从人出发,安得无是非善恶。"③ 但毋庸讳言,道家思想对于叶圣陶的平和性情的养成还是起到了一定的作用的,他的圆融豁达也与此有关。叶圣陶认为自己"多与世推移,随遇而安之思"④,这种生存状态在叶圣陶的生命历程中虽然不是主流,但与道家的生存哲学存在一致之处,因而叶圣陶明确表示,庄子"无所执着,最为佳境,不特于生命,于其他方面能不执着亦最好"⑤。

---

　　① 叶圣陶:《文艺谈》,载叶至善等编《叶圣陶集》(第9卷),江苏教育出版社2004年版,第11—21页。
　　② 叶圣陶:《深入》,载叶至善等编《叶圣陶集》(第6卷),江苏教育出版社2004年版,第289页。
　　③ 叶圣陶1976年9月27日致俞平伯书信,载叶至善等编《叶圣陶集》(第25卷),江苏教育出版社2004年版,第176—177页。
　　④ 叶圣陶1914年1月27日致顾颉刚书信,载叶至善等编《叶圣陶集》(第24卷),江苏教育出版社2004年版,第64页。
　　⑤ 叶圣陶1983年10月6日致俞平伯书信,载叶至善等编《叶圣陶集》(第25卷),江苏教育出版社2004年版,第279页。

从一定的意义上讲，叶圣陶能够把西方科学思想与道家学说联系起来。在了解了进化论以后，叶圣陶认识到人也不过是进化链条中的一个环节，与世间万物一样，不过是宇宙万有中的一粒微尘。即使不从进化论的角度来看，叶圣陶认为，在浩渺的时空之中，人也只是万有中的一分子："时间，时间，永远绵延，带着极大无外的宇宙，以及有生无生的万有，永远绵延，永远向前，我感到自豪，'我亦虱其间'。"① 这与老庄哲学相通。生活本身就是诗、就是艺术的信念，"爱"与"美"的哲学中对自然的向往与热爱，对生活的赞美，也都与道家崇尚自然的观念有一定联系。只是叶圣陶认为当以"本来面目之孔子最为平正可从"，"佛教不可思议，密宗类似巫"，"自董仲舒下逮宋儒，大抵都带些道家佛家气味，尤贤者亦难免"②，从中可以见出道家与佛家在叶圣陶心目中都并不占据与儒家同等的地位。

叶圣陶与佛学的因缘可谓一波三折、变化不定：他早年曾大力赞扬佛教，后来醉心于无政府主义，转而抨击佛教，与佛教人士辩难。在 1914 年左右，叶圣陶又抛弃无政府主义，潜心于佛学。新文化运动以后，叶圣陶即很少谈论佛教，他把自己对待各种宗教的态度总括为一句话：教宗堪慕信难起，取的是敬而远之的态度。这一复杂的过程表现出叶圣陶本人心路历程的坎坷与曲折。

在晚清时代，学术界曾出现过一股谈论与研究佛学的热潮。有些学者是出于对佛学真诚的信仰而研究，有些学者则是出于现实需要以佛学为武器，为自己提供理论依据。叶圣陶就属于后者，其实他并不信仰宗教。1911 年的叶圣陶，广求新知，他需要找到一种哲学武器，同时也是为自己寻找心灵的寄托，寻找一种理想与信仰。正是在这种情况下，叶圣陶为佛教所吸引。1911 年，他为《课余丽泽》写过《佛教为中国国教议》的征文。③ 他在于右任、宋教仁主办的《民立报》上读到了《佛学赘言》，深合心意，于是把佛学作为宣扬革命的武器。④ 一时间，邹容的《革命军》、

---

① 叶圣陶：《时间》，载叶至善等编《叶圣陶集》（第 8 卷），江苏教育出版社 2004 年版，第 131 页。

② 叶圣陶 1984 年 9 月 1 日致俞平伯书信，载叶至善等编《叶圣陶集》（第 25 卷），第 289 页。

③ 商金林：《叶圣陶传论》，安徽教育出版社 1995 年版，第 59 页。

④ 叶圣陶 1911 年 9 月 28 日日记，载叶至善等编《叶圣陶集》（第 19 卷），江苏教育出版社 2004 年版，第 34 页。

谭嗣同的《仁学》，还有《头颅影》《佛学臆言》《楞严经》《坛经》都成为辛亥革命前后他阅读的重要书籍。在叶圣陶看来，佛教并非悲观避世、消极无为，而是积极追求自由、平等与真理，有着强烈的入世精神，为建立理想的人间天国而努力。1912 年 2 月，东吴学堂有毕业生发表《论基督教为世界之宗教》的演讲，认为基督教胜过佛教。叶圣陶在日记中作了记录并进行辩驳："佛何尝求无哉，所谓乐国，所谓普渡，所谓大无畏，是佛之愿勇双全，无量生机也。……以余观之，宗教之中佛胜于耶，以佛之目的在极乐黄金世界，而由其说以往，决可达到也。"叶圣陶得出的结论是佛教胜于基督教。但他已信奉进化论，认为佛教虽然胜过基督教，但"世界进化，宗教且为赘疣，故佛教消灭于将来，亦未可知"。佛学则作为学理还有存在的价值，故"佛之理则不可消灭者也"。① 叶圣陶对佛教的理解，与晚清时代的章太炎、梁启超是一脉相承的，他们心中的佛教都已经不是原本意义上的佛教，而是经过民主主义思想改造过的佛教。② 因此，随着叶圣陶思想的变化，佛学在他心中的地位与意义也就发生了相应的变化。

　　1911—1912 年间，叶圣陶接触到中国社会党所宣扬的无政府主义思想，深受感染。江亢虎在苏州发表演讲，鼓吹只有无政府主义才能把宗教许诺的"极乐世界"建立在人间，叶圣陶对此叹服不已。③ 1912 年 1 月 21日他加入了中国社会党。他本不信仰宗教，而且已经信奉进化论，因此，叶圣陶认为宗教必将归于消灭。他写了《宗教果必须有乎》，对佛教进行抨击，引来太虚法师与之辩难。④ 但是，随着现实政治局势急转直下，叶圣陶的政治理想遭遇挫折，他陷入了深深的苦闷抑郁之中，于是又一次转向了老庄与佛学。这一次他是从佛教教义来领会其中深义，不是像以往那样把佛教纳入他自己的认知框架之中。此时顾颉刚也倡导观佛书，

---

　　① 叶圣陶 1912 年 2 月 2 日日记，载叶至善等编《叶圣陶集》（第 19 卷），江苏教育出版社 2004 年版，第 89—90 页。

　　② 商金林：《叶圣陶传论》，安徽教育出版社 1995 年版，第 59—63 页。

　　③ 叶圣陶 1912 年 1 月 14 日日记，载叶至善等编《叶圣陶集》（第 19 卷），江苏教育出版社 2004 年版，第 80 页。

　　④ 叶圣陶 1984 年 7 月 21 日致俞平伯书信，载叶至善等编《叶圣陶集》（第 25 卷），江苏教育出版社 2004 年版，第 287 页。

叶圣陶也认为"世人多一知，即多一魔障"，沉浸于"寂心歇想"之中。在 1913—1914 年的两年时间里，叶圣陶潜心研读《庄子》与佛书，读过《佛学丛报》《阿弥陀经》《大乘起信论》等，感到心旷神怡，若有所得。①

佛学对于叶圣陶文艺美学思想的影响并不亚于道家，叶圣陶重视的"与造物同游"的境界，② 同样也体现在佛教的思想中。佛教强调心性，也认可万物有灵论，叶圣陶同样认为人的修养极为重要，强调文艺家要深入一切的内在生命，这种天人合一的宇宙观念正是东方式生命哲学的体现，是融合了儒道佛诸家思想的统一体。

在叶圣陶的人生历程中，佛学也为他提供了心灵上的净土。叶圣陶虽向往"还于本元，归入真如"的境界，也知道自己难以达到，但求在佛学的帮助下可以"摄心平善，烦恼无染"。叶圣陶读过《大乘起信论》，但是此时的叶圣陶观佛书如陶渊明所说的不求甚解，只是"断章取义，偶尔会心"③。

因此，叶圣陶并没有真正抱定研究佛学的志向，更没有信仰佛教，而是力图从中找到心灵的慰藉，缓解在现实中的疑惑与苦闷。40 年代他还读过《坛经》《净土经》《本生经》等佛学典籍，对弘一法师极为景仰，与夏丏尊、丰子恺等人也是至交。但是他表示，"神不灭论我人未能置信"④，他对佛教的态度自始至终都如他自己所言："教宗堪慕信难起。"⑤因此，他抱定的是入世的态度，坚持唯物主义与人本论。但是这并不等于说佛学就不再对他有影响。事实上，艺术领域的"传神"论、"意境"（境界）论，都与佛学渊源极深，而万物有灵、一切平等的思想也是儒道释各派都承认的。

---

①　商金林：《叶圣陶传论》，安徽教育出版社 1995 年版，第 137—138 页。

②　叶圣陶：《文艺谈》，载叶至善等编《叶圣陶集》（第 9 卷），江苏教育出版社 2004 年版，第 20 页。

③　叶圣陶 1914 年 9 月 13 日、9 月 18 日日记，载叶至善等编《叶圣陶集》（第 19 卷），江苏教育出版社 2004 年版，第 136—137 页。

④　叶圣陶 1948 年 4 月 23 日日记，载叶至善等编《叶圣陶集》（第 21 卷），江苏教育出版社 2004 年版，第 276 页。

⑤　叶圣陶：《偶成》，载叶至善等编《叶圣陶集》（第 8 卷），江苏教育出版社 2004 年版，第 176 页。

叶圣陶晚年对佛教的评价很耐人寻味："佛教不可思议，密宗类似巫。"① 在对佛教敬而远之的同时也带有一丝不以为然的意味。在《答丏翁》中，叶圣陶明确提出，他不信仰佛教、基督教或者其他的宗教，"到人民成了真正的胜利者的时候，这个世界就是净土，就是天堂了。如果这也算一种信仰，那么我是相信'此世净土'的"②，表示了他对宗教的态度及民主主义信念。当然，就文艺创作而言，叶圣陶感到"禅思至有味"③，在他的诗词创作中也不时地流露出禅趣。但是他对于佛学概念如"境""缘""自性"等，始终缺乏确切的理解。④ 他对于佛学，在很大程度上还是隔膜的。

二 叶圣陶与西方思想文化

与众多"五四"学者一样，叶圣陶既接受了严格的旧式教育，受到古典思想文化的熏染，但是他也受过新式教育，现代思想文化指引他走上了一条全新的道路。这里所说的现代思想文化，不仅是指西方现代文化，也包括自晚清以来中国思想文化界涌现的种种思潮，它们共同形成了对中国传统思想文化的冲击，促使中国思想文化走上现代化的征程。

在这样一个民族危机与思想危机深重的年代，多种思想的交锋显得尤为激烈。就个人的思想状况而言，也往往呈现出驳杂的情形。叶圣陶自小生长于苏州，顾炎武的事迹与气节促使他产生了强烈的民主主义思想，这是苏州地域文化的影响。⑤ 更重大的影响则是经由新式教育而获得。1907年，叶圣陶考入草桥中学。草桥中学借鉴日本的办学经验，顺应现代教育的要求，开设的课程中固然有经学，但更多的是外语、算学、博物这样的现代学科。新式教育成为沟通中西文化的桥梁，叶圣陶从中窥见了一个新

---

① 叶圣陶 1984 年 9 月 1 日致俞平伯书信，载叶至善等编《叶圣陶集》（第 25 卷），江苏教育出版社 2004 年版，第 289 页。

② 叶圣陶：《答丏翁》，载叶至善等编《叶圣陶集》（第 6 卷），江苏教育出版社 2004 年版，第 215 页。

③ 叶圣陶 1979 年 3 月 18 日致俞平伯书信，载叶至善等编《叶圣陶集》（第 25 卷），江苏教育出版社 2004 年版，第 213 页。

④ 叶圣陶 1976 年 5 月 12 日致俞平伯书信，载叶至善等编《叶圣陶集》（第 25 卷），江苏教育出版社 2004 年版，第 158 页。

⑤ 商金林：《叶圣陶传论》，安徽教育出版社 1995 年版，第 22 页。

的世界。在回顾自己的创作历程时，叶圣陶指出英文文学作品与翻译作品对自己的文学兴趣影响最大。就英文作品来说，华盛顿·欧文的《见闻录》成为叶圣陶走上文学道路的直接动力。叶圣陶后来还读过古德斯密的《威克斐牧师传》，他发现与重情节的中国古典小说相比，欧美小说"诗味的描写，谐趣的风格，似乎不曾在读过的一些中国文学里接触过"①；翻译作品对他影响更大，在当时的叶圣陶看来，"简直在经史百家以外另外有一种境界"②，林纾译的《十字军东征记》为叶圣陶"接触翻译文字之始"③，此后的《迦茵小传》《巴黎茶花女逸事》《块肉余生述》《撒克逊劫后英雄略》《吟边燕语》《离恨天》等作品为他提供了丰富的精神食粮。而他所推重的作家如狄更斯、托尔斯泰、王尔德等人，也都是有名的大家。诚如有的学者指出的，欧美小说在叶圣陶文言小说创作中起了启蒙作用。他早期的文言小说生活气息浓厚，注重田园风情和自然景观的描绘，文笔朴质轻灵，幽默中寓以凄切，这些方面显然是受了欧美小说的浸染。④ 其实欧美小说所展现出来的文学境界，还深刻影响到了叶圣陶"五四"以后的文学创作，从叶圣陶小说的诗化倾向、讽刺笔调、朴实描写都可以看到这种影响的延续。

不过，叶圣陶本人对于西方文学并非是全盘接受，他也有自己的选择与改造。在这一时期，叶圣陶还深受同时代文学的影响。晚清以来，资产阶级维新派发动了白话文运动、小说界革命、诗界革命、文界革命、戏剧改良等一系列革新举措，力图以文学达到变革人心、启蒙民众的目的，当时的文学作品与新式教育都充满了新的朝气与活力。叶圣陶深受这一时代氛围的感染，早在中学时代，他就学习了梁启超创作的《爱国歌》《黄帝歌》、李叔同的《祖国歌》，还接触到《哀希腊》《哀印度》《哀埃及》

---

① 叶圣陶：《过去随谈》，载叶至善等编《叶圣陶集》（第5卷），江苏教育出版社2004年版，第306页。

② 叶圣陶：《〈叶圣陶选集〉（开明版）自序》，载叶至善等编《叶圣陶集》（第18卷），江苏教育出版社2004年版，第316页。

③ 叶圣陶1945年3月15日日记，载叶至善等编《叶圣陶集》（第20卷），江苏教育出版社2004年版，第375页。

④ 彭晓丰：《创造性背离——叶圣陶小说风格的形成及对外来影响的同化》，《中国现代文学丛刊》1986年第1期。

《哀罗马》等域外歌曲。1908 年叶圣陶组织文学社团"放社"，十分喜爱柳亚子的诗与苏曼殊的小说。

这一类的作品，对于叶圣陶的文学兴趣固然有所激发，但最重要的还是思想上的启迪。正是由于蕴含在其中的革命精神，叶圣陶的思想具有鲜明的革命民主主义色彩。他读过梁启超的《新民丛报》、邹容的《革命军》、谭嗣同的《仁学》，从中受到了莫大激励，他的思想也一度趋于激进，且发现当时的文章出现了可喜的变化："革军文牍如祭天、誓师等……皆醇厚静穆，深得书经精髓，而自有一种雄壮慷慨之气，流露于字句之间。汉族重光，气象何其绚烂也"，"文学界似亦经一次革新矣，可喜"①。正是由于将文学革新与社会变革联系起来考察，叶圣陶特别注意到文学"产生英雄"之功用。②

当时各种主义、学说都很流行，叶圣陶很快注意到了无政府主义思潮，把它作为实现理想的理论武器。1911 年 2 月 3 日，叶圣陶首次在日记中记述了他对"大家庭"生活的憧憬："合几知己共居一家"，"同堂"吃饭，"轮流持家"，"尔我嬉笑燕谈"，这样一种亲密无间、相亲相爱的生活，带有鲜明的乌托邦色彩，也是中国社会党人理想中的"新村"景象。③ 无政府主义传入中国后，中国社会党也随之成立。叶圣陶阅读过社会党机关刊物《社会报》、杨笃生的《英国工党与社会党之关系》一文，求购《无政府粹言》《新世界》等宣传无政府主义的刊物，还加入了中国社会党。叶圣陶对无政府主义的接受，大体表现在三个方面：一、坚信"最完美之幸福"的理想是可以实现的；二、提倡自由、平等、博爱，反对阶级压迫与经济剥削；三、主张采用激烈手段，甚至使用暴力推进社会变革。叶圣陶大力宣传无政府主义思想，反对政府，鼓吹人群之说，宣扬以全人类为本位的"世界主义"思想，批判金钱。无政府主义在历史上有它的进步意义，从叶圣陶对无政府主义的宣传来看，他较为侧重的是其中

① 叶圣陶 1911 年 10 月 25 日日记，载叶至善等编《叶圣陶集》（第 19 卷），江苏教育出版社 2004 年版，第 42 页。

② 叶圣陶 1911 年 10 月 26 日日记，载叶至善等编《叶圣陶集》（第 19 卷），江苏教育出版社 2004 年版，第 43 页。

③ 商金林：《叶圣陶传论》，安徽教育出版社 1995 年版，第 103 页。

的民主、自由、平等的一面，反对等级压迫，并已经显露出注重自我，强调个性解放的萌芽。叶圣陶当时的观念，"既融泄了陈翼龙的'社会主义'、吴稚晖和卢信的'无政府主义'、刘师复和沙淦的'无政府共产主义'，也吸取了章太炎的'个人的解放'的思想"①。这与后来叶圣陶在新文化运动时期大力倡导"自我"中心显然有密切的关联。

　　叶圣陶在新文化运动之前对西学的态度是博采兼收，处于思想上的探索阶段。与此相应，对于国学与西学，他将它们都纳入自身的思想构架之中。在民族危机日益深重的晚清时代，面对着西方思想文化的冲击，中国传统文化何去何从，这成为当时知识分子关注的焦点之一。维护传统文化的阵营分成了两派：一派是以王先谦、叶德辉为代表的复古派，另一派是以邓秋枚、柳亚子、陈去病等为代表的"保存国粹"派。他们力图通过提倡国学，保存固有文化来激发国人的民族自尊心与爱国情感。在这样的浪潮中，叶圣陶阅读了《国粹学报》《国粹丛书》《国学萃编》等刊物，对国学也十分喜爱。② 他倾慕章太炎的学术成就，称许《雅言》《甲寅》等杂志"最提倡国学"③。在叶圣陶看来，国学与西学并不存在天然的抵触，都可以为己所用。

　　从这一时期叶圣陶所受到的中西文化的影响来看，他对于各种文学文化思潮的吸收辨析还处于初步阶段，还没有真正理解西方思想的深刻之处。西方文化吸引他的地方主要还是科学与文学。虽然文学负载着思想文化，但真正经由文学领略思想文化的精妙却并不容易。到"五四"时代，叶圣陶在新思潮的激荡下再度振奋，其中对他影响最大的就是《新青年》。在《新青年》的引导下，叶圣陶所受的影响主要是西方文化思潮。他认为救国之道，在于"运我灵思与世界学术接触"④，尤其是德法学术更需要重视。从文学到学术，叶圣陶对西方思想文化的理解开始走向深入，培根的"惟行论"、柏格森的"创造的进化论"吸引了

---

　　①　商金林：《叶圣陶传论》，安徽教育出版社1995年版，第112—119页。

　　②　同上书，第44—45页。

　　③　叶圣陶1914年11月14日致顾颉刚书信，载叶至善等编《叶圣陶集》（第24卷），江苏教育出版社2004年版，第83页。

　　④　叶圣陶1915年11月4日日记，转引自商金林《叶圣陶传论》，安徽教育出版社1995年版，第185页。

他。1916 年 4 月 7 日的日记中叶圣陶谈到了培根和柏格森："英人郁根（培根——引者注）谓人类于自然生活，每感其不足而更求其深，孰主张是，孰纲维是，亦维一永久长存之真理。其字曰：普遍之精神生活者而已。人能以独立自尊之力，归向此普遍之精神生活，斯真人生之根柢也。一曰法人布格逊（柏格森——引者注），其说能提醒人精神之根柢，人称为灵魂之先知人。当世大哲惟此二人。"在 1916 年 4 月 8 日日记中，叶圣陶指出："今科学日昌，常于人类文化之现象上，寄与以一种新事实，由此新事实更产新思想，则今世之潮流实求真理。此历程之间，要无何等之目的也。此历程之真，即郁根所谓精神生活，布格逊所谓创造的进化。真之内含既定，而我人又有一种观念，以为必置信仰于一种究竟因果之上。此何为故，则犹无以作答，此近世思想之所以烦闷也。今之究竟，要在求二者之调和，即智识与信仰之合一而已。……复思智识与信仰合一，殆即阳明知行合一之说，与郁根之惟行论，一则曰知外无行，行外无知；一则曰人生之实际问题，为智力所不能解决者，可用实行以解决之，俱此意也。"①

叶圣陶将智识与信仰合一说比附为王阳明的知行合一说，显然存在很大的问题，但是这种积极的探求也体现出他开始主动地选择、吸收西方文化，这种选择与吸收是基于他自身的认识水平与实际需求，与其固有的知识结构密切相关。在中国古代各家学说中，叶圣陶最倾向于儒家。在他看来，儒家重践履，提倡知行合一的精神是极为可贵的，王阳明就是这样的一个人物。叶圣陶认为，"'王学'是人生哲学，是唯心的理想主义的人生哲学"，"言人生哲学不能不论修养，言修养自然要探讨到心性"②。叶圣陶视儒学为人生哲学，而王阳明强调心性修养、知行合一，在接受西学时，叶圣陶也就自然而然地将二者进行类比。

叶圣陶并不愿意从形而上的层面去探讨信仰问题，他更感兴趣的是现实，对于不可知者宁愿抱着存而不论的态度。这种思想倾向深深影响到他

---

① 转引自商金林《叶圣陶传论》，安徽教育出版社 1995 年版，第 186—187 页。
② 叶圣陶：《〈传习录〉注释本绪言》，载叶至善等编《叶圣陶集》（第 18 卷），江苏教育出版社 2004 年版，第 303 页。

的文学观与教育观。因此，叶圣陶才会有实用主义教育观，才会赞同杜威的"教育即生活"的观念，以教育为人生的工具，强调知行合一，在文学观上也主张体验生活，重视文学的社会效用。叶圣陶的教育观念并非来自杜威，却能从杜威那里找到同样的看法。20世纪20年代，杜威曾经访问中国，宣传他的实用主义教育观，胡适对杜威的思想作了进一步的阐发。在1924年发表的《作文论》中，叶圣陶就直接借用杜威与胡适的理论，以思想训练为写作的前提，强调经验的重要性。① 也正是基于经验主义、实用主义的态度，叶圣陶有意淡化文学与非文学的界限，不同意胡适关于文学的解说。但是，作为一名有着丰富审美情感与经验的文学家，叶圣陶又不能无视文学自身的特性与规律，他也强调了培养情感的重要性。在此后数十年的时间里，他对于文学与非文学的关系问题始终持双重态度。也正是基于经验主义与实用主义的态度，叶圣陶在文学教育问题上也产生了矛盾，并没有对文学教育给予充分的肯定。

这一时期叶圣陶还受到进化论的影响。叶圣陶曾高度评价达尔文的功绩："煌煌进化论，厥功达翁冠；教宗神异说，一一如冰涣。裨益于人类，其量宁可算？"② 其实早在1913年，叶圣陶就向顾颉刚讨教过严复译的《天演论》，③ 并且在此之前他就已经接受了进化论，认为宗教终将消亡。

但是因为理解上的困难，进化论此时还没有对他产生很大的影响。直到新文化运动时期，进化论才真正影响到他的世界观与人生观。物竞天择、优胜劣汰的理论给叶圣陶带来很大的震动。更重要的是，他深受进步主义信念的影响，相信历史必然是不断进步的，每个人都是"进化历程中一个队员"④，世界处于不断的进化途中，必须消灭阻碍进化的事

① 叶圣陶：《作文论》，载叶至善等编《叶圣陶集》（第15卷），江苏教育出版社2004年版，第21—22页。

② 叶圣陶：《读书二首》，载叶至善等编《叶圣陶集》（第8卷），江苏教育出版社2004年版，第445页。

③ 叶圣陶1913年10月12日致顾颉刚书信："君读《天演论》得师导引，领悟自异。其中导言较易，下卷殊难，君归以后肯转教我乎？"载叶至善等编《叶圣陶集》（第24卷），江苏教育出版社2004年版，第55页。

④ 叶圣陶：《女子人格问题》，载叶至善等编《叶圣陶集》（第5卷），江苏教育出版社2004年版，第10页。

物。对于文学来说，叶圣陶认为，"全民族的人生活动要进化，丰富，高尚，愉快……文学就是重要原力之一"①。因此，必须提倡真的文学，反对游戏的、消遣的文学。但是，进化论对叶圣陶的影响主要还是在于世界观与人生观，对于他的文学观特别是文学史观并没有产生直接的影响。在这一点上他与陈独秀、胡适、茅盾不一样。陈独秀应用进化论来宣扬其文艺主张，认为中国应大力提倡写实主义文学，胡适则是推举白话文学，茅盾进而倡导自然主义文学。事实上，还是西方人道主义赋予了叶圣陶前所未有的战斗热情，对他的文学观产生了深刻而巨大的影响。天赋人权、平等、自由、博爱、个性解放这些欧洲资产阶级革命与启蒙时代的战斗口号，成为包括叶圣陶在内的中国知识分子反思与批判封建制度与文化的最有力的武器。②特别是先前无政府主义思潮在中国的传播，叶圣陶已经产生了推翻政府、消灭国家界限、张扬个体、寻求自救与互助的思想，这些观念与西方人道主义相结合，便形成了叶圣陶在"五四"时代的精神风貌。其中最鲜明的一点就是他对个人、自我的重视，强调文艺家要以自我为中心。在个人与群体之间强调个体的优先性，这就把文艺家的个性提高到了前所未有的高度，能够保证创作个性的充分发挥。

　　但是，叶圣陶从来也没有真正提倡个人主义，相反他一再强调"群"对个人的重要性。"群"这一概念在中国古代就已经出现，荀子在论礼乐的必要性时提到了"群"。荀子认为，人有物质需求欲望，要合理地分配社会财富，就需要"礼"来制定等级与名分。荀子进而指出，人之所以为人，人之所以能胜物，原因即在于"人能群，彼不能群也"，"人生不能无群，群而无分则争"（《荀子·王制》）。荀子的目的其实是为礼乐、王权寻找理论根据，证明其合理性。但是，在晚清时代，维新派学者对"群"的使用却借鉴了西方，具有新的意义。梁启超曾经极力强调"群"

---

　　①　叶圣陶：《文艺谈》，载叶至善等编《叶圣陶集》（第9卷），江苏教育出版社2004年版，第72页。

　　②　参见叶圣陶《女子人格问题》《吾人近今的觉悟》《职业与生计》《纵欲与堕胎》《创造光明》等文，载叶至善等编《叶圣陶集》（第5卷），江苏教育出版社2004年版，第3—10、11、21—23、66—67页，《叶圣陶集》（第18卷），第14页。

的重要性，但是他是为抨击专制王权，强调建立"新的政治共同体"，同时也是把"群"视为"一个宇宙论的原则"①。

叶圣陶本人所谈论的"群"主要是指群体，而且他并不以阶级概念来限定，他有时也用"小我"、"大我"的概念指代个人、大群，② 可见他所说的"群"也不存在等级问题。他追求的是个人与大群之间的和谐，因而他还是很重视个体的地位的。弘扬个性、返归自我，正是"五四"的时代精神。周作人的《人的文学》正是从"人"的角度来倡导"人的文学"，周作人所说的"人"，是"'从动物进化的人类'。其中有两个要点，（一）'从动物'进化的，（二）从动物'进化'的"，这也就意味着对人首先要从生物学的角度来看，"所以我们相信人的一切生活本能，都是美的善的，应得完全满足。凡有违反人性不自然的习惯制度，都应排斥改正。但我们又承认人是一种动物进化的生物，他的内面生活，比他动物更为复杂高深，而且逐渐向上，有能改造生活的力量"③。这就是周作人所说的"个人主义的人间本位主义"④。不过，在当时的中国，这种个人主义与西方的个人主义仍然存在很大的区别，其最明显的一点就是努力协调个人与群体之间的关系，不把其中的任何一面发展到极端。这与中国的现实环境相关，也与几千年中国传统文化的牵制相关。因而"五四"时代的中国知识分子，面对内忧外患，无法把个性主义真正发挥到极致。像叶圣陶这样深受中国传统文化影响的知识分子就更是如此，叶圣陶在自己的文章中，对于个体与大群之间的关系问题也反复作过论述。从总体来看，他始终强调个体要与大群达到和谐的境地，但在不同的时期，他论述的侧重点有所不同："五四"之前，他强调"我"最尊贵，反对国家、政府对个人的戕害；"五四"时代他的侧重点是在个体，强调个人

---

① ［美］张灏：《梁启超与中国思想的过渡》，崔志海、葛夫平译，江苏人民出版社1995年版，第69页。张灏对梁启超的"群"的思想进行了深刻的辨析，张灏还认为，"群"决不能被理解为来自传统的有机和谐和道德一致理想的一个概念，而是一个主要受西方社团组织和政治结合能力的事例所激发的新的概念。见该书第68页。

② 叶圣陶：《文艺谈》，载叶至善等编《叶圣陶集》（第9卷），江苏教育出版社2004年版，第52页。

③ 周作人：《人的文学》，载胡适编选《中国新文学大系·建设理论集》（影印本），上海文艺出版社2003年版，第194页。

④ 同上书，第195页。

的健全对于群体的重要性：当个体的人格和天赋权利被践踏，而个人对此又不自觉时，就会"阻碍社会进化"①；30 年代以后他的侧重点就逐渐转移到大群上，强调群体对个人的重要性，叶圣陶认为，辨别善恶正邪，要"以人为根据"，"人又必须合群，离开了群就无所谓人生。……全世界的人就是一个大群"②；40 年代以后他更是强调要为人民服务，"民主精神的重要意义，在于扩大个己到大群，个己在大群之中，个己与大群融为一体而不可分，所以公众的事非管不可，并且要放在个己的私事的前面"③。

　　因此，叶圣陶强调的其实是"群"。在他看来，从个人生存来说，个体离不开群体；从个体发展来说，个体只有在大群之中才能谋得真正的发展。只有利于群体，个体才能真正受惠。他固然认为文学是人生的表现，但是他也认为，"说到人生，便含有社会的意味，无论物质的一衣一食，精神的一思一虑，都取资于社会，附丽于社会"④。因此，他认为文艺创作虽是无所为的，但还是要"贡献给大群"⑤。特别是到 40 年代，叶圣陶强调文艺工作者要意识到自己是人民中的一员，要为人民服务。⑥

　　不过，叶圣陶对于自我修养与个体作用的发挥还是极为重视，反对丧失自我，特别是在文艺创作上，他要求文艺家要显出自己的个性。叶圣陶创作的小说，有不少就是深入人物的内心世界，心理描写丰富而细腻。在理论上他也极为重视文艺心理学的问题，因此，庄子的"物化"、"与造物同游"、李贽的"童心"说、柏格森的"直觉"说都成为他探讨文艺创作中感性、直觉、想象的理论资源。叶圣陶认为直觉是文艺家观察世界的

---

　　① 叶圣陶：《职业与生计》，载叶至善等编《叶圣陶集》（第 5 卷），江苏教育出版社 2004 年版，第 18 页。

　　② 叶圣陶：《四个"有所"》，载叶至善等编《叶圣陶集》（第 6 卷），江苏教育出版社 2004 年版，第 113—114 页。

　　③ 叶圣陶：《管公众的事》，载叶至善等编《叶圣陶集》（第 12 卷），江苏教育出版社 2004 年版，第 207 页。

　　④ 叶圣陶：《职业与生计》，载叶至善等编《叶圣陶集》（第 5 卷），江苏教育出版社 2004 年版，第 20 页。

　　⑤ 叶圣陶：《文艺谈》，载叶至善等编《叶圣陶集》（第 9 卷），江苏教育出版社 2004 年版，第 58 页。

　　⑥ 叶圣陶：《文艺工作者与教育工作者一个样》，载叶至善等编《叶圣陶集》（第 6 卷），江苏教育出版社 2004 年版，第 284 页。

唯一方法，体现出他对于审美心理的特殊性的高度自觉。叶圣陶并不满足于对世界的机械分析与认识，因而注重人的生命意志的直觉主义自然会得到他的青睐。柏格森的直觉主义就是以对理性主义的抨击与反拨而出现的，但是叶圣陶并没有将感性与理性对立起来，也并没有非理性主义的神秘主义倾向，因而他对柏格森理论的借鉴是很有限的，还没有深入非理性的无意识领域中去。

对作家的高度重视体现在文学观念上即强调"作者和作品是一体而不是分离的"①。中国古代讲究言为心声，注重自我道德修养，因而有以文观人的传统。西方近代则出现"风格即人"的信念，重视作家个性对作品风格的影响。在这一点上，叶圣陶将中国传统与西方观念融合到了一起，大力提倡修辞立其诚，又对"诚"作了现代意义的阐发，视作家为具有高度自觉意识的个体。因此，叶圣陶本人的小说创作就具有明显的主观色彩。这种主观色彩曾受到茅盾的批评，茅盾赞许的是叶圣陶"冷静地谛视人生"、"客观的写实的色彩"。② 但是正是在这一点上，叶圣陶显示出其特殊性：注重诗意氛围的营造，深入人物的内心，流露出作者的主观情绪同时又不脱离冷静平实的描写，这些都成为叶圣陶早期文学创作的特性所在。

对于西方的文学思潮，叶圣陶也是进行充分的采择、吸收，其中尤以法、俄的批判现实主义文学对他影响最大。在启蒙主义思潮中，文学被视为国民性的体现。叶圣陶就深受这一观念影响，认为要批判、改造国民性，就必须创造新文学，而外国文学可以提供借鉴。主编《小说月报》时，叶圣陶曾引录厨川白村、赫贝尔的文艺主张，借此表达他对于文学的理解：文学要表现人生，展现生命的活力。③ 因此，叶圣陶十分欣赏俄国文学"爱"的精神、日本文学"爱"与"美"的特质。法国的批判现实主义文学也受到他的重视。出于对中国前途与命运的关注，

---

① 叶圣陶：《文艺谈》，载叶至善等编《叶圣陶集》（第 9 卷），江苏教育出版社 2004 年版，第 36 页。

② 茅盾：《中国新文学大系·小说一集·导言》，载茅盾编选《中国新文学大系·小说一集》（影印本），上海文艺出版社 2003 年版，第 22 页。

③ 叶圣陶在主编《小说月报》期间，曾引录了厨川白村、赫贝尔的话作为卷首语。见商金林《叶圣陶传论》，安徽教育出版社 1995 年版，第 299—300 页。

叶圣陶也注意到弱小民族国家的文学。同时，出于对教育事业的关心，叶圣陶开始了儿童文学创作，成为中国童话的先驱之一。叶圣陶表示，"我写童话，当然是受了西方的影响。五四前后，格林、安徒生、王尔德的童话陆续介绍过来了。我是个小学教员，对这种适合给儿童阅读的文学形式当然会注意，于是有了自己来试一试的想头"①。无论是从童话本身体现出来的诗意，还是对残酷现实的揭示，叶圣陶的童话作品都与后者有相近之处。但这也是由他直面人生、关注现实的文艺思想所决定的，叶圣陶的童话因而越来越不像童话，不能达到一种真正超然的境界。

20 世纪 40 年代以后，叶圣陶的文艺观发生了重大变化，他的现实主义文艺思想走向成熟。同时在心理语言学、马克思主义语言学与文艺观的影响下，叶圣陶对文学关注的重心由情感转向语言，在他看来，思想与语言是一体的。在这样的条件下，作者的世界观、人生观便再次得到了强调。这一时期，苏联文学受到了叶圣陶的高度重视，同时他也接触到欧美文学。叶圣陶对苏联文化给予了高度评价，但也发现其中存在不足："大抵苏联影片，富于教育意义（广义的），以其注重此点，往往忽略娱乐意义。"而"美国影片则重在娱乐意义"②。对于欧美文学，叶圣陶倒是挖掘出了其中的艺术成就，对于《约翰·克利斯朵夫》这样的作品能够充分肯定其成就。③ 对于国内的文学作品，叶圣陶同样不客气地指出其中存在的问题：《青春之歌》《林海雪原》《清明前后》《胆剑篇》，在艺术上都存在着不足。④ 这些都体现出叶圣陶本人始终在坚持文学的艺术本性，这是非常难得的。

---

① 叶圣陶：《我和儿童文学》，载叶至善等编《叶圣陶集》（第 9 卷），江苏教育出版社 2004 年版，第 320 页。

② 叶圣陶 1948 年 4 月 28 日日记，载叶至善等编《叶圣陶集》（第 21 卷），江苏教育出版社 2004 年版，第 278 页。

③ 叶圣陶 1948 年 3 月 7 日日记，载叶至善等编《叶圣陶集》（第 21 卷），江苏教育出版社 2004 年版，第 263 页。

④ 分别见叶圣陶《课文的选编——致人教社中学语文编辑室》，载叶至善等编《叶圣陶集》（第 16 卷），江苏教育出版社 2004 年版，第 155—156 页；叶圣陶 1945 年 10 月 10 日日记，载《叶圣陶集》（第 20 卷），第 462 页；叶圣陶 1961 年 7 月 29 日日记，载《叶圣陶集》（第 23 卷），第 241 页。

第二节　多重职业身份与知识分子批判

一　多重职业身份

叶圣陶是"五四"一代知识分子，他深受"五四"时代风潮的影响，投身于新文化运动。由于环境的需要以及广泛的兴趣，叶圣陶得以在多个领域从事文化工作与社会活动，正是由于扮演了不同的角色，他对于文艺问题的思考就显得较为全面而深入。

叶圣陶最初是创作文言小说，后来创作新文学，发表了大量的白话文学作品。同时，他积极思考文学问题，发表了四十则《文艺谈》。这是新文学理论史上最早出现的专著，反映出叶圣陶本人作为一名文学理论家所具有的深度，他其实是能够将感性与理性融为一体的。后来叶圣陶发表的大量文学评论文章，更是显示了叶圣陶的文学批评才华。他不是像别的一些批评家那样照搬理论，而是能够做到客观、公正、宽容地对待不同的艺术风格，从作品实际出发，细细读解、鉴赏，达到对作品艺术世界的审美把握。

多方面的成就与叶圣陶本人丰富的实践活动是分不开的。早在中学时代，叶圣陶就组织了文学团体——放社，担任"盟主"，既培养了文学兴趣，又锻炼了自己的组织能力。后来他与顾颉刚等人一同办年级小报《课余》（后改名为《课余丽泽》）。这些活动为他后来从事文化工作打下了基础。1921 年，叶圣陶加入了文学研究会，文学研究会在小说、戏剧等方面都有定期刊物，唯独诗歌方面没有，于是叶圣陶就负责筹办中国第一个新诗刊物——《诗》。叶圣陶最喜爱的文学体裁其实还是诗歌，如此一来他就有了用武之地。通过主编《诗》月刊，叶圣陶不仅吸引了一大批诗人，同时也使《诗》成为新诗创作与批评的园地。叶圣陶作为主编，必须对作品有敏锐的感受力与把握能力，这是从读者——更准确地说是从批评家的角度提出的要求。这就需要叶圣陶以读者的身份来审视作品，把自己对文学问题的思考引向深入。这样一份刊物必须容纳不同艺术风格的作品，这也要求叶圣陶打破"主义"的束缚，更多地从审美的角度来欣赏、评判作品。

　　由于《诗》月刊存在时间很短暂，叶圣陶还未能充分发挥他的才干，而到了 1927 年代郑振铎主编《小说月报》，他的能量终于得到较为充分的释放。据叶圣陶晚年回忆，郑振铎于 1927 年 5 月赴欧洲游学，托他代编《小说月报》，到 1929 年 5 月郑振铎回国，大致说来，"从十八卷第七号到二十卷第六号，我代振铎兄编了两年，一共二十四期"①。在叶圣陶之前，沈雁冰、郑振铎主编的《小说月报》，译著分量极重，而发表的创作作品，又以文学研究会同人的居多。

　　这种做法引来创造社等团体的批评，同时作品的匮乏也表现出新文学创作实绩的贫弱，这是不利于新文学的推广的。应该说，沈雁冰与郑振铎是有苦衷的。为了与旧文学相对抗，他们高举"为人生"的大旗，刊登文学研究会同人的作品以贯彻自己的宗旨是合情合理的，而新文学运动初期创作的贫乏，又使他们必须大量引入俄国、欧美及弱小民族国家的文学作品。因此直到 1921 年，茅盾还在感慨新文学创作的贫乏与公式化、题材的狭窄。② 茅盾回顾新文学第一个十年的创作历程，指出从 1917 年至 1921 年新文学的收获极少，"民国十年一月，《小说月报》也革新了，特设'创作'一栏，'以俟佳篇'；然而那时候作者不过十数人，《小说月报》（十二卷）每期所登的创作，连散文在内，多亦不过六七篇，少则仅得三四篇。而且那时候常有作品发表的作家亦不过冰心，叶绍钧，落华生，王统照等五六人"。青年人的投稿"至多不过十来篇，而且大多数很幼稚，不能发表"，《小说月报》以外的情况也不乐观。③ 但是到 1927 年叶圣陶接手《小说月报》的时候，形势就有了很大的不同。文学研究会与创造社的论争早已结束，经过十年的酝酿，新文学创作出现了繁荣的局面，各种风格流派竞相展现文坛。正如茅盾所说："那时期的后半的五年（1922 到 1926），那情形可就大不同了。从民国十一年起，一个普遍的全国的文学的活动开

---

　　① 叶圣陶：《记我编〈小说月报〉》，载叶至善等编《叶圣陶集》（第 17 卷），江苏教育出版社 2004 年版，第 390 页。

　　② 茅盾：《评四、五、六月的创作》，载《茅盾全集》（第 18 卷），人民文学出版社 1989 年版，第 131 页。

　　③ 茅盾：《中国新文学大系·小说一集·导言》，载茅盾编选《中国新文学大系·小说一集》（影印本），上海文艺出版社 2003 年版，第 1 页。

始来到！"① 在新的形势下，必须改变《小说月报》原有的编辑方针，才能有效地推动新文学运动。

　　叶圣陶正是在这一形势下临危受命，大刀阔斧地进行改革，将创作提到首要位置，同时打破门户之见，大力刊发不同风格流派的作品，并注意提携新人，培养新文学的后备力量。1927 年 7 月 10 日出版的《小说月报》推出"创作专号"，"没有论文，没有译品，这在本报似乎无其例"②。叶圣陶的改革，同他本人的文学观念是密切相关的。他采取多元、宽容的方针，但是有一个基本原则，那就是坚决反对文学研究会宣言中所批评的以文学为游戏或消遣的态度，大力扶持新文学，倡导民众文学，重视"血与泪的文学"。他鼓励徐玉诺写这样的作品，并刊登在自己主编的《小说月报》上。③ 在他主编《小说月报》期间，他既推出已成名的作家，也提拔新人，对于茅盾、丁玲、巴金的作品都给予了高度评价。在文论建设方面，他促成茅盾写《王鲁彦论》《鲁迅论》，开创了中国现代作家论，从理论上总结新文学第一个十年的成果，大力译介世界文学。他反对拘于"主义"之见的文学，强调最重要的是文艺家的情感的真，认为"为人生"与"为艺术"其实是一致的，文艺必须以生活为源泉，作品应该展现文艺家的自我。正是在叶圣陶的努力下，《小说月报》真正成了一个新文学创作与批评百花齐放的园地。

　　叶圣陶既依靠自己的人缘广邀名家撰稿，也积极发现新人，戴望舒、丁玲、巴金等文学青年得以迅速在文坛脱颖而出，这与叶圣陶的慧眼是分不开的。戴望舒的《雨巷》、丁玲的处女作《梦珂》和代表作《莎菲女士的日记》及多部短篇小说、巴金的第一部长篇小说《灭亡》，都是在叶圣陶主编的《小说月报》上发表，从而声名鹊起。丁玲、巴金等作家谈及此事，都对叶圣陶表示了由衷的感谢。④ 正是因为叶圣陶具有多重身份，因

---

　　① 茅盾：《中国新文学大系·小说一集·导言》，载茅盾编选《中国新文学大系·小说一集》（影印本），上海文艺出版社 2003 年版，第 4 页。

　　② 叶至善等编：《叶圣陶集》（第 18 卷），江苏教育出版社 2004 年版，第 19 页。

　　③ 商金林：《叶圣陶传论》，安徽教育出版社 1995 年版，第 222—225 页。

　　④ 同上书，第 310—314 页。

而他既能从作者的角度也能从读者的角度来谈文艺。① 也正是因为拥有不同的身份，叶圣陶对于作品能够持宽容的态度，对于创作和批评的不同特点有了更深的体会："对于别人的东西，应该用了解的心情，取宽容的态度，来阅读，来吟味，虽然自己写作的时候不妨坚持自己的信念。"②

　　这样一种优势在叶圣陶主编《中学生》《中学生文艺》《新少年》等刊物时仍然十分明显，他不仅大力推举新文学作品，也注重世界文学与中国古典文学。不仅如此，《中学生》还是一个极具综合性的刊物，既刊登文学作品，也提供评论与阅读、写作指导，开展征文活动，还兼顾时论、学术、自然科学与社会科学等，满足读者的不同需要。就文学而言，叶圣陶注意到青年读者喜欢传记文学，特意在《中学生》上刊载；针对青年爱好文艺的情况，《中学生》也特辟《文艺特辑》，沈从文、朱光潜、何洛的文章是提供指导，而作品则由茅盾、靳以、巴金、王统照及中学生提供。在译介世界文学时，叶圣陶博采众家，既有俄国文学，也有法国、日本、波兰的文学；既有现实主义的高尔基、契诃夫，也有浪漫主义的普希金、现代主义的安德烈夫。《中学生》曾专门刊登文章纪念歌德、雨果、屈原、高尔基、章太炎、鲁迅、普希金等人。③

　　在主编《中学生》《中学生文艺》等刊物期间，叶圣陶向广大青少年读者推荐新文学、世界文学，并开展了征文活动，积极鼓励青少年创作，在征文、选文的过程中将自己的观念表达出来：要"用自己生活的实感以充实作品的内容，把深刻的观察来代替浮浅的感觉"④；要"是自己的实感，自己的真意思"，"说自己的话，无所为而有所为"⑤。正是这一宗旨，使《中学生》等杂志在当时得到广大中学生、青少年的喜爱，被誉为良师

---

　　① 叶圣陶：《作者·读者》，载叶至善等编《叶圣陶集》（第 9 卷），江苏教育出版社 2004年版，第 139—140 页。

　　② 叶圣陶：《〈水晶座〉序》，载叶至善等编《叶圣陶集》（第 5 卷），江苏教育出版社 2004年版，第 303 页。

　　③ 叶圣陶：《〈中学生〉的〈编辑后记〉》，载叶至善等编《叶圣陶集》（第 18 卷），江苏教育出版社 2004 年版，第 48、82、84、100、103—104、107 页。

　　④ 叶圣陶：《〈中学生文艺〉编后》，载叶至善等编《叶圣陶集》（第 18 卷），江苏教育出版社 2004 年版，第 113 页。

　　⑤ 叶圣陶：《〈挣扎〉序》，载叶至善等编《叶圣陶集》（第 18 卷），江苏教育出版社 2004年版，第 221 页。

益友。

　　叶圣陶参与主持的开明书店，在新文化的传播推广中也同样起到了巨大的作用。参与开明书店的事务后，他被誉为开明书店的"奠基者"和"灵魂"①。在他的努力下，一大批学术著作与文学作品得以出版，其中不少已经成为经典之作。从叶圣陶为这些作品所写的广告词就可以看出，他看重的是灌注着现代意识与精神的学术著作，以及能够展现时代风貌，揭示人的内心世界的文学作品。开明书店出版的茅盾、朱自清、沈从文、巴金、丁玲等人的作品，为现代文学的传播起到了巨大的作用，这也是与叶圣陶本人的文学观念分不开的。开明书店另外还出版有《开明国语课本》《开明少年》《国文月刊》等，《开明国语课本》已成为语文教材的经典之作，在叶圣陶等人影响下的"开明风"已然形成。事实上开明书店出版的作品有着多种风格，而叶圣陶能够兼收并蓄，正体现出他的眼光。叶圣陶不仅是在总结、推广新文学与世界文学，对于中国古代文化遗产，他也十分重视。在教育方面，他就提出继承固有文化，阅读的古书应是古典文学名著。在他看来，古典文学是古代文化的重要组成部分，需要运用现代的眼光批判继承。为此，叶圣陶在中小学教材中收入了大量古典文学作品并进行阅读指导，还专门为此编写了不少文言读本。同时他还积极参与整理、出版古典文学作品如苏轼、辛弃疾、周邦彦与姜夔的词、四大名著等，为保存与推广古典文化做出了重大贡献。

　　新中国成立以后，叶圣陶担任人民教育出版社社长等职，他更为清醒地认识到编辑出版工作所具有的重大的文化意义，因而要求编辑出版工作者要有专业素养。在他看来，编辑人员不仅应该具备技术能力，更要有思想上的自觉意识，"出版事业的性质是工业、商业、教育事业三者兼之，三者之中，教育事业应居首要地位"②，因而教材选文就要"文质兼美"

---

　　①　商金林：《叶圣陶传论》，安徽教育出版社 1995 年版，第 591 页。

　　②　叶圣陶：《出版事业和出版史料》，载叶至善等编《叶圣陶集》（第 17 卷），江苏教育出版社 2004 年版，第 385 页。

的作品①，这就对作家提出了要求。叶圣陶早年在《文艺谈》中还强调文艺家应无所为而作，当然这并不意味着可以不顾读者，而是在顾及新文学的启蒙使命的前提下充分发挥作家的创作自由。开始编辑生涯以后，叶圣陶逐步强调读者的重要性，认为创作不能忽略接受。特别是 20 世纪 40 年代以后叶圣陶已经意识到现在是人民的世纪，文艺工作者是人民中的一员，要为人民服务，叶圣陶认为"写文章的人必是读文章的人"②，写作必须考虑到读者因素也就是为谁而写的问题。

叶圣陶重视读者，与他的教育思想也有密切关联。叶圣陶归根结底是一位教育家，他对文学问题的思考最终仍然会落实到教育上。他对儿童文学问题异常关心，不仅从理论上加以探讨，认为"童心""赤子之心"是创造真文艺的重要条件③，还亲自创作了大量的儿童文学作品，文学与教育的结合在儿童文学这一领域得到了鲜明的体现。文学作品具有陶冶人心与语言训练的功能，叶圣陶早期强调的是文学变革人心的作用，这是"五四"启蒙精神的体现。40 年代以后，他从教育实际与社会实际出发，认为文学不仅可以起到陶冶情操的作用，还可以在语言运用上起到示范作用，也就是具有语言教育的功能。

此外，叶圣陶的儿童文学创作则对他的文学观念产生了重要影响。他是出于教育儿童的动机而创作，理应顺应儿童的心理与趣味，创造出为儿童所喜爱的天真烂漫的理想世界，他早期的作品也的确是这样做的。但是随着创作的深入，他写的作品却越来越不像童话了，越来越多地渗入了成人的悲哀。由于作者直面现实的精神，作品展现的世界就充满了丑恶、残忍、悲惨与无奈。从根本上讲，这是为作者本人的文学观所决定的，逐渐背离了他创作童话时的初衷。作者本人的文学风格与取向显然在创作中起到了决定性作用。

---

① 叶圣陶：《课文的选编——致人教社中学语文编辑室》，载叶至善等编《叶圣陶集》（第 16 卷），江苏教育出版社 2004 年版，第 155 页。

② 叶圣陶：《从"己所不欲"着想》，载叶至善等编《叶圣陶集》（第 17 卷），江苏教育出版社 2004 年版，第 57 页。

③ 叶圣陶：《文艺谈》，载叶至善等编《叶圣陶集》（第 9 卷），江苏教育出版社 2004 年版，第 21 页。

二　知识分子批判

作为一名成长于"五四"时代的知识分子，叶圣陶自小就关注时代、社会，对民族的前途充满忧虑，对于知识阶层与自我的反思也就与同时代的知识分子一样，是在一条批判与自我批判的道路上行进的。

叶圣陶出身平民家庭，苏州的地域文化又使他对于民间格外亲近，这些因素都为他成长为一名平民知识分子奠定了基础。叶圣陶受过严格的旧式教育，还于1905年参加了中国历史上最后一次科举考试，他本来有可能走上仕途，成为传统的士大夫。但是科场失利及随后科举制的废除、中国政局的急剧变化使叶圣陶的人生道路从此改变了方向。在青少年时代，他也受过新式教育，感受到西方文化的魅力，但在"五四"以前，这种影响还是很有限的，主要体现在科学、文学以及中国社会党提倡的无政府主义思想上。

叶圣陶对于当时腐败的政治极为不满，在明末清初顾炎武的反专制思想与晚清时代反清排满思潮的影响下，很快就产生了对革命、民主的向往。在这一点上，可以见出中国古代士人忧心天下的济世情怀、以维新派与革命派为主体的中国现代知识分子对于叶圣陶思想的影响。当然，此时的叶圣陶还没有机会走上政坛，他本人对于政治虽然关心却还没有达到狂热的地步，他更多地是寄情于文学艺术，从他组织放社与创办《课余丽泽》来看，他选择的是一条文学救国之路。

对叶圣陶来说，文学绝非游戏消遣之作，而是一项神圣事业。同时他也意识到文学毕竟不具备直接的社会效用，这也使他对文学的态度很矛盾，甚至一度发出文学无用的偏激之语："你说作宣传文字么，士兵本身的行为的宣传力量比文字强千万倍呢。你说制作什么文艺品，表现抗争精神么，中国却是一种书卖到一万本就算销数很了不得的国家。在这一点上，我以为执笔的人应该'没落'。"① 这样的心态在中国古人身上也存在：一面是赞叹文章为"经国之大业，不朽之盛事"，另一面却感慨文

---

① 　叶圣陶：《战时琐记》，载叶至善等编《叶圣陶集》（第 5 卷），江苏教育出版社 2004 年版，第 333—334 页。

学只是雕虫小技。但是，对于文学的爱好以及他本人的文化素养使叶圣陶能够在相当程度上维护文学自身的特性，不是简单地以文学为工具。晚清以来，虽然小说的地位得到了极大的提升，但是当时的知识界仍普遍以小说为小道，以诗文为正统。而当时的专职小说家，有不少也确实是以小说为盈利之工具，迎合市民口味。叶圣陶对文学极为看重，但是他真正倾心的还是诗文，并且是以怡情养性的态度从事创作，可见他与古典文学走得很近。但是，残酷的现实却使叶圣陶走上了一条完全不同的路。清末民初的中国，政治腐败不堪，文化复古主义屡屡兴起。叶圣陶在思想上也是彷徨迷茫，乃至生存都成问题，沦落到以卖文为生的境地。在叶圣陶看来，自己不仅没能成为经世救国、唤醒民众的知识分子，反而成了靠写小说来谋生的没落文人，这简直是奇耻大辱。中国知识分子的精英意识与启蒙抱负，在叶圣陶身上也有体现，但是现实的挫折使他不得不全心沉浸于文学创作。在这样的背景下，他对文学问题的深入思考、对当时文学的批评、与中外文学的广泛接触，特别是对于小说的重新认识，反而在一定程度上成就了叶圣陶日后的辉煌。叶圣陶阅读与创作了不少小说，对他来说，小说成为揭示人生现实的最有效、最便利的文体。这一人生历练，也使叶圣陶本人更加有机会贴近下层民众，体察民间疾苦，乃至对这些疾苦感同身受，早早地与精英知识分子拉开了距离。

同样，在对待传统文化的态度上，叶圣陶本来是被家庭按照封建士大夫的理想来培养的，他受古典文化的影响很深。在晚清严重的民族危机与思想危机面前，在民族主义高涨的年代，对于传统文化的维护与眷恋就不可避免地成为一种普遍的社会心理。叶圣陶也是如此，他曾经向往存古学堂，阅读过国粹派的文章，认为"《雅言》《甲寅》等杂志，最提倡国学"①。相比之下，他在草桥中学时代接受的新式教育对他的影响也极大。现代学科分科体制与各门学科使叶圣陶感受到了科学的力量，他学习算学、博物、地理、化学、外语等课程，接受"军国民教育"②，也尝试了

---

① 叶圣陶 1914 年 11 月 14 日致顾颉刚信，载叶至善等编《叶圣陶集》（第 24 卷），江苏教育出版社 2004 年版，第 83 页。

② 商金林：《叶圣陶传论》，安徽教育出版社 1995 年版，第 25—36 页。

解"伦理、论理、心理诸学"①，特别是欧美文学、林译小说使叶圣陶朦朦胧胧地感受到了一种全新的境界，一种与中国传统文化全然不同的新文化已经向他敞开了大门。正是在这样一种复杂、矛盾的状态中，叶圣陶既没有成为文化保守主义者，也没有唯西方是从，逐渐形成一种以传统文化为立身根基的现代意识。

新文化运动爆发以后，叶圣陶深受时代思潮的激荡，迅速成长为新文化运动的支持者和参与者。他景仰陈独秀、胡适、鲁迅、周作人这样的先驱者，自己也成为"五四"知识分子的一员。因此，叶圣陶同样有着强烈的启蒙抱负与人道主义情怀。在"五四"及以后，他积极响应文学革命的号召，以他的创作显示新文学运动的实绩：他加入了新潮社，后来又加入文学研究会，创作了大量的白话文学作品，涉及当时的各种文学体裁。他还积极开展文学理论研究与文学批评活动，顺应"五四"时代的要求，大力提倡"真"的文学、民众文学，强调"自我"，向往天才，重视个人情感的抒发，充满了浪漫主义的战士激情与诗人气质。他反对复古主义，反对因袭模拟，批判礼拜六派，写下了《骸骨之迷恋》《对鹦鹉的箴言》《"文娼"》等文进行抨击②。他的文学批评是对新文学有力的维护与促进。与此同时，他也同其他"五四"知识分子一样，把思维的触角伸向社会的各个领域，广泛探讨妇女解放问题、教育改革问题、资本制度问题等，体现了知识分子自觉的启蒙意识：他们心忧天下，以社会的良知自任，为苦难深重的中华民族探寻出路。

在"五四"时代，在反对旧道德旧文化这一点上，叶圣陶与众多"五四"知识分子的立场与观点都趋于一致。但是，每个知识分子的知识背景、成长历程、个性气质都不会完全一样，这就会使知识分子即使是在时代大潮的大合唱中也会发出不同的音调。只不过在最初，这些音调不会导致总体上的不和谐。但是，随着文学革命的深入，随着对于建设新文化问题思考的深入，其中的差异就会越来越明显。正是由于坚持个人的文化立场与独立思考，叶圣陶逐渐显示出自己的特色。"五四"时代涌现出来

---

①　叶圣陶1913年5月9日致顾颉刚书信，载叶至善等编《叶圣陶集》（第24卷），江苏教育出版社2004年版，第38页。

②　叶至善等编：《叶圣陶集》（第9卷），江苏教育出版社2004年版，第82—94页。

的知识分子，大多受过正规的高等教育，有着留学欧美或日本的经历，回国后又在大学任教，属于学院派知识分子。他们有着融贯中西的知识结构，也拥有启蒙主义知识精英的优越感，希望通过思想革命实现中国的社会变革。叶圣陶与他们不同，他没有受过正式的高等教育，甚至没有上过高中，更没有海外留学背景，基本上是依靠自学来提高自己的知识水平。在叶圣陶身上，天然就有着对于民众的亲近感与认同意识，有着对乡村和自然的深切眷恋。在成长历程中，他同样经历了辛亥革命的兴奋与失望，民初政局的动荡，"五四"高潮时的振奋与退潮后的苦闷，特别是五卅惨案、大革命失败、抗日战争、解放战争等一系列中国历史上的重大事件，他逐渐意识到"教育原不是孤立的事项，有这么样的中国，就有如现在模样的教育"①，这就促使他进一步从民众中去寻找力量，最终接受了中国共产党。在抗战时期叶圣陶就鼓励叶至诚去延安，他自己也通过各种方式了解延安，同周恩来等人接触。1945 年 2 月 23 日，叶圣陶读到了黄药眠转交的毛泽东的《在延安文艺座谈会上的讲话》，"觉其以文艺为教育工具，自其立场言，实至有道理"②。8 月 30 日，他读《延安归来》，"觉延安之作法平易切实，就事解决，处处为改善民众生活着想，殊可钦佩"，对于毛泽东提出的民主之路，叶圣陶"深喜其言"③。在中共中央的邀请下，叶圣陶离开上海，绕道香港前往解放区，因为他意识到"教育为政治服务是必然的，世间决没有跟政治不相干的教育，教育独立只是一种虚无缥缈的想法"④。这样一条艰辛曲折的探索历程，是中国现代知识分子心路历程的一个缩影。从个性气质来讲，叶圣陶显然不是才子，他平实谦和，细心严谨，持中公允，有着传统儒家的君子人格，温和谦恭。但这并不意味着他没有坚定的立场，在坚持新文化的立场上，他毫不动摇；他也

---

① 叶圣陶：《"生活教育"——怀念陶行知先生》，载叶至善等编《叶圣陶集》（第 6 卷），江苏教育出版社 2004 年版，第 255 页。

② 叶圣陶 1945 年 2 月 23 日日记，载叶至善等编《叶圣陶集》（第 20 卷），江苏教育出版社 2004 年版，第 367 页。

③ 叶圣陶 1945 年 8 月 30 日日记，载叶至善等编《叶圣陶集》（第 20 卷），江苏教育出版社 2004 年版，第 441—442 页。

④ 叶圣陶：《〈进步青年〉发刊辞》，载叶至善等编《叶圣陶集》（第 18 卷），江苏教育出版社 2004 年版，第 185 页。

不是调和主义，充当好好先生，而是力求以辩证的眼光看问题。因此，叶圣陶无疑属于民粹知识分子①。

如此一来就可以理解叶圣陶的文学主张了。他坚决站在新文学阵营一边，严厉批判鸳鸯蝴蝶派、黑幕小说、礼拜六派。面对文学研究会与创造社的论争，他主张"为人生"与"为艺术"是一致的。他没有过多纠缠于主义之争，未曾卷入自然主义的论争。相反他倒是怀着极大的热情加入到"民众文学"的讨论中，切实希望创造中国的民众文学②。对于外国文学，他主张消化吸收，为己所用。"五四"时代知识分子对中国的未来设计了不同的方案，彼此之间发生过激烈的论争，对于这些论争，叶圣陶不是置身事外，而是给予了热心的关注。其中规模较大的有《新青年》与《东方丛刊》围绕着物质文明与精神文明的论争、20世纪20年代的"科学"与"人生观"之争、因泰戈尔来华而发生的东西文化之争。这样的论争主要是在物质/精神、中国（东方）/西方、传统/现代、科学/玄学等二元对立的思维模式中展开，其中又夹杂着政治因素与意气之争，很难真正深入下去。叶圣陶对于各种论争十分关注，发表了自己的意见。他坚持宽容的原则，指出种种主张"完全是各个人的自由的见解；我们本来不能指定哪一种见解是现实的，哪一种见解是过时的。人生是多么复杂的对象"。因此，叶圣陶虽然站在科学派一边，他却戏称自己成了"一个纯粹的机械观的信徒"，对于张君劢的见解抱着"彼亦一是非，此亦一是非"的态度，承认梁启超的主张有其合理之处，反对将他们视为过时人物。③ 对于国故研究，叶圣陶也不是简单肯定或否定，他强调国故研究要取"超然的"地位、"检察的"态度，并且国故研究者即使为学问而

---

① 许纪霖在分析朱自清从知识阶级立场向人民立场的转变时指出，朱自清的转变有其内在原因，那就是"五四"时期播下的民粹主义种子。在他看来，现代中国知识群体中存在自由知识分子与民粹知识分子，朱自清是具有民粹倾向的自由知识分子，他与叶圣陶、郑振铎、夏丏尊等人更为投缘，而叶圣陶等人正是平民气息浓厚的民粹知识分子。许纪霖此论是从知识分子自身的思想倾向出发的，所谓"民粹"，最重要的还是在于平民立场。载许纪霖《中国知识分子十论》，复旦大学出版社2004年版，第157—181页。

② 关于"民众文学"的讨论，可参见贾植芳等编《文学研究会资料》（上），河南人民出版社1985年版，第209—240页。

③ 叶圣陶：《泰戈尔来华》，载叶至善等编《叶圣陶集》（第5卷），江苏教育出版社2004年版，第104页。

学问，研究结果也有裨实用。况且真正的国故研究者，也必然追求合理的生活①。

不过，叶圣陶对于自己的知识分子身份与地位又是持怀疑与反思态度的。在《苦菜》中，主人公就已经开始苦苦思索："我所知于人生的，究竟简单而浅薄，于此更加自信。我和福堂做同一的事务，感受的滋味却绝对相反，我更高于他么?"② 20 世纪 20 年代叶圣陶的教育救国梦想破灭，但他仍然在努力探求前进的道路，对于知识分子的反思也更为深入。出于这样一种反思意识，加上自身所受的传统文化影响，叶圣陶逐渐趋向民粹主义。他与胡适等自由主义知识分子的距离越来越远，也更厌恶"革命文学家"挥舞着革命的大棒四面批判，他强调：要做革命文学家，首先要做一个革命者，从思想意识上改造自己。反映民众疾苦，首先要真正体察民众的感情。他给自己的小说集取名为《未厌集》，也是表示"未能厌足"与"尚未厌世"的生活态度③。他一再强调生活是文艺的泉源，这样的生活不是远离民众的精神贵族的生活。叶圣陶与夏丏尊、朱自清等人能够结下深厚的友谊，一个重要的原因就在于他们都贴近民众，有着平实质朴的气质。他们曾经一起筹办"朴社"，后来共同支持开明书店，正可以说明这一点。

20 世纪 40 年代，叶圣陶发表了多篇文章，对知识分子进行了严厉批判。在他看来，一般人都把学问看做是"求学"或"游学"所得的东西，这样的"学问"是无用的；学校教育与科举时代一样，这样的学问也不准备去用；现有的教育导致学问与生活不相干，因而无所用，这也就否定了知识分子的作用。叶圣陶进而指责知识分子"作工具"，责备知识分子"不生不产"④，批判知识分子的贵族意识与优越感。叶圣陶认为，"在传

①　叶圣陶：《国故研究者》，载叶至善等编《叶圣陶集》（第 5 卷），江苏教育出版社 2004 年版，第 233—238 页。

②　叶圣陶：《隔膜·苦菜》，载叶至善等编《叶圣陶集》（第 1 卷），江苏教育出版社 2004 年版，第 156 页。

③　叶圣陶：《未厌集·前言》，载叶至善等编《叶圣陶集》（第 2 卷），江苏教育出版社 2004 年版，第 417 页。

④　叶圣陶：《学问无用论》，载叶至善等编《叶圣陶集》（第 5 卷），江苏教育出版社 2004 年版，第 316—320 页。

统政治上，做官只是当伙计"，"知识分子的共同目标就是做官却是事实"，这样的知识分子不过是统治者的"伙计"："他们根本没有从民众的全体利益出发，他们只是帮了皇帝的忙。"①

这种要求知识分子忏悔和赎罪的思潮在 20 世纪 40 年代其实已经风起云涌，这与抗战胜利前后中国政局的急剧变革密切相关，也与中国思想界再次掀起民粹主义的高潮紧紧联系在一起②。叶圣陶的批判也是其中的一部分，同时也是一种自我批判。在《深入》一文中，叶圣陶深刻地剖析了自己。他认为自己不能深入生活的原因，是因为"所受的熏染"："既然作了中国人，而且是中国的知识分子，不能不在儒家的空气里呼吸。"儒家讲究仁爱、诚敬、务实，但是自己只是崇尚空谈；又"从老子方面学会了权变，从庄子方面学会了什么都一样，于是，玩世不恭，马马虎虎，于物无情，冷冷落落"，反思之后的结论是应该深入生活，知行合一③。西方文化对中国知识分子的影响问题，叶圣陶没有正面回答，他的批判与自我批判倒像是"五四"时代对传统的批判。但是，叶圣陶没有沿着这一思路提出解决中西思想文化冲突的问题，而是到传统文化本身中去寻找答案，并与人民立场相结合。在他看来，中国古代知识分子没有独立的人格，不是依附于统治阶级就是明哲保身，所谓"达则兼善天下，穷则独善其身"即是其处世哲学。因而叶圣陶认为中国古代知识分子只能充当工具；而他批评脱离生活的学问"无用"，指责知识分子不从事生产，则是从实利的角度予以批判。叶圣陶的批判在今天看来显然是过于片面的，他的依据也难以站得住脚。但是这样一种观念在当时却很流行，原因就在于叶圣陶是从这样一个出发点展开论证的：知识分子不是一个独立的群体，当今时代是人民的世纪，特权阶级被消灭了，知识分子就应该融入民众之中，成为人民的一员，为人民服务。因此，文学工作者、教育工作者就都是人民的一部分，知识分子要以有利于人民为标准来判定善

---

① 叶圣陶：《知识分子》，载叶至善等编《叶圣陶集》（第 6 卷），江苏教育出版社 2004 年版，第 79—82 页。

② 许纪霖：《中国知识分子十论》，复旦大学出版社 2004 年版，第 177—179 页。

③ 叶圣陶：《深入》，载叶至善等编《叶圣陶集》（第 6 卷），江苏教育出版社 2004 年版，第 289—290 页。

恶。叶圣陶认为，中国古代知识分子虽然讲求"达则兼善天下，穷则独善其身"，但实际上行不通，知识分子只能独善。在人民的世纪，知识分子不能再不问世事而是应该积极参与公共事务，"第一要不把知识分子看得了不起。……第二，要在实际生活中贯彻着'四海之内皆兄弟'的感情"，参与实际事务。叶圣陶还要求知识分子"深入民间"，"向大众学习"，积极实践。①

其实，对于中国古代知识分子独立性问题，学术界至今还存在不同意见。余英时就认为，"我们所不能接受的则是现代一般观念中对于'士'所持的一种社会属性决定论。今天中外学人往往视'士'或'士大夫'为学者—地主—官僚的三位一体。这是只见其一、不见其二的偏见，以决定论来抹杀'士'的超越性"②。余英时指出，"士"的超越性体现在"他们能够对于现实世界进行比较全面的反思和批判，而且也使他们能够自由自在地探求理想的世界——'道'"③。应该说，余英时的分析还是很有道理的。叶圣陶对知识分子的批判，是从社会属性上为知识分子下结论，却忽视了知识分子在精神品格上的独立性，虽然这种独立也只是相对的，但并不能由此认为中国古代知识分子的目标就是做官，不曾为民众谋利益。而知识分子虽然不直接从事生产劳动，但是知识分子所从事的事业，所体现出来的精神追求自有其价值。叶圣陶本人也认为，看似脱离实际生活的国故研究，"无论国故研究者如何为学问而学问，我却相信他们所得的结果总是有裨实用的"，"国故研究同其他研究一样，彻头彻尾就只在达到合理生活的目标"④。如此一来，又怎能否认知识分子的作用？

不过，回到具体的历史语境中，叶圣陶的民众立场，在 20 世纪 40 年

① 叶圣陶：《独善与兼善》，载叶至善等编《叶圣陶集》（第 6 卷），江苏教育出版社 2004 年版，第 131—134 页。

② 余英时：《〈士与中国文化〉引言》，载《士与中国文化》，上海人民出版社 2003 年版，第 8 页。

③ 余英时：《士与中国文化》，上海人民出版社 2003 年版，第 602 页。

④ 叶圣陶：《国故研究者》，载叶至善等编《叶圣陶集》（第 5 卷），江苏教育出版社 2004 年版，第 237—238 页。

代的知识分子身上十分普遍，闻一多、朱自清也实现了这样的转变①。但是当时的知识分子对"人民"的理解不尽相同，叶圣陶理解的"人民"，也是一个十分宽泛模糊的概念："在专制国家里，与人民相对的是特权阶级"，"所谓'人民的世纪'里的'人民'，就一国说，包括全国的人而言；就世界说，包括全世界的人而言。"②"人民不是个抽象的名词，是姓张的，姓李的，种田的，作工的，许许多多人的总称。这些人休戚相关，利害与共。"③ 显然，叶圣陶所认同的人民，主要还是大众。人民立场对叶圣陶文艺美学思想的转变，影响十分巨大。由于树立了"为人民"的方向，他对于文艺活动中的接受维度十分重视，将读者提到了突出的位置，这实际也是对文艺功能的重视。文艺是文艺家表现自己对于生活的真情实感，但是叶圣陶此时更突出"思想"。在《像样的作品》中，叶圣陶集中表述了自己的这一主张："文艺的根源是思想，文艺的作用是发表。"④ 叶圣陶赞同这样的说法："反映现实，喊出人民大众的要求，是文学的时代的使命。"⑤ 在他看来，文艺工作者是人民的一部分，要为人民服务。

由此也就可以理解叶圣陶为什么会倾注更多的精力于编辑出版事业与教育事业，将文学工作、编辑出版乃至政治都归结为教育。谈到自己的职业时，他也声明自己是编辑、教师，不认为自己是文学家、文学理论家或批评家。其实他的文学才华本可以得到更好的发挥，他的成就在中国现代文学史上早已得到公认。或许在他看来，编辑、教育都是甘当人梯的事业，需要踏踏实实做事。教育并非是居高临下地发号施令，教育者并不是

---

① 许纪霖：《中国知识分子十论》，复旦大学出版社 2004 年版，第 156—186、206—239 页。另外，关于知识分子在 40 年代的转变与选择问题，可以参考李书磊《1942：走向民间》、钱理群《1948：天地玄黄》，山东教育出版社 1998 年版。

② 叶圣陶：《"人民的世纪"》，载叶至善等编《叶圣陶集》（第 12 卷），江苏教育出版社 2004 年版，第 320 页。

③ 叶圣陶：《如果教育工作者发表〈精神独立宣言〉》，载叶至善等编《叶圣陶集》（第 6 卷），江苏教育出版社 2004 年版，第 276 页。

④ 叶圣陶：《像样的作品》，载叶至善等编《叶圣陶集》（第 9 卷），江苏教育出版社 2004 年版，第 135 页。

⑤ 叶圣陶：《〈西川集〉自序》，载叶至善等编《叶圣陶集》（第 6 卷），江苏教育出版社 2004 年版，第 84 页。

统治者、支配者，恰恰相反，教育意味着平等对话，意味着以受教育者为主体，使其成为现代社会的合格公民与优秀人才。叶圣陶虽然是一个热心社会活动的人士、民主党派的负责人，但是他还是在一定程度上保留了作为一名知识分子的独立思考的精神。正如钱理群所说，"叶圣陶本属于这样的知识分子：关心国事，也并不回避政治，该说的话总要说，该做的事一定做，但却与潮流中心保持适当的距离"①。

　　叶圣陶走过的道路在中国现代知识分子中并不少见，特别是在 20 世纪 40 年代的关键时刻，不少知识分子都经历了类似的反思批判历程。他们的反思与批判并不完全是外部条件造成的，甚至可以说是自觉的。在当时的条件下，中国知识分子面临社会与思想的双重危机，不可能完全超脱于现实政治之外，他们必须做出选择。像叶圣陶这样选择了人民立场的知识分子在当时是大多数。叶圣陶一直强调人本位，立足生活固然占首位，但这只是前提，真正的实施还是要靠人。因此，他对于改造思想、体验生活这样的问题尤为敏感，思考也更为深入。知识界曾盛行"到民间去"，叶圣陶却敏锐地看出了知识分子与民众之间的隔阂，《在民间》这篇小说就揭示了这个问题。叶圣陶认为体验生活不能只喊标语口号，要在思想情感上与民众打成一片，才能真正体验生活。当然，在获得这种深刻性的同时，对于知识分子独立性的问题，叶圣陶还是没有取得更大的突破，尽管他本人是保持了相对独立的思考。

　　本章是从文化的视野观照叶圣陶的文艺美学思想，叶圣陶本人的成长环境、早年教育对他思想的形成有极大的影响，同时他也深受地域文化的熏染，对于民众有着天然的亲切感。在中国传统思想文化中，儒学对叶圣陶影响最大，不仅是他立身处世的根基，也深深影响了他的文艺美学思想。叶圣陶对道家思想的吸取主要是在无所执着和追求自然之美上。叶圣陶还曾对佛学极感兴趣，但是他并不真正信教。因而他早年是按照自己的思想来阐释佛家，也以之作为心灵的寄托。在文艺美学思想上，佛家对心性的关注、对禅趣的追求都对叶圣陶产生了一定的影响。在时代的大潮中，叶圣陶能够积极吸取各种思潮如改良主义、无政府主义、进化论，重

---

　　①　钱理群：《1948：天地玄黄》，山东教育出版社 1998 年版，第 295 页。

视西学，终于加入了新文化阵营，对中国现代文化的发展作出了重要贡献。他从事过多种工作，拥有多重职业身份，这就使他在文艺问题上能够做到全面而客观的审视，持论较为周全。叶圣陶本人是"五四"知识分子中的一员，他对知识分子的批判其实也是自我批判，这也是当时大多数中国知识分子的历史选择。但是他更具有平民气质，也多少保留了独立思考的余地。

结　语

　　叶圣陶是中国现代文化史上一位杰出的人物，他是"五四"时代的知识分子。他在文学、教育、编辑等方面都有着重要的成就，为中国现代文化作出了重大贡献。

　　通过具体的分析可以发现，叶圣陶的文艺美学思想可以以 20 世纪 40 年代为界分为前、后两期。前期他抱着"有益于世"、"为人生"的宗旨走上文学道路，强调文艺家以"自我"为中心，文学创作讲求无所为而有所为。他重视创作，强调文学的情感内质，要求任情感之自然。40 年代以后，叶圣陶转到人民的立场，强调为人民服务，文艺家是人民中的一员，要参与公共事务。他对创作与接受同样看重，甚至更重视接受，强调文艺创作必须顾及读者。他强调文学是语言的艺术，思维的过程就是形成语言的过程。但是这些变化也是相对的，很大程度上只是侧重点不同。此外，叶圣陶的文艺美学思想中也有一以贯之之处，如以生活为文艺的泉源，认为充实的生活就是艺术，坚持人本位，强调无所为而有所为。当然他所说的"人"，在 20 年代重在自我，40 年代转变为人民，但是他始终强调个人与群体应该达到和谐的境地。

　　叶圣陶的文艺美学思想似乎可以用这样的话来概括：生活是一切的泉源。但生活是人的生活，要一切从人出发。既已为人，就要求生活的充实。生活充实才能成为合格的公民，在此基础上可以从事文艺活动。文艺是人的精神产品，也可以满足人的精神需求。文艺可以提升人的精神境界，打破一切隔膜，使人创造更加美好的生活。一言以蔽之，或许可以把叶圣陶的文艺美学思想称为"生活美学"。

　　叶圣陶对于文艺问题的思考是全面而深入的，涉及了方方面面。他始终坚持生活是文艺的泉源与根本，从而为他的文艺美学思想打下了牢固的唯物主义根基。在此基础上，他更为关注的是人的作用的发挥，这是他的人本位思想的体现。正因为如此，他大力引进心理学、语言学，吸收中国古代思想尤其是儒家思想中注重心性和修养、知行合一的观念，强调文艺家的地位与作用，对于创作问题的探索是十分深入的。他的创作与理论不尽一致，有助于我们从中见出叶圣陶文艺思想的特别之处。叶圣陶文艺美学思想的特点是他最终将文学归于教育问题，从中体现出他一贯的立场与原则。不可否认，叶圣陶的文学思想与教育思想存在着基本的一致与根本上的相通，在"为人生"以及以语言为手段这一点上，他将文学与国文教育联结了起来。但是其中也存在着冲突：作为一名文学家，他清醒地意识到文学的审美特性；但作为一名教育家，他更注重从实用的角度来看待教育，持教育工具论。因而他对于文学教育的态度就显得很矛盾。

　　事实上，叶圣陶本人的文学思想与他的各种思想之间既互补共生，也存在着抵触和冲突，对此无须否认。作为在"五四"时代成长起来的知识分子，叶圣陶有自己的独特经历、个性品格，在开创中国现代文学与教育事业上功不可没。他注重吸收借鉴中国传统文化与西方思想文化，总体上看是一位恂恂儒者，但又不是一位文化保守主义者；他重视西学，但他也没有主张全盘西化，并且他还借助西方思想来反观中国传统文化，从而获得一种现代眼光。

参考文献

一 论文

王泉根、王渝根：《论叶圣陶童话对中国儿童文学的贡献》，《云南民族大学学报》1986 年第 4 期。

商金林：《新文学先驱者的足迹——略述叶圣陶早年的文学视野和文学观》，《文艺理论与批评》1991 年第 6 期。

刘启先、郝亦民：《叶圣陶与外国文学》，《中国现代文学研究丛刊》1994 年第 3 期。

张志公：《叶圣陶先生——教育界一代宗师》，《课程·教材·教法》1994 年第 10 期。

陈光宇：《叶圣陶美学思想的逻辑起点》，《南京晓庄学院学报》1997 年第 3 期。

董菊初：《从叶圣陶的文学创作论看语文阐释学》，《课程教材教法》2006 年第 11 期。

龙永干：《叶圣陶作品的儒家文化意蕴》，《湖南科技学院学报》2007 年第 11 期。

徐龙年：《论叶圣陶语文性质观的先进性》，《社会科学战线》2011 年第 1 期。

商金林：《小学语文教材的经典：叶圣陶编开明国语课本》，《南京师范大学文学院学报》2013 年第 1 期。

朱晓进：《叶圣陶教育思想的当代价值——当前如何深化叶圣陶研究》，
　　《江苏师范大学学报》2013 年第 1 期。

钟边辑：《叶圣陶研究资料索引》，《中国编辑》2014 年第 1 期。

欧阳芬：《叶圣陶：在文学与教育之间》，苏州大学博士学位论文，2010 年。

于春生：《叶圣陶主编〈小说月报〉的编辑实践研究》，北京印刷学院硕
　　士学位论文，2004 年。

周秋利：《叶圣陶主编〈中学生〉（前期）编辑实践研究》，北京印刷学院
　　硕士学位论文，2004 年。

张慧：《叶圣陶语文美育思想初探》，贵州大学硕士学位论文，2007 年。

叶晨燕：《论叶圣陶语文教材建设的多向探索》，上海师范大学硕士学位论
　　文，2010 年。

赵慧闪：《叶圣陶中学语文教材编辑思想研究》，河南大学硕士学位论文，
　　2012 年。

二　著作

叶至善、叶至美、叶至诚编：《叶圣陶集》（1—26 卷），江苏教育出版社
　　2004 年版。

叶至善、叶至美、叶至诚编：《叶圣陶集》（1—25 卷），江苏教育出版社
　　1985—1994 年版。

叶圣陶编，丰子恺绘：《开明国语课本（小学初级学生用）》（上、下册），
　　上海科学技术文献出版社 2005 年版。

叶圣陶编，丰子恺绘：《开明国语课本（小学高级学生用）》（2 册），开
　　明书店 2011 年版。

叶圣陶撰，丰子恺绘：《开明幼童国语读本》（4 册），中国青年出版社
　　2011 年版。

叶圣陶著，丰子恺插画：《开明儿童国语读本》（4 册），中国青年出版社
　　2011 年版。

叶圣陶撰，丰子恺插画：《开明少年国语读本》（4 册），中国青年出版社
　　2011 年版。

夏丏尊、叶圣陶、宋云彬、陈望道编：《开明国文讲义》（全2册），人民
　　文学出版社2011年版。

叶圣陶、郭绍虞、周予同、覃必陶编：《开明新编国文读本》（全2册），
　　人民文学出版社2011年版。

叶圣陶、朱自清：《精读指导举隅》，中华书局2013年版。

叶圣陶、朱自清：《略读指导举隅》，中华书局2013年版。

夏丏尊、叶绍钧编：《国文百八课》，生活·读书·新知三联书店2008
　　年版。

朱自清、叶圣陶、吕叔湘编：《文言读本》，生活·读书·新知三联书店
　　2010年版。

中央教育科学研究所编：《叶圣陶语文教育论集》，教育科学出版社1980
　　年版。

万嵩：《叶圣陶创作论略》，甘肃师范大学出版社1980年版。

陈辽：《叶圣陶评传》，百花文艺出版社1981年版。

金梅：《论叶圣陶的文学创作》，上海文艺出版社1985年版。

杜草甬：《叶圣陶论语文教育》，河南教育出版社1986年版。

陈辽：《叶圣陶传记》，江苏教育出版社1986年版。

商金林：《叶圣陶年谱》，江苏教育出版社1986年版。

任天石：《叶圣陶小说论》，江苏教育出版社1988年版。

韦商：《叶圣陶和儿童文学》，上海少年儿童出版社1990年版。

刘国正、毕养赛主编：《叶圣陶语文教育思想研究》，江苏教育出版社
　　1990年版。

叶圣陶研究会编：《叶圣陶研究论文集》，开明出版社1991年版。

万嵩：《叶圣陶新论》，兰州大学出版社1991年版。

任天石、卢文一：《现代杰出的编辑出版家——叶圣陶》，南京出版社
　　1993年版。

徐登明：《编辑出版家叶圣陶》，中国书籍出版社1994年版。

张香还：《叶圣陶和他的世界》，上海教育出版社1995年版。

商金林：《叶圣陶传论》，安徽教育出版社1995年版。

陈光宇：《叶圣陶的美学奉献》，天津古籍出版社1997年版。

吕正之主编：《纪念叶圣陶诞辰 100 周年论文集》，语文出版社 1997 年版。

董菊初：《叶圣陶语文教育思想概论》，开明出版社 1998 年版。

中国出版工作者协会学术工作委员会、叶圣陶思想研究会编：《叶圣陶编辑思想研究》，开明出版社 1999 年版。

商金林：《求真集》，安徽教育出版社 2004 年版。

商金林：《叶圣陶年谱长编》（第 1—4 卷），人民教育出版社 2004—2005 年版。

刘增人：《叶圣陶传》，东方出版社 2009 年版。

刘增人、冯光廉编：《叶圣陶研究资料》（上、下），知识产权出版社 2010 年版。

张哲英：《清末民国时期语文教育观念考察——以黎锦熙、胡适、叶圣陶为中心》，福建教育出版社 2011 年版。

叶炜：《叶圣陶家族的文脉传奇——编辑学视野下的叶氏四代》，人民出版社 2011 年版。

叶圣陶研究会编：《叶圣陶研究年刊》（2011 年），开明出版社 2011 年版。

叶圣陶研究会编：《叶圣陶研究年刊》（2012 年），开明出版社 2012 年版。

人民教育出版社中学语文编辑室编：《中学语文教材和教学》，人民教育出版社 1981 年版。

王瑶：《中国新文学史稿》，上海文艺出版社 1982 年版。

任建树等编：《陈独秀著作选》（第一卷），上海人民出版社 1984 年版。

贾植芳等编：《文学研究会资料》（上、下册），河南人民出版社 1985 年版。

温儒敏：《新文学现实主义的流变》，北京大学出版社 1988 年版。

林毓生：《中国传统的创造性转化》，生活·读书·新知三联书店 1988 年版。

朱乔森主编：《朱自清全集》（第一、二、三、八卷），江苏教育出版社 1988—1996 年版。

梁启超：《饮冰室合集》，中华书局 1989 年版。

茅盾：《茅盾全集》（第 18、19 卷），人民文学出版社 1989—1991 年版。

贾植芳：《中国现代文学社团流派》，江苏教育出版社 1989 年版。

乐黛云、王宁编：《西方文艺思潮与二十世纪中国文学》，中国社会科学出版社 1990 年版。

顾黄初、李杏保主编：《二十世纪前期中国语文教育论集》，四川教育出版社 1991 年版。

［美］张灏：《梁启超与中国思想的过渡》，崔志海、葛夫平译，江苏人民出版社 1995 年版。

姚淦铭、王燕编：《王国维文集》（1—4 卷），中国文史出版社 1997 年版。

李华兴主编：《民国教育史》，上海教育出版社 1997 年版。

王丽：《中国教育忧思录》，教育科学出版社 1998 年版。

欧阳哲生编：《胡适文集》，北京大学出版社 1998 年版。

郑振铎：《郑振铎全集》，花山文艺出版社 1998 年版。

刘纳：《嬗变——辛亥革命时期至五四时期的中国文学》，中国社会科学出版社 1998 年版。

李书磊：《1942：走向民间》，山东教育出版社 1998 年版。

钱理群：《1948：天地玄黄》，山东教育出版社 1998 年版。

顾黄初、李杏保主编：《二十世纪后期中国语文教育论集》，四川教育出版社 2000 年版。

李杏保、顾黄初：《中国现代语文教育史》，四川教育出版社 2000 年版。

课程教材研究所编：《20 世纪中国中小学课程标准·教学大纲汇编》（语文卷），人民教育出版社 2001 年版。

［美］安敏成：《现实主义的限制：革命时代的中国小说》，姜涛译，江苏人民出版社 2001 年版。

顾黄初：《顾黄初语文教育文集》（上、下），人民教育出版社 2002 年版。

胡适编选：《中国新文学大系·建设理论集》（影印本），上海文艺出版社 2003 年版。

郑振铎编选：《中国新文学大系·文学论争集》（影印本），上海文艺出版社 2003 年版。

茅盾编选：《中国新文学大系·小说一集》（影印本），上海文艺出版社 2003 年版。

郁达夫编选：《中国新文学大系·散文二集》（影印本），上海文艺出版社

　　2003 年版。

阿英：《阿英全集》，安徽教育出版社 2003 年版。

陈平原：《中国小说叙事模式的转变》，北京大学出版社 2003 年版。

余英时：《士与中国文化》，上海人民出版社 2003 年版。

许纪霖：《中国知识分子十论》，复旦大学出版社 2004 年版。

陈光宇主编：《语文美育学》，中国工人出版社 2004 年版。

鲁迅：《鲁迅全集》，人民文学出版社 2005 年版。

夏晓虹编：《〈饮冰室合集〉集外文》，北京大学出版社 2005 年版。

夏志清：《中国现代小说史》，复旦大学出版社 2005 年版。

［美］孙康宜、宇文所安主编：《剑桥中国文学史》（上、下卷），刘倩等
　　译，生活·读书·新知三联书店 2013 年版。